徳 間 文 庫

アンフォゲッタブル

はじまりの街・神戸で生まれる絆

松宮 宏

徳 間 書 店

大正十二年、日本ではじめて、神戸でプロのバンドによりジャズが演奏された。

宝塚オーケストラのバイオリン奏者であった故井田《いだ》一郎《いちろう》氏が、四人編成のジャズバンド「ラフィングスターズ」を結成し、ホテルのダンスパーティで音楽を奏《かな》でたのである。

天然の良港として古くから栄えた神戸、日本文化の一つである宝塚歌劇団、外国人を通して異文化を受け入れる神戸人の気質、これらが相まってこの街にジャズが根付いた。

JAZZ TOWN KOBEより

目次

登場人物

鳥谷書太郎　引退した潜水艦エンジニア
鳥谷雛子　書太郎の妻
海音寺安史　フリーター　元やくざのアルバイト
池波欽二　フリーター　元やくざのアルバイト
石山教授　大阪大学教授　ロボット工学の権威
湊巧己　指定暴力団湊組二代目組長
佐合真　指定暴力団湊組若中
二階堂文夫　指定暴力団湊組舎弟　イタリアンのシェフ
佐藤栞　ジャズミュージシャン　保険の外交員
内山千鶴　ジャズクラブＪＡＭＺのオーナー
広瀬未来　ジャズミュージシャン
高橋知道　ジャズミュージシャン
ピーター・アースキン　ジャズミュージシャン
大西結花　高校生　神戸ユース・ジャズ・オーケストラメンバー

井ノ原沙紀　高校生　神戸ユース・ジャズ・オーケストラメンバー
大城定吉　兵庫県警組織犯罪対策課警部補
盛田康章　神戸元町高架通商店会会長

第一章　郷愁の潜水艦エンジニア

一

雛子《ひなこ》は紫色の夢を見ていた。

最近、夢に色がある。目覚めとともに色の記憶は遠のくが、昨夜見えた紫はことさら清《す》んでいて鮮《あざ》やかだった。

ふとんにくるまったまま薄目を開けると、六畳の和室はカーテン越しの光に包まれていた。鮮やかだと思った色も、ゆっくりと現実の光に溶けていく。

柱の鳩時計が九時を指していた。

元気に飛び出していた鳩も自分と同じように年老いたようだ。最近は、たまにしか出てこない。

「あれま、もうこんな時間じゃない」

昨日の午後、三十八度の熱を出した。内科で抗生薬と熱冷ましを処方されたが、お願いして睡眠導入剤も追加してもらった。

「ひなちゃん、本当に寝られないときだけですよ。一緒に飲むときついから」

付き合いの長い主治医に注意を受けたが、えいや、と両方飲んだのである。

大きな口を開いて背伸びをした。

「あ〜あ。こんなに寝たのはいつ以来かしらね」

熱は下がったようだ。部屋の温度を心地よいかげんに感じる。睡眠薬の類《たぐい》を飲むことがないので、効きがよかったのかもしれない。

窓の外に、子どもたちのはしゃぐ声が聞こえている。

掛けぶとんを足の方へ折り返しながら背を起こした。

「よっこらしょっと」

立ち上がって窓辺に寄り、窓を開けた。

小っちゃい園児が整列し、先生が何か言う度、元気な声で答えている。

「もうすぐ運動会だわねえ。応援しに行かなきゃ」

神戸市のいちばん南西にある垂水《たるみ》区の霞《かすみ》地区。海岸と高台が短い距離でつながる斜面の町だ。眼下に明石《あかし》海峡が広がる。晴れた日は淡路島《あわじしま》の向こうに小豆島《しょうどしま》まで見えるが、時として海峡に美しい霞がかかり、幻想さえ誘う絶景になる。それが地名の由来だという。高台には躾《しつけ》が厳しい事で有名な、小中高一貫教育のカソリック系私立学園がある。系列の幼稚園は坂を少し下ったところにあり、鳥谷《とりたに》家はその真向かいに位置する。二階からは幼稚園の運動場が見渡せる。

無垢《むく》で澄んだ瞳には未来が輝いている。子どもは何にも代え難《がた》い宝物だ。

雛子は愛おしさいっぱいの目で園児たちを見ていたが、そんなとき、大人同士のいがみ合う声が、幼い声にかぶさってきたのである。

頭を出してみると、道路に夫の書太郎《しょたろう》がいて、子どもを送ってきたらしい母親を怒《ど》鳴《な》りつけているのだった。

あたり一帯に響く声である。

「ここに車を停《と》めるな！　何度言ったらわかるんだ」

雛子はため息をつく間もなく窓を閉め、急いで下へ降りた。

二

鳥谷家の玄関と幼稚園を隔《へだ》てるのは、車がすれ違うのがやっとの生活道路である。車道と歩道の区別もない。母親たちもわかっていて、園の門で降ろすとすぐ去っていく。しかし友人に出会ったり、園に多少の用でもあれば数分間は停める。駐車したところに対向車や自転車がやって来る。スクールバスが入ってくれば、歩くすき間さえ塞《ふさ》がれる渋滞《じゅうたい》となる。

送り迎えのラッシュは朝の八時半。鳥谷家では朝食を済ませる時分だが、書太郎は新聞を読みながら道路の動向に耳を澄ませている。そして「また一台、停めたな」と、しばしば出て行くのである。

書太郎は身長百八十センチある上に、声が大きい。車から降りた母親に罵声《ばせい》を浴びせ、小さな娘が泣きながら園に逃げ込んだことなども、一度や二度ではない。

怒鳴ったその足で、園長室へ忠告に行ったりする。園長は六十歳の女性で、身長は百五十センチほど。書太郎は文字通り、頭ごなしに怒鳴りつける。

車を停めさせるな、子どもの声が大きすぎる、生活に支障が出ている、対策を住民に説明しろ。

勢い込んだ書太郎の手が、園長の頰《ほお》に当たってしまったことがある。その時は園長もさすがに気色《けしき》ばった。

「暴力は止《や》めてください」

「たまたま当たっただけだ。何が暴力だ。住民の生活環境を守れ！」

書太郎は謝《あやま》りもせず、そんなことを吐《は》いたという。

園児も親も住民じゃないの。夫の大声こそ環境を壊している。子どもがはしゃぐのはあたりまえ。声がうるさいなんて愛がなさすぎる。子ども時代がなかった大人はいない。文句を言える道理がどこにある。

雛子は悲しくなるのだが、反論しない。返事が決まっているからだ。

「お前は黙っていろ」

気に入らない事があると恨み節を並べ、逆に何日も口をきかないこともある。

しかし、と雛子は思うのである。

書太郎はどうして、幼稚園に怒鳴り込むような人になってしまったのか。多少の不道理があるといえ、それを憎しみや怒りに変えるような人ではなかったのだ。

ヒヨドリが飛んできて、植え込みに成った万年青《おもと》の赤い実をつまんだ。

「鳥もどろぼうか。あっちへ行け」

小鳥にも怒っている。雛子はため息まじりにつぶやいた。

「やっぱり、海の底に永く居すぎたんだわ」

「何だと？」

「あら、聞こえたの？ なんでもありませんわ」

書太郎は潜水艦のエンジニアだったのである。

三

書太郎は背も高く、若かりし頃は俳優の三國連太郎《みくにれんたろう》に似ていると評判がたった男前だった。

東京都中央区佃《つくだ》の出身で、生まれたのは昭和二十年代の前半。今年七十歳になる。

家業は漁師だった。家の脇の路地が海とつながっており、そこを抜けて、祖父と父は漁に出ていった。漁から帰ると井戸水を汲《く》み上げて魚をジャブジャブ洗った。小さな書太郎も井戸水のポンプを押した。それは重くなかったが、勢いよく水を出すのにはちょっとしたコツが要《い》った。書太郎は上手くこなした。「なかなかやるじゃないか」

ほめられて、またがんばった。懐かしい記憶だ。

　しかし地下鉄が開通した昭和の終わり、街は変わりはじめた。東京湾岸エリアに、再開発という暴力的な大波が襲ったのである。地上げが横行し、街は昔の形を留めなくなった。東京湾の汚染が深刻化したこともあり、祖父が九十歳で亡くなった事を区切りと、鳥谷家は漁師を廃業したのである。父親は居酒屋に鞍替《くらが》えし、家族を支えた。（その店は今も月島もんじゃ焼き八十四店のひとつであるが、父親も平成十年に亡くなり、店は人手に渡っている）

　居酒屋になったとはいえ、父親は海を愛する男だった。陸に上がってからも息子に遠い海の話をした。いっしょに風呂に入り、手作りのぽんぽん船を湯に浮かべて船乗りの話をした。豪華客船や軍艦の話もした。船大工の棟梁《とうりょう》が居酒屋にやって来ると、書太郎はかたわらに寄り、小さな口を大きく開いて言ったのだ。

「ぼく、船を作るひとになる」

「おお、わしが教えてやるぞ。どんな船だ」

「大っきな船」

「どのくらいでっけえ船だ？」

「こーんなくらい」

書太郎は両手をいっぱいに広げた。

書太郎は幼いころから漁船に乗せてもらった。家に居ても船のおもちゃで遊んだ。小学生になると図書館で船の本を漁り、中学生では戦艦大和《せんかんやまと》のような本格的模型づくりに熱中した。東京都立高専の機械科に入ったのは、ものづくりをしっかり学びたくなったからだ。将来は豪華客船を造る。そんな夢を持っていた。

しかし、目指す先は豪華客船にはならなかった。授業の一環で訪れた横須賀《よこすか》港で衝撃の出会いがあったのである。

潜水艦を見たのだ。

黒光りする涙滴《るいてき》型の艦体。なんと美しく、ミステリアスなのか。

「この艦は海上自衛隊潜水部隊第三潜水隊所属の『みちしお』です。戦後初の国産潜水艦第一号『おやしお』の進化形で、現存する世界の潜水艦の中でも、最高水準の技術が詰まっています」

説明に立った自衛官は何が最新技術なのかをいろいろ説明したあと、声を低めて言った。

「戦えばとっても強いんだよ。これは内緒だけどね」

「おお！」

高校生たちは歓声を上げたが書太郎は黙ってしまった。頭が熱くなりすぎて声が出なかったのだ。

書太郎はひとしきり艦体を眺《なが》めなおしたあと、あふれる気持ちを吐《は》き出すかのように質問した。

「こ、これは、誰が作ったのですか？」

からだのどこから出たのか、素《す》っ頓狂《とんきょう》で、ひん曲がった声だった。同級生は笑いをこらえ、自衛官も笑った。

自衛官は質問に質問で答えた。

「君は潜水艦を作りたいのかね？」

「はい！」

自衛官は、また声を低めた。

「潜水艦に関しては、そういうのも国家機密なんだが、君たちにだけ、特別に教えてあげよう。これは川崎《かわさき》造船所で造ったんだよ」

「川崎って、すぐ近くの？」

「いや、神奈川の川崎じゃない。神戸の川崎造船所だ。明治時代に川崎正蔵《しょうぞう》というひとが作った会社なんだ」

自衛官は言った。

「潜水艦は港の一画にある工場で建造される。しかし、工場のどこで建造されているかは関係者しか知らない。その上、四方を塀で囲み天井に幕を降ろすこともある。スクリューを取り付ける様子などはぜったいに見せない。スクリューの形は極秘なんだ。海底でどんな研究が行われているかもいっさい隠されている。国家機密だらけの秘密めいた仕事だ。なぜかって？　潜水艦はすべての乗り物の中で、最高の技術が詰まっているからなんだよ」

国家機密、秘密の仕事、最高の技術……。

書太郎の船好きの魂に、真っ赤な火が点《つ》いた瞬間であった。

日本における潜水艇建造のはじまりは明治三十九年である。日露戦争の日本海海戦、東郷平八郎《とうごうへいはちろう》率いる連合艦隊は、当時最強と呼ばれたロシアのバルチック艦隊を破って世界に衝撃を与えたが、海軍は最悪の戦況も想定し、海中からの敵艦隊襲撃計画を立てた。そして、アメリカから潜水艇を五隻買った。しかし五隻程度ではまるで足りない。是が非でも増産する必要があった。

そんなとき、交渉役として白羽《しらは》の矢が立ったのが、創業者の川崎正蔵に請《こ》われ、株式会社川崎造船所初代社長となった松方幸次郎《まつかたこうじろう》だった。

幸次郎はアメリカへ赴《おもむ》き、近代潜水艦の始祖であるホランドに懇願《こんがん》した。

「国産化に日本の命運がかかっている。技師をそっくり神戸へ寄越《よこ》してほしい」

「技師を戦時下の国に派遣するなど、とんでもない」

返答はにべもなかったが、

「小さな国を見捨てないでほしい」

松方幸次郎は粘《ねば》り抜き、やって来た六人のアメリカ人技師と共に、自力で潜水艇を作りあげたのである。

書太郎は説明が終わって解散になっても、「あとひとつ教えてください」と自衛官に迫った。

「川崎造船所に入って潜水艦を作るのにはどうしたらいいのですか?」

「そりゃあ、いっぱい勉強して入社試験に合格しなきゃいけないな」

自衛官は言った。

「大阪大学に造船学科がある。多くの卒業生が川崎造船所に入っているよ。黄金コースだな」

大阪か。書太郎は一度も行ったことがなかった。ただ、佃島のふるさとが大阪の淀川べりにある佃だということは聞いていた。

四百年前、徳川《とくがわ》が豊臣《とよとみ》と戦った折、佃の漁師たちが船を出して徳川を助けた。家康は天下人となったあとも恩を忘れず、佃の人間を江戸へ呼び寄せ土地を与えたのだ。漁師たちは住吉《すみよし》さまという神様も連れてきた。いまも東京の佃一丁目にある住吉神社で、海へ感謝を捧げる祭りは、現代にも受け継がれている。

十六歳の書太郎は心を決め、一心不乱に勉強した。大阪大学工学部への編入を果たし、卒業後、株式会社川崎造船所に入社した。そして書太郎はエンジニアとして、人生を潜水艦設計に捧《ささ》げる事となったのである。

書太郎は潜水艦設計部に配属された日の、心の震えを忘れることはない。

念願叶《かな》って入社したのは、日本で最初に潜水艦を作った、まさにその会社であったからだ。豪放磊落《ごうほうらいらく》な初代社長、松方幸次郎の脈歴につながるのだ。

そしてその頃はまだ、松方幸次郎本人と関わった社員も、従軍した潜水艦乗組員たちも存命していた。

潜水艦乗りは世界共通で「ドルフィン」と呼ばれるが、日本では「どん亀」と自《じ》嘲《ちょう》気味に呼ぶ。呼び名はともかく、過酷《かこく》な現場に生きる最上級のタフガイたちだ。従軍を経験した「どん亀」は戦術だけでなく、日常の思い出も話した。

「個室があるのは艦長だけさ。准士官以上でも上下二段寝台が基本だ。驚くほど窮《きゅう》屈《くつ》な状態で寝る。カーテンはある。ちょっとしたプライバシーは確保だな。三直交代で日夜警戒する。二時間当直して四時間休憩。艦長は交代無し。食事は取り外《はず》し式のテーブルで食べる。階級の区別がなく全員同じだ。士官用の白米を兵卒でも食えた。朝食に白飯、味噌汁、漬物、昼に白飯、じゃがいも、ごぼうとかの甘煮、漬物、夕食には白飯、昆布巻、たけのこの卵とじといったところだ。メシは旨《うま》い。調理担当は日頃から腕を磨《みが》いている。なにせ海の中じゃ食うことくらいしか楽しみがないからな。ところが四十日も哨戒《しょうかい》に当たれば、生ものは、じゃがいも、玉ねぎ、ごぼうくらいになる。あとは缶詰の連続に、粉ミソ、粉しょうゆ、乾燥ホウレン草、乾燥大根もあったが、こういうのは旨くない。夜食にはときどき汁粉が出る。酒も飲めるが、当番の間はもちろん飲めない。閉じ込められても大丈夫な男だけが潜水艦乗りになるんだよ。今でも潜《もぐ》れるかって？　ああ、いつでもいけるさ」

書太郎にとって「どん亀」たちの経験談は設計アイデアの宝庫《ほうこ》だった。新しい工夫を加えて具体化した。書太郎が居酒屋のテーブルに走り書きをする光景は名物となった。はじまったぞ。おしゃべりな旧軍人ものぞき込む。実際、そんな時にひらめいたアイデアこそ、しばしば実施図面に反映された。

書太郎の尽きない好奇心と情熱は、「どん亀」たちから愛された。そして一九七一年、書太郎は日本初の涙滴型潜水艦「うずしお」の設計主任となったのである。それまでの潜水艦は、必要な時だけ潜航する「可潜型」だったが「うずしお」は水中性能を徹底的に追求したはじめての艦となった。排水量も一八五〇トン。その後、書太郎の元で何回かモデルチェンジし、性能や材料や搭載システムを初期型とは比べものにならないほど進化させた。

決して人なつっこいタイプではない書太郎。ひたすら一所懸命だったが、酒を飲むたび、旧軍人は飽《あ》きることなく経験を語り、書太郎も、同じ話を聞き続けて飽きなかったのである。

書太郎は定年退職するまで、二十艦の設計に関わった。

四

日本国産の潜水艦は精密の極《きわ》み、一ミリも無駄な空間が許されない超高密度設計だ。

極小空間の設計には匠《たくみ》の技が要求される。原子力潜水艦とは居住空間としての思想が違う。原潜には海中生活を飽きさせないためサウナ風呂やバーまであったりする。コンピュータが導入されていなかった時代、設計士は紙の上に数え切れない数の線を引いた。構造物や機器を大小織り交《ま》ぜながら、円形断面を持つ船体耐圧核空間に、効率よく、機能性を重視して配置していくのだ。エンジンや発電機、補機、主推進電動機がある後部区画は、特に高密度で、最高難度ジグソーパズルだった。無駄なスペースを作らない三次元的な配管や配線の導設を、二次元の設計図面に表現するのである。複雑怪奇《かいき》な図面は、しばしば施工に臨機応変《りんきおうへん》を超える匠の技を求め、機器にアプローチする人間はアクロバティックな姿勢での仕事を要求した。ヨガの修行だ、とは冗談にならない冗談であった。作業員は設計者を恨《うら》むこともしばしばだったが、書太郎の設計は導設しやすく、工事やメンテナンスの効率も高かったのである。書太郎は空間把握《はあく》の匠、名人、神とまで呼ばれた。

しかし時代は進み、三次元設計の時代がやって来た。精度の高い３Ｄ・ＣＡＤが登場すると、故障時の基盤の引き抜き・交換スペース、ボルトやナット用のレンチをまわすスペースが確保されているかどうかまで、予《あらかじ》め確認ができるようになった。

要は、コンピュータが神になったのだ。

尊敬を集めたエンジニアとしての実績は色褪《いろあ》せることはない。鳥谷書太郎の名は百年に及び受け継がれ、日本潜水艦エンジニアの系譜に連なる。日々の設計業務がコンピュータ化しても、それらは書太郎たちエンジニアが積み上げた技術を自動化したに過ぎない。

しかし時代は後戻りしない。コンピュータが神の業《わざ》をたやすくこなす時代に、システムの近代化は必然だった。会社は設計組織を対応させ、人事も一新したのである。

書太郎は部長職を後進へ譲ることになった。

予実管理の責も、部下の成績評価からも外《はず》れた。

書太郎は新たにできた、マイスターという職に就《つ》いた。

異動の席であいさつをした。

「私の頭は腐《くさ》っていない。何でも相談してくれ。潜水艦のことで知らないことはないからな」

上から目線、自信満々のあいさつ。エンジニアたちはあいかわらずだ、と視線を交《か》わし合ったが、力強い拍手は忘れなかった。

書太郎は考えていた。元部下たちからの相談は何かと煩《わずら》わしいだろう、個人的な悩みも持ち込まれるだろう、まあ、恩返しだ、めんどうを見てやろう。

ところが書太郎の予想に反し、ほとんど誰も、相談など持ち込んでは来なかったのである。

マイスターは名誉職である。月給は部長職と同じで日々の業務は楽である。定年を三年後に迎える立場として願ってもない待遇《たいぐう》だ。九時に来て五時に帰る。

しかし日々、何も起きない。頼られない。

これは予想外に苦痛だった。

エンジニアとはいえ、サラリーマンである。元の部下たちは評価を下す直属の上司に媚《こ》び、影響力がなくなったマイスターなどは蚊帳《かや》の外に置くのだ。人間の生理である。

そして生理以上に、やはり、相談に来なくなったのには技術の劇的な進化があった。革命ともいえるような技術革新が起こっていた。ＡＩの導入などはまさにそれであった。書太郎は、時代に取り残されたのだ。

エンジニアたちは、社内で顔を合わせると笑顔を向けてきた。不満をぶつけようもなかった。

ただヒマであった。

出席依頼はなかったが、ヒマに飽《あ》かせ、書太郎はある日の設計会議に出てみた。マイスターはどの会議に出てもいい。

その日はＡＩテクノロジーによる自動操縦のプレゼンテーションだったが、ＡＩはプログラムだけではなく具体的なカタチを持っていた。乗組員に交じって働く二足歩行ロボットである。

もともと川崎重工業は産業用ロボット製造の大手である。世界的な人手不足により、工場現場のロボット需要《じゅよう》はうなぎ登りで二本の腕を持ち、人の相棒として働く小型で協業型のロボットも発展を続けている。

そしてこの日プレゼンされるのは小型協業型のさらに先を行く「ヒト型アンドロイド」であった。

プレゼンを行うのはロボット研究の世界的権威、大阪大学の石山《いしやま》教授である。

軍服を着た自衛官が教授と並んで座っていた。息が苦しいのではないかと思われるようなハイカラーのツメ襟《えり》を着ていたが、表情は落ち着いていた。彼はテーブルにファイルを広げて何やら書き込んだり、教授の耳もとで囁《ささや》いたりしていた。

研究員らしき「オタク顔」の男性がひとり、席につかず、入口近くに立っている。

石山は立ち上がり、参加者をゆっくり見渡した。石山は言った。

「では、はじめましょう。最初に、本日ご同席を願った方を紹介させていただきます」

石山は隣に座る自衛官の肩に手を置いた。

「さて、軍服姿の彼ですが、実はアンドロイドです」

自衛官は上目遣《うわめづか》いに苦笑いした。

そして、

「とりもなおさず、冗談はやめましょう、教授」

と答えたのである。

「フフフ」

石山は笑い、自衛官の肩をぽんと叩いた。

いちばん前に座る、川重の常務が言った。

「先生、どうみても人間ではないですか。ロボットは壁の後ろにでも隠しているのでしょう」

出席者も皆、石山教授のいたずらに忍び笑いをした。

ところが石山は笑みをたたえたまま、自衛官の頭部を両手で支え、ぐるりと百八十度回転させたのである。出席者はいっせいに声を上げた。

「えーっっ」

後頭部に扉があった。石山は扉を開いた。精密部品が詰《つ》まっていた。

「ね、ロボットでしょ」

石山は扉を閉め、頭を正面に戻した。

「そして彼には名前があります。鈴木一郎《すずきいちろう》です」

「え！」

参加者たちは短く声を上げたあと、息を呑《の》んだ。名前があると言われ、どうしていいかわからない。常務は言った。

「なるほど、はあ、イチローさんですか、すごいですね……」

感嘆《かんたん》と困惑に乱れるささやきが部屋に満ちている。

書太郎も魅入《みい》った。鈴木一郎の顔はまるで本物に見えたが、言われてしまうと、ロボットにも見えるのだ。たしかに動きは多少はカクカクしている。が、気づかないほどだ。人間だってこの程度カクカクした男はいる。

石山はアンドロイドの基本性能について約三十分間説明をした。

そして、

「鈴木一郎に搭載《とうさい》するＡＩエンジンはアマゾン・セールスドット・コムと開発してい

ます」

と言ったのを最後に、それ以上の説明はしなかった。潜水艦に関わる技術情報の多くは極秘扱いだ。身内にさえ知らされないことが多いから驚くことではない。

しかしまあ、すごい時代になった。書太郎は思った。アマゾン・セールスはショッピングモールではないか。そのＡＩエンジンとは買い物をした際「こちらもオススメです」と評価するやつだろう。それが進化して潜水艦に搭載されるという。軍事技術はＮＡＳＡなどが巨費を投じて開発し、時間を経て民生利用されていくのが常識だったが、民生から軍事へ流れる逆転現状さえ起きる時代になったのだ。進歩とは恐ろしい。

石山は言った。

「鈴木一郎は緊急時には海中に出て、外部から修理を行うこともできます。『人間』の乗組員が行動不能になった場合も、ＡＩが状況判断し、救助船の到着まで対応を続けます」

書太郎は鈴木一郎の顔を、どこかで見た顔だと思った。丸い目に低い鼻、おちょぼ口、瘦《こ》けた頬、額の髪が後退している。肌の色が少し黄色い。そして気づいた。映画「スター・ウォーズ」に出てくるＣ－３ＰＯに似ている。

石山教授のジョークはすばらしい。内心で拍手を送った。むずかしいテクノロジー議論にこそ、笑いが大切なのである。才能のある先生だ。

将棋名人がAIに勝てなくなったが、そんなのは手はじめだ。AIは進化を止めない。乗組員全員がC－3POの時代になれば、生命線である換気《かんき》システムさえ要《い》らなくなる。浮力の制御といった潜水艦の基本性能にも劇的な変化が起こるだろう。いや、そんな時代が来たら潜水艦に限らず何もかもが変わってしまう。いまでも、中東へ向かうステルス無人機の操縦桿《そうじゅうかん》はワシントンの某所にある。オペレーターはテレビゲームの感覚で爆弾を落とす。近い将来、発射の判断さえAIになるのかもしれない。

書太郎はそんなことを考えていたが、石山教授はもうひとつ、この日最大のジョークを用意していた。

石山は言った。

「では、今日の締めくくりに、もうおひとり、重要なゲストに登場していただきます」

入口に立つ「オタク顔」がドアを開けた。

入ってきたのは、石山教授であった。

石山教授がふたり。

なんと、いままで説明をしていた石山教授もアンドロイドだったのである。

書太郎は腰を抜かしそうになった。


とにかく、とんでもなく精巧《せいこう》な技術が実用に向かっている。

潜水艦搭乗は過酷な任務だ。原潜など無期限に潜っていられるが、三ヶ月を限界として浮上するのは「人間」が保《も》たないからだ。特に心が保たない。

石山教授は人間とロボットが共存する道順を示すためヒト型アンドロイドを造ったりしているのだろうが、いずれ鈴木一郎などはジョークになる。そう言えばそんな時代があったなと。

書太郎は説明を総花的《そうばなてき》に理解した。技術は自分が積み上げた経験が届かない場所へ向かっている。こんなレベルの話に、年寄りが相談相手になるはずはない。現役エンジニアたちは自分に尊敬の念を持ってくれている。相談がないのは、業務が未来へ向かい、滞《とどこお》りなく進んでいる証《あかし》だ。何を悲観することがある。後進に託せばいいだけの話ではないか。

しかし、寂《さび》しい。ヒマである。

同期入社で出世頭となった副社長に気持ちを吐き出してみた。同い年のよしみであけすけにものを言う男である。

「わからない事を知ったかぶりして意見したりするなよ。マイスターなんてうるさいだけのジジイだ。捨て扶持《ぶち》を受け取れる身を楽しめ」

何を言いやがる、俺の給料は捨て扶持か。酒の席では反論しながらも和《なご》やかに過ごしたが、一本の電話も一通のメールも来なかった。そんな状態が二年も続くと感情は沈黙し、それは性格を変えるほどのストレスになり、ストレスは刃物になった。自分を傷つける刃物を自分自身で持ち、ちょっとした感情の揺れにさえ刃物を持ちだし、心に生傷を付けていった。書太郎は副社長にくぎを刺されたにもかかわらず会議や現場に顔を出し、忙しい後輩たちに一節を垂れはじめた。困った部長が陳情《ちんじょう》し、書太郎は一ヶ月間のリフレッシュ休暇を取らされたりした。

「オヤジさん、旅に出されたよ」

社員たちはあたたかく冷《ひ》やかし、捨て扶持待遇をうらやましがった。

書太郎が会社にいようがいまいが業務は回り、改革は未来へ向かって進んだ。

そんなこんなで、書太郎のサラリーマンとしての晩年は笑い話のように過ぎたのである。

そして、書太郎が会社を去る月が来た。

ちょうど新世代艦「じんりゅう」の引き渡し式があり、書太郎はそこで、長年の功労によって表彰された。

自衛隊楽団の演奏と盛大な拍手に囲まれ、女性自衛官が書太郎に花束を渡して敬礼した。誰もが書太郎を、尊敬の態度で送り出した。

しかし書太郎には、花束が墓前の献花に思えた。

海風が強く、花びらが何枚かちぎれて飛んだ。しかしからだの中を吹く風はもっと強かったのである。

書太郎は自分を嗤《わら》った。

苦い嗤いは心と肝を弱らせ、怒りと畏《おそ》れの感情は悲しみを呼んだ。

これはほんのささいな感情で、理性で簡単に抑えられることを書太郎は知っていた。しかしそういう判断を冷静にできる自分がいやでしかたがなかった。それでこんな思いを自分勝手に大きくして、むなしさの口実《こうじつ》に使った。

書太郎はプライドという郷愁《きょうしゅう》を抱きしめるだけの、扱いにくい男になってしまったのであった。

第二章　デビーさん

一

　雛子は書太郎に三年遅れて川崎造船所に入社した。短大卒の事務職。配属は潜水艦部の経理課である。最初、書太郎のことは噂《うわさ》で知った。

「男前の潜水艦エンジニアがいる」

　潜水艦エンジニアは謎の存在だ。図面台に張り付いているか、ドックにいるか、潜水艦内にいるか、横須賀や呉《くれ》の自衛隊基地へしょっちゅう行くし、社員にさえ知らされないどこか深い海底へ巡航し、ひと月間浮かんでこないこともある。

　雛子がはじめて書太郎を見たのは、五月の終わり、エンジニアが深海から陸に戻るたびに開く帰還祝いと称した飲み会の席だった。究極の狭さに耐えたエンジニアを解放するため部署全員参加で行う慰労の会だ。「帰還兵」を取り囲み、あれやこれやと話しかける。一種のリハビリである。

雛子は社内で「デビーちゃん」と呼ばれた。小柄であったが、目鼻立ちがはっきりしており、入社してすぐに先輩の女性社員が愛称をつけたのだ。その先輩は新人社員に愛称を付ける担当でもあった。目の付け所がよく、愛称は誰もが納得するようなできばえを誇っていた。「デビー」は「デヴィ」から来ていた。その頃はもう、ひと昔前の話題だったが、根本七保子という日本女性がインドネシア大統領に嫁いでデヴィ夫人となる、奇跡のロイヤルウエディングがあり、花嫁の面影に雛子が「ちょっとだけ」似ていたからである。先輩はどこから引っ張り出してきたものか、雑誌の切り抜きを会社へ持ってきて、愛称の根拠を、自慢気に披露したのであった。

雛子は宴会に出た。そして「とにかく話しかけなさい」と課長から指示された。会社はもちろん、社会との付き合い方も知らない、年上の男性と接した経験のない十九歳の雛子。何を話したらいいかわからなかったが、そんな雛子の前に、海底から蘇った男前が颯爽《さっそう》と現れたのであった。雛子にはまるで、どこぞ西洋の城に暮らす王子様のように見えた。

雛子は心臓が撥《は》ねたことを覚えている。何か話さなければならなかった。

「夏はほんとに暑くなりそうですね」

その年の五月は涼しく、来たる夏が暑いのかどうか誰もわからなかった。天気予報の精度も五分五分だった時代である。朝のニュースで見た天気予報を、友達とお茶をする気易《きやす》い言葉で話してしまった。雛子は頰を赤らめたが、書太郎はこんな風に、笑顔で返したのである。

「君には未来が見えるんだね」

雛子は喋《しゃべ》った。何を喋ったのか覚えていない。その時の感情がどんなかたちをしていたか、雛子は今もって説明しにくい。

ただ事実として、雛子は書太郎に誘われた。

「よかったら街を一緒に歩いてくれないか？　素敵な神戸にやってきたのに、一年の半分がドックか海の底なんだからね。お願いするよ、デビーちゃん」

そして二年後、ふたりは結婚することになったのである。

素敵な恋の物語。デビーの恋の物語。

「雛が鳥になった」

社員たちからやんやの祝福を受けた。

雛子はめでたく寿退社した。

昭和五十年代、巨人大鵬玉子焼き、テレビで演歌歌手が活躍していた時代。書太郎は難儀な男などではなかった。爽やかな海の男だったのである。

二

書太郎と雛子の間にはひとり息子の芳樹《よしき》がいる。東京工業大学を卒業して就職し、東京に住み続けている。大手食品会社のサラリーマンだ。

今年四十二歳だが、雛子の記憶には芳樹が幼かった頃の面影が残る。髪に白いものが混じっても息子は息子だ。いまも月に一度は電話で話をする。嫁の明美《あけみ》との関係も円満だ。ときどき相談事をもちかけられる。ところが息子夫婦はほとんど神戸に帰ってこない。書太郎に会いたくないのだ。

書太郎が明美との結婚にケチを付けたのがそもそもの原因である。ひどいものだった。理由など何でもよかったのだろう。しいて言えば、明美は美人過ぎる、そういう事だったかもしれない。

十年前、書太郎が定年を迎えた直後である。芳樹が、「結婚したいひとがいる」と明美を連れてきた。

雛子にしてみれば奇跡のような出来事だった。三十歳を超えても色恋沙汰のない息子に結婚の気配はなかった。もともと線が細く、隅っこで遊ぶ性格の息子だった。学生時代も彼女がいたとは思えない。もちろん家に連れてきたこともない。

「生涯独身なのかねえ。最近はそういう風潮もあるみたいだし」

そんな雛子の心配をよそに、明美はとびきりの相手、なんと、ミス・ユニバース日本代表の最終審査に残った美人だったのである。背が高く、目は大きく、鼻が高く、眉毛《まゆげ》と目の距離が近い洋風の趣。あいさつに来た日は本物のシャネルスーツを着ていた。歩き方、座り方、話し方、笑顔の作り方、立ち居振る舞いに隙《すき》がなかった。モナリザのようだわ。百五十センチの雛子は仰ぎ見た。さらに明美は、そんな外見とはうらはらに、和風な心を持つ娘だった。雛子はすぐ仲良しになった。なんて素晴らしい人を見つけたの！　息子に起こった奇跡に雛子は感激しかなかった。ところが書太郎は明美を見て、あからさまに眉をひそめた。

「美人ほど飽きる。性格は美の裏返しとの格言がある」

皮肉を垂れたうえ、

「結婚など好きにすればよい。破綻すればお前の眼鏡違いということだ」

と言ったのである。

結婚披露宴は青山で行われた。新郎新婦とも東京に住んでいたからだ。鳥谷家の親戚も東京ばかり。ところが書太郎は出席しないとごねた。

「美人コンテストの友人など偽善者ぞろいだ。話したくもない親戚と会うのもごめん被る。うわべだけの笑顔、値段のわりにしょぼい料理、しょぼい酒、ウエディングケーキは派手なだけ、花束は偽善の象徴だ」

そんな書太郎の皮肉を覆し、披露宴はすばらしかったのである。青山ツインタワーのテラスを借り切ったレストラン・ウエディング。上品でいて肩の凝らないムードがあふれていた。なんといっても、新婦の美しさが際立ち、宴は地味な男に起こった奇跡の話で盛り上がった。

雛子は仲間に祝福される息子を誇りに思った。ところが書太郎は、不機嫌な態度を押し通したのである。人生には先入観でケチが付いたまま、それが続くことがある。いや、自分で勝手に付けたケチを引っ込めるのが嫌で、続けているだけなのだ。

芳樹は書太郎が二十七歳、雛子が二十二歳のときに授かった。書太郎は喜怒哀楽も素直で、初めての赤ん坊に、はち切れんばかりに喜んだ。湯浴《ゆあ》みさせ、おむつを換え、公園に出かけて主婦や子どもたちと気軽に話した。今風に言えばイクメンである。

雛子が憧れた、若くみずみずしいエンジニア青年はどこへ消えたのか。

潜水艦のせいだわ。暗い海の底に居すぎたのよ。

雛子はため息をつくのである。

三

雛子は一階に降りた。空調のスイッチはオフ。部屋は真夏が来たような蒸し暑さである。目覚めたときは心地よいと感じたのに、この熱気はなに？ パジャマを脱いで上半身裸になる。汗にべたつく胸元を手のひらで扇ぐ。パジャマを洗濯機に放り込んだ。早く洗って干さないと。陽がもったいない。顔をじゃぶじゃぶと洗い、Tシャツをかぶって台所へ入った。

炊事場の洗いかごに、しずくを垂らす皿とコーヒーカップがあった。書太郎は自分で朝食を作り、食卓を片付け、洗い物もやってしまったようだ。雛子がいるとコーヒーさえ淹《い》れないが、実際は几帳面で何でもできるのだ。やらないだけ。

雛子の腹が、ぐう、と困ったような音を立てた。

「元気になった証拠だわ。昨日はお茶しか飲まなかったから」

冷蔵庫を開けてみた。何もなかった。喫茶店でモーニングにしようかしら。買い物にも行かないと。そんなことを思った時、外でまた書太郎の怒声が聞こえた。

今月に入り、書太郎は毎日のように悶着を起こしているのである。幼稚園が現在の敷地と同じ面積の隣接地に校舎を建て増し、二割増しの児童を受け入れるとともに、延長保育、休日保育、二歳児も預かるプレスクールも申請すると発表したからだ。神戸市の垂水区は住宅エリアとして人口流入が続き、神戸市では上位の待機児童数となっている。

待機児童問題だって？　それは認可保育園の課題だ。私立の幼稚園はそもそもの成り立ちが違うだろう、という議論もあるが、私立であれ子どもの受け入れ枠が増えることに賛成の声は多い。

幼稚園の西隣は住人が亡くなって五年経《た》つ屋敷であったが、それを買える算段がつきそうになったこともある。

「延長に休日保育もやるだって？」

書太郎はもちろん反対である。

今日も怒っている。路上で言い合いをする。大きな声は近所の平和を乱す。

化粧している暇はない。雛子はスリッパで廊下を滑り、玄関で止まった。

その時、玄関の扉が開いた。書太郎が帰ってきた。

「あ……お帰りなさい」

「何が『あ』だ」

熱は下がったのか？　体調はどうなのか？そんなことは訊《き》かないのである。

「心配してくれてないのね」

とても訊《たず》ねたら、こんな答えが返ってくる。

「動けるのなら治ったんだ。わかりきったことをなぜ訊ねる必要がある」

書太郎は居間へ引っ込んだ。そして怒鳴った。

「コーヒー淹れろ。苦《にが》くしろ」

平日の朝はきまって機嫌が悪い。幼稚園の増設を知ってからは、ちょっとでも怪しいと思えば玄関から飛んで出る。

文句を言う書太郎に文句を返す人も多い。悶着に尾ひれがつき噂になる。

面倒くさい日常。難儀な夫。

雛子は悶着に巻き込んでしまったご近所を伺い、頭を下げてまわるのである。

第三章　幼稚園問題とマイルス・デイビスのビッチェズ・ブリュー

一

小さな悶着のひとつが、ついに騒動になった。夫が園長に詰め寄っている写真を誰かがツイッターに投稿したのである。隣に住む大学生の娘が見つけ、母親が伝えに来てくれた。コメントに「暴力はいけません」などと書いてあった。雛子はそれを、人生ではじめて持った自分のスマホに表示して書太郎に見せた。

「何が暴力だ」

「園長の顔を叩いてしまったんでしょ？」

「たまたま当たっただけだ」

書太郎は眉間《みけん》に筋を立てた。

「こっちから訴えてやる」

「誰を訴えるって言うのですか。投稿したのは園長さんじゃないですよ。こんな事はてんで苦手なひとだから。どこかの知らない誰かですよ」

「ふん、誰だって一分もあれば投稿できる」

「わたしなんか、文字を打つだけでたいへんですよ。園長さんもできません。若い人ならちゃちゃっとできるでしょうけどね」

「お前は相変わらず何も知らないな。時代は変わってるんだ」

「時代が変わったとかの話じゃないでしょう」

　雛子は釈然としなかったが、話は横道に逸《そ》れていくのである。

「トランプ大統領を見ろ。敵国さえ利用する。ロシアンゲートは陰謀だというような輩《やから》は情報戦を知らない。コンピュータが発達し人工知能がチェスや囲碁に勝つとはいえ、要は影響力ということだ。トランプはメディアの使い方を根本から変えた。急所を心得ている。さすがビジネスマンだ」

　ああ、またはじまった。雛子は黙ってしまう。

　書太郎の議論癖は偏屈と混ざり合う。自分を頭の良い人間に見せようとする意図も露骨で、大げさな身振りさえ伴う。腕を振り回したはずみで醤油瓶を飛ばし、カーペットに醤油だまりを作ってしまったことがある。（それで園長の顔にも当たったのだ）。家では洗濯できず、クリーニング屋に来てもらった。雛子がクリーニング代の高さをこぼすと書太郎は言った。

「醤油瓶を飛ばす事がいけないのではない。ただちに対策を考え実行しないことが悪いのだ。大量の水をかけて拭き取り、紫外線にさらせば色は消える。お前の頭はクリーニング屋に出せばいいとしか考えない。だから初動が遅いんだ」

「大量の水ですって？　カーペットなんてどこに干すのよ」

雛子は反論するが、罵倒されて終わりである。

「頭を使えといっておるのだ。だいたい元はといえば、お前がつまらない話をはじめるからではないか」

議論を乗っ取り、自分に責任がないとねじ曲げる。

話を続けてもいらつくだけである。何か言えば、面倒くささ百倍で返してくる。

しかし雛子は長年の経験から、書太郎の喋りをやめさせる術《すべ》を学んでいた。この時は、こんなふうに切り返したのだった。

「でも、トランプさんの大統領令も、議会の反対で成立しないのが多いじゃない」

するると書太郎は、

「ほお、ちょっとは知っているんだな」

と受けてから言った。

「そういうのを解決していくのが政治だ。枝葉末葉より大局。女に大局は見れん。そういうことだ」

これで議論は終わる。書太郎にシメのひと言を言わせればいいのである。

結論はだいたいが自分勝手な解釈だ。でも喋り続けられるよりはいい。雛子は半ばあきれながら、というか、あきれることすら飽きていた。

園長の頬に書太郎の手が当たったのは事実である。書太郎も認めているが事件にはならなかった。幼稚園と鳥谷家はお向かい同士、園長とは長年の知己だ。子ども好きの雛子は、通園時に黄色い旗を持って交通整理にも出て行く。園長室に招かれてお茶も飲む。ところがネットに写真が上がり、鳥谷家と幼稚園のいざこざが発信されてしまったのである。ケータイひとつで情報は世界へ出て行く。悪事は千里を走る。この真理は昔から変わらない。

書太郎はしばし黙った。雛子は黙ったタイミングで家事へ退散するのだが、雛子は書太郎のコーヒーカップを棚から下ろしながら話を続けたのだった。幼稚園と揉《も》めるのを止めてほしい。ちょっとは夫を懲《こ》らしめてやりたい。

「どうみてもあなた、悪者よ。あの写真を見れば」

雛子はインスタントコーヒーのふたを開け、カップに小さじで二杯入れた。

「苦いのだったわね」

ともうひとさじ追加し、湯を注いでテーブルに出した。

「はいどうぞ」

書太郎は何も言わず、苦い目をしながら苦いコーヒーをすすった。

雛子は豆から挽《ひ》いたフレッシュなコーヒーが好きである。純喫茶にしばしば行く。好きなのは老舗《しにせ》の「あんず」や「伽藍洞《がらんどう》」。駅裏には新しいコーヒースタンドもできた。コーヒーブームは雛子にはうれしい。ところが書太郎は粉コーヒーを飲む。海の底ではインスタントしかなく、それが馴染んだと説明している。でもどうなの？　そんなことなかったじゃない。フレッシュコーヒーだって飲みたいはず。言い出したことを引っ込めないだけ。

まあ、どうでもいいことね。

そのとき、玄関の呼び鈴が鳴った。

書太郎は反応しない。取り次ぎなどは女房の仕事だと思っている。

「その写真のことじゃなければいいけれど。幼稚園の方だったらあなたも出てくださいよ」

雛子はエプロンを外して玄関へ向かった。

「はいはい、ただいま開けます」

言いながら突っかけを履き、玄関の扉を開いた。

明るい陽射しを背に、背広姿の男性が立っていた。大きな男性だった。

「おじゃまいたします」

見たことのない人だったが、勧誘などの雰囲気でないことはわかった。妙な貫禄があったからである。

「ご主人はご在宅ですかな。鳥谷書太郎さん」

「は、はい」

「私、兵庫県警の大城《おおしろ》と申します」

大城は警察手帳を示した。

書太郎が座るソファは玄関先から続く場所にある。

大城は言った。

「すこしお時間をいただきたいのですが。おじゃましてよろしいですか」

「はあ」

雛子は気の抜けた返事をしながら居間を振り向いた。

書太郎が立ち上がっていた。書太郎はいぶかしげな目をしていたが、「こちらへどうぞ」と大城を招き入れたのであった。

二

大城は言った。

「お茶などご無用に願いますよ。すぐ退散いたしますから。奥様もお座りください」

雛子は「そうなんですか」と小さな声を出しながら座ったが、とんでもないことになったと思った。幼稚園が被害届を出したのだ。雛子は園長の川村沢子《かわむらさわこ》をよく知っている。教育者としても立派、背は雛子と同じくらい低いが、でっぷりとした体格そのままの温厚な性格でみんなに好かれている。今年還暦を迎える。そんな園長もついに、度が過ぎた書太郎の態度に業を煮やしたに違いない。写真も拡散されている。法的措置も仕方がない。園長には学園を守る義務がある。

雛子の予想通り、大城はスマホを取り出し、くだんの写真を表示させてテーブルに置いた。お隣さんが知らせてくれたものと同じ、書太郎が園長に手を上げた写真だった。老眼鏡がないとわかりにくいが、その写真は既に見て知っている。

「これがネットで拡散されているのはご存じですか」

雛子は無言で相づちを打った。

「所轄から県警に報告が上がって来ましてね。それでお話を伺いたいのですが」

書太郎は背筋をまっすぐに立てた。そして言った。

「決して暴力ではない」

ああ、やめて。雛子は思ったが、書太郎は喋りだした。

「幼稚園が社会の重要な役割を担っていることくらい私にもわかる。ただ、騒音も、住宅路の渋滞も、棚上げしたまま解決しようとしない。多少なりとも打つ手はあるだろう。具体的なアクションをしないまま隣接地を買い、施設を建て増し、定員の増加を図ろうとしている。行政も待機児童の解消になると感謝を広言している。それはいい。ただ、問題を放置したままの増員でいいのか、それを問いかけているだけだ」

書太郎はさらに言った。

「警察はどちらの味方なんだ。私が悪者なのか？　頬に手が当たったといっても、化粧が剝《は》げた程度だろう。厚化粧のおかげで肌は無事だ。言ってみれば厚化粧はショックアブソーバーだよ。何が暴力だ。ばかばかしい。訴えたいなら訴えればいい。いつでも受けて立つ」

厚化粧はショックアブソーバー??

いつもながら勘弁してほしい、火に油を注ぐだけじゃないの。

終わった。逮捕される。雛子は猫背になりながらも、顔を天井に向けてしまった。

しかし大城はにやついたのである。大きなからだをちょっとゆすった。

「ご主人、そういきり立たないでください。園長は怪我などしていないし、被害届を出したわけでもありません」

大城は名刺を差し出した。

「私の所属部署は、兵庫県警察本部刑事部組織犯罪対策課です」

雛子はその組織名がどういう意味を持つかわからなかったが、書太郎は読書用のメガネをかけ名刺を受け取った。

「組織犯罪対策課?」

「この写真ですよ」

三人ともテーブルに置かれたスマホ画面を再度のぞいた。大城は言った。

「厚化粧だったのか、化粧が剝げたのか、そんな事はいいのです。お訊ねしたいのは、背後に写っている男たちです。このふたりは知り合いですか?」

書太郎と園長だけに目を向けていたが、言われてみれば画面の奥に男がふたり写っている。

「どういうことです？」

「とにかく、もう一度よく見ていただけますか？」

大城はスマホを操作し、男ふたりの顔を大写しにした。

書太郎は目を凝らした。

「まったく知りません」

「別アングルの写真もあります。ネットには複数上がっていて、コメント付きで拡散されています。結構な数ですよ」

大城は鞄からクリアファイルを出し、そこからカラーコピーを抜いてテーブルに並べた。書太郎と園長とふたりの男が写った画像のアングル違いだ。数種類あった。

大城は一枚の写真を指し示した。

「この画像などは男のひとりがご主人と、なんと言いますか、『示し合わせている』と見えないこともない」

そう言われれば、そう見えないこともない。雛子は思ったのであるが、書太郎は言った。

「まるで記憶にない。合成写真じゃないか。スマホならいろいろできるんだろう。アプリとかで」

「居合わせた方にも話を伺いました。ご主人と園長と、その男たちがいたということです」

「園長と言い合ったのは確かだ。何人かが私たちを取り巻いていただろう。しかし、ふたりの男だって？　まったくわからない。ほんとにこんな近くにいたのか？」

「そうですか」

大城はまた別のコピーをクリアファイルから抜き出した。

「これはツイッターに書き込まれたコメントです。百五十もあります。幼稚園の騒音問題、近所の迷惑、子供の権利を守れ、といろいろありますが、お訊ねしたいのはこのコメントに関してです。『地域社会の闇、隣接物件買収に裏社会のかかわり』」

大城は言ったのである。

「このふたり、川本《かわもと》組に出入りしていた連中なんですよ。神戸の極道だった川本組です。昨年、組は解散しましたが」

「何だって？」

大城は黙っている。書太郎は言った。

「私のそばに極道ものがいたというのか?」

「それをお訊ねしているのです」

さすがの書太郎の顔にも動揺のいろが浮いた。自分の知識領域から大きくはみ出す話に答えようがない。

「まったく知らない。そんな連中があの場にいたことなど記憶にない」

何事につけて結論めいた事を言う書太郎が、政治家のような答弁である。

「では、こう伺いましょう」

大城は言った。

「ご主人が覚えておられなくとも、男たちの方がご主人を知っているとは考えられませんか?」

書太郎はメガネを外した。そして言った。

「私は川崎造船の社員で、潜水艦のエンジニアだった。知らないだろうが、潜水艦設計は機密仕事が多く、外部との関わりが極端に少ない職種だ。しかも現役を引退して十年、いまや外に出ることさえ少ない。どうしてそういった筋の連中と関係ができるのか」

「私は伺っているだけです。刑事というのは因果な仕事でね、なんでもかんでも訊ねるのですよ。幼稚園の隣接地である松下《まつした》家の売却が妙な経緯で決まりそうなので、さまざまな観点で調べています」

「妙な経緯だって？」

大城は書太郎の目を見つめている。刑事の目は独特だ。雛子は背筋が寒くなった。表の道路でブレーキがキュッと鳴った。さすがに、書太郎は反応しない。

大城は言った。

「ぼや騒ぎがあったのはご存じでしょう」

松下家は土地が二百坪、そのうち庭が百五十坪。大きな楠《くすのき》が真ん中に植わった景色は鎮守《ちんじゅ》の森のようでもある。小学生がときどき探検に入り込んだりする。その日は焚き火をおこしたという話だった。

「ああ、覚えている。消防車が来る騒ぎだった」

そして今も不明だが、謎の大人が絡んでいたらしい。庭に忍び込んで遊んでいたら、サツマイモを抱えた男性がやってきて、「自分たちで焼いた芋はうまいぞ」と小枝を集め、火をおこしてくれたのだという。

「五年前に松下氏は代替わりし、現在の不動産所有者は息子の保《たもつ》さんです。彼は東京在住で、実家に住むことはない。それで収益マンションに建て替え、運営を不動産リートという会社に任せようとしていました。不動産リートは売上規模一兆円に迫る大手の不動産運用会社です。それで保さんは幼稚園からの売却依頼を断っておられたのですが、急転直下、売り先が隣だし教育機関なので、快く売ることにした、と話が進み始めたのですが、突然不動産リートは手を引き、売買の仲介が地元の松浦《まつうら》建設に代わったのです。そんな時タレコミがありましてね、情報をたぐると、松浦建設にひとり、元川本組の舎弟がいることがわかったのです」

「やくざが土地売却に絡んだという話なのか？」

「暴力団が介入して資金源にしたのかもしれない、という疑惑です」

雛子は目をまるくして書太郎を見、そして大城を見た。つばを飲み込んだ。何も言えない。大城は言った。

「最近は、しばしば幼稚園に怒鳴り込んだとか」

「想像が暴走している。どうして私が関わるんだ。幼稚園の向かいに住んでいるだけだ。関連のない話をつなげないでほしい」

「関連があるかどうかを調べております」

「関連などない」

大城は淡々と続けた。

「では、これもご覧いただけますでしょうか」

「いったい、なんだって言うんだ」

大城はスマホを取り上げ、ひとつの動画を呼び出した。

それは平成二十八年十一月二日、川崎造船神戸工場で執り行われた潜水艦「せきりゅう」命名進水式の動画だった。懇意にしている自衛官が参加することになり、書太郎も出席した式典である。

排水量二九五〇トン、全長八四メートル、全幅九・一メートルの、巨大クジラのような黒い物体。旭日旗を船尾に纏《まと》わせ、艦上には日の丸がはためく。くす玉が割れ、色とりどりのリボンが風になびく。制服の自衛官たち、上級管理職の背広組、作業服姿のエンジニアたち、招待客、報道記者、カメラマンたち。

「せきりゅうとは南方を守る龍ということらしいですね」

書太郎は答えた。

「潜水艦の名称は縁起の良い海象にすることが多い。水中動物の名とか、ずい祥動物の名前とかだ。海上自衛隊で考えて、防衛大臣が決定する……しかしこれがどうしたのだ」

「警察のサイバー対策課では監視カメラの映像から容疑者を特定したりします。映り込んだ人間の顔をデータベースと照合していくのです。見ていただきたいシーンがあります」

涙滴型の潜水艦が軍艦マーチに送られて船出していった。式典は拍手と共に閉会となったが、カメラマンは撮影を続けていた。防衛副大臣と造船の社長が話していた。次の場面でカメラは書太郎を捉《とら》えた。書太郎の前に自衛官がやってきて腰を曲げた。その時、ひとりの男が画面の奥に現れた。大城は一時停止させ、画面を拡大表示した。幼稚園で書太郎の背後にいた男の片割れが映っていたのである。黒くて細長いカバンを提《さ》げている。銃でも入っているのか。雛子はそんなことを思った。

大城は言った。

「さて、いかがですか?」

「何が」

「この男は、何をしているのでしょう」

「どうして私が知っている」

「川重に問い合わせましたが、出席者の記録には見当たらないそうです。ところがそのまったくわからない男と、ご主人は二度、接触しています」

「知らん！　接触などしておらん」

「あるいは付け狙われている」

書太郎はさすがに声を飲み込んでしまった。

「ご主人が悪だくみに関わっているとは考えておりません。何かご存じかお訊ねしているのです」

雛子は心配げに見あげた。書太郎の目は意思を失ったように漂っている。

時計が九時を告げた。鳩が出てきて鳴いている。こんな時は休んでいればいいのに。

雛子は思ったが、大城は鳩を見てうなずいた。雛子には刑事がなぜうなずいたのかさっぱりわからなかった。

大城はカラーコピーをファイルに戻しながら言った。

「本日は事実関係を確認に参りました。このあたりで失礼いたします」

大城は大きなからだを持ち上げた。雛子もあわてて立った。書太郎も立ち上がった。

ふたりして玄関へ送った。玄関で大城は立ったまま、靴に足をねじ込みはじめた。

雛子は靴すべりを手渡した。

「これは、ごていねいに」

大きな靴だった。三十センチ近くあるだろうか。先が減って白くなっている。大城は靴すべりを雛子に返し、振り返って言った。

「小さな事でもよろしいですから、思い出したら名刺の番号に連絡をいただけますでしょうか。やつらが組関係だとわかればすぐに引っ張りますよ。ご安心ください」

大城は一礼し、出て行った。

ドアが閉まった。閉まったドアを見たまま、書太郎と雛子は並んで立った。雛子は言った。

「ご安心くださいって、ねえ」

そのときチャイムがまた鳴った。

「最後にもうひとつだけ質問、とかじゃない。コロンボ警部みたいに」

「私はもう知らん。勝手にしろ」

三

雛子はドアを開けながら言った。

「刑事さん、まだ何か？」

しかし、そこにいたのは刑事ではなかった。清楚な感じさえ漂わせる女性だったのである。

「おはようございます。人生に安心を。ライフ生命の佐藤栞《さとうしおり》でございます」

色白の肌。後ろに引っ詰めた黒髪。就活生のような濃紺のスーツ。手に持つ黒革の書類鞄だけは古い。パンフレットが詰まっているのか、一目で重たいのがわかる。

「あら、あなただったのね」

書太郎はまだ突っ立っていた。一段高い場所から栞を見下ろしている。

栞が書太郎に会うのははじめてだった。栞は革鞄を床に下ろし、ふたを開いて名刺入れを取り出した。姿勢を正し、名刺を両手で持ち、それから腰を折った。

「ライフ生命の佐藤栞と申します。よろしくお願いいたします」

「ライフ生命だと？　ライフとは生命という意味だろう。それでは『生命生命』ではないか」

書太郎は名刺を受け取って眺めた。名刺の肩書きに「生涯設計デザイナー」とある。

書太郎はまずいものを食べたような顔になり、名刺を雛子の手に握らせた。

「何が生涯設計デザイナーだ。場末の保険屋に用はない」

書太郎はきびすを返し、居間へ入っていた。

栞は書太郎の背を見送ってから雛子に向き直り、声を低めた。

「申し訳ありません」

「あなたがあやまることはないのよ。こちらこそすみません。場末だなんて、なんて言い草かしら」

雛子は言った。

「先日お話を伺った件ね。お願いしようかと思うけど、間が悪いみたい。出直してもらったほうがいいかしら」

「早くにお邪魔してしまって、申し訳ありませんでした」

「いいのよ、年寄りは早起きだから、朝はぜんぜん問題ないんだけど……」

そこまで話したところに、突然、大音量が響き出したのである。

「ああ、はじまった」

雛子は栞の耳に口を寄せた。

「主人は気分が悪いとあれを聴くの。大っきな音でね。今日の機嫌の悪さは十段階の九だわ。外へ出ましょう。話ができない」

雛子は栞を促し、外へ出て扉を閉めた。

隣の主婦が植木に水を遣《や》っていた。雛子と目が合った。

「デビーさん、おはよう」

「おはようさん。水仙が咲いたね。きれいだわ」

黄色いラッパ水仙が元気に花弁を広げている。三十輪ほどあるだろうか。見事な花畑だ。主婦は言った。

「お宅からいただいた水仙よ」

「育て方が違うのね。うちはだめ」

雛子が育てていた水仙を株分けしたのは十年も前の話だ。揃って咲かせましょうね、と言ったところが次の年、鳥谷家の水仙は咲かなかった。書太郎が定年退職した年だった。雛子は思ったのである。主人の不機嫌が花も不機嫌にしたのかもしれない。

ただ、水仙は枯れたが、種が飛んで来たのだろう。ムラサキツユクサが後釜として根を張ったのである。初夏にかわいい花を咲かせるようになった。

書太郎の不機嫌も自生種には勝てない。ムラサキツユクサは増え続け、いまや近所の名物である。

春は隣家の黄色、初夏は鳥谷家の紫。幼稚園の園長も季節に、それぞれの色を愉《たの》しみに来る。

ところが書太郎は違う。機嫌が悪いとき「雑草は刈れ」などと言うのだ。

家からは難解なホーンの音が漏れている。雛子は情けない目を隣の主婦に向けた。

「いつもすみませんね、もう」

主婦は、いいのよ、と家に引っ込んだ。

雛子はあきれ顔で言った。

「幼稚園がうるさいとか言うくせに、あんな大きな音、うちこそ近所迷惑だわ」

「そうなんですか……でも」

栞は耳を澄ましていた。

「わたしは好きですよ」

「好きって、何が？」

栞は言ったのである。

「あれはマイルス・デイビスの『ビッチェズ・ブリュー』です。ジャズの革命といわれている名盤ですよ。ジョー・ザヴィヌルとチック・コリアのダブルキーボード、サックスはウェイン・ショーター。ギターはジョン・マクラフリン」

「あなた、よく知ってるわね」

「わたし、音大出身で、ジャズを勉強していたんです」

「そうなのね」

「中学で吹奏楽部に入って、高校ではジャズのビッグバンドをやっていました。うちの高校、ブラスバンド部じゃなくてジャズ部なんです。そこで目覚めてしまったというか、取り込まれてしまったというか、音大に入って、サックスと作曲を専攻しました」

「へえ、サックス、その小さなからだで吹くのね」

玄関扉は閉まっているが、雛子の背中へ、うねるような電気サウンドが漏れている。《ビッチェズ・ブリュー》は一九七〇年の発表当時「ジャズ史上もっとも見事な背信行為」と評されたりしたが、ジャズ、ポップ、ロック、ブルースの分野に至るまで、多大な影響を及ぼしたマイルス・デイビス代表作のひとつである。二枚組アルバムのオープニングを飾るのは《ファラオズ・ダンス》。ジョー・ザヴィヌルが作曲したこの曲について、マイルス・デイビス自叙伝を書いたクインシー・トループはこんな感想を述べている。

「イントロのドラムに続き、大きく渦を巻くエレクトリック・サウンドが聴き手を奇妙な未知の世界へと誘う。エレクトリック・ギターとエレクトリック・ピアノが短いフレーズを放ち、破門のような広がりをみせる。マイルスの悲しげな短いソロが入る。再び他のミュージシャンが勢いを増すと、マイルスは彼の周囲で渦を巻き、壁を築くサウンドを貫き、思うがまま、ボクサーのようにジャブやパンチを繰り出す。彼のホーンは、サウンドの壁を突き抜ける出口が見つからず苛立《いらだ》ちをみせるように絶叫する。

バンドのサウンドは、ラッシュアワーのマンハッタンを行き交う車の騒音や人のざわめきを思わせる」

雛子は言った。

「でも、こんな音もジャズなのかしら。怪しげな宗教の音楽みたいじゃない」

「宗教じゃないと思いますけど」

「わたしにはおまじないにしか聞こえないけどね。うちの主人なんて『この音はケツの穴がしびれる』なんて言うのよ。お下品なこと」

栞は返答するのを止めた。話の出口はない。それで、ちょっと考えてから訊ねてみたのである。

「お訊ねしていいですか？ ぶしつけな質問かもしれないですが」

「ああ、でも、保険のことなら日を改めたほうがいいと思うんだけど」

「いえ、どちらかといえば音楽のことで」

「そうなのね。それならいいですよ」

「あのぅ」

栞は訊いた。

「『ビッチェズ・ブリュー』が十段階の九とおっしゃいましたけれど、では、十段階の十は何でしょう。もしご存じでしたら」

「まあ、それはおもしろい質問ね」

雛子は言った。

「十の十、知ってるわよ。あまりに妙な音だから訊ねた事があるのよ。これは何って？　わたしにはぜんぜんわからない音楽。主人があれをかけたら耳をふさぎたくなる。実際、何回も喫茶店へ逃げ出した」

「それはご苦労さまです」

「ほんとね」

栞は答えを促した。

「それで、それはわたしも知っているミュージシャンでしょうか」

「有名な人らしいわよ。わたしはさっぱりだけど。オーネット・コールマン。フリージャズっていうらしいわ」

「ああ、なるほど……オーネット・コールマンですか」

栞は相づちを打った尻から、唇がゆるんでしまった。

「たしかに、それはお辛いかも」

「ほんとよ。結構な年齢の男が不平たらたらで、つばやよだれを垂らしながら、苦しそうに演奏しているみたい」

　栞は目をまるくした。

「なかなかお上手な表現です」

「思ったことを言っただけよ」

　ジャズ好きにとっては格好の酒の肴《さかな》、楽しい話題である。

「オーネット・コールマンはジャズ愛好家でも九割は聴くのが辛いでしょうね。ジャズ喫茶でも音を鳴らしたとたん半分の客は帰ってしまうとか。でも熱狂的なファンがいるんです。仲間うちで聴く会とかしたりして」

　栞は言った。

「ああいうフリーなジャズって、演奏している方は楽しいんですよ。想像力の戦いというか、何かを生み出す期待というか。ジャズは演奏していると、その人の性格がよくわかります。気の強い人とはけんか腰になる。たとえば、ドラマーがバスドラを突然ドシャドシャ、バカスカバカスカって、振り返るとわたしを睨《にら》んでる。『若いやつなんぞになめられてたまるか、この野郎』みたいに」

「おやまあ」

「でも目は笑ってます。それでやり返すんです。やり返すって言うのはもちろん音楽でです。トランペットと目くばせして、わたしが裏のフレーズを取る。ドラムはどっちがホントのフレーズかわからなくなって勘が狂いはじめる。裏の裏で仕掛けてくる。ズンチャラズンチャラ、ン、ズン、ン、ズズズン。ジャンジャン、ジャズンジャズン」

雛子は言った。

「裏とか裏の裏とかわからないけど、それをけんかって言うわけね」

「ぜんぜん、けんかじゃないですけどね。あ、スミマセン。妙な話で」

「あなた、面白いひとね」

「それもスミマセン」

「何をあやまってばかりいるのよ。楽しんでやっているんじゃない。今日の主人は辛そうに聴いてるけど」

「奥さまも辛い」

「ほんとよ」

ふたりは目を合わせ、ぷっと笑った。

「それに、そういう話ならもうひとつ。あの曲がかかると、必ず思い出す事があるの」

雛子は言った。

「うちの親戚に五人姉妹がいてね、実家はお金持ちで、立派な仏間さえあって、法事はお坊さんに来てもらうような家だけど、何の拍子か嫁ぎ先の宗派が全部違ったのね。その五人がある法事で、それぞれ違う宗派のお坊さんを呼んでしまった。みんな自分が呼んだお坊さんを帰せなくて、さあたいへん。五宗派が一斉に読経をはじめたのよ」

雛子は目を見張って、その時の驚きを伝えた。

「宇宙の出来事かと思ったわ」

「たしかにそれは、宇宙かも」

「でもね、面白いのはそこからなのよ」

「まだあるんですか？」

「お坊さんたち、対抗意識まる出しで声を張り上げてたんだけど、ナンミョウホウレンゲキョウ、ナミアミダブツ、ガテーガテー、ソワカソワカとか。でも、なんて言えばいいか、だんだんリズムが合ってきて最後、ダバダバダ、ダバダバダーって、ぴたりと終わったのよ」

「ほんとですか？」

　琹も目をまるくした。

「宇宙の神秘ですね」

　雛子は言った。

「さすがに次から、お坊さんはひとりと決めたらしいわ」

「それは残念です」

「何が残念なものですか」

「お坊さんのコーラス、聴いてみたかったです。ダバダバダ、ダバダバダー」

「聴かなくて良いわよ。宇宙だったんだから。ダバダバダー」

　ふたりは笑った。琹は言った。

「ジャズは想像力が紡ぎ出す音楽なんです。突き詰めていくと、哲学になり、宗教にたどり着く。そんなことをいろいろなミュージシャンが言ってます。最後は宇宙なのかもしれません」

「あら、あなた」

　雛子は目をまるくしたのである。

「主人と同じ事を言ってるわ。わたしはそんな話を聞いていても右から左だけど。ひょっとしたらあなた、主人と気が合うかも」

「いやあ、どうでしょうか。そうですね。合うかも」

ふたりはまた笑った。

雛子は言った。

「でも今日は十レベルの九ですからね。主人のいないときに来てちょうだい。お茶を飲みながら静かなジャズを聴きましょう」

「ジャズでいいのですか？」

「わたしだって、若い頃は北野のクラブへ聴きに行ったりしたんだから」

玄関の扉から漏れるビッチェズ・ブリューは相変わらず激しい。ホーンのうなり、重なり合う二台のドラム、波打つ電子ピアノ。

「ああいうのもいいかもしれないけど、わたしは怒りを鎮めるために聴いたりしない。音楽はひとを幸せにしなくちゃ。そう思わない？」

「仰るとおりです」

陽が高くなり、水仙の黄色が光りはじめている。

栞はちょっと、隣の主婦の言った事を思い出した。栞は訊ねた。

「さきほど、お隣の方がデビーさんって仰いましたけど、奥さまのことなんですか」

「ああ、あれね」

雛子は手を顔の前で、違うのよ、と振ってから言った。

「わたしがデヴィ夫人に似てるって、昔言われたことがあって、お隣さんもあんなふうに呼んだりするのよ」

「デヴィ夫人って、イッテQとかに出ている方ですか？」

栞は雛子を思わず見つめた。

「彼女に似てるのですか？」

真剣な問いかけに、雛子は笑ってしまった。

「いいえ、ぜんぜん似てないわよ。特に今はね。あなたは知らないでしょうけど、彼女はインドネシア大統領夫人だった方で、若い頃は、それはそれは美しい方だったのよ。わたしが若い頃きれいだったって事じゃないの。デヴィ夫人が写った写真の一枚のうちの横顔か何か、その一枚だけ、ちょっとだけわたしに似ていたのがあったのよ。たまたま見つけた先輩がわたしの事をそう呼んでね」

「それでデヴィ夫人」

「デヴィのウに点々は言いにくいからデビー夫人になって、いつのまにか夫人は外れた。それでデビーさん」

「そうなんですね」

「でも、デビーさんなんて呼ぶのは古い知り合いだけよ」

音はまだ鳴っている。

「なかなか静かにならないわね。落ち着いたらやさしい曲に変えたりするんだけど」

雛子は言ったのである。

「主人も結婚した頃はフォークソングなんて聴いていたのよ。ギターなんか弾いちゃったりして。『帰って来たヨッパライ』とか『戦争を知らない子供たち』とか。若い人は知らないわね」

「残念ながら」

「ユーミンとか桑田佳祐のひとつ上の世代よ」

「そうなんですね」

「ジャズも好きだったわ。ロマンチックな曲とか」

「素敵なご趣味です」

「でも定年してから好みが変わったみたい。何があったか知らないけど、怒りっぽくなって、聴く曲も過激というか、宗教になったというか」

雛子は言った。

「わたしの好きなジャズはナット・キング・コール。あなた、そういうのも演奏できるの？」

　栞は言った。

「《アンフォゲッタブル》なんか、どうですか」

「まあ素敵！　ぜひ聴きたいわ」

「ひと月に二回はライブをやっていて、次は来週金曜日に北野のサテンドールです。こどもの日は神戸ジャズ祭というイベントがあります。会場は二十ヶ所くらいに分かれますが、わたしは元町のＪＡＭＺで演奏します。入場料は二千円ですけれど、ご夫婦でご招待させていただきます。ぜひお越しください」

「そんなの気にしないで。チケットは買わせていただきます。だって、ミュージシャンってお金ないんでしょう？」

「はあ、それはそうですけど、よくご存じで」

　栞は一歩下がり、おじぎをした。

「では《アンフォゲッタブル》、しっかりと練習しておきます」

「楽しみにしてるわ」

　ふたりはまた笑った。

第四章　忖度《そんたく》ジャズメンと、ユース・ジャズ・オーケストラ

一

　神戸元町高架通商店街、通称「モトコー」は、JR神戸線元町駅から神戸駅までのひと駅間、一・二キロに及ぶガード下の商店街である。

　神戸は敗戦までに八十三日、百二十八回の空襲を受けた。被災家屋は一四万一九九一戸、罹災者は五三万八五八人。市街地は壊滅状態となり、家を失った多くの人が焼け残った高架橋の下に集まった。

「国鉄の高架は骨組みがしっかりしている。そこへ避難しろ」

　と当時の神戸市長が声をかけたのがきっかけとも言われている。

　真っ先に逃げ込んだのは線路脇で商売をしていた人たちで、彼らがそこで饅頭《まんじゅう》の

立売りをはじめた。立売りは徐々に設備を備えた屋台店舗へ形態を変え、業態も増え、当時の日本における最大規模の闇市になった。

復興期の混乱状態であった。市長が逃げ込めと言ったのをいいことに、あらゆる人間が棲《す》み着き、不衛生なうえ、民族対立、刃傷《にんじょう》ざたで凄まじく荒れた。そこで、ある種の必要悪として、テキ屋系の神農会、博徒系の松明会といった、戦前から町で「顔の利く」地域のボスたちが雑踏を秩序化し運営した。営業権利の定まらない混沌で、より良い立地を得て商売をするためには、誰かの口利きが必要だった時代だったのである。闇市は統制経済だけでは成り立たない庶民の暮らしを支えた。

時代を経て商店街は自治組織になったが、怪しげな歴史に育ったモトコーには怪しげな個性が残り、そのことで親しまれ続けた。古本や古着、時計屋に刀剣屋、軍隊放出品、ワープロ専門店、占いの店、一膳飯屋に洋食屋、拳闘場にダンススタジオなど、種々雑多な店が肩を寄せ合い、他府県からやってくるファンもいた。

ところが阪神淡路大震災で状況が一変した。復興に時間がかかる中、インターネットによる消費スタイルの変化が重なり、商店街の商売は厳しさが増したのである。

いまやシャッターが閉まったままの店も多い。人通りが絶えた夜は、女性がひとりで歩けない雰囲気になっている。違法物の取引拠点に使われる店があるとの噂もたっている。

そして、商売にからむ闇もあった。長い歴史は賃貸の既得権を複雑化させていた。家主と店子《たなこ》の間に複数の業者が挟まり、契約関係は解けない謎のごとく入り組んでいたりする。誰が借り主かわからなくなっているのだ。博徒系のような組織がいなくなっても、歴史は過去をなぞる。グレーな仕組みは誰かが引き継いでいくのである。

「新耐震基準を満たした大改装を実施し、商店街を再スタートさせる」

補強工事を大義に、見えない闇を照らしたい。新しい賃貸契約を設定したい。すべてを一新させたい。

「闇市文化を守れ」

「新しくするだけが智恵じゃない」――

と、擁護論もやかましいが、家主であるＪＲは刷新への舵を切ったのである。

とはいえ、長い歴史を経て絡まった糸は、すぐには解けない。

土地がらみの契約はいつの世も、きれい事ですまない。

それで、その筋の力が多少は動くことになる。世の常である。

二

高架の山側は四車線一方通行の車道である。そこの一車線で、商店街の店舗立ち退き反対のデモ行進が行われていた。

きれいに晴れた春の日曜日の午後。昨日の雨で花粉も黄砂も少ない。

このあたりは花隈《はなくま》と呼ばれる。最盛期は料亭や茶屋が並ぶ、神戸一の花街であった。歴代の総理大臣をはじめ、川端康成や谷崎潤一郎などの大御所作家、石原裕次郎などのスターたちも、祇園に飽きたとき車を仕立て、老舗料亭「松迺家《まつのや》」に来た。昭和二十九年には関西財界人の招きで、新婚旅行中のマリリン・モンローとジョー・ディマジオ夫妻が訪れるなど、花隈は色香の匂う街だったのである。見番は忙しく、数百名の芸妓を日夜、多くの座敷へ振り分けていた。

しかし時代は移ろう。お座敷文化が衰退するなか、数寄屋づくりの「松迺家」が震災で壊れたことを最後に、街の景色は完全に変わってしまったのである。いまは空き店舗も目立ち、通り過ぎる車も人も、色気も少ない街となっている。

デモ隊が勇ましくシュプレヒコールを上げている。とはいえ三十人くらいだ。

欽二《きんじ》は安史《やすし》と並んで行進を眺めていた。

「がんばってるようやが、これでデモと言えるんかいな」

安史も同じような感想だった。

「ふだん人がいない場所にしては、集まってるのかもしれん」

ふたりは今年二十六歳。アルバイト収入で暮らすフリーターだ。ただ、バイトの種類が特殊だ。今回のネタは「デモつぶし」。良くない噂を立てよ。そういう依頼である。

ふたりはやくざ組織に出入りしていたことがある。常人が持つことができない経験を買われたのだ。

しかし「つぶせ」と明確に指示されたわけではなかった。依頼内容を聞いて、そう解釈した、というのが正しい。さらに提案された方法は、

「こんなのでいいのか？」

と思うような手法だった。

デモ参加者を痛めつけよ、といった前時代的な方法ではない。ぜんぜん違う方法による力の行使だ。半信半疑だったが、この種の仕事にギャラが支払われ、依頼が継続している。それなりの評価基準があって、自分たちは貢献しているらしい。

やくざが不動産取引にからむ、生々しい交渉現場に立ち会ったこともある安史と欽

二である。そんなキャリアもあって依頼されたと思っていたが、本当のところはどうなのか、依頼主から説明はない。

カメラマンを従えた記者が手持ちぶさたで立っている。NHKもいたが、缶コーヒーを片手に木陰で座っている。

欽二は言った。

「しょぼいデモ行進では絵にならんで。仕事やから、あんじょう編集するんやろうが。で、わしらはどのへんで写ったらええんや？　テレビカメラの回りでうろつくんか？　新聞記者に愛想振るか」

安史は言った。

「マスメディアは気にせんでええ。撮ってくれたら、それはそれで儲けもんじゃが、狙いはSNSや」

「インスタとかツイッターかい」

「そうやな」

「自撮りしたらええんか」

「ポイントはそこや」

「何がそこやねん」

「見物してる女の子とかが面白がって『やくざが来てるｗｗｗ』とかつぶやいてもらいたいわけ。他撮りさ」

「他撮りでも何でもええが、わしら、やくざとちゃうやろ。すんでの所で組に入るの止めたやないか。止めてくれた姐《ねえ》さんには感謝せなあかん。そやろ？」

「もちろん俺らはやくざやない。姐さんへの感謝は別の話。立ち退き問題が、『やくざも絡むめんどくさい話になってる』という印象を与える、とそういう仕事じゃ。『やくざ』とか勝手につぶやくのは人の自由や」

欽二は思案気な目つきになったが、一転、笑みを浮かべながら言った。

「しかしなんやな。安史のものの言い方には『や』と『じゃ』と『さ』がバラバラに混ざりよる」

「しゃあないやろ。じっさい混ざってるし」

「東京弁で突っぱったらええやないか。そのほうがモテるで」

安史は東京生まれである。十一歳の時に神戸に引っ越してきた。それで言葉が混じるのだが、欽二はときどき安史に言う。関東の人間が中途半端に関西弁に馴染むと岡山弁に似る。漫才の千鳥みたいな話し方や。

たまたま川本組で、これが話題になったことがある。舎弟の一人が面白がり「二人で千鳥やってみいや」と乗せられた。やらないわけにはいかない。断ればどつかれる。それで安史がつっこみのノブ、欽二がボケの大悟《だいご》になった。欽二は神戸生まれの神戸育ちだが、田舎くささを出してみた。

「シンプルに口が臭い」

「胃が腐っとんじゃ」

「クセがすごい」

妙に受けたのである。ふたりの岡山弁モドキがはまった。欽二は舎弟たちに頭を撫でられて喜んだが、安史は微妙だった。楽しくもなかった。

欽二は質問に戻った。

「ほたら何かい。言うてみれば、わしらはやくざのふりをするんかい？」

「違う。一般人が勝手に『怖い人来てる』とか『やくざ』とかつぶやいてほしいねん。それでコメントが注目される。やくざネタだけの週刊誌もあるくらいじゃ。自分事やなかったら、アウトローの話は興味を引くんや。欽二の昔話かて週刊誌に売れるくらいおもろいやろ」

「アウトローちゃうて。昔は多少そうやったかもしれんが、卒業したわ」

欽二は、ほんとうに悪かったのである。

欽二は幼児のころに両親と死別し、施設で育った。短気で切れやすく、窃盗癖まである難儀な子どもだった。十二歳で鑑別所、十三歳で初等少年院に入った。そんな欽二に「いらいらしとるならボクシングを習え」と勧める先輩がいて欽二はやってみたのだが、なかなか筋がよく、十五歳でプロテストを受けるところまで行った。しかし世間と折り合いをつけるのがむずかしい性格で元の木阿弥、ボクシングを喧嘩につかってしまい、少年院に戻ったりした。哀しい話だ。週刊誌ネタになるはずもない。

二人の付き合いはかれこれ十三年になる。

小学六年生で同じクラスになったが、欽二は妙なやつという印象しかなかった。同じ中学に進んだが、欽二は学校にあまり来なかった。来たら来たで生徒にも先生にも迷惑がられた。しかし安史は欽二を怖いとも面倒くさいとも思わなかった。ふたりとも人生の一部を欠いていた。未来が見えない人生の縁で何度も立ち止まった、似た者同士の共感があった。

安史は少年院へ何度も面会に行った。欽二に会うと、心が静まることに気づいたからだ。人を殴り、窃盗で補導され、ボクシングで改心したと思いきや少年院に戻るはみ出しもの。しかし安史は、そんな欽二がうらやましかったのである。アホらしいまでの単純さ。何と明快な人生か。実際、欽二は深く悩むような人生観を心から切り離していた。

　欽二にしてみれば、なぜ安史が先生も同級生も嫌がる場所へ、何度もやって来るのかわからなかったのだが、安史も両親を亡くし、生き場所を失っている時期だったのだ。安史は勝手に感動し、面会のたび肩をふるわせた。面会室で泣く安史に欽二は困ってしまったが、理由は訊ねなかった。欽二もそんな安史が好きになったのだ。

　そんなこんなで、ずっと友達で過ごしてきた。やくざのバイトまでいっしょにやり、過激すぎる大人社会も、いっしょにのぞき見た。

　安史は言った。

「請けた仕事じゃ。やるぞ。とにかく一般人に撮ってもらう。投稿してもらって拡散しまくる。炎上したら追加報酬も出る。俺らは演技するだけ」

「演技なあ……それで毎度、派手な服を着るわけやが」

　安史は浮世絵柄のアロハシャツに、黄緑色をした、裾広がりのパンタロンを穿《は》いていた。穴がたくさん開いた墨色の太ベルトを締め、足はビーチサンダルだ。身長が百八十八センチあるので顔は小さく見えるが、唇はアフリカ大陸の部族かと思うような太さである。ところが肌は日焼けを知らぬかのように白い。そこに極細のメガネを掛けている。

欽二は黒革のロングコートをハイウエストで締め、ボンタンに真っ赤なコンバースを合わせていた。髪をパーム油で撫《な》でつけ、頬には絆創膏《ばんそうこう》。腕が動くたび緑色の宝石が光る。この指輪は差し押さえの現場で盗んだ。

「ターコイズにプラチナの台座や」

欽二の自慢だが、やくざの目は節穴《ふしあな》ではない。高級な宝飾品を見逃すはずはない。イミテーションと知って捨て置かれたのだ。

安史も捨て置いている。じっさい、これをせしめた自慢を聞いてやるだけで満足し、窃盗癖がおさまっているからだ。人間、何事も「ガス抜き」が必要なのだ。

欽二は安史の格好を眺めながら言った。

「わしもアロハにしたらよかったわ」

スタイルがどうこうではない。春と思えぬ、Tシャツ姿も見かける陽気なのである。

「さっさとやって金もらお。着ぐるみのバイトならせいぜい一日一万円、これはびっくりの二十五万円やしな」

欽二はタオルで額の汗を拭きながら言った。

「微妙なバイトやで、しょうみなところ。しかしマジ、誰が金出しとん?」

欽二が何度も投げかける質問である。安史の返事も毎回同じだ。

「訊いても答えん。匿名や」

「ふん、そういうもんか」

欽二は、これまた毎度同じような受け答えをし、

「ほな、仕事するぞ」

とデモ隊に向かって歩きはじめた。

行進している人たちは、いたって一般的な人たちである。服装もふつう、ひるがえって安史と欽二はどう見てもアブナイ人だ。精一杯のうさんくさい顔を作っている。欽二がテレビカメラに愛想を振った。カメラマンは撮《うつ》そうとしなかった。それは織り込み済みだった。

女子高生たちがふたりを興味深そうに眺めていた。安史は近寄った。

「写真撮るか?」

女の子たちはたじろいだが、「インスタ映えするで」と声をかけてみると、安心したのかスマホを向け、瞬く間にインスタにあげた。この世代はスマホ扱いが速い。

安史は投稿を見せてもらった。背景に、うまい具合にデモ隊が写っている。

「別のポーズでもう一枚いっとこ」

安史と欽二は肩を組んで目に凄みを利かせ、中指を突き上げた。女の子は「ヤバイ、ヤバイ、ヤバイ」と盛り上がりながら、また撮った。

画面を確認する。品性のかけらもない顔である。

「ますますバッチリや。『妙なお兄さんがデモにいる』とか、コメントしてくれたら千円あげるし」

「お金くれるん？」

「いらんか？」

「いる」

女の子は言われるままのコメントを添えた。

安史は投稿を確認し、ハンドルネームを記憶した。あとでシェアする。#やくざ #極道 #裏社会 とか炎上目的のコメントを足して拡散させるのだ。この子たちを巻き込まないか？ 気にしてもしかたがない。欽二が言うように、微妙な仕事である。

女の子たちはあっけらかんとしている。ただの日常なのかもしれない。

「もういい？ わたしたち行くから」

安史は財布から千円札を二枚抜いた。

「ほな、はい千円ずつ」

「ありがとう」

女の子ふたりはそれぞれの荷物を肩に担いだ。それは楽器のケースであった。

「トランペットとサックスやな」

安史はしげしげとながめた。

「吹奏楽か」

トランペットの女の子が言った。

「ううん、ジャズ」

「ジャズやて？」

「いまから神戸ユース・ジャズ・オーケストラの練習。プロに教えてもらえるねん。生田文化会館で」

身長百五十センチあるかどうかの小さな女子高生。夏のセーラー服に薄手のベスト。白いスニーカーにスポーツソックス。生足。

「プロって？」

「だいたいは音大卒業して二〜三年目くらいの先輩たちで、楽器のパートごとにいる」

卒業して二年なら安史と同世代だ。プロといってもかけ出し。それだけで生活ができるわけじゃないだろう。

「全体の指導は広瀬未来《ひろせみき》先生と、高橋知道《たかはしともみち》先生なんよ」

「ほんまかい」

こちらは有名どころである。

「彼らが高校生の面倒見てるのか」

「ライブが重なってなかったら、必ず来てくれる」

広瀬未来と高橋知道は神戸在住だが、全国にも名が高い若手のプロだ。ふたりとも一時期ニューヨークに移住し、さまざまなミュージシャン達と共演した。広瀬は十年間現地に暮らし、しっかり音楽で食ってきた。彼自身、世界の中で一流となったのである。帰国後は、神戸ジャズのリーダー的存在として活躍している。

「それで若い世代が上手くなってんだ。納得、納得」

ジャパン・ステューデント・ジャズフェスティバルという名の選手権も年一回、神戸で開かれている。いわばジャズ甲子園。安史も一度見に行った。

歴史をひもとけば、神戸は日本ではじめて、プロのジャズバンドが生まれた街なのである。

大正十二年、宝塚歌劇団のヴァイオリニストであった井田一郎が四名編成の職業ジャズバンド「ラフィングスターズ」を結成し、旧居留地のオリエンタルホテルで演奏した。当時から港町として栄えていた神戸では、停泊中の外国客船で「ギャラをもらって」演奏する機会もあった。戦後はキャンプで進駐軍バンドに混じったり、本場のレコードを兵士から譲り受けるなどして、アメリカのティンパンアレイ（流行音楽）の息吹を街へと広げた。神戸ジャズのレガシーである。いまも中学・高校の部活動でジャズを教える先生たちがいる。神戸市も基盤を発展させる目的で「ジャズの街神戸推進協議会」を発足させ、現役プロ参加のユース育成システムを作り上げた。月謝三千円でプロに教えてもらえる。安いものだが、誰でも入れるわけではない。オーディションのレベルは高い。

名前を訊ねてみた。サックスの子は市内に住む大西結花《おおにしゆか》、トランペットケースを抱えているのは芦屋の高校に通う井ノ原沙紀《いのはらさき》という。

「どんな曲を習ってる？」

「ベニー・グッドマンの《シング・シング・シング》、カウント・ベイシーの《ワン・オクロック・ジャンプ》、グレン・ミラーの《イン・ザ・ムード》とか」

ジャズ史に残る、「超」が付くほど名高いスイング・ジャズのスタンダード曲だ。誰しもどこかで聴いたことがある明るいメロディ。ノリがいいのが入門コースにいいのだろう。当時のジャズは踊るための音楽だった。

結花は言った。

「今日はウェザー・リポートの《バードランド》も練習するわ」

「ほお」

スイング・ジャズだけじゃないのか。安史は訊ねた。

「自由に吹いていいのか？　ソロはアドリブもありか？」

「ソロはプロの人に吹いてもらって譜面にしてから練習する。アドリブはまだむずかしい。遊びでやったりするけど」

結花は淡々と話す。

「しかしバンドはええなあ」

安史は頬をゆるめた。

「俺なんか海に向かってペット吹いてるだけよ」

結花の瞳が光った。

「おにいさんも、ジャズやってるん」

「めざせクリフォード・ブラウンってな」

「ええっ！　わたしクリフォード大好き。めちゃ歌うような音色」

「ああ、歌ってるよな」

管楽器は歌うように吹けと言われる。

トランペット奏者の中でもとくに「歌って」いるのはルイ・アームストロングとクリフォード・ブラウンだ。安史は思っている。リー・モーガンも大のお気に入りだが、「歌う」となると、やはりクリフォード・ブラウンに行き当たる。演奏がとてつもなく上手いのもさることながら、自由自在の展開がとても美しい。

クラシックは楽譜をもとに、作曲家その人の音楽や想いを再現する芸術だ。ベートーベン、ショパン、バッハ、マーラー……「作曲者はこう考えていただろう」、という解釈が優先で、指揮者や演奏者の個性を押し出すものではない。逆にジャズは演奏者が主体となる。自由自在のアドリブは作曲家の干渉がほとんどない領域で、演奏者の個性を解放する。ジャズを語る人間の話題は、その多くがミュージシャンの個性だ。チャーリー・パーカーは鳥のように飛び、ディジー・ガレスピーは吠える、マイルス・デイビスは詩を詠む、クリフォード・ブラウンは高らかに歌う……。

安史は訊ねた。

「結花ちゃんは、どうしてジャズをやってる？　どうしてサックスを選んだ？」

結花は答えた。

「小さいころはクラシックピアノを習ってたけど、お父さんが吹奏楽でサックスを吹いていて、わたしも試してみた。すぐ馴染んだ。この楽器好き、って感じ。でも、室内楽でサックスの出番は少ないの。ラヴェルの《ボレロ》とか、ガーシュインの《ラプソディ・イン・ブルー》くらい。だからわたしはピアノにする、と思って練習してたんだけど、あるとき、チャーリー・パーカーを聴いたの。大ショック。背中に電気がビビビ。これって、どうやって吹いているの？　サックス一本でフルオーケストラみたいな世界を作ってる。狂気じみているのに陽気、ピッチがどんどん変わるのに美しく調和している。ブルースのリフにバッハ的なドミナント・モーションをがんがん入れて、とんでもなく複雑なアドリブを吹きまくっている。わたしのやりたい音がぜんぶあった。あんな音を出してみたい。あの音がわたしの中に入って出て行かなくなった」

現代の音楽に大きな影響を与えた革命は三度あったといわれる。最初は十八世紀前半、バッハに代表される十二音平均律。ドからドまでを十二に割った、等しい幅を持った音程でオクターヴを構成する方法だ。ピアノの調律のあり方が確立し、それ以後すべての楽曲の基本となった。ふたつめは二十世紀半ばの「バークリー・メソッド」。複雑な音楽もメロディとコードを記号化する手法で、ポップミュージックやジャズを組み上げるための基礎となった。みっつめの改革はコンピュータの導入。音情報がデジタル化され、楽曲制作手法が変わり、消費者もCDというデジタルメディアで音楽を買えるようになった。

モダン・ジャズは、ふたつめの音楽革命からはじまった。最大の立役者が、天才チャーリー・パーカーである。彼が生み出した「ビバップ」スタイルは、それ以降のジャズの流れを決定づけたばかりか、二十世紀後半のポップス全体に多大なインパクトを与えた。

なるほど、さもありなん。「パーカー・ショック」はジャズメンが通る道だ。マイルス・デイビスも十八歳の時に聴いたパーカーに、雷《いかづち》がごときショックを受けたという。俺にも「パーカー・ショック」はもちろんあった。安史は思ったが、トランペットを選ぶことになったのは、クリフォード・ブラウンの音に痺れたことも大きい。それに加え安史には、さらに、特殊な事情もあった。

安史も結花と同じように、親がクラシックの演奏家で、母親はピアノ、父親はピアノとトランペットを演奏していた。安史も三歳からピアノを習った。ただトランペットの音色に魅せられ、安史は吹きたがった。楽器を壊されたくない父親は、子どもの手が届かない棚の上にトランペットを置いた。安史は泣きじゃくり暴れた。父親はあきらめて教えはじめ、安史はぷかぷか、ぶうぶうと吹いた。

安史はピアノも練習したが、ある日、事件が起こった。

父親がピアノを破壊したのである。

それは、なかなかにつらい事件だった。

つらいできごとだったからこそ、安史はジャズにのめり込んだのかもしれない。

ある日、安史が「とり違えっ子」であることがわかったのである。

三

安史は生まれたときの検査で、血液型がB型と母子手帳に記された。

両親ともB型。ところが小学校最終学年の血液検査でA型と判明した。再検査をしたが、やはりA型だった。

生後十二年目にわかった事実だった。出生時に他の赤ちゃんととり違えられ、記録も混同していたのだ。

安史はどこかよその子どもだったのである。

父親の身長は百六十八センチ、母親は百五十三センチと小柄だ。小学生で既に百七十センチを超えた安史を「どこかの世代からの隔世遺伝だ」と成長を喜びはすれ、他人などとは思いようもなかった。出産した病院から生まれたばかりの安史を連れ帰ったのだ。母親が産んだ子どもであることに疑いはなかった。

そんなとき、あきらかになった事実。

血液型の不一致を知った夫は妻の浮気を疑い、激しく責めたのである。

少年時代、天才ピアニストと呼ばれたほどの父親であった。ナイーブすぎるほどの感性は逆境で弱点としかなり得ず、現実との折り合いを見つけられなかった。母親も寡黙な性格だった。話し合って解決することができない芸術家同士。沈黙は疑いを呼び、疑いは憎しみとなり、悪意となった。

そして事件が起こった。ある日、父親が斧《おの》を提げて玄関に現れたのだ。

町内の消防団が非常の際に使う柄の赤い斧。父親が何をしたかったのか、いまとなってはわからない。家に上がるなりピアノを機関銃のように弾きはじめた。不協和音の連続。嵐、洪水、山崩れ、怒り、噴火、爆発……拳で鍵盤を殴りつけたあと、斧で鍵盤を割りはじめた。止めに入った母親を肘で払い、振り返りざま斧を振った。偶然だったのかもしれない。しかし刃先が母親の薬指と小指を飛ばしたのである。母親は絶叫して床に崩れた。父親は血を見てさらに逆上し、血しぶきが降り注いだ白い鍵盤に、めったやたらと斧を振り下ろした。安史は隣家に走った。父親は駆けつけた警官に取り押さえられ、母親は救急車で運ばれた。

三ヶ月にわたる取り調べと審判があった。父親には執行猶予がついたが、何も元に戻らなかった。そして父親は自分の人生に決着を付けるかのように、直後に交通事故で死んだのである。母親は手術で指をつないだが、心の傷は深く、拒食による栄養失調で死んだ。

病院が「とり違えっ子」を認めたのは五年後だった。事例が複数見つかり、集団訴訟が起こったのである。和解となり、安史は謝罪を受けた。

しかし突きつけられた事実。本当の親は誰かという疑問。さらに新しい法律ができていた。個人情報保護法。病院の顧問弁護士が「調査はできない」と会見した。

「ひとつの間違いが悲劇を呼んだ。解決できない人生」

新聞はそんな風に書いた。

ああ、そうだ、悲劇だ。とんでもない人生だ。

記憶に残る血染めの鍵盤。ちぎれた母の指。ヴィジュアルイメージは激しく、天才画家が描いた空想絵画のように、安史の心に刻まれている。

そして俺はどこかよその子。死んだ父母の息子もどこかにいる。

「いまさらどうでもいい」

安史は口では答えるが、以後、背が妙に高く唇が太い人物を見つけると、親かもしれないと、見つめてしまう自分がいることを自覚していた。

安史は残されたトランペットを吹いた。《アイ・リメンバー・クリフォード》。なぜこの曲だったのかわからないが、その曲は美しすぎるほどに哀しく、安史の一生のテーマとなったのである。

それがジャズとの、本当の馴れそめかもしれない。

女子高生たちは「練習行くから」と背中を向けた。

ふたりが抱える楽器ケースは傷だらけだ。相当使い込んでいる。

安史は背中に呼びかけた。

「がんばれよ」

「はーい」

結花は振り返りもせず、サックスのケースをちょっと振って答えの変わりにした。

高校生のくせにクールな受け答えをしやがる。

ブルースのリフにバッハ的なドミナント・モーションだって？

どんな音を出すのか聴いてみたい。ユース・ジャズ・オーケストラか。

セーラー服の後ろ姿に見とれていると、デモ隊が三々五々、散らばっていくのがわかった。

「今日は予定終了や。茶でも行こか」

欽二に声をかけた。そのとき、ひとりの男が近寄って来た。

四

肩章のついた飴色のジャケットに飴色のズボン。シャツも同色。ネクタイはそれより濃い焦げ茶。顔は力士なみに大きく、真ん中に真っ黒なボタンのような目。天然パーマの短い髪が頭皮に張り付いている。身長は百八十近い。体重も余裕で百キロを超えているだろう。牛脂を貼り付けたようなあご、腹の肉をベルトで押さえつけるように締めているが、同じベルトを永らく締め続けたのだろう。留めの穴が撚《よ》れて楕円になり、バックルの金属を引っ張っている。

男は言った。

「お前ら、見た顔やな」

安史も男の顔を知っていた。

川本組にときどきやって来た刑事だ。最後に見たときも茶色の服に茶色の太いネクタイを締めていた。マル暴の刑事はやくざよりやくざらしいというが、この刑事は単にセンスが悪い。安史はそんな印象を持っていた。

「川本組に出入りしとったやろ。背が高うて唇が太いほうは、よう覚えてるわ」

安史は身長が百八十八センチ、アフリカ生まれかと思うように唇が黒ずんでいて太い。肌が白いので、まったくアフリカ人らしくないのだが。

刑事はそこまで思い出したところで警察手帳を示した。兵庫県警察本部刑事部組織犯罪対策課警部補、大城定吉《さだきち》と書いてある。

「ここで何をしとんねん」

安史は答えた。

「何してる言われても、道歩いているだけです」

「それが歩く姿か？　けったいななりしよってからに」

刑事こそやくざまる出しの格好と安史は思ったが、言わなかった。

「趣味ですわ」

「趣味やと？」

「革のロングコートは何かの罰ゲームか」

「こいつ、ちょっと寒がりなもんでね」

「ふん、今日は二十八℃くらいあるぞ」

大城は言った。

「カバンの中身、見せてもらえるか」

「何でですの？　何も悪い事してませんやん」

「悪い事してないんやったら、見せたったらええやないか」

欽二が割り込んできた。

「拒否してええですよね。令状ないし」

言わずもがなだ。カバンには財布と手帳とガムくらいしか入っていない。見せてしまえばいいのだが、欽二はこういう時に突っかかってしまうやつなのである。大城は型どおりの返事をした。

「それなら捜査令状取って来るからその間、ここで待ってもらうことになる。それか県警へ同行願えますかな。もちろん任意でございますが」

語尾はていねいになったが、内容は悪意に満ちている。

「何の容疑ですか」

「カバンの中身を見せてほしいと訊ねているだけや、形式的な所持品チェック。職務質問は警官の仕事でしょ」

　ぜったい見せないと言えば刑事は引き下がる。プライバシーは法律で守られているからだ。じっさい安史と欽二は川本組組員が刑事と対応した場面に居合わせたことがあった。刑事は同じようなことを言ったが、結局は引き下がった。無理強《じ》いした検査となれば拳銃や麻薬が入っていたとて、裁判で証拠として認められない。組員がそんな事を教えてくれた。

「まあ、たいしたものは持ってないやろ。別にええわ」

　大城はあたりを見渡した。デモ隊はいなくなっている。

「お前ら、モトコーの立ち退きにからんでるんやないやろな」

「俺らが？　立ち退きの何のどこにからみますの？」

「やくざのシノギやないかと訊ねとんや」

「僕らはやくざとちゃいます」

「元やくざや」

「違いますって。会社の家具やらを運ぶ手伝いしてただけです」

「倒産整理やろ。火事場泥棒とも言うんや」

「詳しくは知りません、バイトです。時給千円。ふつうでしょ」

「何がふつうなもんか」

欽二がまたしゃしゃり出ようとしたが安史は押し留めた。

黙っていると大城は言った。

「まあ、モトコーなんぞ、どこを突いてもうまい汁は吸えんがな」

大城は大きな顔を安史に近づけてきた。たるんだあごが暑苦しい。大城は言った。

「さっき女子高生に金を渡したな」

「はあ」

「ゼニや。あれはなんや」

「あれですか、あれは……カンパですわ。千円。俺らにはそれくらいしか出せません。貧乏やし」

「なんでお前らがカンパすんねん。あの子ら、募金集めしてるわけやないやろ」

こういうときは真実を話すべきである。ウソは墓穴の縁。これも川本組との関わりから学んだ。

先ほど女子高生に聞いて知った話だったが、安史はそれを言った。

「中高生がジャズの楽団作ってるんです。今日も練習しよんやけど、月謝が三千円なんですわ。生徒には厳しいでしょ。ちょっとカンパしてやったんです」

「ジャズ？　どんなジャズやねん」

知らないくせに質問してきやがる。警察は面倒くさい。

「神戸ユース・ジャズ・オーケストラって、神戸市が後援してる正しいやつですよ。《シング・シング・シング》とか《イン・ザ・ムード》とか、ビッグバンド編成で、今夜の練習場所は生田文化会館」

興味のない話は続かない。飽きれば退散するだろう。安史は真面目に答えてやった。

「サックスの女の子はチャーリー・パーカーを目指してるけれど、クリフォード・ブラウンも大好きなんですわ」

さあ、もうええやろ。帰ってくれ。ところが大城は言ったのである。

「ブラウニーか。ニューヨークの夜空みたいなバラードを吹くな。早う死んだのは、ほんまに惜しい」

クリフォード・ブラウンの愛称はブラウニー。紛《まぎ》れもない天才だったうえ、性格がよくて人気者だったが、二十五歳の時、交通事故で死んだ。ジャズファンだけが知るような話だ。

安史は話を続けたくなった。

これからお茶に行くけど、刑事さん、いっしょにどう？

しかし言わなかった。大城も茶を飲むつもりなどなかったようだ。

「お前ら、なんぞやらかしたら引っ張るからな」

そう言って、大きな尻を揺らしながら、去って行った。

五

ふたりは疲れてしまった。

欽二は「かつ上げでもしたほうが楽や」と鼻を鳴らした。

元町一丁目まで歩き、JR高架下にある老舗ジャズバー「JAMZ」に入った。安史が小学生の頃から通う店である。

高架下にあるほとんどの店は一階部分を店舗、二階を倉庫にしているが、ここは二層ぶち抜きの大空間だ。ドアを開けるとビパップ・サウンドが漏れ出した。入って左側にカウンターがあり、オーナーママである内山千鶴《うちやまちづる》がレコードをターンテーブルにセットし、ジャケットを客に見えるようカウンター上に置いていた。ベニー・ゴルソンの《グルーヴィン・ウィズ・ゴルソン》である。

神戸はジャズ喫茶、ジャズバーの多い街だが、その中でもＪＡＭＺはいちばん大音量でストレートで、切れのよい音を聴かせる店だ。オーディオシステムは豪快そのもの。ヴィンテージ・マッキントッシュＭＣ２７５とＣ２２がコントロールする、ＵＲＥＩ８１３ＢＸとＪＢＬ２４２５Ｈドライバーに８００Ｈホーンを取り付けたトゥイーター、ＰＡＳ社のウーファー、サブ・ウーファーにＪＢＬの２２３４Ｈを組み合わせている。

高級なオーディオを揃えてレコード回してジャズを聴きながらお茶を飲む。一杯五百円の珈琲で十時間粘る客さえいる。ジャズ喫茶というのは日本独特、世界的に見れば謎でしかない経営効率無視の優雅な空間だ。神戸は昭和七年に「ジャズ」という名の喫茶店が開業した。昭和二十八年開業の「ＪＡＶＡ」は、米軍キャンプで唄っていた江利チエミも訪れた店だが、創業六十六年の今でも営業を続けている。北野坂には、たかだか百メートルの間に九軒のジャズクラブがある。ニューヨークのセブンス・アベニュー・サウスでも、ここまで密集していない。ターミナルの三ノ宮駅前広場で演奏し、観光客をジャズで迎えるような景色もある。南京町や水族館、植物園、寺の境内《けいだい》やワイン畑でもライブが開催される。神戸はさまざまな場所でジャズが奏《かな》でられ、聴く人がいる。

さてJAMZである。

阪神淡路大震災前は海側の栄町にあった。ビルの地下。地震の一撃でビルそのものが大破して埋まってしまった。栄町は全域にわたって被害が甚大だったのである。千鶴は同じビルでの再建をあきらめ、今の場所へ移転した。さいわい、店の象徴でもあったスピーカーシステムを掘り出すことができた。強い音響エネルギーに対処するため、内部の全コーナーを四センチ角の米松角材で補強した頑丈な箱のおかげで地震に耐えたのだ。マッキントッシュMC275の真空管はすべて割れたが、デッドストックで復活し、五千枚あったレコードも半分ほどは掘り出せた。いま店内でかかるアナログ盤は震災の記憶を刻む音でもある。

カウンターの天板は焦げ茶色のオーク一枚材。カウンターは土台が壊れたが、補強材を加えて蘇《よみがえ》らせた。天板についた傷はそのままにした。傷も歴史の証人、残すべきものを残した、とは千鶴の言葉だ。ただ、店の気分は変えた。かつてのJAMZは目を閉じて音にひたる暗緑色の穴蔵だった。裸電球と古びたナイト・スタンド。陸軍払い下げのベッドに本や雑誌が山のように積まれていた地下室。怪しくて雑な感じがジャズクラブらしかったが、人生を一変させるような震災は、千鶴の気分も一新させた。いまは南洋風の大きな葉が垂れる植木や、ウエストコースト風のネオン管がジャズに色を足している。

最近はドーナツのケースをカウンターに置き始めた。安史は「甘党になったのか？」と訊ねてみた。千鶴は言うのである。

「アメリカの刑事ドラマで、ドーナツとか買ってくるじゃない。さんざんな事件で振り回された次の朝、箱ごと署に持って来て『みんな食えよ』って。コーヒー飲みながら」

「あれって、都市伝説じゃないのか？　現実の刑事はドーナツなんて食べないらしいよ」

千鶴は何か言おうとして口を開きかけたが、言葉を飲み込んだ。そして言葉の代わりにドーナツをひとくち齧《かじ》った。

「都市伝説でもいいわ。ときどきは甘いものもいいでしょ」

これも千鶴ママなりの未来志向なのだろう。

安史は小学生六年生で「孤独に浸るため」、ＪＡＭＺに通いはじめた。背が高かった上にむずかしい顔をしていたので、千鶴は「高校生と思った」のである。千鶴はのちに、安史の抱《かか》えた困難を知ることになったが、それで何をしてやれるわけではなかった。安史もただ、ひとりで音に浸れるこの店が好きだったのだ。安史は入り浸り、

家具の修繕や配管やら配線など、見つけては修繕しはじめた。安史は工作が得意なのだ。掃除や片付けも手伝った。それで千鶴は、

「飲みものは無料にしてあげる」

と言ったが安史は断った。

「金はちゃんと受け取るものや」

律儀な性格はどこで身についたのか、安史自身にもわからなかったが、金に関してのあやふやさは親しい仲でも避けた方がいい、という感覚があったのである。

ただ千鶴は恩を忘れず、記念日にはプレゼントを用意した。

安史が成人した日は、待っていたように、

「さあ、お酒を飲みましょう。記念ワインを見つけてきたのよ」

と、安史のバースデイ・ヴィンテージ、二十年ものの、シャトー・ラフルール一九九〇年を贈ったのである。

ペトリュスやポムロールと並びボルドーを代表する銘柄。ボトル熟成でお香やスターン・アニスの香りを下敷きにした複雑な味わいが育ち、飲み頃となる。小さな生産者で入手が困難なマニア垂涎《すいぜん》のワインだ。

「二十歳の記念にぴったりね」

千鶴は惜しげもなく栓を抜いた。

とはいえ、安史にはワインが旨いのかどうかはわからなかった。最初の酒とは、こんなものかもしれない。そう思っただけだった。

ため息のようなベニー・ゴルソンのサックス。

曲は《イエスタデイズ》。

ビートルズの《イエスタデイ》とは違う。ビリー・ホリデイも歌った名曲。恋多き時代を過ごしてきた女性が死を悟り、幸せだったパリのことを思い出している。

哀しげなサウンドは官能的だが、ＪＡＭＺは官能も大音量で奏でさせる。官能が大きすぎて、となりの人間と話すにも口を耳元へ寄せないと聞こえないほどだ。

ところがこれ、怪しい会話が誰かの耳に届く心配がない環境なのである。安史は通いながら、ヤバイ仕事の打ち合わせに、この店が使えることを気づいた。

安史と欽二は生ビールを注文した。グラスを合わせてひとくち飲むと、それぞれのスマホを操作し、ジャズガールたちの投稿を表示させた。

「一触即発」

「妙な二人づれが来てる」

といったコメントが書き込まれている。そこに　#やくざ本気　#モトコーやばい、などのハッシュタグを足して拡散するのが仕事である。インスタグラムとツイッターに複数のアカウントを作ってある。ひととおり、各アカウントで拡散した。

欽二が訊ねた。

「この前のは、どんな感じかいな」

「この前って、霞の幼稚園か」

先週、垂水区の住宅街にある幼稚園へ出かけた。幼稚園が事業拡大のため隣接地を取得するのだが、土地を地元の建設会社経由で買わせたいらしい。そのために写ってこいという仕事だった。脈絡は不明だが、発注主には目算があるのだろう。

幼稚園でどうやって写るのか、どうやって投稿してもらうのか。思案しながら向かったが、ちょうど、幼稚園の前で車同士が接触して野次馬が群がり、そこへクソ派手なふたりが現れるという状況になったのであった。撮ってくれる人を探すまでもなかった。通行人にスマホを向けられ、様々な写真が投稿された。いまあらためて画面を呼び出してみると、恐ろしいほどの勢いで拡散していた。#妙な連中がまとわりつく幼稚園　#政官癒着、#裏取引　#森友といっしょ　#加計といっしょ……

百件以上のコメントが付く写真もあった。シェアも二百以上ある。

「炎上したら、ボーナスを出すらしい」

仕事を仲介してくるのは、商店街のポスター制作などをしている地元の広告代理店だが、クライアントは大手のＩＴ企業らしい。理由があって名を伏せているという。

「ＩＴと言いながら、実体は地面師とか」

地面師とは、実際に所有していない他人の土地を、印鑑証明書や委任状などを偽造して勝手に転売したり、担保に入れて金を借りたりする詐欺師である。公正証書など本物そっくりに作るし、３Ｄプリンターの進化で、本物と「同じ」実印さえ作れる時代になっている。役者に土地所有者を演じさせ、数億円、数十億円の金をだまし取るような、さらに悪質な連中もいる。やくざと関わった事で、ふたりはこのあたりに詳しい。

「いや、ほんまにＩＴ企業らしいで。地元の建設会社というのも松浦建設や。電車からビルが見えるやろ。垂水駅横の川沿いを上がったところに」

「ああ、あるな。確かに……」

欽二は思案げな目になりながら言ったのである。

「二十一世紀の仕事とは、こういうものなんかのう。しかしやっぱり妙な仕事や。わしらは妙な有名人。妙な災いが舞い込みそうでコワイわ」

欽二は思案を苦笑いに変えながら、また拡散をはじめた。

安史もふたつみっつコメントを足したが、そこでスマホを置いた。

たしかに、こんな二十一世紀でいいのか？

壁際のテーブル席には、デモに参加していた四人連れがかたまっていた。ジャズファンなのか？　密談に来たのか？　ちょろちょろと視線を二人に向けてくる。さっきのやくざが来ていると話しているのかもしれない。そういう事なら狙い目だ。ちょっとこっちへ来てちょうだい。写真撮ってくれたらビールおごりますよ、とでも言ってやろうか。

甘美なサックスの音色《グルーヴィン・ウィズ・ゴルソン》は片面が終わり店内にしばしの静寂が訪れた。千鶴は別のレコードを棚から抜いた。ターンテーブルのレコードを取り替えると、針を慎重に三曲目に合わせた。

クリフォード・ブラウンの《煙が目にしみる》。

この世に数多ある失恋ソングの中でも最高峰に位置する曲だ。ザ・プラターズのバージョンが世界的大ヒットになった。日本では山下達郎がオーケストラをバックに歌い上げている。

明るく、音量豊かで、セクシーな調べ。リード楽器がゴルソンのサックスからブラウニーのトランペットに変わっている。千鶴が安史にウインクを送ってきた。

安史は手を止めて、耳を澄まし、最後まで聴いた。

千鶴が言った。

「マイルスで同じ曲掛けよう。聴きたいでしょ」

同じ曲でも、同じ楽器でも、音色は違う。演奏者の人生が違うからだ。

陽気なブラウニー、詩的なマイルス。今日の安史は両方の気分が裏表になっている。

マイルスの演奏がはじまった。

こっちもいい。なんて静謐なホーンなのだろう。

マイルス・デイビスはチャーリー・パーカーやディジー・ガレスピーのテクニックに到底及ばないことを知り、音符を減らしながら中音域を丁寧に吹くことを徹底した。そしてシンプルでいながら美しい音のアンサンブルを編み出し、ジャズに新しい道筋をつけたのである。後に「帝王」と呼ばれるようになったマイルス。大成功したミュージシャン。しかしマイルスは音符の一個ずつに不断の悲しみを乗せて吹くように聞こえる。マイルスは人生をずっと敗北だと感じていたのかもしれない。安史はときどき思うのである。マイルスがはじめてブラウニーの音を聴いたとき、うらやましかったのじゃないかと。俺にはあんなにのびやかなサウンドは出せない。

そんな明るいブラウニーは二十五歳で死んでしまい、マイルスは長生きした。人生は予想できないものである。

そのとき、客のひとりがママを手招きした。巨大なＵＲＥＩスピーカーまん前の席。音の洪水を浴びたい常連が座る場所だ。千鶴は耳元で客の声を受け止めると戻ってきた。

「リー・モーガンの《アイ・リメンバー・クリフォード》。たまらなく聴きたいんだって。それでいい？」

「もちろんええよ。しかしわかってるな。あの常連さん」

スター・ウォーズに出てくる宇宙ギャング、ジャバ・ザ・ハットのような面構えを持つ男だ。今日は深緑色のブレザーに白いシャツ、赤いネクタイを結んでいる。イタリアの国旗だ。六十歳ほどに見えるが髪は黒い。ぴったりと後ろへ撫でつけている。曲がはじまると首を後ろにひねり、ママにちょこっと敬礼した。そしてからだを返し、音の洪水に身を委ねはじめた。

《アイ・リメンバー・クリフォード》は、若くして亡くなったブラウニーを偲《しの》んで、ベニー・ゴルソンが作曲したバラードである。名メロディ・メイカーとして名を馳せたゴルソン。「こんなせつない曲を初めて書いた。彼をずっと皆に覚えていてもらいたかったんだ」

リー・モーガンがゴルソンの心を受けてトランペットを吹いた。後の世に残る名演だ。

やさしいテーマを十六小節奏でたあと、リーはアドリブに入る。スローなテンポだが、演奏には強い想いと想像力が詰まっている。リーはこの旋律を予め決めていたのだろうか。スタジオに入り、テーマを吹き終わるまで、アドリブのことは考えなかったのだろうか？　あるいは……安史は思いを馳せた。ブラウニーが天から降りてきて、リーにインスピレーションを与えたのかもしれない。

ところがそのリーだって、愛人に拳銃で撃たれて死んでしまった。

ブラウニーとリーの魂はともに、空の彼方にある。

自分の魂はどこにある？　安史はちょっと、そんなことを考えた。

しんみりと聴き終わる。安史は余韻に浸った。

「この曲は高中正義のギターもあるよ。ええ感じ」

安史は黙っていた。千鶴は言った。

「違うわね。気分はギターじゃない」

「ママ、すごいわ」

「君より長いこと生きてるし」

千鶴はレコードを取り替えた。

「トランペット特集にしよう。でも、ちょっと気分を変えましょう。誰が演奏しているか、当ててみて」

千鶴はレコードを取り替えた。

明るく撥《は》ねるようなピアノのイントロに続き、これまた撥ねるようなトランペットがはじまった。人生の楽しさを喜んでいるようなサウンドだ。

安史はすぐに言った。

「《フォーリン・イン・ラブ・ウィズ・ラブ》。コルトレーンとマル・ウォルドロンが共演したアルバムに入ってるヴァージョン。トランペットはビル・ハードマン」

「さすが、よう知ってるねえ」

「このハードマンは絶品。コルトレーンが乗せられて、踊ってるんやないかと思うほど底抜けに明るい音」

「これも、あのお客様のリクエストなのよ」

笑いながら吹いているかと思うようなハードマンの楽しいホーン。リクエストしたのはイタリアン・グリーンのジャケットを着たジャバ・ザ・ハットだ。広い肩が小さく左右に揺れている。

店が客を育て、客が店を育てる。大正時代から積み重なる神戸ジャズの歴史。街にジャズクラブがはじめてできたのは甲子園球場ができた年と重なる。昭和二十八年にはルイ・アームストロングが来日し、新開地の聚楽館でも演奏した。神戸はスパイラルの中心地であった。アート・ブレイキー、マイルス・デイビス、オスカー・ピーターソン、モダン・ジャズ・カルテット、ベニー・ゴルソン、マル・ウォルドロン、ジャッキー・マクリーン、キース・ジャレット、北村英治、渡辺貞夫。世界中から、一流どころのジャズメンたちが来た。伝説のミュージシャンたちが残したエピソードには事欠かない。

キャノンボール・アダレイがJAMZに来た時の事を千鶴は語った。「キャノンボール」というのはアダレイの愛称で「大食い」の意味だと安史に教えたが、安史お気に入りのエピソードは、彼がたくさん食べることではなかった。やはり音楽に関するものだった。

「キャノンボールが夕方、リハーサルにやって来たんだけど、お店に入って全体を見渡すと、天井に向かってパンパン、って手を打ったの。反響を確かめるんだ、と思ってたら、それでリハーサルは終わり。音合わせは一切なし。それでいて、夜に戻ってきて、いきなり吹きはじめた演奏は神のようだった。いつも静かなお客様が踊り出したほど。キャノンボールが言ったの。神社で参拝の仕方を習って、柏手を打ってみたら啓示があったんだって。それでここでもそんな風にしたらしい。神が神に触れて神の音を出したのね」

壁の時計が七時を示している。

ユース・ジャズ・オーケストラが練習をはじめる時間である。生田文化会館はここから徒歩圏内だ。

「よし、出かけてみるか」

「どこ行くんや」

欽二が疲れた顔で訊ねたが、

「今日は解散」

安史は立ち上がった。

ジャズガールたちの演奏を、無性に聴きたくなったのである。

六

朝は新しいお客様の自宅をはじめて訪ねた。感触は良かった。七十代のご夫婦。ご主人は昭和を生きた頑固おやじという印象だったが、奥さんは物腰の柔らかい人だった。そのうえジャズの話で盛り上がった。小っちゃくて古風な奥さんと、そんな話になるとは、うれしい予想外れだった。

とはいえ感触だけで、この日、契約は一件も取れなかった。

午後六時、営業所に戻った。自販機で缶コーヒーを買って飲みながら、壁の「新規獲得成績表」を眺めた。

トップセールスマンの成績は伸び続け、栞は最下位を争う状態である。

生命保険の営業は人間関係をいかに作るかにかかっている。価格が安いネット保険の登場もあり、生保会社の商品は厳しい。契約が成立するのは「あの人だから契約した」というつきあいに尽きる。顧客を理解し、信用してもらわなければならない。営業所のトップ外交員はこの道三十年のベテランで、資金需要の必要な事業主に銀行を紹介し、店舗開店用の不動産を見つけ、婚期を逃した娘に縁談を持っていったりする。

金で買えない付加価値の提供、あるいはお節介だ。田舎で通用するようなつきあい、と思いきや、ベテランは言うのであった。

「東京のような大都会でも、昔ながらのつきあいはいまだに多いんだよ。足で人間関係を作るんだ。縁は円」

栞は二十五歳である。人生経験が少ない。人間関係を築くネタがない。ところが今朝は思わぬ話題が出た。ジャズである。二十五歳にして人生の多くを占めるジャズ。金儲けに使いたくはなかったが、意気投合する人がいたことはうれしい。契約につながれば幸いだ。

とは思うが、ジャズで保険の仕事か……何だかなあ、と壁を見ながら、ため息をつくのである。

外交員たちは三々五々引き上げていった。業務成果を情報交換するわけでもない。全員、保険会社の社員ではなく、独立事業者として保険商品を売り、マージンを受け取るビジネスモデルだからである。助け合うことで契約が取れるなら情報交換もするが、独自の情報を隠し持つのも常識。仲間であると同時に、顧客獲得を争う商売敵《がたき》でもある。

こんな契約形態だからこそ力を発揮するタイプの人もいる。営業所のトップスリーは契約獲得が途切れることがないし、日本のトップなら年間契約額が三億円以上、年収一億円を超える外交員さえいるという。

最初の営業は親戚や知人からはじめる。顧客を持たない情況では、それしかない入口なのだが、栞はできなかった。友達を失う気がする。弱気な栞に保険外交はまるで向かない。成績は悪く、業務委託契約で設定されたミニマム基本給だけに留まる月もあった。このままだと、おっつけ契約解除を通告されるだろう。

生活するということは、かくも苦しきことである。

栞は音楽大学を卒業後、プロの演奏家を目指した。今も週に一度はステージに立つ。しかしそれだけで生活できるはずもない。

音楽で金持ちになるのは野球場を満員にするようなミュージシャンか、カラオケでさんざん歌われるような曲を作った人だけだ。食えない人はごまんといる。クラシックは厳しいし、ジャズはもっと厳しい。

でも夢はある。栞には目指す音色がある。人生を音の探求に捧げたい。見ない夢は叶わない。でも腹は減る、家賃はいる、電気も水道もいる。結婚し、家庭も築きたい。

日銭を稼ぐ労働から逃げてはいけない。

ステージはほぼ夜だ。だから昼間に働けて、自分で予定を決められる仕事を探した。

それで「セールスレディになりませんか。高給で優遇」という誘い文句に乗ったのだ。しかし高い給料を取れるのは、実力あってこそである。二年間は契約解除されず乗り切ったが、それも限界に来ていた。世の中は変化し、保険は解約や乗り換えが増えている。

「申し訳ないけど共済保険に変えるわ。掛け金をちょっとでも安くしたいの」

アベノミクスで景気はいいというのはどこの話か？　ボーナスが過去最高？　なのに給料が上がらないという愚痴ばかり聞かされる。先月も同じ理由での解約がふたつあった。

落ち込んでも仕方がない。ここは自分の主戦場ではない。演奏が上手くいかなくて落ち込むのはいい。人生の目的へ向かう道筋だから。でもこんなのは違う。俗世間にへりくだるような保険営業は演奏家の心を邪魔する。気分が上がらず、からだもだるくなる。想像力がすり減る。ああ、でも、栞は思う。こんなだるさやけだるさも音楽になっているのだ。ジャズはブルースから生まれた。ブルースは綿摘みの労働歌、差別や苦難を生きた人たちが口ずさんだメロディだ。それに比べれば、私なんかアマちゃんもいいところ。

保険ブルースでも作曲してみようか。何事も前向きに捉えて……。

イメージはぜんぜん湧かない。

「お先に失礼しますよ」

振り向くと所長だった。見渡せば残っているのは栞ひとりになっていた。

「あ、おつかれさまです。鍵は閉めておきます」

所長は言った。

「今日は火曜日ですよ。練習じゃなかったですか？」

「ああ、えっっと」

何だったっけ？　今夜ステージはない。

「中高生のコーチやっているんでしょう」

「あ」

忘れていた。七時から生田文化会館で、ユースの練習がある。サックスの女の子がひとり欠席で、栞はコーチをしながら、パートを埋める約束をしていた。

自宅に楽器を取りに戻らなければならない。幸いこの営業所と自宅のワンルームマンション、生田文化会館は直線上に並んでいる。距離は二キロほど。

「ありがとうございます。忘れるところでした。仕事がいそがしかったもので」

「熱心なのはいいことです。成績が伴えばもっといいですけどね」

所長は帰っていった。

保険会社の、地方の営業所の、がらんとした部屋。

栞は大きく一度深呼吸をしたあと、テーブルを片付けた。鞄を持って立ち上がると一瞬、壁の成績表に視線が向いたが、出口へ向かい、電気を消してから鍵を閉めた。

スマホで時間を確認した。

ユースの練習は七時から二時間。自宅が遠い中高生もいるので終了時間が九時と決まっている。パートが遅れたら抜けたままで練習するしかない。

栞は急いだ。黒革の鞄を抱えている。父がずっと使っていた鞄。外交員の仕事をすると知った母が、押し入れから出してきた。父は大学の研究員で、植物に関する雑誌や論文をその鞄に入れていた。

「使いなさいよ。なかなか渋いじゃない」

四十歳という若さで突然亡くなった父。告別式には中学の同級生がいっぱい来た。母も泣き続けた。それも十年。思い出は乾いている。鞄の埃《ほこり》を払う母は屈託がなかった。

いまや軽い素材などいくらでもあるが、書類を格納する容れ物として貫禄がある。

幅が広く、上部に開け閉めできるふたがある。しかし重い。営業所においてくればよかった。

そのとき母から電話がかかってきた。鞄の思い出が母を呼んだのかと思った。

でもそうじゃなかった。感傷はすぐに飛んだ。面倒くささこの上ないお見合い話だったからだ。この時代に見合いを勧める親なんている？　何度か実家で言い合いをした。私はジャズ道に邁進《まいしん》している。いま結婚しなくてもいいじゃない。しかし忘れた頃に話を持ってくるのである。

「最近は婚活マッチングアプリなんてのもあるのよ。お母さん、いいの見つけたんだから」

なんじゃ、それ。

自宅に戻った。琹は スーツを着替えることもなく、滞在一分間で鞄と楽器ケースを交換した。

生田文化会館に到着したのは七時を十五分過ぎていた。

会館の地下に防音設備の整った音楽スタジオがある。琹は息を切らしたまま、重たいスタジオのドアを開いた。

「すみません。遅れました」

ところが練習ははじまっていなかった。なにやら不穏な空気である。

七

生徒たちは所定の位置に座り、適当に音を出していた。指導役の現役プレイヤーである広瀬と高橋は神戸市文化事業部事務局の坂口恵美子《さかぐちえみこ》と話していた。

恵美子がいつになく心配げな目をしていた。栞は訊ねた。

「恵美子さん、どうしたんですか？」

恵美子は黙っていた。スーツ姿の栞を見て広瀬が言った。

「栞ちゃん、仕事帰りやね。お疲れさま」

「それはいいんですけど、練習はまだですか？」

恵美子が栞に顔を寄せてきた。

「廊下にいたでしょ？」

「廊下？　何が廊下にいたんですか？　どうして小さな声なんですか？」

駆け込んだので、廊下など気にしなかった。

「ちょっとね。須藤《すどう》さん待ちなのよ」

「須藤さん？」

恵美子は廊下の方角を目で示した。栞は楽器ケースを抱えたまま、ドアを開けて外をのぞいてみた。神戸市の行政職である文化事業担当部長の須藤が、非常階段につながる踊り場でひとりの男と話しているのである。

背の高い男だった。身長は百九十ほどもありそうだ。派手なアロハシャツに黄緑色のパンツ、髪はオールバックで、細すぎるメガネを掛けている。

須藤が言った。

「今日のところはお引き取りください」

「さっきからそればかりですね。ユース・ジャズは神戸市の活動なんでしょう。なんで見学したらあきませんの」

「私たちは中高生を預かっています。親御さんに説明がつきません」

「何の説明がつかんのですか？　意味がわかりませんね」

栞は背筋が寒くなった。やくざだ。やくざが来ている。でもどうして？

須藤は男に見おろされていたが、背筋を伸ばし、ネクタイの結び目を締め直し、半歩前に出た。そして意を決したような声を出した。

「反社会的組織の方の入場はお断りします」

いつのまにか広瀬と高橋と恵美子も、栞の背後から覗《のぞ》き込んでいる。

男は苦笑いしながら、視線をスタジオのドアへ向けた。重なり合っている四人は首を縮めた。

男が須藤の胸を見た。名札がある。

「須藤さんですか」

「は、は」

「とんでもない勘違いをされています。私はジャズ愛好家で、まったくもって一般の市民です。海音寺《かいおんじ》安史と申します」

「か、かいおんじ」

「はい、そういう名前で」

安史は言った。

「こんな服装で来たのが悪かったですかね。今日の仕事着だったんですよ。言ってみれば舞台衣装。普段はしけたジャージー姿です」

須藤は訊ねた。警戒心もあらわである。

「ただの見学であると」

「はい」

「悪者ではない」

「悪者って、やめてください。テレビか映画の見過ぎですよ」

安史は言った。

「ジャズは私の人生。そう思っている人間です。実は今日、ジャズガールと知り合いまして、いや、ここで練習する女子高生のことですが、彼女がユース・ジャズ・オーケストラを教えてくれたんです。なるほど、こんな取り組みがあるから若者の演奏技術が高いんだと納得しました。見学させてもらおうと思ったのですが、いきなり来て申し訳なかったですね。派手な衣装を着たままなのもうかつでしたが、今日、その仕事の打ち合わせもあって元町高架下のジャズ喫茶にいると、高架下ってモトコーのことですが、ママがブラウニーやマイルスのバラードをかけるもんだから、なんといいますか、ジャズ心が揺さぶられてしまいまして、ジャズガールの演奏を聴きたくなったのですよ」

ジャズの話なのか？　やくざがブラウニーとマイルスを語っているのか？

須藤もどう答えたらいいか詰まっていた。公務員の仕事は安全第一。何を言われようと、とにかく断りたい、何も起こってほしくない。琹は須藤の内心を察した。

がんばって須藤さん。なんとか追い出して……。

しかし須藤が言ったのは、こんなだったのである。

「モトコーのジャズ喫茶ならJAMZですね。千鶴ママ。彼女がブラウニーやマイルスのバラードをかけて、それで来られた、と」

須藤はそこまで言って黙った。長身の男はあごをちょっと突きだし、須藤を下目がちに見つめている。

栞は息を止めた。栞の背中に引っ付く三人も息を止めた。

この話はどこへ行くのだろう。

その時、スタジオの入口に連なる四人の後ろから、女子高生が出てきて言ったのである。

「その人、トランペットを吹くのよ」

結花であった。首からアルトサックスを提げている。

「クリフォード・ブラウンが命なんだって」

広瀬が目を剝《む》いた。

「ゆ、ゆかちゃん、知り合いか」

結花は言った。

「聴くだけなんでしょう。入れてあげたら？　早く練習しましょうよ。演奏会も近いし」

結花はそれだけ言うとスタジオに戻った。

広瀬は高橋と顔を見合わせたが、

「そうだな。練習しよう」

と栞を促してスタジオへ戻った。

須藤はもじもじしていた。出《い》で立ちが怪しいとはいえ女子高生の知り合いらしい。生徒の関係者が見学に来ることは日常であるし、楽団員の募集時期でもあって、案内チラシにも「練習随時見学可」と書いてある。

「邪魔はしませんよ」

安史は細いメガネを外し、レンズに息をかけ、ハンカチで拭きながら言った。

「それに、須藤さんの発言は忘れました。お気遣いなく」

「私の発言……」

「反社会的、とかなんとか」

須藤は返事をするでもなく、ただ回れ右をした。漂うように廊下を歩き出した。そしてスタジオを通り越し、ロビーの方へ行ってしまった。

安史はひとり残された。

聴いていっていいのか？　スタジオのドアが半開きになっている。近寄って中を覗いてみた。生徒たちは着席して楽譜を広げていた。じゃあ、おじゃまさせてもらうか。安史は腰を低くしながらスタジオに入った。ホーンセクションのうしろに回り込み、そこの壁にもたれて立った。

広瀬が手を打った。

「今日は演奏会の四曲を全部やります。ちょっと時間押したけど、九時にはきっちり終わりましょう。一曲当たり、二十分ずつくらいかな。で、どれからやりますか、高橋くん」

広瀬が問いかけた。高橋は言った。

「《イン・ザ・ムード》のリフを合わせてしまいましょう。完全にできるように」

生徒たちは楽譜を譜面台に広げた。

苦難の黒人たちが歌ったブルースを白人がダンス音楽に転換させ、スイング黄金時代を作った。そんな時代の代表曲だ。グレンミラー楽団のテーマでもある。日本でもプロ・アマ問わず、数多くのバンドがレパートリーにしている。映画「スウィングガールズ」では、山形の高校生たちが演奏した。二〇〇五年日本アカデミー賞では優秀作品賞と優秀監督賞、最優秀脚本賞、話題賞、最優秀音楽賞、最優秀録音賞、最優秀編集賞、出演した上野樹里と平岡祐太は優秀新人賞を獲った。ただ、映画を作るきっかけとなった高校のジャズ部は、兵庫県の高砂高校なのである。矢口史靖監督も取材に訪れたことを安史は知っていた。ということは、目の前にいる中高生たちこそマジなモデルということだ。

「そしたら《イン・ザ・ムード》行くよ。ヒデ君カウント取って」

ドラムセットに座る、いかにもドラマーらしい体格をした男子がうなずいた。広瀬は言った。

「サックスは最初の一音をしっかり出す。リフの繰り返しはリズムを保って。がまんすること」

サックスは男女それぞれ一名。女子は結花のアルトだった。

「ワン、ツー、ワン、ツー、スリー、フォー」

サックス二本のユニゾンで曲が始まった。四小節目でトランペットとトロンボーンが絡む。それからリフ。Bメロへ進んで、テーマへ戻る。それからソロパート。アルト、テナー、続いてトランペットが八小節。

最初のソロは結花が吹いた。

たった八小節だったが、安史は腰を揺らせてしまった。

これはいい！

映画のスウィングガールズに情熱はあったが、主演の上野樹里とかの演奏といえばアマチュア高校生のレベルだった。しかし結花はシロウトではない。音色が強いうえに清んでいるのだ。

リフに戻る。音量を低めに三十二小節、そしてホーンセクションが最後のリフへ。トランペットが高らかにエンディングを決めて終わった。

全体的には、ホーンの足並みにバラバラ感があった。広瀬は安史が感じたとおりのことを言った。

「我慢してリフを保つように。意識してもっと丁寧に。この曲はリフで聴かせるからね。ソロはよかったよ。じゃあ最初から、Bメロのところまでもう一回。しっかり音を出して」

生徒たちは繰り返し練習していった。三回目、四回目でリフが合ってきた。やればできる子たち。

五回目できっちりと合った。高橋がほめた。

「今のなら本番いける」

広瀬は言った。

「君らはいつも、だんだん調子が出て来るけど、本番は一発勝負ですよ。一発で上手く行くようにせんとあかん。最初の一音をきっちり出すには集中力が必要。そのためには演奏する前からの準備が大事。わかりますか。プロがステージに上がる前には、しっかり準備している。体調と、それから心もね」

中高生の段階で、プロ並みの集中力を持つことはむずかしいだろう。音楽に限らずどんな場面でもそうだ。この子たちは練習を重ねることで集中力を養っていくのだ。

「じゃあ、通しでもう一回やって、次の曲へ行こう。決めるよ。集中して」

ヒデのカウント。

「ワン、ツー、ワン、ツー、スリー、フォー」

サックスのイントロにリフが続く。ホーンセクションは乱れることなくスイングしている。安史は背を壁に付けたまま、かかとで床を打ち始めた。

スタジオの入口が細く開き、須藤が顔を覗かせた。

須藤と安史の目が合った。安史は会釈で返した。からだを揺らしながら、お邪魔していますよ、って感じで。須藤はそれを見ていたが、ドアを閉めてまた外へ出ていった。《イン・ザ・ムード》が終わった。

「オッケー、いいよ」

広瀬は言い、高橋、恵美子、見学者たちが拍手をした。

安史も拍手をした。気づいたのか結花が振り向き、ちょこんと頭を下げた。

スタジオのドアが開き、須藤が入ってきた。入口近くに座る生徒の母に挨拶をしながら奥へ進み、安史のとなりに立った。

「スイングされてましたね」

安史はまさか、須藤がそういう問いかけをするとは思わなかった。

須藤は手に缶コーヒーを二本持っていた。須藤は言った。

「そういうことなら、これどうぞ」

一本を安史に渡し、はにかんだ。安史は首をちょこっと曲げて答えた。

「これは、どうも」

須藤はネクタイを首元でゆるめ、缶コーヒーに口を付け、ごくりとひとくち飲んだ。

そして中高生に向かって言った。

「調子いいよ。演奏会まで、しっかりやろう」

八

ベニー・グッドマンの《シング・シング・シング》、カウント・ベイシーの《ワン・オクロック・ジャンプ》と進み、最後の《バードランド》となった。

ニューヨーク・マンハッタン五十二丁目にあったジャズクラブ「バードランド」は、チャーリー・パーカーの愛称「バード」にちなんでできた店だ。その店と同じ名の曲を作ったジョー・ザヴィヌルは「バードランドは僕の人生でいちばん大切な場所」と言う。ナチス・ドイツの支配下にあったウィーンで育ったザヴィヌル。彼は二〇〇四年、祖国にも、大切な音楽を発信するクラブ「ジョー・ザヴィヌルズ・バードランド」をオープンさせた。

その曲を今、日本の中高生たちが演奏する。

安史の胸は期待でふくらんだ。

ところがトランペットセクション三人のうち、ふたりが帰り支度をはじめたのである。セーラー服姿の女子たち。須藤が安史に言った。

「受験なんですよ。これから塾で面談があるらしいです」

なにやら打ち解けてしまったような口調である。安史も答えた。

「大学受験ですか。忙しいことですね」

「違いますよ。高校受験です」

「え！　あの子ら、中学生ですか」

「公立の受験まで半年切ってますからね」

須藤はわかったような口ぶりで言った。

安史もうなずいた。

「そうなんですね……」

受験もたいへんだが、安史はなによりも、見事な音を出していたのが中学生だったことに驚いたのである。

二人は楽器ケースを抱え、足早にスタジオを出て行った。

壁の時計が九時十分前を指している。広瀬が生徒たち、そして須藤に呼びかけた。

「十分ほど延長しますか？　須藤さん、どうでしょう」

「スタジオは大丈夫ですよ。君らも十分くらいはいいか？」

生徒たちも了承した。全員最後の楽譜を譜面台に出した。

「トランペットが二本抜けたね。ひとりでやるか、沙紀。あと一曲」

広瀬は言いながら気がついた。沙紀がうつむいて固まっている。

「沙紀、どうした?」

「ちょっと、おなかが痛い」

恵美子が沙紀に歩み寄った。

「無理したらあかん。休んどき」

「うん」

沙紀はバンド席を離れ、壁際へ移った。

「お母さんに連絡しよか」

「大丈夫です。じっとしてたら治まります」

大事ではないようなので、みんな安心したが、トランペットがいなくなった。

広瀬が言った。

「ほな、僕が入ります」

広瀬はケースを開け、トランペットを取り出した。

「高橋くん、指揮とって」

結花が立ち上がった。

「トランペットは二本でやってほしい」

「そうは言うても。無理させられんやろ」

結花が首を壁際に振った。ふたりの大人が缶コーヒーを飲んでいる。

結花は言った。

「もうひとりいるし」

結花が安史を見つめている。驚いたのは安史であった。

「お、俺か?」

「吹いてみてよ」

「まさか、楽器ないし」

「これどうぞ」

声を出したのは沙紀であった。トランペットを差し出している。

「マウスピースも持って来てない。少女が唇を付けたマウスピースで吹けんやろ」

結花は言ったのである。

「沙紀はそんなん気にする子とちゃうからええねん」

沙紀が立ち上がった。歩み寄ろうとした恵美子を制止し、沙紀は安史の前に来てトランペットを差し出した。

「どうしたもんか」

と言いながらも安史は受け取った。キーを押してみた。スムーズに動く。ためらいながらマウスピースに唇を当てて音も出してみた。何の問題もなさそうだ。女子高生ふたりが主導権を握っていた。大人たちは見ているだけだった。安史は思い出した。川本組の人が言っていた。「やらんとあかん場面では、やらんとあかん。それが道というものや」

安史は言った。

「わかった。がんばるわ」

沙紀は席へ戻り、安史も席についた。

となりは広瀬である。ニューヨークでもプロとして活躍してきた、当代随一の若手トランペッターである。安史は言った。

「じゃあ、お願いします」

広瀬は安史の譜面台に楽譜を広げた。広瀬はいぶかしがった。

「あの、失礼ながら、譜面は読めますか？」

「ええ、小さい頃ピアノ習ってましたんで」

「そうですか……曲は知ってますか？」

「有名な曲ですからね。でもウェザー・リポートのヴァージョンですか？　ホーンはウェイン・ショーターのソプラノサックスでしょう。トランペットはいない。ジャコ・パストリアスのベースが飛び跳ねて、メロディラインに食い込んでいる。そこはどうやるんです？」

広瀬は安史の顔を見つめた。やくざまる出しの男が、こんな質問をしてくると思わなかったからである。安史が答えを待っていたので、広瀬は答えた。

「そんな難しいことはやりません。これは僕がアレンジしました。ユースのビッグバンド編成用です」

「なるほど」

安史は譜面を指で追ってみた。トランペットのパートに、コードだけが書かれた部分がある。

「ここはソロでアドリブ？」

「そこは僕がやりますよ。でも」

広瀬は言った。それはミュージシャンに向かっての言葉となっていた。

「もし、乗ってきたら自由にどうぞ。ジャズですから」

「え、ユースはアドリブしないんじゃ……」

話を聞いていたのか、前の席に座る結花が振り向いた。そして言った。

「自由でいいんだって。それがジャズじゃない」

広瀬と安史は目をまるくしてしまった。

九

そしてこの演奏、ユース・オーケストラでは普段お目にかかれない盛り上がりを見せたのである。

安史は出だし、広瀬とのユニゾンを一糸乱れぬ音で合わせた。安定した音に釣られたのか、結花のアルトは最高の調子を見せ、トロンボーンセクションも伸びやかな音を出した。そしてアドリブ。広瀬は既定の八小節を吹いた。リフに戻り、曲はエンディングへ向かうのだが、そこで結花が立ち上がり、高橋にアイコンタクトした。ユースの練習にはないことだが、プロのジャムセッションではいちばん盛り上がる、ソリスト任せのアドリブ合戦がはじまったのである。

ピアノとドラムとベースのリズムセクションが走り、結花がソロを吹き始めた。ウエイン・ショーターのようなどっしりと構えたアドリブ。

高橋が指揮しながら声を張った。

「リズムセクションはAメロのコードを刻んで！」

結花の勢いに、栞がカウンターメロディで絡みついた。驚きはベースだった。リフから展開し、ジャコ・パストリアスばりのピッキング・ハーモニクスを弾きはじめたのである。

高橋が驚きを声に出した。

「うそやろ。君らいつの間にそんなん、できるようになったんや」

安史の尻がムズムズしてきた。広瀬が横を向いて、アイコンタクトを送ってきた。ウェザー・リポートの曲など練習したことはないが、安史はソロを取ったのである。コードに乗せ、コードから外してスケールへ、イメージの赴くまま吹いた。結花が合わせながら後ろを向き、目に笑みを浮かべた。

広瀬は吹きながら戸惑っていた。ジャムへの突入も意外だったが、安史のトランペットにこそ驚いたのだ。むずかしいフレーズを吹くわけではない。中音域で音符も少ない。しかしひとつひとつの音がとても強いのだ。広瀬はプロとしての対抗意識がむらむらと湧き上がった。ソロパートに移るとハイノートを猛スピードで吹きはじめた。

ピアノがサポートする、ベースが踊る、シンバルが連打される。

最高の盛り上がり。高橋が怒鳴った。

「全員でAメロのユニゾン！」

ホーンセクションが音を揃え、一気に曲が終わった。

スタジオは一瞬静まったが、次の瞬間、観客たちがいっせいに拍手をはじめた。

演奏していた生徒たちも立ち上がって拍手をした。

高橋は言った。

「これでは練習にならんね。どう？」

「まあ、これも練習のうち、ということで、今日は終わりましょか」

「広瀬も何なん？　気合い全開や。クリフォード・ブラウンかいな」

「まあ、そんなことはないが」

広瀬は唇をちょっとゆがませた。

生徒たちの顔に満足げな気持ちが浮かんでいる。

結花が安史に言った。

「おにいさん、かっこよかったよ」

「いや、いや」

安史は照れてしまった。

広瀬が安史に握手を求めてきた。広瀬は言った。

「地元の方ですか？」

「まあ、そうです」

「いつもどこで吹いてるんですか？」

「海に向かって吹いてます。ステージに立ったことはありません」

「ほんまですか？　プロの舞台でジャムれますよ」

「いえいえ、まさか。ハイノートの#Fなんか、ぜんぜん出せません」

安史は謙遜していたが、広瀬は何度も感じたことがある。ジャズにはアマチュアでも、とんでもなく上手い人、味のある音を出す人がいる。うだつの上がらなさそうなサラリーマンがコルトレーンばりのテナーを吹いたり、つっかけ履きの主婦が、オスカー・ピーターソン級の速弾きをしたのも聴いた。彼もそんなひとりだ。運指《うんし》に微妙な場所があったが、なんといっても音がすばらしく伸びるのだ。

広瀬は言った。

「唇が太いですね。それであんなに強く吹けるんでしょう。うらやましい限りですよ」

「のっぽに分厚い唇で、日本人扱いされません」

「黒人に勝てるかも」

「まさか」

みんな笑った。

安史はハンカチを取り出してマウスピースをていねいに拭き、沙紀に返した。沙紀も元気を取り戻していた。そして「次はぜったいわたしもジャムに入れてください」と言ったのである。

そこに高橋と栞も加わって輪ができ、ジャズ談義がはじまった。

妙な成り行きであったが、須藤は感動さえしていた。

これこそ、行政がユース・ジャズ・オーケストラという仕組みを作った目的、いや心ではないか。音楽を通して発見を導き、若者の成長を促すのだ。

そんななか、恵美子が青い顔をしていたのである。

須藤がいぶかしげな目を向けると、恵美子は意を決したようにやって来た。そしてスマホを差し出した。写っていたのは、見事にトランペットを吹いた海音寺安史であった。恵美子は声を低めた。

「これ、見てください」

「彼だよね。いま着てるのと同じ服装だ」

ツイッターの投稿であった。投稿日時はこの日の夕方。

「これ、モトコー立ち退き反対のデモみたいです」

「モトコー？」

恵美子は言った。

「あの人、どこかで見た記憶があって、検索してみたんです。そしたら写真にこんなコメントが」

—元川本組がデモ潰し。#モトコーやばい　#極道　#やくざ　#やくざ怖い？—

「川本組やて！」

須藤はあわてて口をふさいだ。広瀬や高橋はその声に振り向いたが、何の事かわからなかった。

しかし安史は一瞬で理解したのだった。

いつものパターン。グレーな情報を拡散することの副産物である。

安史は須藤に近寄った。安史は腰をかがめ、須藤が手に持つスマホの画面を眺めた。

夕方、自分がＪＡＭＺで拡散していた写真だ。

「ちょっと失礼していいですか」

安史は須藤の手からスマホを取り、投稿をスクロールしてみた。コメントが増えていた。川本組云々と書かれたコメントが、いちばん多く拡散されていた。

広瀬と高橋、結花も寄ってきた。結花は画面を覗き込んでから、安史の顔を見あげた。

「おにいさん、やくざなん？」

「ぜんぜん違う」

女子高生の純な質問に、そう答えそうになったが、安史は黙っていた。やくざに間違われるのはいつものことである。というか、こういう勘違いを狙い目にした仕事を請けているのだ。安史はスマホを須藤へ返した。

須藤と恵美子は固まっている。どう対処すればよいのか、まったくわからない。

結花は言った。

「ツイッターのコメントなんてどうでもいいでしょ。そんなことよりトランペット。あんな音吹ける人少ないいんじゃないですか。大きな音が出せないマイルスがうらやむ音。やっぱりからだが大きいからですか、ねえ、広瀬さん」

「そ、そうやね」

広瀬は言ってから一度深呼吸し、そして安史に向かった。

「あなたがどういう方か僕にはわかりませんが、素晴らしい演奏でした。結花が言った通りです。マイルスがうらやむかどうかは、本人に訊くしかないでしょうけど」

今度は栞が出てきた。

「五月の連休に、若手バンドでライブやるんです。ぜひ来てください。場所は元町のJAMZです。ジャムセッションもあります」

「JAMZやて？」

「ご存じですか？　実はわたし、JAMZで演奏するの。はじめてなんです」

結花も言った。

「わたしも入れてもらえるかもしれない。こどもの日だから」

栞が答えた。

「こどもってわけじゃないよ、結花ちゃん。しっかり吹けるからよ」

見事にサックスを吹く、小柄で華奢《きゃしゃ》な若い女性たち。楽しいジャムセッションになるだろうな。

「五月五日ですね」

「はい」

「仕事柄、お伺いできるかどうか、約束はできませんが」

「ぜひ来てください」

「とりあえず、覚えておきます」

「ぜひぜひ！」

須藤と恵美子は盛り上がる会話を聞きながら、「なんて事を言うのか」と目を剝いてしまった。しかし目には力がなかった。

安史は、そんな目を見るまでもなく、帰らねばならないとわかっていた。

須藤の前でていねいにおじぎをした。

「お邪魔いたしました。本当に楽しませていただきました。ユース・ジャズ・オーケストラの活躍をお祈りしております」

残ったメンバーの何人かが拍手で応えたが、須藤と恵美子は突っ立ったままであった。

安史はもういちどていねいに腰を折り、スタジオを出ていった。

生徒たちも帰り支度をはじめた。

広瀬と高橋、栞は輪になったまま、先ほどのセッションを熱く語っていた。

広瀬が高橋に言った。

「僕もあんなに太い唇ほしいわ」

「やくざ屋さんのか」

「やくざかどうかはわからんが、うらやましい。あれならぶわ、ぶわ、って吹ける」

ミュージシャンたちは盛り上がりの余韻に浸っていたが、須藤は不安に苛《さいな》まれてしまった。

　壁際に置かれたテーブルに、安史が飲んだコーヒーの空き缶があった。須藤はそれを取り上げながら、突然気づいたようにスタジオを見渡した。

　誰も写真を撮っていないな。自分と元川本組のツーショットなんて撮っていないな。

　恵美子をかたわらに寄せ、他の誰にも聞かせないように言った。

「ツイッターの投稿は見なかったことにしよう。彼も来なかったことにしよう。今後、疑わしきは拒否しよう。どんな火の粉《こ》が降りかかるかわからない」

「で、でも部長、みんな知っています。いっしょに演奏したし」

「私は何も見ていない、聴いていない。いいね」

「は、はい……」

　須藤は空き缶を強く握っていた。

　恵美子は恨めしそうに缶を見たが、それ以上何も言わなかった。

十

「やくざは言い訳をしない稼業だ」

川本組の人がそんなことを言っていた。自分はやくざではないが、たしかに、先ほどのような情況で言い訳したとして、何を信じてもらえるだろう。

しかし大切なジャズである。しかも青少年と絡んだときに、疑惑をもたれてしまった。

これはアカン。妙な仕事とはどこかで線を引かないとアカン。気を付けようと反芻《はんすう》しながら県庁前の坂を下りたが、顔に笑みが貼りついて取れない。

ジャムセッションが、とんでもなく楽しいものだと、はじめて知ったのだ。

並んでトランペットを吹いたのは人気プロの広瀬未来だった。彼に音をほめられた。マイルスもうらやむだって？　ほんとか？　スーツ姿の若い女性がアルトを吹いていた。名前も聞かなかったが、その彼女が五月のライブに出てほしいと言ってきた。JAMZだという。彼女のことを知らなかったのは、過去にJAMZで演奏したことがなかったからなのだろう。清楚な感じで音楽に一心不乱。真っ黒な瞳に情熱があった。

可愛いかったなあ。あんな子が彼女でいたら、毎日語り合って……いや、それは無理。俺の人生はひどすぎる。巻き込むわけにはいかない。

まあ、とにかく、この楽しい気分を抱きしめよう。

元町一丁目まで歩き、またJAMZへ入った。

「あら、お帰りなさい」

安史は新たな思いを持ってステージに立ってみた。

ここでプロに混じって吹くのか。なるほど……。

カウンターに座るなり言った。

「ママ、リクエストしていいか」

「もちろん」

安史は言った。

「ベニー・グッドマンの《シング・シング・シング》、カウント・ベイシーの《ワン・オクロック・ジャンプ》、グレン・ミラーの《イン・ザ・ムード》、それからウェザー・リポートの《バードランド》……あるよね」

「いったいどうしたの？」

ママは言った。

「ありますよ。リクエストもいただきますし。でもスイング・ジャズにウェザー・リポートなんて」

「とにかく頼むよ」

安史は四曲を、目を閉じて聴いた。

腹は空かなかったので、ビールだけを頼み、十一時の閉店までいた。店を出るタイミングで欽二から誘いの電話があったが、安史は断り、そのまま家に帰った。

十一

あくる日は土曜日。仕事はなかった。次は週をまたいでの日曜日である。

この月は二回出かけた。たったそれだけだが、七十万円の報酬となった。約束の五十万に「拡散ボーナス」が二十万円付いたのである。来月は四本依頼されている。今の報酬レベルなら百万円を超えるだろう。あくせく働く必要はない。明日は朝から港で練習だ。

ジャムセッションを思い出しながらトランペットに手を伸ばした。金管の光もまぶしいマーチンのコミッティーモデル。最もジャズらしいといわれるトランペットだ。

次のジャムにはきっとこれを持っていこう。

マーチンを手に入れたのは、川本組のシノギに借り出されたからである。雲隠れした社長の自宅を整理するバイトだったが、安史はひと目見てマーチンだとわかった。川本組に札を貼ってもらってから持ち帰り、楽器屋に見せた。するとそれは予想通りマーチンで、しかも一九四六年製、マイルスが使っていたのと同じ「マーチン・コミッティー」モデルだとわかったのである。バッタ屋は「古すぎる」と言って、付けた値段は一万円だった。もちろんバッタ屋には売らなかった。その査定価格で川本組に売ってもらったのである。ていねいに手入れをすると新品同様になった。七十年前の楽器にして金属が厚かった。金管楽器の場合、使い込めば金属疲労から鳴らなくなる。来歴不明だが、あまり使われることなくしまわれていたらしい。安史は蘇ったマーチンで《アイ・リメンバー・クリフォード》を吹いてみた。空気が震えた瞬間、なんという音か、と思った。安史の唇、からだ、こころが、七十年の時を超えたのである。奇跡のデッドストック。そのマーチンがいま、安史のもとにある。

マーチンはピカイチの希少品だったが、そんなバイトに何度も借り出されたおかげで、楽器やオーディオ機器をいくつも、バッタ屋価格で手に入れることができた。廃業したレストラン、金が回らなくなった映画館、企業オーナーの個人宅には必ずといっていいほど立派なオーディオセットか楽器があった。目玉が飛び出るほど高価な品を買うほど金が回った人たち。おごれる者久しからず、ただ春の夜の夢のごとし。安史は極道の後ろについていくことで、夢のおこぼれをいただいた。

管楽器や弦楽器、フェンダーローズにハモンドのB3オルガン、音響機器も多数。ヴィンテージ・マッキントッシュのプリアンプ、メインアンプ、タンノイのスピーカー、オープンリール式のテープデッキ。七〇年代ミュージシャンの憧れだったクデルスキー社のポータブルテープレコーダーなどは、デジタル時代の今、製造した会社そのものが消えている名器である。千枚以上のアナログレコードは三三・三回転のLP版、四十五回転のシングル盤、七十八回転の古いSPレコードもあった。

そんなこんなで、安史の住処《すみか》はジャズ博物館のようになっていった。

安史が住むのは海沿いの兵庫町、三菱や川崎の重工業地帯に寄り沿う雑多な地域だ。このあたりは戦後復興期、奄美や徳之島からやって来た労働者が多く住んだ。小さな神社の隣に建つ築六十年という古い一軒家を安史は借りた。家賃が月三万八千円と格安だったのは、借り手がつかず家賃が下がりきっていたからだ。かつて人があふれた街もいまや都市の過疎地である。労働者の数は全盛期の十分の一、商店は閑古鳥が鳴く。

安史が両親と神戸に来たときは六甲山の山裾、灘《なだ》区の篠原台に住んだ。山の空気は涼しく、ベランダから神戸港が一望できた。しかし事件が安史の生活を一変させ、安史は施設に入った。高校を出て、施設も出てからはシェアハウスを渡り歩いた。自分のことを「神戸の渡り鳥」などとうそぶいたりしたが、そんなとき、JAMZの常連で、貸家をたくさん持つ家主から「一度見に来ればいい」と誘われたのだ。兵庫町は六甲山の裾野とはぜんぜん違う、庶民感覚あふれる下町だったが、かつて住んだ六甲にはつらい思い出がまとわりついている。安史はこの古家を借りた。震災の影響で柱が傾いていたが、部屋の窓から遠く海が見えた。安史は詩的だと思ったのである。

欽二はここへ来るたび「お前、バッタ屋やるつもりか」と訊ねてくる。そんな気はない。川本組は廃業し、仕入れの機会も消えた。整理のようなシノギを自分でやれるはずもない。しかしマニア必唾の逸品が揃っている。マッキントッシュも、マーチンも一期一会の宝だ。

安史はふとんにもぐってまた思い出した。ああ、楽しかった。はじめての経験はほどよい疲れとなった。ジャムセッションは夢につながった。

生田文化会館の練習スタジオが空を飛んだ。地球を半周し、スタジオは外国の舞台に変わった。そこはニューヨークのリンカーンセンターだった。

安史は舞台の中央に立ち、カルテットをバックに猛烈なソロを吹いた。

「ブラボー！　ブラボー」

安史はスタンディングオベーションの嵐に包まれた。

十二

安史は目を覚ました。起き上がって洗面に立ち、蛇口をひねって顔を洗った。気分爽やかである。タオルで顔を拭きながら考えた。

今日の課題曲は何か。レコード棚の前に立ち、端から探りはじめた。

ウィントン・マルサリス。真面目すぎるかな。棚に戻した。

マイルスは？　今の気分としては、歌うような音がいい。

やっぱりブラウニーか。

クリフォード・ブラウン・ウィズ・ストリングスのレコードを棚から取った。ジャケットからLPを抜き出して眺める。ターンテーブルに置き、六曲目に針を落とした。

《エンブレイサブル・ユー》。これにしよう。海に向かって愛を抱きしめよう。

ジョージ・ガーシュウィンの作曲で、一九三〇年のミュージカル「ガール・クレイジー」で披露されたラブソングだ。初演の舞台で唄ったのはジンジャー・ロジャース。伴奏はレッド・ニコルスとファイヴ・ペニーズバンドで、メンバーにはベニー・グッドマン、グレン・ミラー、ジミー・ドーシー、ジーン・クルーパ、ジャック・ティーガーディンと、歴史に名を残す顔ぶれが揃っていた。映画挿入歌にも多く使われ、四〇～五〇年代のハリウッドでは、女優オーディションの定番曲となった。ドリス・デイも映画会社の審査でこの曲を唄ったという。歌詞も付いている。作詞はアイラ・ガーシュウィン。

愛しい人よ、私を抱きしめて
かけがえのない人よ、私を抱きしめて
一目見ただけで私の心は酔いしれてしまう
貴方だけが私を解放してくれる

女性ヴォーカルで聴きたい艶めかしい歌詞。ジュディ・ガーランド、エラ・フィッツジェラルド、クリス・コナー。

しかし安史は、なんと言ってもクリフォード・ブラウンの、歌うようなホーンを愛してやまないのである。

録音されたのは一九五五年。この音色にどんな人生が詰まっているのか。はじめて聴いたとき思った。黒人ジャズ・ミュージシャンの暮らしは、現代からは想像さえ及ばないほど厳しいものだったろう。マーチン・ルーサー・キング牧師が二十五万人の大行進を率い、正義と平等を求めたのは、この八年後である。ルイ・アームストロングも、チャーリー・パーカーも、ディジー・ガレスピーもつらい時代を耐え、反骨を音にした。

彼らは音楽に生きた。苦難を隠し、天真爛漫にジャズを愛した。

チャーリー・パーカーが最初にブラウニーの音を聴いたときの逸話は有名だ。

「ちょっと吹いてみろって言ったんだよ。そしたらみんなぶったまげた。上手いのなんの。すぐバンドに入れって言ったさ」

そうだ。ただ音に惚れればいい。安史は畳に座り、ヘッドフォンをアンプにつないだ。何百回と聞いた曲。フレーズはすみからすみまで覚えているが、それでも足りない。全身全霊でからだに染み込ませるのだ。

あぐらを組み、ヘッドフォンをかぶる。目をつむり、音に集中した。

ストリングスの前奏に続くAメロ最初の音、唇をどう動かすか、息をどう出すか、完全にマスターしたい。息を止めて最初のアタックを待つ。

ところがそこで、どん、と肩を叩かれたのである。安史は心臓が止まりそうになった。

「な、なに」

振り返ると欽二の顔があった。

「いきなり来るな言うとるじゃろ！」

安史はヘッドフォンを外した。

「心臓止まるかと思うたわ。バカタレ。針が飛んだらどないすんじゃ」

欽二は平然としている。

「心臓が止まるとか相変わらずやのう。あいさつしたやんけ。お前が気づかんのやて」

安史は欽二をにらみつけている。

「おお、コワ」

欽二は安史の視線を外し、背を向けた。

そして言った。

「昨日は飲みに行くかと誘うたのに出てこんやないか。メシも食わんと寝たわ」

安史は回り続けるターンテーブルを止めた。欽二が畳を踏む音がキシキシと鳴る。ジャズ博物館ではあるが古い木造家屋。昭和のにおい。

「コーヒー飲ませてくれよ」

「飲むんかいな」

欽二はレコードが並ぶ棚を眺め、適当な感じで一枚抜いた。

欽二はむずかしいジャズに興味がない。「意味不明の音楽」とけなすこともある。ただ、音楽そのものは好きである、

「レッド・ガーランドか。ジャズもブルースなら聴けるかな」

欽二は鑑別所を出たり入ったりしている頃にギターを覚えた。ポロンポロンと鳴らす程度であるが。

「レッド・ガーランドは元プロボクサーやろ。それもメチャ強かったらしいやないか。だいたい、どうやってボクシングしながらピアノも弾けるねん」

欽二はボクシングつながりで、このミュージシャンを知っているのである。髪を赤く染めていたのでレッドと呼ばれたガーランド。ジャズ史に残る巨人のひとりだ。やさしくリズミカルなピアノにはマイルスも惚れた。しかしレッドがボクサーだった事実は、ツウのジャズファンだけが知る話である。

話がジャズに触れると、安史の小さなスイッチが押される。

安史はレコードを欽二から受け取った。ピアノトリオ編成。アルバムタイトルは「グルーヴィー」だ。

「お望み通りブルースを掛けたるわ」

ターンテーブルのレコードを交換し、《C-Jam Blues》に針を落とした。ヘッドフォンをジャックから抜き、アンプのボリュームを絞った。適音はボリューム二つまみ分だ。

このマッキントシュとタンノイのブックシェルフ・マーキュリースピーカーが揃った時はうれしくて大きな音を出してしまった。するとたちまち隣に住む男が「うるさい！　何時だと思っている」と怒鳴りこんできた。ところがドアを開けてやると、隣人は青ざめたのであった。百八十八センチ、ヤクザにさえ慣れ親しんだ安史。隣人は引っ越していった。そういう事もあって、安史はヘッドフォンを買った。買おうと思っていたし、楽器の「手触り」を確かめるように聴きたかったこともある。安史はFOSTEXのプレミアム・リファレンス・ヘッドホン、TH900を買った。十五万円した。ヘッドフォンだけは高級品、それも最新型がいい。テクノロジーがおどろくほど進化しているからだ。予想通り音質は完璧、ブラウニーの唇の動きさえ、目の前に見えるように聞こえ、背筋さえ寒くなったのであった。

欽二が指先でリズムを取っている。安史は笑ってしまった。

聴き終わると、欽二はこんなことを訊ねてきた。

「ちなみに、ブルースとバラードは違うのか？」

安史はやかんに水を注ぎ、ガスの火に掛けながら言った。

「マジに訊きたいのか？　どのくらい詳しい説明してほしいねん」

「どのくらいって、そうやなあ」

欽二は言った。

「一分以内でお願いしますわ。文字にしたら四百字とか」

「何が四百字じゃ」

安史は苦笑いを顔に溜めたが、

「わかった。ほな一分間、じっと聞けよ」

安史は考えをまとめ、話しはじめた。

「ブルースとは、黒人奴隷の労働歌からはじまった音楽。原型はアフリカ。ニューオリンズでは今でもミシシッピ川のほとりで、アフリカのエウェ語で歌う人もいる。《ゴー・ダウン・オールド・ハンナ》という古い歌は、『太陽なんか沈め、昇るな。つらい仕事をしなくてすむ』という心を歌いながら、嘆きを笑いに変える。そんな労働歌と白人宣教師が持ち込んだ賛美歌が混ざり合ったところに、ブルースが生まれた。長調でも短調でもなく、その両方が滑らかに同居していて西洋音楽の近代的な処理方法では説明できない。説明できないくせに、エモーションが強い。バラードはブルースの一種とも聞こえるが、大昔からある楽曲スタイルで、悲しみや楽しみ、恋愛感情を物語形式で表現する。歌詞について言うなら、ブルースは感情を表現する抒情詩、バラードは扇情的小叙事詩ということや」

「は、何？　じよじょ？」

「せんじょうてき、しょうじょじし。平たく言えばラブソング。男と女の物語。感傷的な歌詞、ゆったりしたテンポ、美しいメロディライン、せつない気持ちを込めた楽曲ということじゃ。はい一分」

欽二は解説の余韻をたどっているように見えたが、納得したのかどうかは不明だった。

欽二は「ふうん」とひと声出した。そしてこんな質問をした。

「ということは、絢香の《ジュエリー・デイ》はブルースか？　それともバラードか？」

安史は笑ってしまった。

「なにが『ということは』じゃ」

絢香好きの欽二。この歌をよく口ずさむ。

いい歌だ、とは安史も思う。

湯が沸いた。安史はガスの火を消した。

「しかし、欽二にしてはなかなかいい質問やで。コーヒー淹れたら検討しよう」

「検討って、そんなむずかしい話なんか」

「まあまあ」

安史はうれしくなった。

コーヒー豆をガリガリと挽く。ブラジルのトミオとピーベリーのブレンド。コーヒーカップを温めてからドリッパーをかぶせフィルターに粉を入れる。やかんから直接湯を落としはじめた。ていねいに、ゆっくり。安いコーヒー豆だが、淹れ方ひとつで旨くなる。

香り立つコーヒーの苦み。安史は欽二にカップを差し出してから言った。

「《ジュエリー・デイ》はBメロにブルー・ノートスケールがあるけどテンションへの展開はない。曲としてはバラードだろうな。彼女の場合は節回しがブルース的だ」

欽二はたちのぼる湯気を見ながら「そうか、バラードか」とつぶやいた。安史は言った。

「残念やが、ここに絢香のレコードはないわ」

「それはええって」

欽二はコーヒーをひとくち味わうと立ち上がり、棚を探ってレコードを一枚抜いた。ビリー・ホリデイのアルバムだ。欽二はタイトルを読んだ。

「《ユー・ゴー・トゥ・マイ・ヘッド》。これ聴くわ」

「お前、わかってリクエストしとんか」

「最高のバラードやろ」

その通りだ。安史は思ったが声には出さなかった。

テナーサックスの前奏に続く、ビリー・ホリデイの歌声。耳もとでささやく、熱いため息が混じるような声。

―あなたのことが私の頭から離れない、まるでシャンペンの泡のように―

せつない気持ちを込めたバラードが、ジャズ博物館を満たした。

欽二は窓から上半身を乗り出している。

遠く海上を、赤い船体のタンカーが西へ進んでいる。

降水確率ゼロ％だが陽はない。春らしい霞み。

欽二は空遠く、あくび混じりの声を出した。

「なんか、せつないのう」

「最高の歌手や。彼女の歌を聴くといつも赦《ゆる》される気がする」

安史がビリー・ホリデイに必ず感じる想いだ。

「歌もええが……」

欽二はポケットを探った。何も入っていない。

「たばこくれよ」

感傷を感じない欽二にがっかりする。しかしいつものことだ。安史は言った。

「たばこ？　止めたじゃろうが。吸えん場所ばっかりで、めんどくさいいうて」

「吸いたなったんや」

安史は皿洗いを終え、手ぬぐいで手を拭いている。振り返りもせずに答えた。

「俺も止めたわ。今は煙も迷惑じゃ」

欽二は両手のひらで頰を叩き、情けない声を吐きだした。

「ああ、何もかも、釈然とせん。お前、女子高生に写メ撮られるのとか疲れんか？

わしはもうたいがいにしたいわ」

「アホ抜かせ。今月なんか七十万円やぞ。やめられるか？　たいした苦労もない仕事で。来月は四本あるし、もっとやってほしいと相談されてる」

実はこの手の仕事、ふたりに集中しているのである。ルックスの個性が圧倒的で、インスタ映えは追随を許さない。地元兵庫を超え、大阪や京都、東京へ行く依頼もある。

「そうなんかい。えらい人気やな」

欽二はまたからだを外へ向け、空に向かってひと節歌ったのである。そして、欽二は振り向いて言った。

「南京町へ行こうや。アジア食堂がうまいらしいで。タイとベトナムと台湾のお母さんがかわりばんこでやってる」

欽二はスマホを口元にあて、ＳＩＲＩに「南京町のアジア食堂」と話した。ページが表示される。

「今日はタイ飯や。日替わりランチは、えーと……バンミーギャオムーエーヘーン」

欽二はページを繰りながら言った。

「卵麵のトムヤム和《あ》えやな。担当のお母さんはワスカーン。パクチー大盛り無料。数量限定。辛さ注意」

安史は言った。

「辛いのはええかもな。気合い入るわ。せやが朝飯食ったとこじゃ。いまから海行って練習するし」

「そうかい。ほな、わしはパチンコでもしてくるわ」

欽二は立ち上がり、狭い玄関で靴を履きながら、また歌を口ずさみ、そして言った。

「バラードと扇情的小叙事詩である。なるほどな」

欽二は出ていった。

第五章　計算不能の仕事依頼

一

雛子は息子からの報告を、書太郎に伝えるべきか迷っていた。

サラリーマンを辞め、会社を起ち上げるというのである。ＩＴ企業と組んでの、大規模な室内農業らしい。

「これからの農業は人工知能だ。知ってるかい？　農家は平均、四年に一度は自然災害で収入が激変するリスクを抱えているけれど、完全管理の室内農業は気候変動リスクがない。最初はトマトではじめてキュウリやオクラ、薬物野菜へ広げる。植物が育たない砂漠でも野菜を作れるんだよ。でもね、僕はＩＴだけじゃない。昔ながらのやり方を足す。受粉を蜂に任せるんだ。蜂だよ。そこがユニークなんだ」

芳樹が準備する資金は一億円。退職金の三千万に七千万を借り入れる。商社が出資する五億円で静岡県の元製紙工場を買い取って農場を作る。事業展開のめどはついている。心配無用だと、芳樹は言った。

「準備はほぼ終わっていて、会社も了承している。円満退社になる」

将来は取引先になるかもしれないチャレンジに、勤めてきた食品会社の社長からも励ましを受けたという。

「父さんには報告しない。罵倒されるだけだからね」

芳樹は部長職まで登った専門家だ。年老いた母に何が言えよう。書太郎とて現役ではない。息子の決意を応援してやるだけでいいのだが、書太郎はそんな性格ではない。

「母さんからも言わなくていいよ。まあ、言ってしまってもいいけれど」

いずれ知れることは明らかだし、言わないでいて知れた時の方がややこしい。それもわかっている。

「わたしに預けないでよ。芳樹からお父さんに言ってよ」

雛子はお願いしてみたが、

「気にしなくていい。僕は大丈夫だから」

芳樹はそう言っただけだったのである。

昨夜、芳樹からかかってきた電話の声を耳に溜めたまま、雛子は書太郎と向かい合ってトーストを食べていた、書太郎は今日も朝から、路上の音に耳を澄ましている。車がブレーキ音をきしませて止まった。書太郎は席を立つ。玄関へ降りて突っかけを履き、扉を開けて顔を突き出した。

その時は出て行くこともなく席へ戻ってきた。コーヒーは冷めていた。

「淹れ直してくれ」

雛子は書太郎のカップを取った。底にちょっと残っているだけだった。おかわり、って言えばいいじゃない。淹れ直せだって。インスタントなので手間はない。スプーンひとさじ入れ、ポットのお湯を注ぐだけである。

「はいどうぞ。淹れ直しました」

「なんだその言い方は?」

「淹れ直せっておっしゃったんでしょう? だから淹れ直しました」

「まあいい」

なにがまあいいなのか。親しき仲にも礼儀あり。態度が悪いのにもほどがある。こんな態度で会社や自衛隊の方たちとも付き合っていたのかしら。

そんなことはいい。話したいことがいくつかある。

芳樹が起業する件。

生命保険を切り替える件。

ジャズを聴きに行きませんかと誘う件。久しぶりに北野のクラブ、金曜日の夜とか。

保険とジャズの話は微妙につながっているが、どうなんだろう。

どれを話すにしても「賛成だ。良い話だ」となることはない。傷を最小限にしながら、最後はこちらの希望へ導く。手綱《たづな》を締めたりゆるめたり。

握っているのは私なんだから。

それで雛子は保険の話を切り出してみたのである。

「医療保険を別のに換えて、新しい生命保険にも入ろうと思うんだけど」

最初はあっけらかんと告げるに限る。雛子は言った。

「医療保障は通常型とがんと高度医療で、この年齢で既往症があっても入れるのを提案してもらいました。がんも新しい治療方法が出てきているし、保険利率が変わって、全体的に見直すタイミングらしいのよ」

書太郎は何事も基本的な説明だけで理解する。頭がいいし知識も豊富だ。保険の仕組みが変わったことも、書太郎なら既に知っているに違いはない。一般紙に日経新聞のほか、日経産業新聞を毎日、隅から隅まで読んでいるのだから。

既往症は気になるところだろう。書太郎は五十歳の時、尿道にポリープができて切除手術をしたことがある。ただ早期だったのであっさりと治癒した。それなら保険契約できます。大丈夫ですよ、という説明を受けていた。

書太郎は就職した時から生命保険に入り続けてきた。貯蓄型を選び、定年退職とともに解約すると、たまった金額は千八百万円ほどあった。退職金の三千二百万円を合わせ、五千万円が一時金として口座に貯まった。年金もふたりが暮らすくらいはじゅうぶんある。保険に高い掛け金を払い続ける必要はない、葬式代がまかなえればよい、と書太郎が言うので大手生保を解約し、掛け金がぐんと安い県民共済に換えていた。

書太郎が反応したのは既往症などではなかった。

雛子には予想外の部分だった。

書太郎は言った。

「提案してもらっただと？　生命保険にも入るだと」

「え？　は、そうね」

隠しても仕方がない。正直に答えるだけである。

「ライフ生命さんです。担当の女性は、とっても感じのいい人ですよ」

いきなりの怒号が響いた。

「愚か者が！！！！」

雛子はのけぞった。

「耳がつぶれるじゃないの」

「愚か者だから愚か者と言っておるのだ」

いつもの事ながら、何に怒っているのかわからない。

芳樹の話を出したほうがましだったかもしれない。雛子は思ったが、こうなったらゾンビになるしかない。さあ、好きなようにこきおろしてちょうだい。

「お前は保険屋の利益構造について知っておるのか？　その上で、そんな話を私にしたのか？」

雛子は黙っている。書太郎は言った。

「保険は価格競争ができない仕組みになっている。掛け金と保障の関係は法律によって設定されているからな。日生と日興で同じ保障内容なら掛け金は同じだ。ところが同じ保障内容でもネット保険は安く、市民共済や県民共済などはさらに安い。大手生保の料金は三割から四割の人件費を上乗せしているからだ。上乗せ部分は保障内容に関係がない。一般人は勧められるまま契約したりするが、保険外交員の給料分まで肩代わりさせられているということだ。保険屋はいちばん何で儲けているか知っているのか？　契約者が死亡保険金を実際には多く支払う危険差益という部分だ。それが収益の七割を占める。共済保険なら差益の多くを還付するが、大手の生保は内部留保にまわす。いざというときに支払えないと契約者が困るという建前だが、実際は財テクで会社の懐を肥やしている。何が日本最大の機関投資家だ。ただの金融屋だ。もしものときの金を偽善まみれの保険なんぞに頼ることはない。自分で手当をする時代だ。要は金を貯めればいいのだ。お前は保険屋の口車に乗せられたあげく『とっても感じのいい人ですよ』と来た。愚の骨頂だ」

聞いていて疲れるだけだが、きっと正論なんだろう。そして正論は時として共感を得られず敵を作る。

もちろん雛子も共感しない。納得はするが、雛子はこうやってまくし立てられるたびに反対の事を考えてしまう。いまもそうだった。そういう事ならなおさら、給料を払ってあげたいじゃない。だってそれで、保険屋さんの生活は成り立っているんだから。親身に相談に乗ってくれたひとに報酬を出す。あたりまえじゃないの。話を聞くだけ聞いて「あなたの給料を払う義理はどこにある」なんて。

雛子は言った。

「でもあなたに言われて共済に換えたけれど、生命保険は死亡時二百万円しか出ないのよ。そんなんで足りる？　ポリープもあったじゃない」

「多少の蓄えはある。それでじゅうぶんだ」

定期預金にした五千万円だろう。日々の暮らしには年金もある。しかし雛子は知っていた。書太郎は時に、世界一周の船旅カタログを眺めてにんまりしているのだ。説明会に出かけたことも知っている。ある日、部屋にパンフレットがあった。豪華客船「飛鳥Ⅱ」による百一日間世界一周旅行。グランドスイートルームの所に赤丸がついていて、料金はひとり二千六百二十五万円だった。どこまで真剣に考えているのだろう。わたしには一度だって話をしてくれたことがない。どこかのおねえちゃんでも連れて行くのではないか。まあ、それならそれでいい。ずっと働いてきたんだから。でも雛子は思った。それで使ってしまうのなら尚更、もしもの時のお金が要るじゃない。

雛子は言った。

「保険ってやっぱり、もしもの時のためだから」

「来るものが来たら逝くだけだ。二百万もあれば葬式を出せる。金なんか要らん。墓に金は持っていけない」

「もう……お葬式の話じゃないわよ。なにが、墓に金は持っていけないですか。いろいろなもしもがあるのよ。芳樹だって」

息子の名前を出してしまった。

「芳樹だと？　芳樹がどうした」

一気に話してしまおう。

「会社を辞めて、事業をはじめるそうですよ」

雛子は言って、首を縮めた。来るぞ。しかし書太郎は「ほう」と続けただけで、爆発しなかったのである。雛子は書太郎の顔色を覗き込んだ。

「詳しいことはわかりませんけどね、コンピュータで管理する農業らしいですよ。人工知能って言うの？　そういうのが野菜を育てるんだけど、受粉だけは蜂なんだって」

「農業のことなどわかりもしないくせに、いっぱしの解説者気取りか」

面倒くさい皮肉が返ってくるのはわかっている。慣れたつもりだが、やはり腹は立つ。雛子は心臓を流れる血が熱くなる気がした。気持ちは抑えたとして、からだは正直だ。

「詳しい事はわかりませんって言ったじゃない。わたしがなぜ解説者を気取るのよ。どんな農業なのかは、あなたから直接訊ねてみればいいじゃない」

「コンピュータで作った野菜など、いらん」

書太郎はそっぽを向いた。

「天変地異で、まるで野菜が取れなくなったら食ってやってもいいがな。そうなれば地球そのものが終わりだ」

書太郎は皮肉めいたフレーズを自慢するふうがある。いまもそう。私を相手に遊んでいるだけ。雛子は皮肉に皮肉を返すことはほとんどなかった。性格が違うからだ。違うからこそ、四十年以上も一緒にいられた。そんなことを思うこともある。保険の仕組みとかの話も、自分は何でも知っていると知識をひけらかしたいだけなのだ。

この歳《とし》で生命保険を新規契約するとそれなりに高い。しかし大手企業を定年まで勤め上げてくれたおかげで、年金もしっかりあって、保険料は支払っていける。前庭が付く一戸建てに住み、ローンは完済している。家庭の経済を安定させてくれたことにはたいへん感謝している。でも年老いたものが最後に果たす役割は、継ぐ者に迷惑をかけず、安心のバトンを渡すことなのだ。雛子は息子が起業することを知り、驚きながらも誇りを感じた。老いた母にできることは少ないだろうが、精一杯応援してやりたいのだ。

芳樹はおとなしい子だった。体育が苦手で、頭が痛いと授業を休むような子だった。

そんな子が美しい妻を娶《めと》り、いよいよ勝負に出ようとしている。応援するのが親じゃない。

わが家の金融資産は銀行預金になっている。安心だが利子は雀の涙だ。とはいえ株など知識がないし、書太郎は財テク嫌いだ（そんな話をすればとんでもない議論になる）。それで雛子は貯蓄型の生命保険を選ぶことにしたのだった。保険はいいのか？預金を切り崩して払っていくだけだし、満期で戻る金額は目減りする。しかし死亡時に保険金を息子に残せる。いざというときの安心を買うことにしよう。そう思ったのだ。

その時、家の前で急ブレーキが鳴った。書太郎はたちまち玄関へ向かった。大きな音だったので雛子も書太郎に続いた。

外へ出てみると乗用車が斜めに停まり、交通を遮断していた。女性が運転席から出て途方に暮れている。それを見た書太郎はいったん玄関へ戻り、突っかけを靴に履き替えて出て来た。

雛子は書太郎の前に立ち塞がった。

「あなた、どこ行くの？　問題起こさないでよ」

「問題を起こしたのはあの運転手だろう」

「彼女は送り迎えのお母さんよ、きっと」

「なら、なおさら問題だ」

「もう……」

止めても無駄である。

「大声なんか出さないでよ」

書太郎は雛子の両肩に手を置き、脇へそっと押した。

「わかっておる。様子を見るだけだ。何か助けが要るかもしれないではないか」

「あら、そうなの」

そして言ったのである。

「保険のことなど、私に相談しなくてよい。お前にだってまともな判断はできるはずだ。芳樹も自分が信じた事をすればよい。相談に乗ってやれ」

書太郎は立ち往生する女性に近づき、二言三言交わした。女性は運転席に戻った。書太郎は窓を開けさせて女性に話しかけた。ハンドルの切り方を教えているようである。

女性は車を切り替え、方向をまっすぐに直した。

女性は窓から書太郎に礼を言ったが、書太郎はすぐに発進させた。狭い道路に左右十台以上の車が詰まっていたからである。書太郎は道路の真ん中へ進み出た。そして交通整理をはじめた。右から二台、左から三台、右、左、右。

最後尾にいたスクールバスが園の駐車場に入り、園児たちが元気よく飛び出していった。運転手が降りてきて書太郎に礼を言った。

雛子はそれをずっと見ていた。

おやまあ。お父さん、どうしたのかしら。

刑事がやって来たせいなのか？

いや、きっと息子の話がうれしかったのだ。

親子は見えなくても糸でつながっている。

怒鳴り散らすのは照れ隠しのルーティン。

保険のことは私が考えるわ。みんながしあわせになるように。ジャズはまた誘いましょう。

雛子は思った。

二

安史はトランペットケースを肩にかつぎ、自転車にまたがった。家の前のゆるやかな坂を下りていくと岬なのだが、三菱の工場が海岸線を占有していて、海辺に出るすき間がない。それで東へ走る。三菱とそれに並ぶ川崎の工場群を過ぎると、ハーバーランドの西端にあるアンパンマン・ミュージアムの裏につながる。そこまで行くと住宅もあって人が多いので、楽器を吹けるのは住宅街の手前あたりとなる。

安史は絶妙の場所を見つけていた。川崎重工神戸工場の入口から海岸縁《べり》を沿うところに、人がほぼ通らない細道があるのだ。工場の私道なのか公道なのか不明の道。目の前に海が広がるが、柵で囲って海に出られないようになっている。ところが柵に破れている場所があって、くぐれば岸壁へ歩いて行けるのだ。観光客は来ない。釣り人も来ない。見るべきものはないし、釣りのポイントなど神戸港にはいっぱいあるからだ。

自転車を漕ぎながら、頭の中でブラウニーの音を繰り返した。最初の一音。アタックを強く。そしてAメロを滑らかに、息づくように。

工場の正門を通り過ぎ、柵に沿って自転車を停める。午前中の早い時間、こんな場所は特に人がいない。その時間を選び、誰に遠慮することなく吹くのである。

柵をくぐって岸壁に立つ。ケースを地面に置きマーチンを取り出す。マウスピースマウスピースをはめ、海に向かって構えた。

季節はまだ肌寒い。朝から海はもやっていたが、雲の切れ間に陽がのぞきはじめた。風は凪いでいる。海面は鏡のようだ。

大きく息を吸い込み、マウスピースに唇を当てて吹いた。《エンブレイサブル・ユー》。奏でた音は海面を滑って行った。

工場の門を入ったところにドックハウスと呼ばれる事務棟がある。安史は造船所事務所の二階を見あげた。窓際に作業服を着た工員が立っている。距離は十数メートル、お互いの顔がわかる近さだ。工員は安史に視線を投げると右腕を水平位置に伸ばした。次に腕を下方四十五度に下ろし、そこで止めた。

手旗信号なのである。意味は数字の八。今の演奏は、十点満点の八点ということだ。

安史はつぶやいた。

「おお、なかなかや」

八点とは、評価が辛い人にして、出にくい点数である。一週間に一度出るかどうかのできばえ。工員は窓の向こうへ消えた。

調子がいい。きっとジャムセッションを経験したからだ。

もう一度水平線にラッパを向けて構えた。気を静め、《アイ・リメンバー・クリフォード》を吹き始めた。

心がトランペットに乗り移っていた。リー・モーガン流のていねいでスタッカートの効いた音が、造船ドックをかすめながら海面を滑っていった。

吹き終わり、唇をゆっくりと外した。すると遠くに拍手が聞こえた。十人ほどの人たちがハーバーランド側、五十メートルほども離れた高浜岸壁で足を止め、拍手をしているのだ。安史は手をあげて応えた。事務室を見上げると、手旗信号はなんと九を示していた。半年に一度出るかどうかの九点。

この工員、実はジャズの専門家なのである。

安史がこの場所を見つけて足かけ三年になる。毎日のように練習してきたが、夏真っ盛りのある日、練習を終えて自転車にまたがったところ、工場から人が出てきた。半袖の工員服からのぞく腕は太く、顔は真っ黒に日焼けしていた。安史には漁師のように見えた。

「ちょっとお訊ねいたしますが」

門の前で、工員はトランペットケースを指しながら言った。

「毎日のように吹いていますね。音がとても大きい」

安史は背を丸めた。

「は、すいません。ご迷惑ですか？」

「すばらしく大きな音です」

「え？」

「もしよければ、そのトランペット、拝見させていただけますか」

「え……はい、どうぞ」

不審を問いただすため呼び止められたのではなさそうだった。工員の目がきらきらと輝いていたからだ。安史はケースを開いた。工員はトランペットを触れることなく見つめた。視線を右へ左へ動かした。老眼鏡を取り出し、顔を近づけた。

「マーチンのコミッティーですね。しかも一九四〇年代モデル」

さらに言った。

「まるで新品です。信じられません」

どこで手に入れたのか、とは訊ねなかった。ただ、こう言ったのである。

「どうしても確かめたかったのです。呼び止めて申し訳ありません」

「そうだったんですか、それなら」

と安史はトランペットをケースから取り出して組み立てた。

「僕もこれを見つけたときは奇跡と思いました。よければ吹いてください」

工員は手にとり、感触を確かめた。しかし吹くことはなかった。

「勤務中ですから。またの機会に」

工員は造船所営繕管理部の部長だった。デスクは門を入ってすぐのドックハウスにあるという。

「小倉定男《おぐらさだお》と申します。これからも聴かせてもらいます」

「小倉さんですか」

「いちおう、恥ずかしながらペンネームもありまして、小倉コルトレーンと言います」

一見地味な工場労働者。ところがこの人、ジャズ評をブログに書き、五千人の読者がいる相当のツウなのであった。

「小倉コルトレーン、知ってますよ！　というか、すごい人じゃないですか。マイルス本人とも会ったことがあるんでしょう」

「一九八八年ですね。大阪のライブ・アンダー・ザ・スカイの時、マイルスがお忍びで神戸方面へ来て、これも全くの偶然なのですが居合わせたのです。とはいえ、会ったことがあるというのは拡大解釈です。緊張して声を出せませんでした」

そんなことがあって、安史は小倉と仲良しになったのである。練習帰りに、できばえを訊ねるのも日課になった。手旗信号を提案したのは小倉であった。

そして、安史は造船所のことも詳しく知ることになった。ここは潜水艦を作っている。

「進水式は観覧できますよ。日時がわかればお知らせします」

「ほんとですか」

「自衛隊音楽団の演奏も聴けます。鍛えられてなかなか上手ですよ」

「いいんですか」

「潜水艦は機密が多くて公開されない部分が多いですけれど、たとえばスクリューは絶対に見せません。形そのものが自衛隊の戦術にも関わるんですよ。でも進水式、つまり船台から海へ浮かべる時ですね。その式典にはいろいろな人が来ます。制服を着た自衛官たち、防衛省の背広組、作業服姿のエンジニアたち、乗組員の家族、県や市の招待客、記者や報道カメラマンとか」

それで安史は「せきりゅう」の命名進水式へ入れてもらい、潜水艦を間近に見たのであった。排水量二九五〇トン、全長八四メートル、全幅九・一メートル。巨大クジラのような黒い物体。旭日旗を船尾に纏っていて、重量感はド迫力だった。

「これはすごいわ」

安史は子どものように感心してしまい、式典のあともきょろきょろしながら歩いたのだった。

まさかその姿を動画に撮られたことが稼ぐ手段の布石になるとは、誰に予想できたであろう。

三

安史と欽二のコンビに、ネット上で名前がついた。

―忖度ブラザーズ―

「この漢字、どう読むんや」

欽二は訊ねたが、ツイッターに書き込まれたこの字を見たとき、安史もわからなかったのである。辞書で調べるようなこともなく放っておいたが、読み方は自《おの》ずと知れた。テレビや新聞に毎日表れたからだ。

「そんたくか」

アベ総理の周辺が国有地払い下げに関して忖度をしたとかしないとか、国会までもが、かしましい言い合いに左右している。テレビも新聞も、そんたく一色。流行語大賞になる勢いですらあった。

「忖度ブラザーズ……うまいこというわ」

欽二は投稿写真のひとつを見せた。

「この投稿写真、笑うし」

幼稚園の前で撮られたものだ。ふたりそろって黒いサングラスに黒い帽子をかぶっていた。映画「ブルース・ブラザース」のジョン・ベルーシとダン・エイクロイドと並べて投稿したものがあって、コメントがふるっていた。

「ブルース・ブラザースは孤児院を救い、忖度ブラザーズは待機児童問題を解決か」

インスタグラムの「いいね」は一万を超えていた。

この幼稚園問題、国会に取り上げられるほどの全国的話題ではないが、地元ではそここそグレーな噂なのである。幼稚園が隣接地を買って園児募集枠を増やす。待機児童問題の解決にもなると喜ぶ人もあったが、土地の買収に裏社会が絡んでいると、ネットが盛り上がっているのである。

「根も葉もない話やが、また警察が来るかもしれん」

欽二は言った。

「モトコーに来た刑事か？　幼稚園は西神戸やろ。担当エリア外れてるのと違うか」

「県警本部やぞ。どこにでも来よるわ」

「まあ、来てもええし。逮捕されるようなことしてないし」

「罪状なんか、なんとでもしよるで、あいつら」

「ええやんけ。そんなこと心配してもしゃあない」

この一年間、月平均八十万の報酬が出ていた。年収は一千万円に届く。しかしあぶく銭には必ずリスクが伴う。リスクが見えていないだけなのだ。きっと何かが起こる。

そんなとき安史のスマホが鳴った。発信元を見ると、この仕事の元請となっている広告会社だった。電話で話したのは最初の一回だけ。連絡は常にショートメールだ。出るしかない。

「はい、海音寺です」

「お世話になっております。急な話ですが、夜八時にオフィスへお越しいただきたい」

「今夜ですか？」

「突然、申し訳ありません」

「いえ、行きます。仕事ですか?」

「おそらく」

声は言った。

「クライアントがお会いしたいと仰っています」

「え?　来られる?」

「そのようで」

「どんな方ですか」

「私もはじめてです」

「そうなんですか?」

「十五分前にお越しください」

それ以上は知らないらしい。電話は切れた。

で、事務所へふたりして行ったのである。欽二も謎のクライアントを知りたがった。

欽二は黒革のロングジャケットを着込んだ。

「何を訊ねてこましたろ」

欽二は指をポキポキ鳴らした。

勢い込んで会社を訪ねたが、事務所は静かだった。広告制作作業を抱えるデザイナーが遅くまで働くような会社だが、天井の電灯は半分消され、社長ひとりが残っていた。会議室へ通された。社長がお茶を淹れてきた。

「社長、お気遣いなく」

妙な静かさ。安史は訊ねた。

「まだ来られていないのですか？」

「いや、それがですね」

テーブルの上に液晶モニタとパソコン。接続コードが伸びた先に黒いスイッチがつながっていた。社長は安史と欽二の前にマイクを出した。

「いらっしゃれない事になりました。しかし直接お話ししたいということで、テレビ会議システムを設置しました。八時になったら、このスイッチを押してください。画面に登場されると思います」

「そうなんですか」

「では、よろしくお願いします。私は失礼します」

「え？」

「玄関の扉は自動ロックですから、そのままお帰りください」

「俺たちだけ？」

「そのような希望ですので」

「しかし」

安史は言った。

「仕事は社長からいただくんですよね」

「いつものように私が間に立ちますが、まとまらなかったら、これからお聞きになる話は秘されたままになるそうです。私は内容を知らされていません。とにかく、よろしくお願いします」

社長は会釈し、会議室から出て行った。静かな事務所に靴音が聞こえ、そのあと玄関のドアが開いて閉まる音がした。

「ほんまに出ていったな」

腕時計を見た、八時五分前。

欽二は言った。

「どうすんねん。ヤバイんちゃうか」

「ヤバイ言うても、テレビだけやろ。鉄砲の弾が飛んでくるわけじゃあるまいし」

「それはそうやが」

川本組のバイトではヤバイ現場もあった。そんなのに居合わせた事もあるふたりだが、そういうのとは違う、経験した事のない緊張感だった。

八時になった。安史はスイッチを押した。

液晶画面が点《つ》いた。男性が真正面に座っていた。三十歳とも五十歳とも見える。黒いテーラージャケットに白いカッターシャツ、襟は固そうで、結び目太く青いネクタイをしている。

男はカメラから目をそらさない。回線でつながっているだけなのはわかっているが、目ヂカラがリアルで半端なかった。

「こんばんは、池波《いけなみ》欽二さんと海音寺安史さん」

欽二は声を飲み込んでいる。安史が答えた。

「ど、どうも、はじめてお目にかかります」

男は言った。

「あなたたちの仕事ぶりは大いに評価するところです。ぜひ、次の段階へ進んでいただきたいと思っております」

「次の段階？」

「仕事の性質上、直接お目にかかる必要がありました」

「直接……」

モニタ越しである。安史は言った。

「これはお目にかかっていないですよね。ご都合で来られなくなったのですか」

「いえ、これで結構です」

男の声はコンピュータの声のように聞こえたが、沖縄言葉のような訛《なま》りもあった。動作もぎこちなく見えた。テレビ会議がはじめてだったので、そういう風に見えるものかと思ったのだが、画面は高画質だった。家でテレビを見ているのと変わらない。

「それでは、お話しします」

「すみません、その前にお訊ねしていいでしょうか」

男は黙っていたが、だめとも言わなかった。安史は訊ねた。

「あなたはどなたですか？　差し支えなければ教えてください」

欽二も息を詰めている。男は言った。

「名前はあります」

男は相変わらず視線を外さない。眉や頬やあごが小さく動く。

「で？」

男は言った。

「池波欽二さんと海音寺安史さん。まずはお耳を拝借したい。私が何者かは、これからお話しすることに関係がありません」

男はしばし黙った。

お耳を拝借、とは古い言い回しだ。古い時代の人なのか。

事務所は無人だ。画面の向こうの男が黙ると、一切の音が消えた。静寂の中で安史は言った。

「わかりました。お話しください」

男はゆっくりとまばたきした。向かい合ってから最初のまばたきのような気がした。

「忖度ブラザーズと呼ばれているそうですね。名前をもらうとは、なかなかの成果です。いまの時代、アマチュアの集合体であるソーシャルメディアこそ世の中を動かします。そこで生まれたスターは、地上波テレビのニュースキャスターより影響力がある。ネットに拡散されたおふたりの顔の総数は、本日二十時の段階で六千四百九十六万八千八百九十六です。拡散は毎秒八回の勢いを保って続いています」

「毎秒八回？」

「一分あたりなら四百八十です。一時間で二万八千八百、一日で六十九万千二百、一ヶ月で二千七十三万六千。拡散は加速が付いていますので、もっと増えると思われます」

「………」

「そして」

男は言った。

「モトコー立ち退き問題も順調に進展しています。迷っていた商店主さんたちとの契約が一気に進みました。大家との交渉でゴネていたら最後はやくざがやって来る。やくざと交われば命さえ危ない。そんなことだったら、新しい商店街に入居する優先権を持つ再契約を選ぼう。借主は忖度しました」

「はあ、そんたくね」

「しかしよく演じてくれました。忖度ブラザーズとは、新しい時代のやくざでしょうかね。笑ってしまいます」

笑います、と言った割に、男に笑顔はなかった。

「名前が付いたわけじゃないですよ。だれかが勝手に書き込んだだけです。それに俺たちはやくざじゃない」

「もちろん、あなたたちはやくざじゃない。やくざ扱いされているだけです」

「そういう風に拡散しろと指示したではないですか」

「私からは一度もそんな指示を出してはいません。あなたたちが忖度したのです」

「一度も指示していない？　女子高生に『やくざが来てると書いてくれ』とか頼んだのは、俺たちが勝手にしたって？」

「ひとつの事実を申し上げます」

「事実？　何なんですか……」

「戦後の混乱期、闇市がやくざの管理下にあったのは歴史の一部です」

「はあ」

「だからこの場所が『やくざとつながっている』とか『極道と深い歴史』といったコメントはあながち間違いではないのです」

「どういうことなんですか」

「仕事内容を説明しましょう」

「…………」

「二十店舗分の権利を持つ方が立ち退きに抵抗していらっしゃいます。その方に現金を渡してほしいのです」

「それが次の仕事」

「はい」

「渡すだけ」

「それで立ち退き問題は完了します」

「終わる」

「はい」

男は無表情だ。安史は訊ねた。

「その方とは誰なんです」

男はあっさりと言った。

「湊巧己《みなとたくみ》、湊組の組長です」

紛れもないやくざである。しかも大物。湊組は分裂騒動まっただ中にある日本最大の暴力団安藤《あんどう》組の直参で、武闘派と目される二次団体だ。組長の湊巧己は安藤組総本部の若頭を務めている。

欽二は黙っているが心はかんたんに読めた。ほらきた、ヤバイやないかい。どうすんねん。やめたほうがええぞ。画面の向こうからは追いかけて来れん。すぐに逃げよう。

安史は訊ねた。

「なんで俺たちなんです。その筋ならその筋の方にお願いしてください。無理です」

「あなたたちだからこそ、相手は納得するのです」

「納得？　やくざの親分さんを相手になんかできるはずがない」

「計算ずくです。確率は九十九％」

「はあ？」

男は言った。

「社長のデスクへ行ってください。会議室を出て右側奥の窓側。デスクの足下にキャリーケースがふたつあります」

「何なんですか」

「取ってきてください」

安史は言った。

「今ですか？」

「お待ちします」

議論しても埒《らち》があかなそうだった。

ふたりは会議室を出た。社長のデスクで椅子を引くと、そこにリモワのキャリーケースがふたつあった。三泊四日の旅行にちょうどといった大きさである。片手で動かそうとしたが予想外に重かった。ふたりで引っ張り出し、床を転がせて会議室へ戻った。

男は言った。

「開いてください。中身を確認しましょう」

「ちょっと待ってください」

安史は言った。

「この仕事はできない、と言ったらどうなりますか」

「そういうことにはなりません」

「なりません？」

「すべて計算通り進んでいます。六千四百九十六万八千八百九十六さえ、誤差五％の範囲です」

「何の話ですか。数字とかではなくて、この仕事はできない、と私たちが断ったらどうなるかと訊ねたのです」

「そうはなりません」

安史の目が曇った。俺は誰と、いや何と話をしているのだろう。会話がむずかしい。

男は言った。

「おふたりはソーシャルメディアに現れ、世間に強い影響力を築きました。影響力は新たな力を呼び、物事を変化させ、利益を誘導することができます。これまでお二人に支払った報酬の額は、影響力がもたらす利益から配分される正当なマージンです。ただ、次の段階は間接的な影響力を駆使するのではなく、生身の力、すなわち現金の力で解決します。これが最善手である確率は九十九%。必要な資金はケースの中です」

「しかし」

「おふたりが金を持って行きさえすれば、砦は崩れ、立ち退き問題は一気に解決です」

「そんなことを言われても……」

とんでもない相手である。湊組組長の湊巧己。

「ほんとうに金を渡すだけでいいんですか?」

「ケースを開けてください。確認しましょう」

確認だけだ。そのあと、やっぱり断ってもいい。

ふたりはケースをテーブルに持ち上げ、ファスナーを引いて開いた。

帯封の付いた一万円札の束がぎっしりと整列していた。ふたつめも同じであった。

「ひと束が百万円で四百束あります」

「百万が四百……よ、四億円」

男は言った。

「湊組長を訪ねてください」

こんな量の一万円札、見たことがない。これを暴力団事務所へ持って行けって？

「無理です。できません」

欽二も言った。

「死んでしまいますがな」

男は淡々としたものである。

「死にません。あなたたちには何も起こりません」

「湊組ですよ」

「危害を加えようとしないカタギをどうこうすることはありません」

「でも……無理です」

男は言ったのである。

「本当に怖いのは何だと思いますか？　私は、やくざなどとは比べものにならないような怖い事を起こせるのですよ」

ふたりは息を呑んだ。

「六千四百九十六万八千八百九十六を逆走させてみましょうか。あなたたちの居場所はなくなりますよ。地球上のどこにも」

「ど、どういうこと……」

「それだけの数の悪意にまみれるということです。覚悟はありますか？」

「覚悟なんてないですよ。だいたい、なんで覚悟を持たねばならないんですか」

「もちろん、そこまでのことをするつもりはありません。大丈夫なのですよ。九十九％の確率は百と同じです。残りの一％は大地震が来るとか、隕石が地球に衝突するかしたときの偶然指数です。確率を百％にすると残りはゼロ％となり、計算不能になります。数学的にあり得ませんからね」

偶然指数？　数学の話なのか？

「それでは、報酬の話をいたします」

危険な仕事には違いない。倍ほどもらえるのか。金額を知ってから断ってもいいだろう。安史はまだそんなことを考えていたが、提示額は常識をはるかに超えていたのである。

「二千万円お支払いします」

「………」

安史と欽二は虚脱してしまった。男は言った。

「商店街再生事業は一千億円規模のプロジェクトです。おふたりの影響力、関わる時間、精神的負担からはじき出した額としてお支払いします。高くも安くもありません。理論値です」

「に、二千万……」

「掛ける二で四千万」

「ひとり二千万！」

「かんたんな算数でしょう。ではあらためて、仕事の背景を補足説明しておきます。情報がないのは、いちばんの不安要素でしょうから」

男は次のようなことを語った。

湊組の先代は戦前から街の親分として地域保全をにない、商店街が闇市だった時代から関わってきた。そんな経緯もあり、昔を知る古い商店主たち二十店舗から、家主である日本J不動産株式会社と有利な交渉をしてくれるよう依頼を受けた。家主は困った。湊組と交渉したくない。警察に言えばいいのか？　警察は民事に介入しないし、刑事事件になればなったで商店街のイメージが堕《お》ちる。湊組も諸刃の剣を抱《かか》えている。暴力三法成立以降、警察は何かと理由をつけて飛びだしてくる。多くの店はすでに退去を決めた。残った店主、家主、湊組それぞれが、落としどころを探す最終局面となっている。最善手をさぐるため、日本J不動産はＡＩを使った。その答えは二十店舗の権利を現金で買い受けるというものだった。

「四億円という金額はＡＩがはじき出しました。役員会で議論しても具体的な数字など出ませんからね」

「ＡＩなんですか？」

「そうです。とはいえ最後に決めるのは人間です。社長は妙案だと喜んだみたいです。契約満了に伴う礼金としては法外なのでしょうが、裏社会と何年間も揉めたり、訴訟になるようなリスクを考えれば妥当なんでしょう。表には出ないでしょうが、不動産取引の世界には、あり得る話なのですね」

「本当ですか？　喜んだのですか」

「そこに札束があるではないですか。何よりの証拠です」

「そうですか……でも」

　安史は言った。

「これ、裏金というやつでしょう」

「お金には裏も表もありません」

　男は言った。

「明日の朝、湊組に電話して、すぐに行ってください」

それで話は終わった。

通信回線が切れると会社は静寂に戻った。テーブルには四億円が詰まるスーツケースがふたつ。札束はどれもできたて、キレキレのようだ。印刷のインクさえ匂う気がする。

欽二は言った。

「ひとり二千万やと」

「ああ」

「簡単な算数やと」

「金を渡しに行くだけ」

「何も起こらんらしい」

「湊組はただ、受け取る」

「安史、お前、ひとりで行かんか?」

「そしたら俺の総取りじゃ。四千万」

「それはアカン」

「ほたら、行くしかないだろうが」

「電話はお前がしてくれよ。わしには無理」

「じゃんけんじゃ」

「あかんて。気絶してしまう」

欽二は必死の目である。

「頼むて。その代わり今日はおごるわ。ええもん食いに行こ。みやすのステーキでもどうや。張り込んだるわ。二万円の神戸ビーフ」

肉なんぞ他の日に食べたいわ。腹も減らん。

思ったが言った。

「そうやな、肉でも食うか」

そして次の日の朝、電話をした。正午を指定された。

運搬には欽二の車を使った。欽二は「昭和な」トヨタ・スプリンターに乗っている。三十年以上倉庫に眠っていた車を整備したものを二足三文で買ったものだ。排気量一四〇〇CCにしては燃費が悪く、故障も多い。結局のところ高くつくのだが、昔風の「ブイブイ言わす」排気音と粘るような加速が値打ちらしい。黒い排気ガスは世間の迷惑だ。何が値打ちかと安史は思うが、自家用車は貴重である。

スーツケースふたつを積んで出発した。緊張の極致だった。安史は喉が渇いたくせに、小便も近くなってコンビニに寄った。欽二は運転席に残ったが、そこでひと騒動あった。安史がコンビニを出てみると車がなかったのである。ケータイもつながらない。やくざとの約束に遅れるわけにはいかない。まさかの持ち逃げか。窃盗の前科がある欽二だ。安史は途方に暮れたが、十五分ほどして欽二は帰って来た。安史は運転席のドアを外から開けて、欽二の襟首をつかんだ。

「お前、何を考えとんじゃ！　金持って逃げるつもりやったんかい！」

「あ、アホな」

欽二は苦しい息で答えた。

「き、きれいにしてきたんやないか」

「何？」

「車や」

安史は顔を上げた。洗車してきたようである。

「汚いのはあかんやろ。組事務所行くんやから」

安史は力をゆるめ、欽二の目をにらみつけながら深呼吸した。安史は襟首から手を外し腕時計を見た。時間は大丈夫だ。

助手席にまわって乗り込み、ドアを閉めた。

「俺を殺す気か」

「だ、誰が殺すんや」

欽二は赤い目で安史を見つめたが、安史は前を向いたまま動かなかった。

安史は言った。

「遅れたらあかん。出発じゃ」

ふたりは四億円を持って湊組へ行った。

「受け取るだけですよ」

男はそう言った。しかし、

「ごくろうさんでした。委細承知です」

そんなこと、組員はぜんぜん言わなかった。

金を渡すと、奥の部屋へ放り込まれたのである。

コンビニでの小さな騒動など、記憶の彼方へ富んだ。

部屋には大きな牛の頭蓋骨があった。安史と欽二は揃って背筋を伸ばし、白い骨をじっと見つめた。

第六章　イタリアンな極道

一

牛の頭蓋骨に龍の置物、日本刀。太く「任俠」と書かれた墨文字が額装されて壁に掛かっている。

「やっぱりヤバイやないか。どうしたらええんねん」

部屋のすぐ外に極道たちがいる。欽二はさらに声を低めた。

「あかん。指つめさせられるわ。逃げよ」

「アホ抜かせ。金を渡したのは俺らのほうじゃ」

「何日も帰してもらえへんで」

欽二はやくざ御用達の品々に、打ちのめされたように弱音を吐いたが、安史はさっきから気になっていた。ニンニクとオイルを混ぜたにおいが部屋に染みこんでくるのだ。昼時で、ちょうど腹も減りかけるころだ。

「イタ飯屋みたいやな」

「なんやて？」

そう言ったところに、扉が開き、白シャツ姿の男が皿をふたつ持って入ってきた。紙ナプキンに包んだフォークとスプーンを添えてテーブルに置くと、一礼して出ていった。ふたりは揃って皿を覗き込んだ。

「な、なんじゃこれ」

「す、スパゲッティちゃうか」

また扉が開いた。今度は黒いスーツを着た年配の男だった。ぴかぴかに剃り上げた坊主頭である。漁師のように日焼けした肌。細い眼差《まなざ》し。胸板が厚そうだ。男はソファに座ったふたりの背を抜け、奥のデスクに立った。

「湊組の若中をしとります、佐合真《さごうまこと》です」

安史と欽二はあわてて立ち上がろうとしたが、佐合は手を挙げて押さえた。そして言った。

「今日のまかないは、パスタ・アーリオオーリオです。オイルとニンニクだけのスパゲッティね。オイルにニンニクだけというても、ニンニクは有機栽培で、オリーブオイルは小豆島のエクストラバージン。あんたはんら、知ってなはるか？　小豆島のオリーブはイタリアへも輸出されとるんでっせ。世界最高水準ですわ」

安史は川本組にいた山崎《やまざき》若頭の話を思い出した。神戸の山手にイタリアン・マフィアのような組がある。若頭もここへ来たとき、パスタ・アーリオオーリオを出されたと言っていた。

佐合は躊躇《ちゅうちょ》気味な二人に、つけ加えて言った。

「ニンニクの語源は仏教用語なのを知ってか？　屈辱に耐えて怒りの感情を起こさない『忍辱』というのが由来なんですわ。わたしらの稼業に、はまってますな。ワハハ」

笑い声が太い。

「そ、そうなんですか……」

「プチ知識はオヤジの受け売りですがね。まあ、食べて行ってんか」

「あ、ありがたくいただきます」

どちらにしても、食べないわけにはいかない。

ふたりは紙ナプキンをていねいに外した。オイルを撥ねさせないようスプーンとフォークを使ってスパゲッティをまるめ、小さく開いた口へ運んだ。佐合が見つめている。

「どうですかいな。味は」

味などわかるはずもない。と思った。しかし、

「これは旨い！」

ふたり揃って声を出したのである。ハモってしまった。

「なかなかのもんですやろ」

ふたりは食べた。あっという間になくなった。本当に旨かったのである。

佐合は言った。

「食後のコーヒー淹れさせますわ。レギュラーか、エスプレッソか、カプチーノか、ラテか、どれがよろしいか？　エスプレッソ・ルンゴや、ラテ・マキアートもありまっせ」

ふたりは黙ってしまった。選べるなどと思わなかったし、イタリア語がわからない。

「カプチーノはどうですか？　イタリア人は食後にミルク飲みませんが、日本ですからな。ワハハ。ラテ・アートの練習もさせとるんです。見たってもらえますか」

「は、はい。ではカプチーノをいただきます」

またふたりハモった。

先ほどの白シャツ男が入ってきてパスタの皿を下げた。しばらくすると別の若い衆がコーヒーを持って来た。黄色いレモン柄が映える厚口の陶器カップに、泡だったミルクが盛り上がっている。そしてラテ・アート。漢字が書かれていた。

安史のは「任」、欽二は「俠」であった。佐合がうれしそうに言った。

「極道ラテ・アートですわ。どうですかいな?」

「み、見事な筆です」

「た、達筆でいらっしゃる」

「それ書いたうちのやつ、書道八段なんですわ」

「たいしたお手前です」

「筆遣いがすばらしい」

ふたりは通り一辺の褒め言葉を並べ、表面をすすった。「任」と「俠」が口の中へ消えていった。

そしてこのカプチーノ、またまた本格的だったのである。コーヒーもミルクも、ひょっとしたら水も、すべて上等な気がした。街のコーヒースタンドのひとつ上を行っている。

「変わった組やで」

山崎若頭の言葉をまた思い出した。

パスタを食べてコーヒーを呼ばれた。さあ、どうなるのだろう。このまま帰れるとは思えない。ハゲ頭の極道者は椅子に深く座り、黙ったままだ。デスクにパソコンの類はない。ケータイ画面を見るわけでもない。新聞を広げるでもない。ただ視線を部屋の空に這《は》わせている。それがまた恐ろしい。

やくざはまず相手から話させる。揚げ足を取り、戻れない場所へ追い込んでいくのだ。

安史はカップを持ち上げた。カプチーノは飲み干していたが、さも底に残っているかのように口を付けた。欽二も同じ事をした。ふたり同時にカップをテーブルに置いた。佐合がちらと、それを見た。飲み干したのはばれている。

佐合は椅子を引いて立ち上がった。

「え、なに」

「さあ、それでは、行きましょう」

欽二が訊ねた。

「え、どこへ？」

「どこへとは？」

「え、ま、その」

「おやじに会いに来なさったのでしょう。ご案内します」

「おやじ」

「組長です」

自動ドアかと思うほど、タイミングよく部屋のドアが外から開いた。佐合はどこにも手を触れることなく部屋を出てから、安史と欽二を外へいざなった。

出てみると、机に向かって仕事をしていた組員たちが花道を作っていた。ふたりは花道を歩いた。奥の部屋のドアを佐合がノックする。返事を待ってドアを開き、ふたりを先に通した。

そこにいたのは、ジャバ・ザ・ハットであった。

二

安史は声を上げてしまった。

「あ、あなたは、《アイ・リメンバー・クリフォード》の……」

湊組の親分とは、ＪＡＭＺに現れる伊達な常連客だったのである。

「その次のリクエストは《フォーリン・イン・ラブ・ウィズ・ラブ》。ジョン・コルトレーンとマル・ウォルドロンのヴァージョン。トランペットはビル・ハードマン」

湊もはて？　という目から一転、破顔した。

「これは驚きました。覚えております。縁というのは不思議なものですな。ささ、どうぞ、おかけになって、おくつろぎください」

くつろげと言われてくつろげるはずもなかったが、ふたりは座った。佐合は何が縁なのかわからぬ、という目をしたが、

「佐合、お前も座れ」

親分に言われたので一礼し、湊の隣に座った。ドアの横には若衆が立っている。

「では、コーヒーはいかがですかな」

湊は訊ねた。

「お客人。うちは、ちょっとばかりコーヒーが自慢でしてね。ぜひともご賞味いただきたい。何がよろしいかな？　エスプレッソかカプチーノか。マロッキーノにクレマ・フレッダ・アル・カフェ。エスプレッソ・コン・グラッパなんぞもお作りできますよ」

安史の背中に汗が浮いた。今飲んだばかりだし、最後の三つはどんな飲み物かわからなかったからだ。同じ事を欽二も思ったようだった。あとで最後のはイタリアの強い酒グラッパが入ったコーヒーだとわかったが、その場で質問する事は避けた。それで安史はこう言ったのである。

「我々はカプチーノをお願いします」

入口にいた若い衆は静かに出ていった。湊は言った。

「生豆はアラビカ種とロブスタ種を、ナポリのクィート社から空輸で取り寄せております。それを深煎りにして石臼で極細に挽きます。エスプレッソマシンもナポリのボスコ・ポジリポ社のものです。街角のバールで使う汎用機ですが、これがいいんです。汎用機といってもさすが職人の国イタリア。手作りで、槌目カラー、コッパー・ピストンレバーが付いた水道直結型です。水道直結とは片手落ちと思われますか？　不思議なことにコーヒーは水道水が合うのですよ。鉄分や塩素が絶妙なんでしょう。神戸でもそうです。神戸水道局はコーヒー用の水を作っているつもりはないでしょうが、水道水こそ、コーヒーの香りを引き立てます。カプチーノに使う牛乳は六甲山牧場の絞りたてを使っています。牛乳までイタリアから輸入するわけにいきませんからね。ところが六甲山牧場の牛乳こそ、豊潤なクレマができるのです。クレマとはカップの最上層に出来る濃密なゴールデン・ブラウン色のクリームのような泡のことですわ。ご存じでしたかな？　地元の水道に牛乳。神戸で生業《なりわい》をしている者の幸せですよ」

湊はそこまで話したが、思い出したように言った。

「ランチもいかがです。賄《まかな》い飯ですが、一級のシェフに作らせとるんです」

「そ、それはもう」

安史が答えようとしたが、佐合が言ってくれた。

「お客人には、パスタを召し上がっていただきました」

湊は目を佐合に向けた。

「またパスタかい」

欽二が勝手にあわてた。別にあわてる必要などなかったのだが、欽二は吐き出すように言った。

「た、たいへん、おいしゅうございました！」

湊は欽二の素《す》っ頓狂《とんきょう》な声に反応するわけでもなかった。佐合に不機嫌そうな視線を這わせただけであった。

「まあ、パスタもしっかりと作らせとりますがね。以前はピザも焼いとったんです。裏山に釜を作りましてね、薪《まき》を燃料にした本格的な釜です。階段を二十段ほど上ったところで、その斜面もうちの土地なんですよ。景色もよろしい。神戸の港が一望。ところが警察が来て中断です。何を言われたかわかりますか？」

わかるはずがない。

「『組事務所の裏山から煙が上がる。何事かと住民が怖がる』と。『自分の土地でピザ焼いただけです』と言うても、取り合《お》うてはくれません。釜はありますが、使えんのです」

そこまで話して、湊は黙った。佐合は背筋を伸ばし、浅く座って真正面を向いている。

何か言うべきか？　言えるはずもなかった。

ドアにノックがあり沈黙が破られた。若い衆が真っ白なカップを運んできてテーブルに置いた。またもやラテ・アートが施されていた。

それは組事務所の玄関にも掲げられていた文字「湊」だった。

「代紋ラテアートですわ。どうぞ」

代紋！　飲めるはずがない。

「お気軽にどうぞ」

飲まないわけにはいかない。

ふたり同時にカップを持ち上げてすすった。そしてまたもや旨かったのである。

「昇り龍や唐獅子牡丹のアートもやらせとります。多少手間取りますがね。フフ」

もう帰りたい。

湊は唐突に言った。

「四億円は確かに受け取りました」

安史はカプチーノを一気に飲み込んでしまった。喉を焼いた。熱さをこらえ、安史はカップをゆっくりとテーブルに戻した。

「これで立ち退かせます。もう揉めさせません。湊組が責任をもって押さえます。家主も工事のめどを立てられるでしょう。とにかく」

湊は笑った。

「フフフ」

目の底が光っている。怖い。

「しかし、よくぞ金を集めなさった。お若いのにたいしたものです」

安史は真正面を向いたまま固まってしまった。欽二は膝頭の震えを手のひらで押さえている。

安史は湊を見つめた。懇願の目であった。

ご苦労さんでした、お引き取りください、またジャズでも聴きましょう、と言ってほしい。お願いします。間髪いれずに帰る。それで二千万円ずつもらえるのだ。

湊は言った。

「ご苦労さまでした。お引き取りください」

キター、帰れる。しかし湊は続けた。

「と、それで終わるはずでしたが、創造の神は存在するものですな。そう思いませんか？」

湊は安史の目をのぞき込んでいる。

「私にお訊ねですか！」

「まあ、はっきり訊ねているわけでもありませんがね」

「…………」

安史は問いかけるしかなかった。

「創造の神とは、いかがなもので……」

湊は答えずにまた訊ねた。やくざは質問に答えない人種である。

「お名前は、なんと仰いましたか」

「か、海音寺です。海音寺安史、こいつは池波欽二です」

「海音寺に池波とは。時代小説ではないですか。『天と地と』と『鬼平犯科帳』がいい。ドラマになったときの俳優はたしか、上杉謙信役が石坂浩二、鬼平は中村吉右衛門でしたかな」

「はあ……」

「お若いからご存じないですか。吉右衛門は襲名して市川染五郎となっています。コーヒーのコマーシャルに出ていたでしょう。彼の娘はほれ、松たか子ですよ」

「それは、違います」

安史は言った。

「松たか子の父は二代目松本白鸚《はくおう》で、前名の九代目松本幸四郎の時に、コーヒーのコマーシャルに出ていました。吉右衛門は白鸚の弟。現在の染五郎は松たか子の甥です」

湊の目が曇った。佐合は微動だにしない。
ヤ、やばい。俺は何を話している。こんなところで、何の知識をひけらかしているのか。
しかし湊は、やさしいまなざしに戻って言ったのである。

「それはともかく、私は驚いたのですよ」

と湊は続けた。

「まあ驚きもしますわ。電話を終えたと思ったら、入ってきたのは千鶴ママの懐刀、海音寺さんではないですか」

湊はひとりごとのように言い、安史の答えを待っているようでもなかった。

「いま、ママさんと話しておりました。立ち入ったことは訊ねません。ご機嫌伺いです。素人さんにはちょっとしたことでご迷惑がかかることがありますから。ひとりの常連客として、電話してみただけですが」

佐合は眉をひそめている。ただ親分を直視することは我慢していた。

「お客人のことはママさんから聞いております。本当にお世話になっていると」

安史は強く首を振った。

「とんでもないです。少しお店の手伝いをしているくらいで」

「彼女は損得考えず動く人が好きなんですよ。小さい頃から苦労してきましたからね、人を見る目がある」

湊はしたり顔で言ったのである。

やくざにほめられている。

なんとなく気易い話になっているが、この組長は神戸安藤組六代目のナンバー・ツー、安藤組総本部の分裂騒動でいま、命のやりとりのまっただ中にいる人物なのである。心に鋭い刃物を隠している。

「いかがですかね、海音寺さん」

「い、いかがとは」

ひょっとすると……

「それが創造の神なのですか」

安史の返答に、湊は頬をみるみる紅潮させたのである。

「まさしく、その通り！」

欽二の腰から力が抜けた。殺される。いらん事を言うな。欽二はそう思った、とあとで安史に話したが、それは違ったのである。

湊は言った。

「あらためて、仕事をお願いしたいと思っております」

「え？　いや、それは……え？」

できるはずがない。とはいえ断れるはずもない。

握りしめたこぶしの内側が汗でゆるんでいる。からだじゅうから汗が噴き出そうだった。

しかしそこでついに、まっすぐ前を向いていただけだった佐合が言ったのである。

「親分」

佐合は尻を動かして座り直した。

「仕事とは？　わたしは何も聞いとりません」

子分は親分に求められて発言するのが常だが、組織を運営しているのは若中の佐合だ。組の予定に、シロウトと組むような仕事はない。さすがに訊くしかないと思ったのだ。佐合は安史と欽二を睨《ね》めつけた。余計な事をしやがったな、という目つきだった。佐合はもう一度、親分に向き直った。

「立ち退きの件なら、決着は私が引き受けます。何軒かに金を撒けば終わりです。いち早く動いて二十店舗の営業権を預かったおかげで、カスリが取れます」

「その金を持って来たのはこのおふたりやろ」

こいつらは使いっ走りにすぎないではないか。佐合は考えた。親分の魂胆は何なのか？

湊は続けた。

「商店街は耐震工事とともに新しくなる。家賃も新たに設定される。いくらに設定されるかはともかく、賃借の第一優先権は立ち退いた店舗に残る」

「二十店舗は優先権も放棄させせます」

「そうやない」

「は？」

「うちが優先権を預かる」

「え、返さない？」

佐合は言った。

「それは、きついですよ」

佐合はこの件で弁護士の助言を容れている。力ずくで押し通した時代は遠い。交渉を有利に進めるためには知識武装が必要な時代なのである。

「次は間違いなく、家主は弁護士を同席させて、優先権放棄の念書を取りに来ます。放棄せずにうちが預かるとなったら、間違いなく警察が出て来ます」

「極道のシノギなら警察も来るわい。そんなんとちゃう。新しい店をはじめるんや」

「店を？」

佐合は吐き出すように言った。

「もしや、モトコーでイタ飯ですか？」

「そうや」

湊組は昨年までの十年間、神戸三ノ宮でイタリアン・レストラン「アンディアーモ」を運営していた。フロント事業とはいえ、南イタリアの味を再現した一流店で、グルメサイトでも高評価の店だった。ところが調理師のひとりが発砲事件を起こし（実はヒットマン兼任だった）閉店に追い込まれた経緯があったのである。湊はオーナーとして席に着けるレストランをなくし悔しがっていた。しかし再開できるかとなると、それはむずかしい。

資金の問題ではない。暴力団に対する風当たりがかつてないほど厳しいのだ。レストランは正業であるかもしれないが、今やがんじがらめに見張られている。やくざがくしゃみを一回するだけで刑事が飛んでくるご時世なのだ。とくに神戸は安藤組の本拠地があり、湊は本家組織のナンバーツー、しかも分裂騒ぎの真っ最中に発砲騒ぎを起こした武闘派なのである。

親分は何を考えているのか。佐合はいぶかしがった。

湊はちょっと黙ったが、静かに言ったのである。

「海音寺さん。JAMZも立ち退きになりますな」

「それは……」

湊は腕を組み、ひとりで頷いたのであった。

「なんとかせんとあかん、と思うとります」

第七章　神戸のジャズクラブ、ＪＡＭＺ

一

五月五日。こどもの日。神戸ジャズ祭の日でもある。ジャズ・クラブを聴きまわる企画だが、この年は神戸市文化事業団主催のコンサートも追加され、官民共催の大きなイベントへと発展した。メイン会場の国際会館ホールは、午前中のユース・ジャズ・オーケストラで幕を開け、午後は地元デキシーランド楽団、若手が数組、東京や海外から招待したミュージシャンを含む三組が夜のステージを飾る。

今年の目玉はドラマーのピーター・アースキンである。ウェザー・リポートやステイーリー・ダンでリズムを刻んできた大御所。今回はグラミー賞にもノミネートされた自身率いるドクター・アム・バンドを引き連れて来日した。

「私はいつもクリスマスの朝の気持ちでドラムを叩きます。ドラムセットをはじめてプレゼントしてもらって、うれしくてたまらない、そんな気持ちでね」

とは本人の弁である。ロサンゼルス在住だが、伴侶は日本女性、日本は第二の故郷となっている。

栞はメイン会場には出してもらえない。若手も競争が激しく選抜されなかったのだ。とはいえ今年のジャズ祭は、栞が初リーダーとなったカルテットで出演することになった。バンド名はずばり「しおりバンド」。サックスとトランペットは女性、ピアノ、ベース、ドラムは男性。この夜のＪＡＭＺでは、ビバップ時代のモダンジャズを中心に演奏する。編曲は全て栞が担当した。

一曲目はフレディ・ハバードがアート・ブレイキー＆ジャズ・メッセンジャーズ時代に作曲した《アップ・ジャンプド・スプリング》。初夏の神戸にも似合う軽快なジャズワルツだ。管楽器の女性コンビ栞と理恵《りえ》は純白レースのワンピースでステージの真ん中に立った。やわらかなワルツの調べに花を添え、観客は楽しそうにからだをゆすった。

二曲目と三曲目はうってかわってハードなバップ、チャーリー・パーカーの《ビリーズ・バウンス》と《ヤードバード・スウィート》。栞が目指すパーカー・サウンドである。管二本のユニゾンではじまったが、栞のサックスは途中から激しさを増しオクターブを上下した。リズムセクションはそのサックスに挑みかかるかのように、ドンパチドンパチ、ズズズンと撥ねた。

四曲目はセロニアス・モンクの《ブルー・モンク》。たどたどしいリズム、一音一音を探しに行くような不思議な曲だが、それだけに編曲の可能性が高い。栞は時間をかけて各楽器のパートを書き、練習もいちばん時間を割いた。ツウの客が納得顔で聴いていたのに自信を持った。

最後はミルト・ジャクソンの《バグズ・グルーヴ》。トランペットがクールにメロディを奏で、栞の独奏もこの日いちばんに冴えた。ソニー・ロリンズに勝てるのではないかと思うほどにイメージが湧き、指はスラスラ、唇も舌もレロレロと動いたのである。栞は腰をくねらせ上体をのけぞらせた。柔らかなスカートが風を起こした。セクシーもプレゼントだ。観客もスイングし、立ち上がって歓声を送ってきた。ユニゾンに戻ってラスト、曲を締めると、大きな拍手が巻き起こった。

客席に鳥谷夫婦が見えた。栞は片手を上げた。雛子も腕を伸ばして応えた。

栞は最後にメンバーを紹介し、演奏を終えた。

「しおりバンドでした！」

栞はサックスを首から掲げたままステージを下り、客席を回った。観客たちが、よかった、よかったと手を差し伸べてきた。栞は五つのテーブルであいさつを済ませ、雛子と書太郎のテーブルでぺこりと頭を下げた。

「ありがとうございます」

「すごい熱気なのね」

「盛り上がってうれしいです」

「かわいいドレスでジャズなんて。楽しいじゃない」

雛子は言った。

「今日は一日バタバタしちゃって、さっき来たばかりなのよ。この歳で忙しい事なんてないはずなんだけどね。で、いまので出番終わっちゃったの?」

「はい、わたしのバンドは終わりました」

「あらまあ、なんてことかしら。わたしって間が悪いわね。一曲しか聴けなかった。けれど、ほんとうにお上手。それに栞ちゃんがリーダーなのね。『しおりバンド』だなんて。驚いたわ」

「いえ、名前だけです。みんな同級生ですし」

「謙遜しなくていいのよ。ねえ、あなた、上手だったわよね」

書太郎は話を振られると思っていなかったような顔である。書太郎は言った。

「たぶん、上手だ」

「なんですか？　たぶんだなんて」

「一曲しか聴いていないからな。なんとも言えん」

そう答えながらも、書太郎は栞に言った。

「まあ、なんだな。もう少し聴きたいところだ」

「おやまあ」

雛子は驚いた。

「あなたもほめる事があるのですね」

「もう少し聴きたいと言っただけだ」

雛子は栞の顔を見てにんまりした。これはほめているのよ、という目で。

栞は壁にかかる時計を見た。八時十分前である。

「おふたりは、まだいらっしゃいますよね？　バンドもまだ続きます」

「来たばかりですよ。おなかも空いたし」

「今日は特製ローストビーフがあります」

栞はメニューを取り上げて開けた。

「チーズも今日はスペシャルみたいです。ワインと合いますよ」

「そうなのね」

「十時からはジャムセッションになります。でも申し訳ないですがわたし、これから少し出かけます。ジャムセッションには戻ります」

「いいのよ、そんなこと。忙しい日なんでしょう」

「そうなんです。お相手できなくてすみません」

八時半から国際会館ホールでピーター・アースキンのステージがある。見逃せない。今から走るつもりだ。

栞はカウンターへ回り、千鶴に声をかけた。千鶴はグラス拭きを中断してホールへ出てきた。

「JAMZのママさんです。こちらはわたしがお世話になっている鳥谷ご夫妻です」

「内山と申します。ご来店ありがとうございます」

雛子もぺこりと頭を下げた。書太郎は背筋をまっすぐ伸ばしたままだ。

栞は言った。

「奥さまはデビーさんって呼ばれているんです」

栞は雛子がデビーと呼ばれるに至った経緯を簡単に話した。

雛子は「そんな事はいいのよ」と照れ笑いをしたが、そこへ書太郎が身を乗り出した。驚く雛子をよそに立ち上がり、千鶴の手を取ったのである。

「あなたをご紹介いただけるとは、なんと光栄なことでしょうか」

千鶴はどう返答すればよいか迷うように、上体をのけぞらせた。

書太郎は定年したあと不機嫌が多く、初対面の人にあいさつすることもない。ところがこれはどうしたことか。千鶴の手を離さない。書太郎はからだも大きいが手も大きい。雛子にはママが逃げようとしているように見えた。テーブル席の客たちも見ている。

書太郎は視線に気づいた。あわてて手を離した。

「こ、これは申し訳ない」

書太郎は言った。

「まさか千鶴ママさんを紹介していただけるとは、思いもしなかったのですよ。恐縮です」

「どうしたのよ、あなた」

「彼女は神戸ジャズ界のレジェンドだぞ」

そうなんだ。雛子は思ったが、私たち四十年も神戸にいるじゃない、とも思った。

この近辺も数え切れないほど歩いている。そこまで言うなら、どうしてこれまでに来なかったの？

でも雛子にはわかる。書太郎はそういう性格なのである。

雛子も立ち上がった。書太郎が乱した空気を整えるのは自分の役割だ。

「素敵なお店ですね。これを機会にまた寄せていただきたいです」

「ありがたいお言葉です、と申し上げたいところなんですが。閉店しなくちゃいけないんです。商店街全部立ち退きで」

「そうなんですか……」

「ママさん、細かい話はなしで」

栞は舞台袖へ引っ込んだ。サックスをケースに格納してから持って出てきた。

「とりあえずご歓談ください。のちほど、戻って参ります」

そしてバンドメンバー五人と客席に会釈しながら、扉を開けて、飛び出していった。

雛子は千鶴に言った。

「元気でいいですね」

「期待の若手たちです」

次のバンドが演奏をはじめた。

ソプラノサックスをリーダーとするカルテットで、曲はコルトレーンで有名になった《マイ・フェイバリット・シングス》である。

千鶴は鳥谷夫妻に会釈をし、カウンターへ戻った。雛子はメニューを広げた。

「ローストビーフでいいかしら？　オススメだし。ねえ、あなた。どのくらいおなか空いてるの？」

書太郎は立ったまま、ステージに目と耳を張りつかせていた。雛子の問いかけは耳に入らないようだった。放心したような表情で、サックスが奏でるワルツの調べに耳を傾けている。そこへ千鶴が戻ってきた。スパークリングワインの泡が立つグラスをふたつ持っている。

「ご主人も、どうぞお座りくださいな。これは私どもからです」

「あら、そんなこと」

「栞さんにはお世話になっていますから」

「お世話になるのは私たちですよ。じゃあ、せめてオーダーさせていただきますわ。オススメはローストビーフと、チーズの盛り合わせですか？」

「ローストビーフではなくて、但馬肉のカルパッチョです。今年のジャズ祭は食事をイタリアンにしたんですの」

「まあ、すてき。じゃあワインもボトルでいただこうかしら。ねえ、それくらい飲むわよね。お肉だから赤がいいかしら」

「良いキャンティを仕入れています。サービス価格です。ジャズの記念日ですからね。それに今日はJAMZの記念日でもあるんです」

「ではその赤をお願いします。でもラッキーばかりでいいのかしら」

千鶴は笑顔を残し、カウンターへ戻っていった。

JAMZの記念日とは何か？　訊ねはしなかった。いろいろ、いいことが重なる日だったのね。そんな日に来てよかったわ。そんなふうに思ったのである。

それに書太郎の目が澄んでいる。

あらまあ。

我が家にとってもいい日になりそう。雛子はうれしくなった。

二

しおりバンドの五人は元町から三ノ宮までの道を急いだ。国際会館に着くとホール階へ上がり、出演者入口からバックステージへ抜けた。スタッフが慌ただしく動いていた。ラス前のステージを飾った広瀬未来ビッグバンドが撤収し、オーラスのセッティングがはじまっていたのだ。ＭＣを務めるアナウンサーの池田奈月《いけだなつき》が会場を盛り上げ、期待を込めたざわめきが通用廊下にまで響いていた。出演を終えた広瀬も戻ってきた。

「広瀬さん！」

「栞ちゃん。聴いててくれたのか」

「いえ、私たちもＪＡＭＺ終わって走ってきたんです」

「そうだったか」

「おつかれさまです。今日はもう終わりですか？」

「その予定だったんだけど」

広瀬は言った。

「実はピーター先生が、最後にジャムをやろうと言ってくれて」

「ええ！　ほんとですか」

「ノリ次第だけど客席もええ感じやし、準備しとくわ」

準備が整い、ピーター・アースキン＆ドクター・アム・バンドが登場した。

出番を終えたミュージシャンたち、他の会場から駆けつけたミュージシャンたちは舞台の袖に固まり、期待を込めた顔で演奏を待った。

現役のドラマーでは世界最高水準のひとりである。ウェザー・リポート時代の才能をぶつけ合うプレイ、スティーリー・ダンではクールなニューヨーク・サウンド、そしてこの夜の演奏はまた違った。繊細でロマンチックな、コンテンポラリー・ジャズの世界が広がったのだ。

ピーター・アースキンのドラミングは音がきれいな上、引き出しが多い。スティックを持ち、ブラシを持ち、さまざまなリズムを繰り出す。シンバルひとつにしても七色。力まず、変化に富んでいる。そしてとてもていねい。キーボードはジョン・ビースレイ、ベンジャミン・シェパードは六弦ベース、こんなメンバーにバッキングしてもらえるリード演奏者は楽しくてしかたがないだろう。サックスはボブ・シェパードだ。確かな技術に支えられ、イメージがふくらむに違いない。栞は、ほんとうのプロフェッショナルのすごさを、また知ったのである。

一時間のステージはアンコールになった。バンドはいったん引っ込んだが、ピーターは直前のステージを務めた広瀬を伴ってステージに戻った。地元のスターとの共演に客席はやんやの喝采である。二人はドラムセットの横で打ち合わせをはじめた。期待を込めた客の拍手は止まない。広瀬がマイクを持った。

「相談まとまりました。《バードランド》をやります」

大歓声が上がった。アム・バンドの三人も再登場した。

「ピーター先生も演奏するのは久しぶりだそうです。貴重ですよ」

観客の歓声が壁に天井に跳ね返っている。広瀬は手を挙げて制した。

「アム・バンドに僕のトランペット。それから、あと数人呼びます」

広瀬は舞台の袖にからだを向けた。

「いいですか、そこに溜まってるミュージシャンの皆さん。呼ばれた人は出てきてください！」

広瀬は声を張り上げた。

「テナーサックスは僕のパートナーでもある高橋知道、アルトサックスは若手女性ナンバーワンの中島朱葉《なかしまあきは》。そして今夜、僕のビッグバンドにも参加していただきましたトロンボーン、向井滋春《むかいしげはる》さん！」

舞台の袖から、名前を呼ばれたミュージシャンたちが出ていった。他の若手は袖だまりに残り、手を痛いほど叩いて送り出した。向井がステージに戻るとピーターはドラムセットを離れ、日本風のおじきをした。向井はピーターの六歳年上、六十九歳の大御所である。何度か共演している既知でもある。

「あれ、アキハは？」

広瀬は下手《しもて》のスタッフに呼びかけた。スタッフは舞台に走ってきて広瀬に耳打ちをした。

「ええ、そうなの」

広瀬はマイクで言った。

「アキハさん、行方不明だそうです。じゃあ」

広瀬はピーターのそばへ寄って何か言った。向井にも言った。そしてもう一度マイクを持った。

「代わりというわけではないですが、神戸ユース・オーケストラでも、この曲を課題曲として指導しています。指導役のひとりで、ばっちり演奏できるのが今ちょうど来てるんで呼びます。神戸は若手も素晴らしいんですよ。栞ちゃん、出ておいで」

栞は自分が呼ばれたのがわからなかった。

広瀬はマイクでもう一度言った。

「しおりちゃ？ ん」

「え、えらいことになった」

「栞、すごいやん」

「えーっ、どうしたらええん」

「早くステージへあがってください。みんな待ってるし」

観客席から指笛が飛ぶ。見ればピーター・アースキンも手拍子をしているではないか。栞は深呼吸し、ケースからサックスを取り出した。そしてステージへ出て行った。

観客がまた沸いた。白いドレスを着た、まるで若い女の子が現れたからだ。ＡＫＢか乃木坂の誰かが登場したかのようにも見えただろう。しかし首から提げているのはセルマーのアルトサックスである。栞は広瀬、向井、高橋、そしてピーターに挨拶をした。広瀬がメンバーの中心に立ち、キー、リズム、その他諸々を伝えた。栞はマウスピースを締め、息を整えた。広瀬が栞の耳元で言った。

「ジャムった事あったやろ。あの調子でいこう」

栞は思い起こした。

《バードランド》はユース・ジャズの課題曲でもあるが、練習でノリノリのジャムセッションになだれ込んだことがあった。女子高生のひとりがおなかを壊して、広瀬さんが交代して、やくざのような人が飛び入り参加したら、その人はとんでもなくうまい人で、最高の出来になった。広瀬さんが言った「あの調子」とはその時のことだ。

しかし、いまは違う。ドラムを叩くのは高校生じゃない。本物のウェザー・リポートなのである。栞は動悸を抑えようと、三度、四度と深呼吸をしたが、動悸など静められるはずはない。

居直るしかない。無心になるしかない。

栞は自分に言った。私のジャズ魂よ、目覚めたまえ！

ミュージシャンたちは位置につき、観衆は水を打ったように静まった。

ピーターがスティックを合わせてカウントをはじめた。

「ワン、ツー、ワン、ツー、スリー、フォー」

ピアノのジョン・ビースレイとベースのベンジャミン・シェパードがローキーで前リフをはじめた。有名すぎる導入部。広瀬が導入メロディを受けたあと、向井と高橋、栞が同時に入った。

Aメロ、Bメロ、展開……ソロのアドリブ。広瀬を一番手に向井、高橋、そして栞へと続いた。

栞は無我夢中だった。ピーター・アースキン・バンドをバックに吹いている。ほんとうに、わたしここにいるの？

時間は消え、栞の感覚は空中に浮いた。

気づいたら演奏は終わっていた。

出演者はスタンディングオベーションの渦に巻き込まれていた。ちゃんと吹けたのかしら？　栞は記憶さえあやふやだった。ピーターがステージ中央に出てきて、みんなを横一列に並ばせた。大きなピーターが栞の肩に手を置きながら「サウンズ・グレイト」と笑顔を向けた。

これにて、神戸ジャズ祭はメインステージの幕を降ろした。オフィシャルプログラムは終了。日本のミュージシャンたちがひとりずつピーターと握手を交わしている。しおりバンドの仲間もステージへ上がってきて、ピーターと並んで写真を撮ったりした。

栞は舞台に座り込んでいた。女の子座り。トランペットの理恵が来た。

「栞、抜け殻やん。ＪＡＭＺへ戻れる？」

そうだ、ジャムセッション。今夜はＪＡＭＺと千鶴ママにとって大切な日なのだ。鳥谷夫妻も待ってる。

「いま何時？」

「九時三十五分」

「戻らなきゃ」

栞は立ち上がった。

「ジャムだからちょっとは遅れていいよ。化粧を直しよ」

「ひどい顔してる?」

「汗だく。マスカラ溶けてるし」

その時、名前を呼ばれた。

「栞!」

広瀬がピーターと話していて、そこから呼んでいるのだ。

「はい! 何でしょう」

「JAMZへ行くぞ」

「は、はい」

「高橋も向井さんも行くよ。アキハも捕まえた。今夜は大切な日だからな」

「知ってるんですか?」

「あたりまえだろ。ジャズメンは全員集合。ステージは満員電車みたいになるぞ。それに」

広瀬は言った。

「ピーター・アースキン大先生も行くって」

「えー!」

国際会館から出ると、路上にミニバンが三台停まっていた。大物ミュージシャンがいてこその待遇。栞はピーターと同じ車に乗り、並んで座った。英語はあんまりわからなかったが、さっきの演奏はよかった、白いドレスもいい、と笑ってくれた。

車は神戸の夜を走った。

窓の外に流れる光はふだんの神戸と同じだったが、栞にはここがニューヨークに思えた。ピーターさんはロサンゼルスだったか？　まあ、どっちでもいい。

三

安史は十時過ぎにやっとＪＡＭＺへ到着した。ジャズ祭は日がな一日、神戸の中心部で開催されたが、安史は何も聴けなかった。大阪で仕事があり、断ることができなかったのだ。大阪駅二十一時半発の電車に乗って神戸へ向かった。

電車は混んでいた。大阪から乗り込む乗客は多かったし、京都や滋賀から行楽帰りの家族づれが座席で寝入っていた。欽二は座りたかったようだが、一席たりとも空いていなかった。外国語を話す団体が陽気に騒いでいた。気が張っていれば欽二はにらみを利かせるようなやつだが、つり革にぶらさがるのさえ億劫そうだった。欽二は言った。

「ほんまにＪＡＭＺ行くんか？　ビールと餃子で終わりにしようや」

「お前は帰ってもええ」

「腹へらんのかい」

欽二は言った。

「もう、かなんな。ジャズ、ジャズ、ジャズ、ジャズ」

安史は疲れなどなかった。期待感にあふれていた。「五月五日のジャムに来てください」と誘われた。それが今日なのだ。ジャズ祭に出演するのはプロばかりだが、女子高生の結花も「ジャムに参加させてもらう」と言っていた。高校生が出るなら自分も出てみるか。聴かせてもらうだけでもじゅうぶんだが、とにかくマーチンだけは持っていこう、と、それで日がな一日、楽器ケースを抱えたまま、忖度仕事に励んでいたのである。

元町駅に着いた。欽二は「腹減りすぎや」と言いながら、駅前の食堂へ行ってしまった。安史はＪＡＭＺへ向かった。高架通商店街を入って三十メートルほどの場所にある。

すべての店舗がシャッターを下ろした夜のモトコー。ジャズ祭のチラシが掲示板に寂しく揺れている。ただ、JAMZからは音と光が漏れていた。

扉を開けた。高らかなビートがあふれ出た。

普段にはない熱気である。

客席は満員だった。壁際も立ったままの客で埋まり、照明の調整に使う中二階の作業スペースにも客が入っていた。千鶴ママの他に手伝いが四人いて、飲み物や食事のサービスに立ち働いていた。安史は客の間を抜け、カウンターの後ろへ回り込んだ。

「えらい盛況ですね。おつかれさまです」

千鶴はトランペットケースに目を留めた。

「準備万端やね」

「いや、まあ、いちおう」

「格好もええね。ビシッと決まってる」

安史は黒の上下に白いシャツ、磨き上げた黒革の靴を履いていた。この日の仕事着だったのだが、確かに、夜のジャズに似合う衣装だ。

とはいえ、客の前で演奏したことはないのである。営業外の午前や深夜に、店のステージで練習させてもらうことはある。どちらにしてもひとりぼっちだ。しかし、ユースの練習でジャムセッションに入った。どんなに楽しかったか。この夜のジャムに誘われたことも話していた。千鶴は言った。

「結花ちゃんなら、そこに来てるよ」

安史は首を伸ばした。結花がピアノの後ろから手を振ってきた。安史は客のすき間を縫って近づいた。

「よう」

「こんばんは」

トランペットの沙紀もいた。ふたり揃って黒のワンピースを着て化粧もしている。つけまつげ、赤い口紅。

「おしゃれして来たな」

「夜の女や」

「えらそうに」

安史は結花の額を、人差し指でちょんと突いた。

「沙紀ちゃんも、あの時はありがとうな。トランペット貸してくれて」

「わたしこそ、心配かけてすみませんでした」

ステージではドラム、ピアノ、ベースのリズムセクションをバックに、アルト、テナー、バリトンサックス、トランペット、トロンボーンの五管が順繰りにソロを取っている。演奏中の曲は《ふたりでお茶を》。今はアルトがパーカーばりの速吹きに挑戦している。有名どころのミュージシャンではないが、みんな上手い。安史は訊ねた。

「この人ら、みんなプロやろ？　君らはどこで、どうやって入るねん」

「広瀬さんたちが来たらステージ全員入れ替わる。その時にちょっと入れてもらえると思う。おにいさんも入るんやろ？」

「いや、まあ、様子みて」

安史は照れてしまった。

「おにいさん、ぜんぜんいけると思うよ。自信持って」

女子高生に励まされる安史である。

「広瀬チームはどこにいてる」

「国際会館。広瀬さんはラストのひとつ前で、トリはピーター・アースキン」

安史は言った。

「そうやった。アースキン。聴けんで残念」

結花は沙紀に言った。

「栞さんたちも一緒に戻ってくるって」

結花はさらに言った。

「栞さん、今日はまっ白なドレスでめちゃカワイイらしいよ」

とそんな話をしてるとき入口の扉が開き、まさに広瀬たちが入ってきたのである。

ステージの演奏は続いていたが、トランペットの小島裕也《こじまゆうや》が広瀬を認めると、バンドメンバーたちにキューを出し、全員でエンディングを決めて終わった。裕也がマイクを持った。

「ありがとうございました。関西テキトーメンバーによる演奏でした。ステージ交代します。いま、国際会館から広瀬未来さんたちがやってきました」

広瀬は千鶴に挨拶しながらステージに直行した。高橋が続き、中島朱葉も入ってきた。

「アキハちゃん！　アキハ！」

客席から歓声と指笛が飛んだ。二十五歳のサックスプレイヤー、中島朱葉。男女問わず、この世代のトッププレイヤーである。毎晩、東京のどこかでステージに立っている。しかしその歓声も後から入ってきたミュージシャンの前に霞んでしまった。歓声は驚きに静まり、床を揺らす低いどよめきに変わったのである。

広瀬がステージ中央に出てマイクを持った。

「ＪＡＭＺとＪＡＭＺを愛するみなさんのために最高のギフトです。ピーター・アースキンとドクター・アム・バンドがやって来ました」

どよめきはまた歓声に変わった。

ピーターは客席にこたえ、ミュージシャンたちは互いに握手をした。千鶴もステージに上がった。ピーターが腰をたたんでおじぎをしてからハグをした。割れるような拍手に悲鳴さえ混じっている。

ミュージシャンたちはいったんステージをおり、ケースから楽器を取り出して戻った。広瀬は全員を集め、譜面を配った。ここへ移動するまでに打ち合わせを済ませ、車内で楽器ごとの譜面を書いたのである。この素早さは広瀬の才能だ。

広瀬は客席を向いた。

「さて、みなさん。すごいメンバーですよ。世界最高水準です。とはいえ、ただ楽しんでいただければいいです。そしてもちろん、演奏する僕たちこそ楽しむのですが」

ええぞ、いけいけ、と観客も声を上げる。

「ジャムセッションもただのアドリブ合戦というより、チャレンジしようと、ピーターさんと相談しました」

また拍手。

「演奏する曲は、ここにいるピアニスト、ジョン・ビースレイ作曲の《イレブン、イレブン》です。オリジナル曲なので僕たちも演奏したことがありません。まず、ドクター・アム・バンドの演奏ではじめます。僕たちはワンコーラス耳を澄まして、入れる人が入っていきます。みんな、魂で演奏します」

観客は拍手を送り、そして止んだ。

広瀬がミュージシャンひとりひとりスタンバイしたのを確認し、ピーターに目配せした。それからマイクに向かった。

「それでは、今世紀最大のドラムマスター、ピーター・アースキンとドクター・アムのファイン・スイング・テューン《イレブン、イレブン》です」

デビュー作がグラミー賞にノミネートされたドクター・アム・バンド。これは、その第二作だ。現代的ウエストコーストサウンド。

ピーターがカウントを取った。

「ワン、ツー、ワン、ツー、スリー、フォー」

ベンジャミンのベース・ソロで曲がはじまった。ピーターのドラミングが追いかける。十六ビートのフュージョン。ピアノがコードの変化を繰り返す。ベンジャミンの六弦ベースは複雑なスケールながらメロディアスだ。不思議感満載のアンサンブル。

そこへサックスが入った。

栞はじっと聴いた。はじめての曲。そしてむずかしい曲だ。広瀬がセカンドコーラスの最初から入ろうと準備をしている。どんなふうに吹くのだろうか。中島朱葉もしっかりと続くのだろう。彼女は人気と実力が伴うミュージシャンだ。十四歳からライブ活動をはじめ、十七歳で最強プレイヤーズコンテストのアルトサックス部門でグランプリに輝いた。栞は高校時代に学生ジャズコンテストで個人賞も獲ったが、十七歳の時すでに、彼女とは立っている舞台が違っていた。すごい人だと、ずっと憧れている。その彼女がこのジャムに挑もうとしている。

広瀬が胸に息を溜め、ハイトーンを長く伸ばした。それからリズムに乗り、メロディを吹き始めた。ベンジャミンのベースはおとなしめにバッキングしていたが、広瀬が乗りはじめると次第に、複雑なスケールへ変化させていった。一流プレーヤーならではの化学反応、あるいは勝負を挑んでいるように。朱葉に代わった。彼女はテンションノートを上へ下へ、不協和音も入れたコルトレーンのフリー感覚を混ぜた。高橋はブルース感覚に満ちたアドリブを吹いた。朱葉がコルトレーンなら、高橋はソニー・ロリンズを彷彿《ほうふつ》させた。

知らない曲。私には荷が重い。最初思った栞だったが、三人の演奏を聴くほどに気持ちが変化してきた。自分も吹きたい。

気持ちを読んだかのように、広瀬がステージの端へ来て呼びかけた。

「準備しときよ」

「はい」

栞は素直に返事をした。向井はカウンターの中でママと話している。のんびり構えて、ジャムに出る雰囲気ではない。それを見た広瀬はステージから降り、向井の元へ向かった。ダメです、出てもらいますよ、と迫った。広瀬はしおりバンドのメンバーにも声をかけてまわった。

広瀬は安史も見つけた。トランペットケースを抱えている。広瀬は近づいた。

「やる気まんまんじゃないですか」

「ええ、まあ、持って来ました」

安史はケースを開いた。広瀬はひと目みるなり、わかった。

「マーチンですね。それもコミッティー、さらにこれは……」

「一九四七ですよ」

「マイルスと同じだ。どこで見つけたんですか？　驚きですよ」

「まあ、商売柄とでも言っときますわ」

「いっちょうやってみますか」

「この曲で？　はじめて聴く曲ですよ」

広瀬は言った。

「それがジャズです」

「はあ、まあ」

「並んで吹きましょう。曲を解説しときます。今夜はこの曲で延々とジャムりますから」

広瀬はカウンターに譜面を置いた。

「一回やって、ちょっとつかみました。彼らはメチャ上手いですけど、臆することはないです。十六ビートのモードジャズだと思って、自由に動いてください」

広瀬はペンを取り出し、譜面の上に印をつけた。

「主メロディはここに書いてます。最初の十六小節をユニゾンで、ベースともハモりながら入りましょう。そのあと僕が引き受けるので、入りたくなったら合図ください。ピーターさんのドラミングは最高に気持ちいいですよ。イメージをふくらませておいてください。よろしく」

広瀬はウインクを残し、店内にいる他のミュージシャンのほうへ向かった。やる気を見せるのもいたし、尻込みするのもいた。プロなればこそ、このレベルのステージに上がるのは怖いのかもしれない。

ステージでは白熱の演奏が繰り広げられていた。高橋と朱葉のダブルサックスにボブ・シェパードも入った三管による迫力のホーンだった。

そこへ広瀬は向井を引っ張り出した。老人はもういいだろう、とのんびりウイスキーのグラスを傾けていたが、ステージに上がってみれば腰をリズムに合わせはじめた。やっぱり参加したいのだ。そして向井は流れるような音を吹いたのである。白髪で、ちょっと背中が曲がっていて、はにかみ気味の向井。スローテンポのバラードが美しいトロンボーン奏者。ところがそんな向井のトロンボーンからいま、刺激に満ちたサウンドが紡ぎ出されたのである。ピーターも叩きながら「ヒュー」と声を上げた。日本のミュージシャンたちが交代でアドリブを披露し、ドクター・アム・バンドの演奏に戻った。

広瀬が舞台の袖から安史を手招きした。安史がやって来ると、広瀬は安史の耳もとに口を寄せて言った。

「みんなを驚かせましょう。驚異の新人プレイヤー登場。まずはさっきの段取りで」

演奏は続く。広瀬がステージに戻り、安史が横に並んだ。

客の前で演奏するのははじめてだ。マイクの高さをホーンの位置に合わせた。緊張の瞬間だが、こんなことを思って気持ちを落ち着かせた。自分はやくざと仕事もした。切った張ったの場面は慣れたものだ。少なくとも、音楽で命のやりとりはない。

広瀬がトランペットを構えた。安史もマウスピースに唇を当てた。ピーターのドラミングが走る。広瀬がベーシストのベンジャミンと安史に目配せし、三人揃ってのユニゾンで入った。

楽器を演奏するための神経と筋肉が充実感にあふれている。安史はそんな自分に驚いた。指は動きたがり、肺は空気を出し入れしたがり、唇は空気の流れを作りたがった。安史はＪＡＭＺの客席に海を感じた。水平線から上る朝陽を感じた。安史は両足を突っ張り、肘を張り、唇を震わせ、テンポの速いフュージョンを吹いた。そんな曲が吹ける自分に驚き、即興が途切れなく出てくる自分に、もっと驚きながら吹き続けた。

広瀬も驚いていた。安史のホーンは力強い音ながら、まるで心が動いていないような鳴り方をしたからだ。苦難に満ちた心が戦っている、そんな音だ。技術不足は見え隠れしている。それはそうかもしれない。プロの演奏家ではないのだから。でもそれもまさしくジャズだ。毎週ステージをこなすプロからは出てこない、素朴で人間的な響きだ。

向井が広瀬に目配せをしてきた。

なかなかいいじゃないか。

リズムセクションのスーパープロフェッショナルたちは、いつも通りの仕事をこなしているようだった。

四

広瀬と安史によるダブルトランペットのあとはベースソロがはじまった。ベンジャミンは六弦ベースというむずかしい楽器を、長年の友と語らうように弾き、フリーな感覚のサウンドを繰り出している。

広瀬が舞台袖にはけてきた。そして栞の肩を叩いた。

「さあ行ってみよか。若者は若者らしくな」

栞のジャズ魂に火が点いていた。舞台を見あげるとピーターと目が合った。さあ来いと誘っている。

「よし」

栞は舞台へ上がった。白いレースのワンピースを着た栞。茶色に染めた内巻きカールのロングヘア。

　栞のキャリアは浅い。プロとしての引き出しは多くない。音階を上へ下へと高速で吹くようなテクニックは未熟だ。そしてこの曲はまるではじめての曲。十六ビート。感覚を研ぎ澄まそう。ジャズは心。ジャズは人生。想像の翼を広げよう。情念を込めよう。

　栞は吹きはじめた。楽器が、音が、栞を空想空間へ誘った。

　十六小節吹いた。ピーターが前のめり気味にからだをまげ、穏やかなシンバルとスネアのリズムを作りはじめた。三十二小節。栞の個性に寄り添うような軽くて明るいドラミング。栞にとってはほぼはじめてのウエストコーストジャズ。楽しい！　栞のイメージはふくらんだ。カリフォルニアへ行きたい！

　軽くウェーブした長い髪とレース素材のドレスの裾が、リズムに合わせて揺れる。はじめて会う人には五歳ほど年齢を下に見られる栞だ。ピンスポットを浴びて踊る姿はかわいいアイドル。そのアイドルから超絶なジャズが生まれている。

　栞は十六ビートをこなしながらも客席を見る余裕が出ていた。そこに鳥谷夫妻を見た。その瞬間、《アンフォゲッタブル》のメロディが浮かび、即興で差し込んだ。それは天からの啓示だったかもしれない。それから、栞は未知の即興に挑みはじめた。

朱葉のように、自由自在に演奏できる技術はまだないはずだった。アンサンブルを乱さないようにするためには、ソロパートもステージへ上がる前にだいたい決めておかねばならない。しかしこの場は違った。即興演奏に入ると自由自在だった。コード、スケール、フリー感覚、ストラビンスキーといった現代クラシックへも想像の翼は広がった。栞は内なる感覚と会話を楽しむように吹いた。

栞の冒険に、リズムセクションは一瞬、フレーズとリズムのつながりを見失ったかのように聞こえた。しかしそこはプロである。それも超一流。次の展開でさらりと四ビートへ変化させ、素晴らしい展開へ持ち込んだのである。即興演奏の途中で違う道筋へ向かうような展開は、どこへ向かうのかわからない旅に似ている。それはチャーリー・パーカーを伝説にした「誰にも真似のできない」テクニックとも言われる。栞はそんな旅をはじめたのだが、ドクター・アム・バンドのリズムセクションは、待ってましたとばかりに付いてきたのである。

栞の背中で「イエ〜イ」と声が上がった。

ピーターだった。

声に応えるように、広瀬、高橋、朱葉、安史、そしてボブ・シェパードがステージに戻った。六本のホーンがいっせいに音を出した。

旅の終わりに、強い風が吹くように、ジャムセッションはエンディングを迎えたのである。

観客は総立ちになった。ブラボー！　指笛が飛んだ。

ピーターが拍手の中、立ち上がって歓声に応えた。それからステージを右へ左へ、ミュージシャンたちとハイタッチをし合った。向井はいつのまにかカウンター席に戻り、ウイスキーを飲みながら千鶴と笑い合っていた。

ミュージシャンたちは一列に並んだ。客席に向かっておじぎをした。

拍手喝采はアンコールの手拍子に替わった。

ピーターは広瀬の耳もとで何かを告げて席に戻った。広瀬はミュージシャンたちそれぞれに指示した。全員が楽器を構えた。ピーターがスティックを合わせ、カウントを取った。

「ワン、ツー、ワン、ツー」

キーボードのジョン・ビースレイが弾きはじめた。

《バードランド》である。

悲鳴のような歓声が巻き起こった。ベンジャミンのベースがピッキングハーモニックスを弾きはじめたとき、広瀬は舞台袖に控える高校生たちを呼んだ。

「さあ、出番が来たぞ」

「キャー！」

結花と沙紀は黄色い声を上げ、飛び跳ねるように舞台へ上がった。

ふたりは物怖《お》じもせず列に並んだ。

管楽器が八本。若手プロ、女子高生、元やくざ（アルバイト）、支えるリズムセクションは世界屈指のピーター・アースキン＆ドクター・アム。妙で奇跡なビッグバンドがＪＡＭＺに出現した。

そして終わった。

ピーターは広瀬と肩を組んだ。ピーターの腕には結花と沙紀がぶら下がった。向井もステージへ戻り、ピーターに敬意を込め、腰を曲げて一礼した。アメリカ人たちもそれに倣《なら》い日本風のおじぎを返した。

広瀬が声を上げた。

「ＪＡＭＺの千鶴ママ！」

千鶴も舞台へ上がった。

千鶴は客席に一礼したあと、ミュージシャンひとりひとりとハグをした。

そして舞台の中央へ進んだ。

千鶴はスタンドマイクの前に立った。

「ピーターさん、広瀬さん、みなさん、ありがとうございます。お客様も最高です。最後の夜をこんなにも華やかにしていただき、感謝感激です」

拍手が巻き起こった。千鶴は拍手が静まるのを待った。

「わたしから申し上げることがあります」

千鶴は一度深呼吸をしてから言ったのである。

「本日をもちまして、ＪＡＭＺは歴史に幕を閉じます。みなさま、永きにわたるご支援、ありがとうございました」

みんな知っていたので、驚きの声はなかった。

「最後のごあいさつに代えて、ＪＡＭＺの歴史を少しお話しさせてください」

千鶴は続けた。

「わたしはモトコーで生まれました。両親がここで旅館をしていたからです。旅館はわたしの実家で、そこから学校へ通いました。しかし、ご存じかと思いますが旅館は焼け、両親も世を去り、わたしは行き場をなくしました。ところがそんなわたしでも助けていただく方がいて、わたし自身のお店を持つ事ができたのです。それがジャズクラブＪＡＭＺのはじまりです」

客の何人かが拍手で応えた。

「栄町のＪＡＭＺは震災で壊れましたが、縁とはつながるものでしょうか。モトコーへ戻ってＪＡＭＺを再興することになったのです。そして四十年、神戸のジャズを愛する人間として、ささやかながら商売を続させていただきました。自分の力だけで、四十年というような長い間、商売を続けられるものではありません。すべては支えていただいた皆さまのおかげです。本当に、本当に、感謝しかありません。永い間のご支援、ありがとうございました」

千鶴はマイクからからだを外し、深くおじぎをした。

声が飛んだ。大きな声、涙まじりの声……。

ミュージシャンたちがまた千鶴を囲み、ひとりずつハグをしあった。

ゆっくりとした曲がかかった。

トム・ウェイツの《クロージング・タイム》、訳せば「閉店時間」だ。

ミュートしたトランペットが泣きはじめるなか、客たちも集まってきた。

千鶴はステージを降りて、ひとりずつ順番に挨拶していった。ある者は握手をし、ある者は抱きしめて涙を流した。

「今生のお別れじゃないんだから」

千鶴も応えながら、目頭を熱くした。

栞が雛子のそばへやって来た。雛子は栞の手を握った。

「今夜は大切な夜だったのね。そんな日に来られて楽しかったわ」

「ありがとうございます」

「それに栞ちゃん、約束も守ってくれた。わたし、固まっちゃったわよ」

「え、なんですか？」

雛子は言った。

「《アンフォゲッタブル》よ。演奏してくれたじゃない」

栞はぽかんとした。覚えていなかったのである。

入口から運転手が入ってきた。

ジャズ祭全体の打ち上げ会場で主催者がピーターたちを待っているという。それはそうだろう。予定をはずして、こっちへ連れてきてしまったのだ。

店のスタッフたちが路上へ送りに出た。広瀬はピーターに、自分はＪＡＭＺに残る旨を伝えた。ピーターは運転手に待つように言い、広瀬を窓際へ呼び寄せた。

五分間ほども話したろうか。

広瀬が車から離れると、ピーターは手を振った。

「ミンナ、アリガトウ。マタ、アイマショウ」

車は夜の神戸を走って行った。

高橋が広瀬に訊ねた。

「長いこと話してたな」

「そうやなあ」

「そうやなあって……」

広瀬は言った。

「ピーター大先生が言うんや。フリーウェイを車で飛ばしていたときに、不思議の国のアリスが現れたって」

「何の話や」

「先生はロサンゼルスに住んでいるが」

「ロサンゼルスの話なんか?」

「つかみきれんが、そういうたとえ話のあとに具体的な話があった。具体的というのは栞と安史くんの事なんやが……」

「何？」

「あとで話すわ」

「なんや。あとでかいな」

「またあとでな」

　高橋は消化不良だったが、広瀬はその肩をぐいと握っただけで何も言わなかった。

五

　琹が店内に戻ってきた広瀬に呼びかけた。

「広瀬さん、ご紹介させてください。鳥谷さんご夫妻です」

　広瀬はテーブルへ近づき、夫婦に挨拶した。

「本日はご来店ありがとうございます」

「ご夫妻ともジャズファンで、ぜひにとご招待しました。それから、実は、保険の契約をいただいて、ほんとうにお世話になっています」

「それも大事ですね」

　琹は言った。

「それより、広瀬さん」

「何？」

「ジャムセッションなんですけれど……『イレブン・イレブン』の、わたしのソロなんですけど」

「何よ」

「わたし、《アンフォゲッタブル》のメロディ挟みましたか？」

栞は神妙な顔になった。

雛子が言った。

「わたしがリクエストしたんですよ。でもあんなタイミングで出てきて驚きました。でも栞さん、演奏したのを覚えてないって言うんですよ。そういうのもジャズってことなのかしら」

栞は困ったような目を広瀬に向けている。

白いドレスに長い髪。ステージで間違いをして、立ちすくむアイドルのような栞。

「たしかに、それがジャズなんでしょうね」

こういう返答しかない。しかしこれこそが答えなのだろう。

広瀬は言った。

「次回どこかで、ナット・キング・コール調のバラードで演奏させていただきます。ぜひまたお越しください」

「うれしいお誘いですね。ねえ、あなた」

書太郎は何も言わなかった。

鳥谷夫妻は食事料金を精算し、千鶴に挨拶をして帰っていった。

数人の常連が残って千鶴と話していた。若手ミュージシャンたちは片付けを手伝っている。栞も手伝いに加わろうとしたが、広瀬に呼び止められた。

「栞」

「はい」

「僕もあの《アンフォゲッタブル》は気に入った」

「でもわたし」

「覚えてないんや」

「すいません」

「逆に、それはほんまにすごいで」

ピーターは栞の演奏を「不思議の国のアリス」と表現したのである。

広瀬はピーターの感想に驚いたが、それとは他に感慨もあった。

「ＪＡＭＺ最後の日に《アンフォゲッタブル》とはな。英語の意味知ってるやろ」

「え、そ、それは、え？　と」

「知らんてか」

「いえ『忘れられない』、という意味です」

広瀬は天井を向き、ナット・キング・コールが歌った詞を言った。

「あなたのことが忘れられない、近くにいても離れていても、まるで心の中で奏で続く愛の歌のよう……今日のＪＡＭＺにぴったりや」

「はあ」

「栞の感覚がそれを空中でつかんだ」

「そんなこと……偶然です」

広瀬は言った。

「今のジャズ教育は譜面が中心になってる。楽曲の構成やアンサンブルの工夫も譜面にしてから演奏することが多い。昔は違った。ジャズの創生期、ほとんどのミュージシャンは楽譜を読めなかった。上手い演奏音を聴いて、一緒にステージへ上がるのが鍛錬だった。ルイ・アームストロングのように吹きたい、チャーリー・パーカーのように吹きたい。人と違う音を見つけたい。神から音楽を授かりたい。多くのミュージシャンが麻薬や精神世界へ走ったのも、潜在意識に隠れる音を引っ張り出したかったからやろう。栞はナット・キング・コールのメロディを素直に再現することもできた。でも再現するだけなら顧客サービス。栞はほんとうのジャズをプレゼントした」

「広瀬さん」

栞はいぶかしがった。

「それ、ほんまですか？」

「ウェストコーストジャズ、コンテンポラリージャズ、繰り返される転調、細かいシンコペーション、そこに《アンフォゲッタブル》のオマージュ。『オリバー・ネルソンがジョニー・グリフィンになり、エリック・ドルフィに変身したかと思った。スティックが勝手に撥ねたよ』ピーター先生はそんなことを言った」

「ピーター先生が!!」

「栞」

広瀬は言った。

「高校生くらいにしか見えん日本の小っちゃな女の子が、こんな創造的な音を出すとは驚いた。そんな生徒にもっと教えたい。ピーター先生から栞に提案がある」

栞は息を呑んだ。しおりバンドのメンバーも取り囲み、話の展開に息を呑んでいた。

広瀬は言った。

「栞をアメリカの音楽大学へ推薦したいと言ってる。バークレイでもジュリアードでも、ピーター先生が教授をしている南カリフォルニア大学の音楽コースでもいい。行きたいところを選んでいい」

「栞、すごい！」

理恵が飛び跳ねてきた。栞に抱きついて、ほっぺたにキスをしてきた。

「すごい、すごい、すごい」

仲間たちも自分の事のように騒いだ。こんなことが起こるんだ。

「ピーター先生は最後に言った。たとえ話や。解説もない。そのまま言うけど」

「………」

「神戸で不思議の国のアリスに出会った、ってね」

一同、静まった。広瀬も言ってから黙った。

理恵が言った。

「レースのワンピース、大正解やったね」

「ええ？　アリスって、これのこと？」

「おフェロメイクも」

理恵が悔しがった。

「わたしもレース着てきたのになあ。化粧もしたし。でも栞だけか」

一同、また沸いた。

栞はどうしていいかわからなかった。ただ立っていた。中島朱葉がゆっくりと抱きしめにきた。栞とは同学年だが、朱葉は十七歳でスターダムに飛び出したスターだ。彼女は言った。

「でもカルフォルニアいいじゃない。ピーター教授の地元だし。ハリウッドの『ベイクドポテト』で演奏なんかしてほしいわ。ピーター先生にもゲストで入ってもらったりしてさ」

「ええ？　そんな」

「アメリカはとにかくレベルが高い。学校もいいけれど、クラブに飛び込んでジャムをすることね」

「わたし、そんな可能性があるんでしょうか？」

「わかるはずないじゃない。そんなのに答えられたら、わたしの心は、もっと晴れ晴れとしていると思うわ。ジャズは誰かの意見や指図を求めるものじゃない。自分に問いかけて、自分で決めるべきものよ」

栞の目は泣き出しそうでいて、それでいて決意を秘めたような光を宿していた。朱葉が栞の肩を強く抱いた、

これが二十五歳同士の女性の会話か。広瀬はヒューと口笛を吹いた。

「広瀬くん、こっちでビール飲もう」

呼びかけたのは向井だった。

「あ、向井さんにお礼を言わないと。行きます?」

広瀬はカウンターへ向かった。歩きながら栞も手招きしたが、栞は動けなかった。さまざまな感情に覆われ、どうしたらよいか立ちゆかなくなってしまったのだ。

そこへ安史が近づいた。

六

これがジャムセッションだ。これがジャズだ。ユースもよかったが、一流が集まるととんでもないことになる。大河の奔流に飲み込まれた感覚だった。吹けたのだろうか。自分がどうだったかという記憶はあやういが、他のプレイヤーの事は覚えていた。視界の先に白いドレスが見える。彼女もすごかった。

安史は背筋が寒くなりどおしだったのである。ピーターをリーダーにした完璧なリズムセクションにアルトの音がきれいに澄んでいた。栞はまさしくプロの音を出していた。楽しすぎて海面で撥ねる小魚のようなリズムとビート。自分の音とはまるで違った。

安史の足は自然に動いた。近づいて話しかけたのである。

「感動しました」

栞は誰に話しかけられたのかわからない、いったい何の話なのか、という目を向けてきた。しかし安史は感情にほだされていた。言葉があふれ出した。

「パーカーばりのオクターブの上下でしたね。音の冒険に出かけたようでした。リズムセクションも一瞬フレーズを見失ったように聞こえたけど、ピーター・アースキンはさすが、ポリリズムで合わせてきた。それから四ビートで落ち着かせて、元に戻した。即興演奏の途中で、違う道筋へ向ってから戻るのは最高のテクニックだ。それがジャムセッションで出た。いや、それこそジャズ。サブイボが出た」

ですます調ではじめたが最後はタメ口になった。心のまま喋っている。

「わたしの話ですか？」

「《アンフォゲッタブル》から展開したアドリブには、マジで驚いた」

栞は言った。

「メロディ差し込んだのを思えてないんです。広瀬さんもよかったと言ってくれたんですが」

「覚えてないって？」

安史は黙ってしまった。

すると今度は栞が安史のプレイを語りはじめた。栞も安史のサウンドに強い情念を感じたのだ。

「金管の鳴りかたがすごかったです。楽器の性能をとことん引き出していたというか、職人芸ですよ。ほんとにアマチュアなんですか」

「俺の話か？」

「そうですよ」

お互い、自分の演奏については記憶が飛び、他の演奏は覚えているらしい。

ふたりは話し続けた。この一曲についての感想だけでも話が尽きなかった。安史は笑みが絶えず、栞は話しながらときどき「キャー」と声を上げた。

長身の安史は黒のスーツ。栞はノースリーブの白いレースのドレス。

女子高生の結花と沙紀がふたりを遠巻きに見ていた。結花が言った。

「あのふたり、めちゃカッコええやん」

沙紀も言った。

「ボーイ・ミーツ・ガール。少女漫画みたい」

安史と栞がまた盛り上がった。安史が笑いながら栞の額を人差し指でちょんと突いた。栞は応えるように、安史の腕にそっとタッチした。

沙紀は胸の前で手を組んだ。

「ああ、わたしも恋をしたい」

七

向井がまだ呑みたいというので、広瀬は高級な店に電話して席を取った。クラブである。大御所の向井が泊まりがけで東京から来ている。ここ一発のお店に行くしかない。それで出かける準備をしたのだが、その時思い出した。安史にも伝えることがある。

ピーターからの伝言はふたつあったのである。ひとつは栞への「不思議の国のアリス」、もうひとつは安史を評した、「ロサンゼルスのフリーウェイ」だ。

「安史君は？」

千鶴は言った。

「出ていきましたよ」

「え、そう……どこかな」

「さあ」

広瀬は訊ねた。

「前からの知り合いなんですか」

「かれこれ十五～六年かな。小学生のころから、うちに来てくれてるわ」

「小学生！　本当ですか。僕はぜんぜん知らなかった」

「広瀬くんはアメリカにいたからね」

「彼はジャズというより、ペット吹きって呼び方が似合いますよ。好きで吹いてるうちに極めたって感じかな」

「わたしも、今日の安史くんには驚いたわ。バンドに入っても遜色ないじゃない。広瀬くん、教えてあげてたの？」

「いえいえ、まったく。僕こそ、彼には驚きっぱなしです」

「そうなんだ」

千鶴は感嘆の目をちょっとした。それから言った。

「彼、両親ともクラシックの演奏家だったのよ」

「やっぱり。そういうことがあるんですね」

「小っちゃい頃はピアノも習ってたみたい。でもトランペットに決めたのには理由があるのよ。家庭も人生も、いろいろあったから」

千鶴はそれ以上の説明をしなかった。そして感慨深げな目になったので、広瀬もそれ以上訊ねることはなかった。ただ思った。やくざと関わるようにもなったのも複雑な事情なのかもしれない。その複雑な事情こそが、彼の音を育てたのかもしれない。

千鶴は元の目に戻って、広瀬を見つめた。

「彼に用なの？」

「そうなんです。彼にピーターさんから伝言を預かってるんです」

「それは伝えなきゃね。でも、ケータイ番号を知らないのよ。実はどこに住んでいるかも知らない。兵庫町らしいけれど、いろいろな仕事をしているから、素人さんには教えないんだって」

「素人さん？」

「彼独特の言い方ね」

千鶴は言った。

「毎日のようにうちに来てたから、用事があればその時に伝えていたんだけれど、ここもなくなっちゃうしね。でも、練習場所は知ってるわ」

「ああ、海に向かって吹いているとか言ってた」

「アンパンマンミュージアムの裏あたりだと思う。ハーバーランドの西の端っこじゃないかしら。川崎町に小さな公園があるでしょう。そこから潜水艦のドックが見える岸壁へ続く細道があるらしいわ。岸壁の柵に破れている場所があって、海に出られるんだって」

「潜水艦のドックって」

広瀬は手を打った。突然思い出したのである。

「あ、僕、見たことがある」

広瀬がパーソナリティを務めるラジオ関西の番組「神戸ジャズフォニッククレイディオ」は週一回の放送だ。収録は不定期に行われる。ライブや公演が不定期なので、録音時間も朝だったり、夜だったりする。スタジオはハーバーランドの神戸新聞ビルの上階にあり、そこから神戸港が見渡せる。ラジオ関西の売り文句は「海の見える放送局」である。すぐ西側には川崎造船所のドックがあり、潜水艦がドック入りしたとき、エンジニアが働いているのが見える。造船所の入口の脇、細い入り江を挟む対岸に短い突堤はある。小さいが、そこに岸壁はある。そして朝の早い時間に、岸壁でトランペットを吹く人がいる。それを何気に見下ろしていたことがある。スタジオから、もちろん音は聞こえない。気にしたことはなかったが、それが安史だったのだ。

「あれが彼だったとは」

広瀬は感慨を新たにしたのである。

第八章　闇市の歴史と謎の仕掛け人

一

「ＪＡＭＺ最後のライブはいかがでしたか？　ピーター・アースキンまで登場したそうですね。盛り上がったことでしょう」

安史は、自分まで演奏したとは言わなかった。こう言った。

「千鶴ママが閉店の挨拶をされました。お客さまもミュージシャン達も、全員心を打たれたと思います。親分さんはご都合が悪かったのですか？」

問わずもがなであったが、湊は気分を害した様子もなかった。

「わたしが晴れの場面に出て行くわけにはいきません。行くときはひっそりと静かに、そして激しく聴くだけです」

静かにそして激しく……大型スピーカーの正面にひとり座り、大音量に身を任せるジャバ・ザ・ハット。イタリアンの着こなしは色彩豊かで、そっちは静かじゃない。

「閉店のご挨拶ですか。晴れの舞台とは申しあげにくいところではありますな。ママさんは正味のところ、どうされたいのでしょう」

「それは、親分さんこそ電話でお訊ねになったのでは……」

佐合が睨んだ。質問に質問で返すのは御法度である。しかし湊は答えた。

「ご機嫌伺いだけですよ。何も訊ねませんでした。訊ねたらなまじ旧知なだけに相談を持ちかけられやすいですからね。持ちかけられたら応えないとならないでしょう」

やくざのスタンスは微妙なバランスで成り立つ。何に絡んで何を避けるのか。シロウトには理解がむずかしい。

ほらみろ、話が迷路に入るだろう。佐合の目は語っていた。安史は知っていることを答えるしかない。

「ママは続ける事は厳しいと思っています。新しい商店街の説明会で完成予想図を見たら、飲食と物販とサービスがゾーン分けされていたそうです。ＪＡＭＺが飲食店ゾーンに振り分けられて、たとえば居酒屋やカレー屋や、ラーメン屋と並んで商売するのも違う気がするし、同じ広さを借りられるかわからないし、借りられるとしても家賃は高くなるし、と考えていくと、やめる潮時と思うらしいです」

「そうですか。ジャズは儲からないし、元気とはいえ、ママも還暦を超えましたしね」

話の内容とはうらはらに、湊は楽しげであった。話しながら笑いをこらえているようにさえ見えた。言いたいことがあって誰かに水を向けてもらいたい。そんな目をしている。ほれ、突いてみろ。しかしそんな顔こそ、げに怖ろしげであった。だいたいが両生類のような面構えである。欽二の眉間には青筋が浮いている。安史も黙っていた。

誰も水を向けないので、結局、湊は自分から言ったのである。

「こういうのを思いつきました。うちが持つ二十店舗分の権利と、千鶴ママが持つ二店舗分を合わせて新しいＪＡＭＺを作るのはどうかと。二十二店舗といえばワンブロック全部です。神戸でいちばん大きなジャズクラブになります。食事はイタ飯。シェフはうちで手配します」

「親分、それは無理というものです」

佐合が遮った。さすがにたまりかねた目だった。

「警察が黙ってません。暴排条例を盾に商店街も入居を拒否しますよ」

やくざは親分の考えを否定しない。反対意見も言わない。佐合の発言は精一杯のところである。

「そこをひらめいたんやがな」

佐合は親分の言葉を一瞬耳に溜めたが、さして間を置かずに訊ねた。

「二十二店舗全部ですか？　維持していく金がないでしょう。今の店舗だけでもむずかしそうなのに」

「四億があるやろ」

「こいつらが持って来た四億ですか？」

佐合はあわてた。

「地元対策費ですよ。立ち退きをゴネてる連中にも撒きます。うちが仕切るシノギやないですか」

「佐合」

「へい」

「四億のうち、うちがなんぼ取る事になっとる？」

佐合は答えようとしたが、シロウトのふたりがいるので、親分の耳元へ口を近づけようとした。

「かまわん、かまわん。佐合、おふたりにも入ってもらう。数字も知っといてもらえ」

安史は息を飲み込んでしまった。

入るってどこに入る？

佐合は坐り直した。真正面に安史と欽二。佐合は言った。

「上がりは一億の予定です」

「そんなとこかいの」

湊は言った。

「二億にせえ」

「仕切りはもう決まってます。いまさら値切ったら、仕切れるもんも仕切れんようになります」

「二億いうたら二億や。なんとかするんがお前の仕事やろ」

佐合はそれで黙ったが、上がりの一億も、半分の五千万は安藤組への上納金として使う予定になっているのである。

欽二は放心している。安史は思った。

おそらく、これはとんでもない話なのだろう。佐合という人も、根回しを重ねたうえで、組に一億を残す算段を付けたのだ。やくざは苦悩する職業である。やくざは言い訳をしない。川本組のひとたちもそんなことを言っていた。

佐合は言った。

「わかりました」

佐合の顔はぜんぜん怒っていなかった。湊も平然としている。なんとたいへんな生き方をしている人たちか。

湊は顔を安史と欽二に向け直した。

「おふたりに仕事というのは、新しいＪＡＭＺの開店と運営です。うちが仕切るところはきっちり仕切らせてもらいます。おふたりが仕事をしやすい環境を作り、二億の金をつけます。いかがですかな」

二億円……。

「ママは気が弱っています。先頭に立って動けない。私どもも諸事情でむずかしい。そこはおわかりでしょう」

安史は返事のしようがない。

佐合はまっすぐ壁を見ている。

「この話、突然思いついたように思いなさるかもしれませんが、実は歴史があるのです」

湊は話しはじめた。

「私はモトコーで内山旅館を経営されていたご両親ともども、千鶴さんを十歳くらいから知っています。小っちゃくて、明るくて、ジュウシマツのような、手のひらに乗せておきたい可憐な少女でした。付き合いはかれこれ五十年になります」

ママが六十二歳で付き合いが五十年……この親分、いったい何歳なのか? 安史は頭の中で計算した。どう考えても八十を超えているだろうが、この毒々しいまでの精気はなんだろう。湊は続けた。

「敗戦後、混乱状態の神戸闇市を湊組が仕切りました。湊組は博徒上がりの極道です。私の父親が、宗家安藤組の直下団体として仕切っていました。極道といっても、今の反社会的組織とは趣が違います。昭和二十年代は商売人も行政も警察も極道も持ちちつ持たれつ、清濁併せ呑んで生きた、そんな時代だったのです。湊組は闇市の管理者として場ゼニをいただきはしましたが、その対価として、妙な勢力が商売人の権益に入り込まないよう監視したわけです。私が湊組の跡目を継いだのは昭和四十五年、大阪万博の年です。高度成長期ですな。金は人を変え、社会を変えます。その日どう生きていくかというような必死さは、どうやって上手く金を稼ぐか、どうやって人より一歩前に出るかへと、あからさまに変わっていきました。人びとが肩を寄せ合う時代は去り、勝ち組と負け組、歴然とした貧富の差が生まれはじめたのです。極道はどうなっていったと思いますか？」

湊は安史に視線を合わせたが、安史がわかるはずもなかった。

「極道とは社会を映す鏡です。金をつかんだ人間が私どもの力を必要としたのです。安藤組は神戸港湾事業と芸能活動ではじまった組織でしたが、金回りが良くなった社会の必要悪として巨大化し、大きな権益にからむようになって街の支配から卒業、商店街は二次団体である辰巳《たつみ》組が支配しました。辰巳組は湊組の親戚筋にあたる組で、強行派と呼ばれ、場ゼニの徴収でさえ流血騒ぎを起こしました。内山さんは商店街側の人間として、何度か辰巳組と衝突していました。正義感の強かった方でした。そんななか、内山旅館が全焼したのです。放火されたという噂は絶えませんでした。とはいえ調べようがない。内山さんはすべてを背負いました。商店街に賠償金を支払いました。心労からでしょう、内山夫妻はあいついで亡くなり、千鶴さんはひとりになりました」

湊は「哀しい話です」と小さく付け足し、茶をすすり、先を続けた。

「その後、さらに時代は進み、商店街は自治組織による運営になりました。ただ、世の中は単純なものではありません。自治組織では解決しにくい問題は常にあります。辰巳組は抗争で消滅しましたが、湊組は商店主さんたちとの付き合いが深い。私は商店会長さんに水面下で頼まれ、内山旅館の営業権を転売する仲立ちをしたのです。内山家は商店街を追い出された形になっていて、会長さんが表だって動く事ができなかったからです。遺児となった千鶴さんを助けてやってほしい。会長は言いました。私も彼女を子どものころから知っている。私は動きました。そして喫茶店をはじめたいという希望を知り、栄町の物件を手当てしました。それが最初のJAMZです。彼女はそこで二十年、名物になるほどの店に育てました。ところがまた店は崩壊しました。震災です。しかし震災は彼女とモトコーを再びつなぐ縁となりました。商店街も震災のあとの入れ替わりで空き店舗が出ていました。代替わりした店も多く、火事の因縁も過去の話となっていました。千鶴さんは二十年ぶりにモトコーへ戻り、今に続くJAMZを始めたのです。それからさらに二十年。JAMZは神戸ジャズを象徴する老舗になりました」

湊の語尾が切れ切れになった。

「……ところが、今度は立ち退きです」

そして、

「く、くく、く」

泣きはじめたのである。

怖い……。

細かく震える肩は幅が広く、広い肩に乗った顔は大きい。脂ぎった肌、鼻の左脇にある縫い痕《あと》が引き攣《つ》っている。緑のジャケット、赤いシャツ、黒いネクタイ。色とりどり。

湊は目に涙を浮かべながらも片頬で笑い、安史と欽二を交互に見た。湊は言った。

「そんなところに、あなたたちが現れたのです。天は必要な時に必要な人を送り出すのです。世の習いです。ＪＡＭＺの再建は天命です」

「て、てんめい」

「天命に逆らってはいけません。おやりなさい」

無理です。できません。

言えるはずもない。

湊は、さらにこうも言ったのである。

「この佐合をいかようにもお使いください。もちろん不肖、湊巧己も働きます」

画面に現れた男は言った。あなたたちには何も起こりません。危害を加えようとしないカタギを、やくざがどうこうすることはありません。すべて計算しています。計算外の事が起こっている。

人間の想像力、あるいは夢、それは計算を超えるのだ。

二億円と極道組織の幹部を使っていいらしい。親分自らも働くという。人生が妙なぐあいに回りはじめようとしている。ほんとうに、親分の言うとおりに動いていいのだろうか。

しかし安史はこのとき、はたと思ったのである。

これはジャズだ。ジャズは人生。人生はジャズだ。

ジャズなら賭けてみてもいいではないか。

安史は立ち上がった。感情がからだを動かした。安史は立ち上がった。

欽二が何事かと目を剝いたが、安史は湊に言ったのである。

「わかりました。命がけでやらせていただきます」

安史は湊に手を差し伸べた。湊はその手を取りながらおもむろに立ち上がり、握った手に何度も力を込めた。ふたりは無言でうなずき合った。

佐合はまっすぐ遠い目をしていた。欽二はよだれを垂らしていた。

「俺は命なんかかけへんぞ。どうしてくれるねん」

欽二の無言の哀訴は、キレキレのこの情況に、あまりにも無力だった。

二

神戸元町高架通商店街（モトコー）の家主であるJRの関連子会社、日本J不動産株式会社は全テナントとの契約を満了させ、再生計画を実施フェーズへ移した。立ち退き交渉に携わってきた担当者たちはやっとひと息ついた。彼らは強面《こわもて》の不動産ブローカーではない。単なるサラリーマンだ。最後となった二十店舗分の権利を持つ湊組との交渉に、部長以上の幹部は出席しなかった。矢面は担当課長だった。彼は「死ぬと思った」らしく、交渉結実の翌日から二週間休んでしまった。

フェーズが替わると部長が出てきた。そしてデザインを委託した有名建築家とともに、再生イメージを公開したのであった。報道関係者が集まり、テレビは「いい商店街になってほしい」とか、街の声を拾って放送した。

湊は建築好きであったので、興味津々でイメージを見たが落胆した。どこにでもあるようなデザインだったからである。とはいえ「親方日の丸はそんなもんだろう」と不満もなかった。商店街の個性はテナント次第だ。

再生モトコー出店希望者対象の説明会が開かれるとも発表されたが、千鶴が持つことになった二十二店舗分の賃貸契約は、湊が内諾を取り付けていた。内諾というより担当課長をがんじがらめにして有無を言わさなかったのだ。夜討ち朝駆け、プライベートを暴き、花見の席に押しかけた。サラリーマンは命をやりとりするような稼業ではない。ルールに則って契約が成ればいい。二十二店舗分という大口契約とはいえ、JAMZは再契約に優先権を持つ旧商店主である。やくざでもなく、フロント企業でもない。暴排条例には抵触しない。どうぞ借りてください。そういうことになったのだ(このストレスで課長は二週間休んだ)。

安史とは欽二は成り行き上、JAMZ再生計画の真ん中に立たされた。あまりにも非力だが、組織が手伝ってくれる。そのはずだったが、佐合を使うことはできなかった。

シロウトなんぞと一緒に働けるかい。佐合がすねたのか?

それは違う。親分の命令は絶対だ。手伝えと命令されれば、相手がシロウトであろうと犬猫であろうと文句は言わない。佐合は獅子奮迅で働いた。上がり予定の一億を二億にするため、商売人たちを泣かせて金をひねり出した。ところがそのおかげで逮捕され、刑務所に入ってしまった。懐に入るはずの金を半額に値切られた商店主たちが警察に泣きついたからだ。やくざと国家権力を使い分ける商売人。警察はあきれもしたが、もっけの幸いと被害届を出させ、佐合を恐喝と示威暴力行為で検挙したのである。

佐合は、やる事はやった。さすが極道である。しっかり二億円を残した。ところが、やはりというか、安藤組宗家が「上納金は上がりの半分」と一億を抜いた。五千万円の約束ではなかったですか？　そんな話が通る相手ではない。そして湊組も組の運営費として半分必要だった。結局湊組から出たのは五千万円になった。安史と欽二に店舗施工の経験はなかったが、簡単に試算してみただけでも、ぜんぜん足りそうになかった。新生ＪＡＭＺはテナント二十二店舗分の床面積、百五十坪にも及ぶ大型店舗なのだ。

安史はローコスト施工の実例を調べはじめた。昨今のエコ・ブームで、廃材や間伐材、工業用資材を使ったような内装が流行だった。廃墟ツアーなども流行《はや》っていた。

ボロも格好いいとしよう。そうしよう。ボロで行こう。

しかし設備は無理である。新しいＪＡＭＺはライブハウスであり、イタリアンレストランでもある。機能を間違いなく盛り込む必要がある。

そんなことで忙しく過ごした。ただ忙しい。

ところが、週に一度は湊に呼ばれるのである。

湊は口を出さない約束だったが、安史を呼び出しては、イタリアにある一流レストランの写真などを見せるのであった。

組事務所へ行くと必ずパスタやコーヒーを出され、長い話を聞かされるのである。

この日は南イタリアの話だった。

「アマルフィに『ドン・アルフォンソ』というレストランがありましてね。アマルフィはナポリの対岸です。ご存じですかな。ベスビオ火山を見渡す、世界一美しい海岸線のひとつと言われる場所です。『ドン・アルフォンソ』はサンタガタという高台の村にあります。田舎ですが、南イタリアで初めてミシュランの三つ星を取り、評判が一気に世界へ広がったのです。伝統的な南イタリア様式の建物を入ったところにウェイティングバーがあり、まずはストゥッキーノとスプマンテを楽しみながら待つのですが、そこから調理室が見えます。期待が高まる仕掛けになっているのですな。席に案内されると白ワインからはじめます。最後に訪れたときは夏でしたので、地場品種であるファランギーナ種とフィアノ種の混醸Tenuta Adolfo SpadaのFLORES 2007を勧められました。ナポリ近郊の世界遺産でもあるカゼルタにあるワイナリーで、まさに地元のワイン、地産地消です。生産量は八千本、地元周辺にしか出回りません。

グレコやフィアノのＤＯＣＧもリストにありましたが、地元種こそ華やかでバランスがよくモダンで、料理との相性もよいと勧められましたのでね。ファランギーナ種が八十五パーセント、フィアノ種が十五パーセント。全て手摘みで収穫され、ステンレスタンクで発酵と熟成を待ちます。外観はムギワラ色の淡い色調で、輝きがあり、フレッシュで切れのよいアタックでした。口に含むと白い花のような香りや、リンゴやかんきつ類が、爽やかでいて華やかに広がります。しっかりとした酸とミネラルのバランスがよく、骨格がはっきりとしていてはつらつとした印象でした。飲み頃の温度は十二℃から十四℃です。冷やしすぎず、香りも楽しみます。アンティパスタはカカオとオレンジ、バナナ、そしてアレアティコ種のワインを煮詰めた香りのアヒルです。なるほど、こういう料理があるから、この白ワインを合わせるのだと気がつきましたね。新しい味だけれどエレガントなアッヴィナメントです。パスタはオーガニックチキンを詰めた自家製のＣＡＰＰＥＬＩ。ジェノヴェーゼのラグーと、パルミジャーノのフォンデュにクリスピィな野菜を添えています。プリモピアットに相当する皿はチキンのしっかりした味わいで、食感を刺激します。セコンドピアットのひと皿めは、高級魚ハタです。ヴァニラの香りを付けた白身に、ジンジャーのクロケット、イタリアの魚醤サバイヨンを添え、手が込んだ複雑さを感じさせます。ふた皿めは放し飼いのホロホロ鳥にガチョウのレバーを詰めたもの。ローリエの香り、赤ピーマンのチップスを添えているのがかわいい見た目ですが、ガチョウのレバーはしっかりとした味わいになっていました。そしてフォルマッジオ。セレクションが充実していて選ぶのに迷うほどでしたが、選んだのはフォルマッジオ・ミストに蜂の巣の蜂蜜を添えたものです。蜂蜜が蜂の巣に入ったままでサーブされるのです。ほんとうに穫《と》れたてなんですと。食後はオーナーであるアルフォンソ卿の奥さまに図書室へ誘われました。図書室は百三十年前に造られたという荘厳なリビングルームで、貴族サロンのような趣です。ソファでくつろぎ、奥さまを囲んで楽しいお喋りをします。自家製のリモンチェッロはどの部屋にもあって飲み放題です。新しいＪＡＭＺでもリモンチェッロの無料サービスをしてみましょうか。現地から直接仕入れますよ。いかがです。そんな店を作りたいと思いませんか？」

わけのわからないイタリア語の連続。しかし、レストラン事業に関わる知識かと、溶けそうになる脳みそを励ましながらメモし、あとで調べてみたのである。「ドン・アルフォンソ」はほんとうに有名らしい。世界中の食通が訪れるレストランだ。「ストゥツキーノ」は日本なら「付きだし」であった。「スプマンテ」は発泡した白ワイン、「アッヴィナメント」はワインと食事を相性良く組み合わせること。日本語で言ってほしい。聞いている最中、寝てしまいそうになるのを必死で我慢していた。文字通り必死だった。やくざの親分の前で寝たりしたら命がないかもしれない。

その次に呼ばれたときはドン・アルフォンソ話の続きで、地下にあるワインカーブを特別に見学させてもらった話になった。カーヴは、地下五十メートルまでの階段を降りたところにあり、四万本のワインが眠っている。見覚えのある偉大なワインがずらりと並んでいて、ただただ溜め息が出たが、地上まで階段を登って戻るのはつらかった、そんな話である。

ほかにも毎回、ローマ、ナポリ、シシリア島の有名レストランの写真などを見せられ、謎のイタリア語が並ぶ食レポを聞かされた。

食レポのない日は、設計やデザインの話になった。湊は建築好きでもあるのだ。福岡の那珂川沿いにある、イタリア人建築家が作ったホテル「イル・パラッツォ」も引き合いに出した。

「外壁の大理石はイタリアから運んだのですよ。あんな味わいのある石を、JAMZも一ヶ所でいいから使いたいですね。内装壁はイタリア漆喰の赤土色にしましょう。イル・パラッツォには倉俣史朗が作ったバーもありました。閉店しましたが、バーで使っていた柱やテーブルは歴史的銘品です。除却せずどこかの倉庫に眠らせていないでしょうかね。お時間あればホテルに訊ねてみてください」

お時間あれば……。

「はあ、訊ねてみます」

安史は思った。佐合という若中は毎度こんな話を聞かされていたのだろうか。イタリアンスーツで決めている若衆たちも、喜んでイタリア趣味に付き合っているのだろうか。湊が並べる人物名や固有名詞は、きっと組員たちもわからない。とはいえ、賄い飯のパスタ・アーリオオーリオやカプチーノは毎回マジで美味い。いったいどういう組なのか？　やくざで極道で、イタリアンな集団？

湊がＪＡＭＺで出そうと考えるイタ飯は美味そうに思えるが（組長は食レポが上手い）、安史はイタリアに行ったことがないし（よく食べるイタリアンはサイゼリヤかピザハット）、湊のイメージを実現できる資金もない。

イル・パラッツォについては、訊ねてみますと返事をしてしまった。福岡のことはぜんぜん知らない。必要なら日帰りで行ってもいいがまずは検索してみた。バブル時代に建てられた個性的なデザインホテルで、一泊一万円程度だった。値段は高級でもなさそうだったが、アルド・ロッシというイタリア人建築家による建物で、デザイン業界では相当に有名らしい。ふうん、そうなのか。外観を表示させてみた。土地勘はないが、中洲歓楽街近くの川べりに立つホテルだ。ところが川に面した側に窓がない。外壁一面、荘厳な赤い壁である。これがイタリアから運んだ大理石なのか。倉俣史朗のバーはもう存在しないということだったので、ホテルに電話をしてみた。しかし対応に出た従業員はアルド・ロッシも倉俣史朗も知らなかった。経営者が変わってから入社したのでホテルの生い立ちも表面的なことしか知らなかった。ただ、言ったのである。

「窓がないのは困ったものです。せっかくの景色なのに、なんとかなりませんかね」

「さあ」

俺に言われても困る。安史は電話を切った。

五千万円ある。しかし五千万円である。百五十坪もある広い店。客席、厨房設備、音響機材、ステージなど見積りを積み上げていくと、あっさり一億を超えた。予想通りぜんぜん足りない。それで湊組へ金を運ぶ仕事でもらった四千万もつぎ込むことになったのである。所詮ウソのような金だ。ウソならウソにしてしまえ。安史はそれを「なかったこと」にした。欽二はごねた。欽二は金に細かい。小金を節約するために万引きをする男だ。しかし結局、欽二も「なかったこと」にした。自分だけがガメたとわかったら、何をされるかわからないからだ。

「相手はやくざやからな」

それでも合計九千万円である。予想経費をていねいに積み上げてみると、開店にはあと五千万円程度必要なことがわかってきた。

湊に相談した。

「なんとかしましょう」

やくざが言うのだ。何とかなるのだろう。

それで安史は金の心配をやめ、厨房設備を買い始めた。

しかし湊組から追加の金が出て来ることはなかった。湊はウソをついたわけではなかった。折も折、安藤組の内部抗争が勃発し、湊は、あろうことか撃たれて死にかけたのである。テレビや新聞にも顔が出てしまった。

「ママに迷惑がかかりますから私はここで寝ています。弾を抜いたばかりやしね。出るに出られませんわ。ああ、痛い、痛い」

見舞いに行った安史と欽二の前に寝ていたのは、死人のような顔をした組長であった。武闘派の親分も、撃たれてさすがにへたっていた。

「すみませんね。とりあえず持ち金でなんとかやってください」

どちらにしても、九千万の資金で店を仕上げる工夫が要る。あるいは資金調達をしなければならない。

そんな時、謎のクライアントに呼ばれたのである。

三

ひょっとしてと思ったが、金を運んで二千万円、といった仕事が毎回あるわけではなかった。あいかわらず写されて投稿され、拡散させる仕事だった。一日働いてひとり二十五万円也。ボロい儲け話だと思っていたが、数千万とか億の話に巻き込まれ、二十万そこそこなど端金《はしたがね》に思える安史である。

画面に向かって正直に話してみた。すると男は言った。

「おふたりは金よりも強い力を持っているではありませんか。その力を使えばよろしいのではないですか。灯台もと暗し。以前お伝えした数字でも大きかったですが」

「えーと、なんでしたか、それ」

「六千四百九十六万八千八百九十六ですよ。現在値はその二倍になっていて、約一億三千です」

「あなたたちがネットで拡散された総数です。拡散もこれほどになると社会を動かす力を持ちます。影響力は金銭価値に置き換えられます」

「はあ」

「金銭価値を、拡散一回につき〇・一円と試算してみましょう」

「〇・一円ですか？　ぜんぜんじゃないですか」

「〇・一円でも一億回の拡散となれば、すなわち一千万円の金銭価値となります。半年続ければ六千万円。これは明石家さんま、綾瀬はるかクラスのタレントがテレビコマーシャルに出演する価値と同等です。ネットでの影響力はピコ太郎並みです」

「ピコ太郎だって？　ペン・パイナッポー・アッポー……」

「ＴＴポーズのＴＷＩＣＥもすごい勢いですね」

「トワイス？」

「ネットスターが知らなくてどうするのですか。勉強しておいてください」

「誰がネットスターですか」

「もちろん、あなたたちですよ」

男はしたり顔だ。

「とにかく、アップル・ペン・パイナッポーのような力です。ピコ太郎は国連にまで進出し、人気は日本からアジア、アメリカ、ヨーロッパ、アフリカへ広がっています。もしピコ太郎が、たとえば国連で難民支援の新曲を制作する、そのために寄付を募るとなれば、一億円などあっという間に集まりますよ。あなたたちも同じような力があるのです。その力で呼びかければよいのです。JAMZ再建は神戸の地域活性化事業、脈々と続く神戸らしい文化を守る活動とも言えます。参画意識に訴えるスタイルで資金調達ができると思いますよ。お金だけではなく、労働力、あるいは智恵、現物支給依頼も組み込めるでしょう。必要な物は何ですか？　建築資材ですか？　音響設備？　現場の労働力？　料理の腕前？　一流ミュージシャン？」

理詰めのような、たぶらかされているような。しかし、何かをはじめなければならないのは明らかだ。今のままでは、しょぼい店しかできない。

男は言った。

「事務局が必要ですね。出資を管理しなくては」

「自分と欽二しかいませんけど」

「私がやりますよ」

「え？」

「そして、あなたたちのタレントマネジャーにもなって差し上げます」

「タレントマネージャー？」

安史と欽二は、どうしたらいいかわからない。迷いの目。

うらはらに男は、画面の向こうで笑ったのである。

「フフ、それも経営コンサル業務の一環です」

笑った。はじめて笑った。

「それであなたたちは守られます」

「守られる？」

欽二が身を乗り出してきた。画面に向かって言った。

「守ってください。まわりが怪しすぎるんですわ」

男はたんたんと言った。

「条件はふたつとしましょう」

欽二は追い詰められた犯罪者のような声を出した。

「条件なんでもええです。とにかくお願いしますわ」

妙なへりくだりはやめてほしかったが、男は欽二の懇願を受け流すだけだった。

「欽二、ちょっと待て。とんでもない条件だったら、どうすんだよ」

「条件といっても、ゆるいものですよ」

安史は画面に向き直った。男は笑いを引っ込めている。男は言った。

「今回調達するお金から報酬はいただきません。ＪＡＭＺの開店資金に満額必要でしょうからね」

「報酬をとらない？」

ますますわからない。

男は画面の向こうで、小さめのホワイトボードを取り出した。テーブルに置いてカメラに向け、マーカーで書きはじめた。

「条件のひとつめです。新生ＪＡＭＺから上がる利益の十五％をいただきます」

高いのか安いのか妥当なのかわからない。

だいたいＪＡＭＺから利益は出るのだろうか。それ以前に、経営に自分が関わるのかどうかも不明だ。ママと相談していないし、佐合は檻の中、親分は抗争に巻き込まれて入院している。この状況で何度も親分を見舞ったりすれば、あらぬ事を疑われて逮捕されるかもしれない。

考えを見透かしたかのように男は言った。

「思い悩んでも仕方がありませんよ」

たしかに、先の見えない事を悩んでもしかたがない。

「わかりました。ふたつめも仰ってください」

「聞く前からの安請け合いはオススメしませんね」

ゆるいと言ったり、オススメしないと言ったり。と安史は思ったが、こう言うしかなかった。

「腹は決めています」

「そうですか。それでは、ふたつめです。あなたたちが持つ力を、別の案件で使わせていただきます。所属タレントとし、他から声がかかっても、必ず私を通すことを条件とします」

「はあ」

男はふたつの条件をホワイトボードに書き出した。そして言った。

「グーグルもフェイスブックもアマゾンも、初期は巨額の赤字を出し続けました」

「何のお話ですか」

「ベンチャーキャピタルがスタートアップに投資を続けたのは、巨大な数のユーザー情報を獲得できるビジネスモデルだったからです。アマゾンは世界最大の小売業となり、今や世界最大のクラウド・コンピューティング会社です。フェイスブックはユーザー情報を集めすぎて国家的問題となりました。グーグルは宇宙船を飛ばそうとしています。数の力は圧倒的で、数こそが現代の錬金術なのです」

「錬金術って」

安史はなかば投げやりに訊ねた。

「空気から黄金を作るような事ですか」

男は安史のつぶやきに答えることなく、こう言ったのである。

「私は幸せですよ」

この日のミーティングは終わった。ほめられ、おだてられ、話は錬金術まで及んだが、まずはとにかく、今週末の忖度仕事をやってくれ、ということだった。その間に出資者を探し、ＪＡＭＺ再生支援のクラウド・ファンディングも立ち上げるという。

欽二は鉛色の目をしていた。安史も同じだった。

「私は幸せです、やと」

自分たちの経済価値は人気タレント並みらしい。数は力らしい。それが錬金術だと？　クラウド・ファンディングの知識も皆無だ。わからない事はやりたくない。その意識は世の常だが、この点についてだけ、ふたりは世間とは違った。わからない事こそやってみる。その根性だけは据わっている。

人生は短い。精一杯生きてみろ。刹那的で一所懸命な人生を川本組から学んだ。

振り返れば、極道との付き合いはふたりの人格形成に役立っている。事あるごとに安史は思う。

いや、それは違うかも。やはり悪業へ堕ちていく一本道に立ったのかもしれない。

川本組の姐さんがある日、バイトのふたりに話したことがある。

「世の中には良い警察官がいて悪い警察官がいる。良い弁護士がいて悪い弁護士がいる。しかし悪いやくざがいて、良いやくざはいない。全部悪い。君らはそろそろ出て行きなさい」

安史はなぜかその時の、姐さんの真剣な眼差しを思い出したのである。

四

三日間ぶっ通しで、ふたりはあれやこれやと考え、JAMZ開店に必要な物を書き出した。

ライブハウスについては、音響機器と照明機材を、以前より広くなる分追加しなければならなかった。ＪＡＭＺは大音量も個性だ。それに伴い、音が響きながらも外へ漏れない防音工事が必要だった。床、壁、天井に特別な造作をしなければならない。そして厨房、バーカウンター、客席、レジのシステム、トイレ……

細かく書き出してあらためて思った。自分たちだけでは無理。いろいろな人に助けてもらわないとどうにもならない。影響力を信じてネットで呼びかけると男は言った。それで誰かが助けてくれるのか？　まるで想像できなかったが、リストを提出した。

すると男は即日、ＪＡＭＺ再生支援を呼びかけるページを公開したのであった。クラウド・ファンディングも組み込まれていた。調達目標額は一億円である。

「一億円！」

その他、ふたりの考えた項目が、現物供与、無償工事、労働力提供などとメニュー化されていた。

しかもページはマルチ言語対応であった。英語、スペイン語、フランス語、イタリア語、中国語、韓国語……。

「私は何語でも話せるのです。アイ・スピーク・エニイ・ラングエッジ。ハブロ・クアルクイール・イディオーマ。ウオー・フ・シュールー・ユーイェン。ナヌン・ムエノル・サユアンダ。ビ・ヤマー・チ・ケリア・ヤリダーグ。最後のはモンゴル語です。

モンゴルは大相撲人気で日本大好き。期待できるかもしれません」

「……はあ、モンゴルですか。白鵬に鶴竜」

安史はぼそっと言った。

「日馬富士は辞めたけど」

男の目がうれしそうに光った。張り切っているのか。

「そして忖度ブラザーズと自ら名乗りました。名前もどしどし売りましょう」

男は言った。

「さて、次の作業についてお話しします。ソーシャルメディアで相当の拡散数を稼ぎましたので、これからは第二フェーズとなります。数を生かすフェーズです。ここまで拡散すると、数を稼ぎ続けても、投稿をスルーされる確率が高くなるのですね。そこで、一対一のコミュニケーションをしていきます。コメントを寄せてもらった方、ひとりずつにダイレクト・メッセージを書いていくのです。SNSは一対大勢ではなく、一対一の集合体と考えて行動するのが旬です」

わからない話がさらにわからなくなっている。欽二は放心している。

「ひとりずつにメッセージですって？　何人いるかわからないのに」

安史が訊ねると、男は答えを用意していた。

「あなた方はバリエーションを作ってください」

「バリエーション？」

「おふたりそれぞれ毎日、百名にダイレクトメッセージを書くのです。言い回しを変化させてください。コピペ、使い回しはだめです。世代、性別、興味の深さなどに対応しバリエーションを作ります。それをわたしがうまく配分して発信します。もちろん、多言語に対応します」

「百の書き分けなんて、文才ないです」

「文才ではありません。こころです」

「こころですか……」

とにもかくにも、ふたりは、大人の男性と思われるメッセージには礼儀正しく、主婦にはやわらかく、若者にはノリよく書いていった。百種類を書き分けたのは深夜の二時だった。脳みそが固まった気がした。

飲まずにはおられない。疲れ切っていたが深夜営業の居酒屋へでかけ、やけくそ気味で飲み明かした。夜明けとともに部屋へ帰り、死んだように眠った。

目を覚ましたのは正午過ぎであった。

二日酔いの頭に、差し込む日射しが痛かった。欽二は家に帰らず畳にひっくり返っていた。安史はよろよろと台所へ立ち、水道の水を蛇口から飲んだ。

スマホを取り上げると、タイミングを合わせたように男からメッセージが来た。

「ネットを見てください」

大あくびをしながらページを呼び出した。

驚くべき勢いであった。

協力します、参加します、という応募が列をなしていたのである。

そして三日後。

「オープニング期間にワンドリンクサービス　―千円」の最安値メニューには三千を超す応募が集まった。「あなたのリクエストを生演奏　―一万円」コースにも五百、十万円と価格設定した「ライブ鑑賞&忖度ブラザースと記念撮影」にも、驚くなかれ百人を超える申し込みがあったのである。

「俺らと写って十万円？　何がうれしいんや」

安史は信じがたかったが、仕掛け人の男は驚きもしなかった。

「言ったでしょ。スターなんですよ」

多様な協力依頼に対しても、多くのメッセージが寄せられていた。機材、設備の寄贈、リストに上げなかったようなレコードの寄付、野菜や肉といった食材の提供、力仕事を手伝います、事務局を手伝います、留守番します、マッサージします、添い寝します、という謎の提案まであった。

「出資候補者にアポを入れていましたが、要らないかもしれません。クラウドで満額集まる勢いです」

寄付総額は三日間で三千万円を超えた。一億円も夢じゃない。何とかなるかもしれない。

安史は思ったが、勢いには決まって反対勢力が現れるのである。

世の中は一筋縄ではいかない。

五

ＪＡＭＺと家主である日本Ｊ不動産株式会社との賃貸再契約は口約束の状態である。大口契約者として家賃坪単価を下げる内諾も取り付けていたが、契約書面を取り交わしてはいない。

大口契約での値引きは常識的な範囲だったが、やはり湊組が関わった事は問題だった。できれば契約したくない。家主も考えた。本契約締結に際し「十区画以上を借りる契約者は、再契約の際に保証金を差し入れるべし」との条件を加えたのである。駅ビル形態のルミネやルクアに出店する際には常識の差入保証金だが、発祥を闇市とするモトコーは出店条件があいまいだった。現在の契約書のひな形には、入店時に保証金を査収(退店時に敷引きして返還)と明記してあるが、一部の契約者は、戦後すぐ高架下へやって来て「ここからここまでがうちの場所」とロープを張ったような店子《たなこ》だ。保証金条項が整備される以前から商売をしており、昭和五十年代以降に当時の家主である国鉄が作った契約書に縛られない(というかゴネ続けて今に至る)。闇市の頃の「場ゼニ」が「借地権」と名を変えたが、当時の価格設定のままで、今となっては相当に安い。しかしそれを払ってさえいれば賃貸を続けられた。保証金を積む事などなかった。この二十二店舗も戦後の混乱期から続く場所であったが、「区画の拡大借り換え」にあたり、再契約時の差入保証金として一億円を提示してきたのである。契約条項のすき間を突いてきたということである。

個別案件の狙い撃ちだ。該当する大口契約者は今のところＪＡＭＺだけである。そんな話は聞いていない。内諾したではないか。湊がここにいれば違っただろう。義理を立てるやくざの世界では口約束であっても必ず守られる。もっと言えば口約束こそ守らねばならないという、その世界ならではの不文律がある。言った言わないでもめることはなく、無理難題には全身全霊で対抗する。しかし組長は雲隠れし、佐合は塀の向こうにいる。

そして今や、なんといっても暴対法に暴排条例がある。

「もう、やくざは怖くないんですよ」

休暇を取っていた担当課長の加藤《かとう》だったが、弁護士に励まされて職場に復帰した。

そして過日、再契約の条件を説明にやって来たのである。

「契約とは書面の取り交わしです。口約束は効力がありません。これが賃貸契約書です」

強い味方を得た安心か、表情に精気が戻っていた。書面を提示し、

「お金がなければ契約できませんからね」

ぶしつけに言い残し、肩で風を切って帰っていったのである。

千鶴は言った。

「わたし、何も知らないのよ。湊さんが『決めたよ』って持ってきただけだから。安史さん、よろしくお願いしますね」

「俺ですか？」

「あなたしかいないじゃない」

いないはずはないが、安史は議論を避けた。時間もない。

なにはともあれ、保証金を差し入れなければ契約できない。

またクラウドで募集すればいいのか？

相談してみると、男は言ったのである。

「クラウド・ファンディングは瞬間風速です。追加募集はできません」

「どうしてですか？　すごい勢いでしょう」

「勢いに乗っただけです。あなたたちには、信用の元となるものが何もありません。浮かれないことです」

「浮かれてはいないですけど……」

ネットスターだと持ち上げ、今度は信用がないと言う。

「このファンドは『善』のイメージを纏っています。闇市の文化、日本ジャズが発祥した神戸の文化を守ろうというスピリットが一億円を集めました。募集に応えた皆さまのスピリットでＪＡＭＺは再生する。このファンドにはそういうノリがあります。もっと金がほしい？　結局は金集めか？　忖度ブラザーズは名前の通り、やっぱりうさんくさい、と噂が立つ行動は避けねばなりません。評判の逆走は恐ろしい。何から何まで崩壊します。以前にも申しました。おわかりですね」

とにかくこの仕組みで追加募集はできないようだ。

ただ、男は言ったのである。

「とりもなおさず、困りました」

「え？」

とりもなおさず、って、どういう意味か。

男は困った顔をしてはいなかったが、画面の向こうで黙ってしまった。

欽二は安史に目配せし、「それ見たことか」と今にも言いそうだったが、もちろん、何も言わなかった。

第九章　人生の大問題

一

雛子はライブを楽しんだ。昨夜は外国のミュージシャンも参加した神戸ジャズ祭という大きなイベントの一環で、ＪＡＭＺも熱気に包まれた。テンポの速い曲も多く演奏され、スタンダードな曲がジャズ（ビッチェズ・ブリューは宗教音楽）だと思っている雛子には新鮮な感覚だった。若かりし頃に訪れた北野のクラブで聴いたのはスイング・バンド。ベニー・グッドマンやグレン・ミラーの曲を、カンカン帽をかぶった楽団員が演奏していた。昨夜の音楽は思い出の中にあるものと違ったけれど、それもジャズだと感じたのである。

「ジャズは心って、栞さんが言ってたわね」

雛子はワイングラスを片手に演奏を楽しんだ。

帰宅は深夜になったが雛子は元気だった。翌朝の目覚めもよかった。

反対に書太郎は、朝の九時になってもふとんから出なかった。声をかけても生返事で「うん、うん」と答えるだけだった。夜遊びは思いのほか辛いのかもしれない。思い起こせばＪＡＭＺにいる途中から放心したように座り、注文した食事も、オススメのワインも口にしなくなっていた。

もうおじいちゃんなのよ。軽く考えた雛子だったが、書太郎のからだは変調を来していたのである。雛子は朝食をひとりで食べ、皿を洗いはじめたが、書太郎のうめき声が台所まで聞こえて驚いた。何事かと寝室に入ると、書太郎はふとんの中で背中を丸めていた。顔を覗き込むと眉間にしわを寄せ、荒い息をしていた。

「あなた、どうしたの」

「い、痛い」

「昨日まで何もなかったのに。救急車呼ぶ？」

「たぶん結石だ。タクシーでいい。市民の税金は使わない」

「こんな時に何を言ってるのよ」

「命に別状はない。痛いだけだ。大開《だいかい》タクシーを呼んでこい」

三軒となりが、たまたま個人タクシーなのである。一台だけを所有して商売をしている。永年のご近所さんだ。

雛子は走った。そしてすぐに帰って来た。

「出勤前だったわ。すぐ来るって」

書太郎はふとんを自分でめくった。背を起こし、あぐらを掻《か》いて深呼吸をした。

「大丈夫?」

「ああ、服を着る」

書太郎は立ち上がり、頭を左右に数度動かした。パジャマを脱ぎ、タンスからシャツとズボンを取り出して、下着の上から着た。

洗面所で歯を磨き、髪を梳《と》かした。

大開が呼び鈴も押さずに入ってきた。運転手の制服は着ていない。

「大丈夫かいな」

結石は致命傷ではないが、世界三大痛み症状と言って、痛さは極限である。

書太郎はゆるゆると玄関へ向かい、大開に手をあげて応えた。

「石井《いしい》先生でえぇんか?」

「ああ、お願いしますわ」

石井泌尿器は人気の町医者で、外来は列をなしている。車なら五分の距離だが、予約なしで行くと一時間は待つ。しかし突然の結石は別である。診察を待つ患者たちの多くが経験した痛みだ。よくわかっていて、救急には順番を譲る。

書太郎はすぐに診察室へ通された。

医師は書太郎の腹にゼリーを塗り、エコーを当てた。そしてモニタに表示された画像に見入った。

「石がありますね」

書太郎は痛み止めを打たれた。

「とりあえず、これで世界最強の痛みはおさまります」

「また、石を出すのにひと月ですな」

書太郎は診察台に寝転びながら、冗談めかした。

「ビールを毎日飲まないと」

「ビールはだめですよ。勘違いの民間療法。薬を飲んでください」

書太郎は天井を向いたまま言った。

「今回はぜんぜん気づかなかったですよ。大きいですか？」

医師は書太郎の問いに答えず、画面を睨んでいる。そして言ったのである。

「ＣＴも撮りましょう。いまから予約入れます」

「ＣＴだって？　石じゃないの？」

それで書太郎は西神戸医療センターへ移動した。

ＣＴは二年前に受けた人間ドック以来である。

「たいそうな」

書太郎はうそぶいたが、ＣＴは事実を告げた。

書太郎の腎臓に悪性腫瘍が見つかったのである。

二

次の日、書太郎は雛子とともに泌尿器科を再訪した。方針を決めなければならない。手術をするにしても、主治医として永年診《み》てもらっている石井先生にお願いするからだ。

壁面の液晶モニタにＣＴ画像が並べて表示された。

「腎がんは腎静脈と周囲の脂肪組織まで及んでいます。リンパ節や他の臓器への転移は認めませんが、それなりに、深刻です」

「それなりに？」

「ステージ・スリーです」

石田は数字も示す。そういう方針なのである。患者は方針を知っており、知った上で受診している。

「五年生存率は六割、手術をした場合は六割五分」

書太郎と雛子は並んで座り、しばらく画面を見た。書太郎は言った。

「あまり変わらないのですね。要はあと五年、長くて六年、ということですか……」

書太郎は腎臓に既往歴があるので、がんになる可能性は高いと覚悟を持っていた。知識も足しにはなるかと、書籍や医療雑誌を見つけては読んでいた。がん医療は日進月歩なので、何年間生存率云々が、ばらつきの大きい指標だというのも知った。しかし自分のCT画像を前に主治医から直接、数字を告げられたのだ。感情の高ぶりは理性を超えてしまう。

雛子は頭の中が白くなった。そして白い景色を横切るかのように、こんな思いが走った。

保険を変更した。死亡保障は五千万円にした。高額医療も全部カバーできる。

思った次の瞬間、自分を呪った。

わたし、なんて事を考えたのかしら。

書太郎は黙っていた。雛子は訊ねた。

「先生、五年生存率と言っても個人差がありますよね。長く生きる人もいるのでしょう?」

書太郎が答えた。

「逆に三年かもしれないということだ」

「何を言ってるの。じぶんひとりのからだじゃないですよ」

雛子は書太郎を睨み、歯を食いしばった。雛子の眦《まなじり》から涙がこぼれ落ちた。

書太郎はあわてた。

「おいおい、泣かんでいい」

「でも……」

「はっきりとはわからないということだ」

雛子はハンカチを取り出して広げ、目尻の涙を拭いた。右目、左目、また右目。そしてハンカチを四つに折り、膝の上に置いた。雛子は言った。

「先生、手術してください。五パーセントでも長生きしてくれる方を選びます。ねえ、あなた。手術するわよね」

雛子は書太郎をまっすぐ見た。書太郎は言った。

「わかった。先生におまかせしよう」

書太郎は医師に訊ねた。

「手術するなら少しでも早いほうがいいですよね」

「その通りです。手術は神戸がんセンターで行います。ベッドが空いていればすぐにも入院しましょう」

雛子は頭を下げた。

「先生、ほんとうに、よろしくお願いいたします」

雛子はもう一度ていねいに頭を下げてから診察室を出た。書太郎もそのあとで一礼したが、書太郎が顔を上げたとき、石井はほほえみながら言ったのである。

「良い奥さんをもらいましたね」

書太郎は何も言わなかった。もう一度一礼して診察室を出た。

ふたりは自宅へ戻り、遅めの昼食を食べた。書太郎は味噌汁を飲んだだけだった。

そのとき石井医院から連絡が来た。

「手術は三日後、土曜日の午後です。入院はあさって。それまでは痛み止めで大丈夫だと思いますが、何かあれば連絡ください」

書太郎は訊ねた。

「先生が執刀していただけるのですね」

「ベストを尽くします」

書太郎は電話を切り、内容を雛子に告げた。

「じゃあ、入院の支度をしないと」

「支度？　何を支度するんだ。身ひとつで行けばいいじゃないか」

「まあ、そうですね。かっこつけるところじゃないし」

雛子は微笑んだ。

「お茶、淹れましょうかね」

「そうだな。いや、水をくれ。薬を飲まにゃいかん」

書太郎が薬を飲み終わるまで、ふたりは黙っていた。

開け放した窓の向こうに、明るい園児たちの声がある。

「しかしまあ、なんだな」

書太郎は言ったのである。

「子どもの声は、無邪気なもんだ」

書太郎は声に耳を澄ましてさえいる。

「園児が増えれば友達も増えるだろう。いい幼稚園になると良いな」

雛子は黙って書太郎を見つめた。

書太郎は拳を口に当てて咳払いをした。それから訊ねた。

「幼稚園の建て増しはどうなったんだ」

「それは……ちょっと事情が変わったみたいですよ」

雛子は先日、新しい情報を仕入れたばかりだった。

「幼稚園は資金繰りが予定通り進まなくて、松下さんは今さら金が足りないとはどういうことかと怒っているらしいんだって。東京にお住まいの息子さんね。お会いしたことはないけど」

「松下の息子がそんなことを言っているのか。親も家も長年ほったらかしにしていたくせに」

「家庭の事情は知りませんけどね」

「なんとかならんのか」

「外部の人間がどうこう言えることじゃないでしょ」

「やり方はあるはずだ」

「あなた、やめてよ……」

また何かやらかしそうな言葉だが、幼稚園に怒鳴り込んだ頃とはまるで違う書太郎なのである。子どもの声に和み、他人の難儀を心配する書太郎。雛子はどう答えていいかわからなかった。

書太郎は立ち上がり、前庭に面した窓を開けた。園児の声がきれいに聞こえてくる。

雛子はコップを台所へ運び、さっと洗って洗いかごに乗せた。

書太郎はテーブルに戻った。そして言った。

「雛子。そこへ座れ」

雛子は立ったままで答えた。

「はい。何でしょう」

「いいから座れ」

雛子は座った。ふたりは向き合った。

「どうしたのよ」

書太郎は言った。

「私は七十歳だ。あと五年生きたとして七十五歳」

「………」

「もうじゅうぶん生きた。手術を繰り返して、薬漬けになって、寝たきりになってお前に迷惑をかける、そんなふうにしてまで生きているつもりはない」

「まさか、あなた。安楽死とか」

「そんなことを言っているのではない」

書太郎は平和な顔である。

「私は私のできることをやりたいのだ。死ぬときに『いい人生だった』と思いたいのだ」

窓の外、園児の声がいっとき盛り上がった。何か楽しいハプニングがあったのかもしれない。

書太郎が次に言ったのは、こんなことだった。

「入院したら自分のパジャマを着る。病院のはきっとペラペラだ。三着は用意しろ」

三

書太郎の手術は終わった。しかしまた細胞はがん化しどこかにできる。とはいえ、年老いたからだでは、がん細胞もゆっくり増える。注意を怠らず付き合っていけば急変することはない。

術後の血色も良かった。しかし、残り数年の人生だ。

「あと五年も生きられたら悔いはない。とにかく、残りを悔いなく過ごそうじゃないか」

手術を境に、「悔いなく」を書太郎は何度も言った。雛子もうなずいた。

五年かどうかわからないけれど、主人とともに生きよう。おいしいものを食べよう、旅をしよう。青春を取り戻そう。

雛子は朝餉《あさげ》、夕餉を作るのに、今まで以上に精を出した。

「張り切りすぎじゃないか？ それに、お前こそ健康診断を受けろ。長いこと調べていないだろう」

「わたしはいいのよ。どこも悪くないんだから」

「首が痛いとか、ときどき声がかすれるとか、それに不整脈があるじゃないか」

「わたしの不整脈は心配も治療も必要のないものですよ。歳なんだから、誰でもどこかひとつくらい悪いところがあるわよ」

書太郎が勤めていた時代は配偶者検診制度があって、雛子も年に一回は受けていた。

定年後は定期検診の機会もなくなったが、書太郎が強く言うので、雛子は久々に受け

ることにしたのであった。書太郎の件もあるので調べるに越したことはない。そんなとき栞が、

「ご負担金五千円で一泊二日の人間ドックがあります」

と勧めてきた。それで雛子は、旅行気分で出かけたのである。

「たまには静かなベッドで寝かせていただこうかしらね。上げ膳据え膳で」

しかしそれは旅行にはならなかった。

甲状腺にがんが見つかったのである。ＣＴで疑いが出て病理検査へ回り、発見された。

高齢者に多い未分化がんであった。見つかった時点でステージ・フォーとなるがんである。

「ステージ・フォーだって！」

いちばん驚いたのは書太郎であった。がんは甲状腺周囲の反回神経へも浸潤《しんじゅん》しており、骨への転移も認められた。

雛子はまさかと思ったが、告知されてしまうと落ち着いた。

雛子は書太郎を励ましたほどであった。

四

「がん治療は日進月歩です。予後がよければ、あせることはありません。治療方針を決めていきましょう」

担当医の廣川《ひろかわ》は、甲状腺治療に関して日本では三本の指に入る医師であった。諏訪《すわ》山《やま》の山裾にある花隈病院には、全国から名医を頼って患者がやって来る。政治家や芸能人など、お忍びも多い。

雛子は名医ならこそと訊ねた。

「生存率というのにしたら、何パーセントでしょうか」

おなじみの質問でもある。廣川はこういうふうに答えた。すぐ数字に置き換える石井医師とは違う考え方だ。分野が違い、数字で表しにくいということもある。

「一概に言えません。手術、化学療法、放射線を組み合わせた集学的治療、分子標的という新しい薬による治療も行います。当院でもこうした治療を組み合わせることで元気に過ごされている方が何人もいらっしゃいます。希望を失わず治療に臨まれることをお勧めします。なので、担当医として数字を示すことはできかねます」

しかし雛子は、

「でも、聞かせてください。じぶんの終末期医療はじぶんで決めたいのです」

部屋には廣川と書太郎と雛子の三人。

「困ったなあ」

「そこをなんとか」

夫婦は真剣な目で医師を見つめている。

「ご主人もよろしいのですか？」

「はい」

窓ガラスに青葉の影がある。窓は閉じ、部屋には空調が効いているが、雛子は人工の風にも初夏の草いきれを感じていた。

がんの告知方法は千差万別、ケースバイケースである。廣川は老夫婦に誠実な意思を読み取った。

「では、あくまでわたしの見立てですが、五年生存率は六割、手術をすれば六割五分と申し上げましょう」

雛子と書太郎は無言で目を合わせた。そして同時に笑みを漏らしたのであった。

告知に笑顔とはどういうことか。

「どうされました？」

廣川は言った。

「わたし、何かおもしろいこと言いましたかな？」

「先生」

書太郎は質問に質問で返した。

「先生が仰ったこと、面白いとお思いですか？」

「いえ、ぜんぜん面白くありませんよ」

「そうですな、ぜんぜん面白くないですな。フフフ」

書太郎は声を出して笑った。

そんな書太郎を雛子は目で叱った。笑ったりしたらだめじゃない。

雛子は戸惑う廣川に言った。

「先生、大丈夫ですよ。ありがとうございます。なにとぞ、よろしくお願いいたします」

廣川は雛子の言った「大丈夫」の意味をはかりかねたが、がんの予後延命に心の状態は大きく関連する。

この笑顔は間違いなく、希望のサイズを大きくする。

書太郎と雛子は一礼して、部屋を出ていった。

五

雛子は手術を挟んで二週間入院した。退院してからも週に五度、集中的に通院した。一ヶ月を過ぎると週二度となり、書太郎の泌尿器科通いと同じペースになった。

「病院仲間になったたな」

「そうね」

「ふたりとも、ちょっとだけ、三途の川の向こう岸を見てきたわけだ。夫婦は似たものというが、そこまで一緒とはな」

話の内容はともかく、口調は柔らかく表情は明るい。

雛子は思った。

この歳である。同じ病気になった友人を向こう岸へ見送ったこともある。告別式で家族の悲しみに涙を誘われたが、自分事となると不思議と悲しみを感じなかった。来るべきものが来た、そういう感じだった。

夫婦揃って、というのがよかったのかもしれない。

おたがいあと五年。残りの人生、突っ張って生きる事はない。

しかしそこに新たな問題が出てきた。

芳樹の立ち上げた事業が行き詰まったのである。

第十章　私を殺しなさい

一

　書太郎が手術をしたとき芳樹は神戸に帰っていたが、会社の話を切り出さなかった。雛子が入院したときも黙っていた。両親がたいへんなときに言うべき内容ではないと思ったのだろうが、雛子は息子の様子がおかしいことに気づいていた。それで小康状態になったときに質《ただ》したのである。その時ようやく息子は母に、会社が倒産の危機であることを告げた。

「不測の事態が起こったんだ」

　事態が急変したらしい。半年の間に一億円都合をつけないと、破綻するというのである。しかし銀行は追加融資を断り、投資をした商社は渋い顔をしているという。

芳樹は父親にも説明した。

書太郎は「不測の事態」の内容と捉え方に、ものすごく怒った。

「何が不測だ。事業をリスクから考えてみたことはあるのか？　お前はそんな甘ちゃんで会社を起ち上げたのか。銀行にも商社にも、まったく信用されておらんではないか」

潜水艦の設計担当から部門長になり、経営職としてもキャリアを積み上げた書太郎である。書太郎のコスト管理とリスクマネジメントは、緻密の上に緻密色を塗り重ねたと評された。芳樹は緻密さを追うようなＤＮＡを受け継いでいない。父にはない好奇心と、好奇心から新しい切り口を見つける才能があったが、事業をリスクから考えることは苦手なのだ。今、その才能が逆目に出た。

芳樹はオランダの会社と手を組んでいる。オランダはＩＴ農業の先進地で、芳樹が開発した作物の生育管理システムをテストしてもらっている。静岡県の旧製紙工場を改造した農場で実践しているプログラムだが、オランダで認められれば世界で売れるのだ。市場規模がまるで違う。

オランダは九州と同じほどの面積で、国土全体が海抜ゼロメートル以下、山林がなく、日本のように雪解け水が豊かな地下水脈となることもない。農業にとっては厳しい環境のはずだが、そのオランダこそ「スマート・アグリ」を発展させ、いまやアメリカに次ぐ世界第二位の農産物輸出国なのである。「スマート・アグリ」とは、コンピュータで制御する屋内農業だ。温度を一定に保ち、日照時間を管理し、栄養分を含ませた水を与えて生育させる。競りや販売、流通までをIT化し、ボタンひとつで世界中のどこからでも競《せ》りに参加できる垂直統合システムでもある。農業を管理するAIも登場している。種まきや肥料供給を行うAIドローンは既に実用化された。

芳樹はサラリーマン時代から「スマート・アグリ」を研究し、独自のAIを開発するアイデアをつかんだ。それが独立するきっかけだ。

芳樹はオランダと静岡を行き来しながら、開発したAIを試した。しかし「もし失敗したら」というリスクマネジメントを怠った。実験が一度くらい失敗しても失敗は成功の母、データを精査すれば発展につながる。芳樹の「エンジニア」としてのマインドはそんなところだったが、企業の舵取りは理想だけで動かない。失敗をやり直す度にキャッシュが必要になる。そして最初の実験はうまく行かず、資金調達というスタートアップ企業最大の難関が、いきなり覆いかぶさって来たのである。

社長として、会社の舵を取らねばならない。芳樹は現実に直面した。

雛子には芳樹の心身がすり切れ、心が紙のように薄くなっている事がわかった。父親と話しても打開策が出るわけではない。

「あなたにはやるべき事がある、仲間もいるのでしょう？　病気の老人に気を遣うことはありません」

雛子は芳樹を東京へ帰らせた。代わりに明美が神戸に詰めることになった。

二

手術も終わり、見た目には平穏な日常が戻った。

「明美さんも仕事があるでしょう。戻っていいのよ」

雛子は言ったが、明美は神戸に残った。

明美はあいかわらず美しかった。雛子は会うたびに見とれてしまう。こんな女性に生まれていたら、どんな人生になっただろう。雛子は空想する。

明美はミスユニバース事務局で仕事をしている。海外との連絡も忙しく、不規則に働く芳樹と、ゆっくり過ごす時間がほとんどないらしい。しかし明美は両親の世話が大切と、無期限に仕事を休んで留まったのである。

そういうことなら、お出かけしましょう。雛子は明るく過ごした。もともと雛子は明美と並んで街を歩くのが自慢だ。余命宣告を傍《かたわ》らに置き、繁華街へも繰り出したのであった。

ふたりはますます仲良しになった。

寝る前には必ず向かい合って話した。そしてそのたびに明美は「お孫さん、できなくて申し訳ありません」と恥じるのである。

明美は四十歳になる。雛子の時代なら出産を諦める世代だ。雛子は体外受精を相談されたことがあったが、こんなことを言ってしまった。

「授かりものですからね。神の意志に背いてはいけません」

明美は義母に反論しなかったが、いろいろと調べていたのである。

この夜も、その話になった。

「四十歳女性の対外受精率はいまや四十パーセントなんですよ。不安なく、選択してもいいところまで来ています」

明美はたくさん本を読んでいた。クリニックでカウンセリングも受け、妊娠に関しての知識をじゅうぶん持っていた。雛子は説明を聞き、授かりものとか、神の意志とか意見した自分を恥じた。無知から出たひとことが、息子夫婦の出産時期を遅らせたのではないかと反省してしまった。

「老人の出る幕じゃないわね。ほんとにごめんなさい」

明美は芳樹の仕事を理解しようと、最新農業に関しての本も見つけては読んでいた。

「本にはたくさんの人の経験が詰まっています。ミスの審査でも役立ちました。どんな質問が来るかもしれませんし、勉強している姿勢そのものが審査の基準になるのです。今も、候補者の話し相手になったりしています」

「経験者にアドバイスしてもらえるなら、いいわね」

「アドバイスなんてことはできません。話し相手ですよ。時代は変わって、選ばれてくる女性たちのスタイルはもちろん、話し方も、わたしのころに比べたら自信にあふれています。物怖じしません。日本女性のレベルは世界基準です」

明美は旧製紙工場の農業も手伝っているという。雛子は驚いた。

「そのきれいな指で農業？　土を耕したりするでしょう。スコップとか使って」

「ちょっとしますね。アサガオとか」

「アサガオも農業なの？」

「いえいえ、違います。事務所のそばに植えています」

明美は笑った。

「人工農業ですから、働くのはほとんど人工知能です。社員の方もコンピュータ技師みたいです」

「ふうん。なにか味気ないわね。でも蜂がいるんでしょ。自然を感じるじゃない」

「そうなんですけど……」

明美は言った。

「実は蜂に不可解な事が起こって、会社が危機なんです。不測の事態というか」

「ええ？　どういうこと？」

「ある日突然、農場から働き蜂がいなくなったんです。影も形もなく消えました」

蜂群崩壊症候群《ほうぐんほうかいしょうこうぐん》という。未だ解明されていない蜂の謎。それが芳樹の農場に起こったのである。

周囲を探しても死んだ形跡さえない。女王蜂と幼虫は巣に残ったが、働きバチが消えて栄養になる花粉が運ばれず、幼虫がふ化できなくなってしまったのだ。蜂で独占的に授粉を行う農業では致命的である。野生種を栽培する農家も蜂を受粉に持ち込んでいるが、蜂がその地域からいなくなった場合、動物や昆虫が役割を交代する。

芳樹の農業は人工管理であるが、「蜂受粉」という個性を売りにしていた。ホームページにも、野菜のパッケージにも毛むくじゃらでモフモフが可愛い「マルハナバチ」のキャラクターを使った。蜂をマーケティングに押し出すもくろみだったのだ。

そこから蜂が消えた。

受粉は不充分になり、トマトは完熟が期待できなくなった。最初からやり直さなくてはならないが、農業は一年単位、収穫も一年後である。

手元に残った現金は五千万円。来年の収穫を目指すため、ＡＩ開発を続けるため、オランダでのテストを維持するため、向こう一年間で一億円が必要だった。

五千万円足りない。

芳樹は自分の給料をすでにゼロにしていた。それでも新たな資金を獲得できなければ半年後に破産、そういう状況に追い込まれたのである。

明美は言った。

「自宅も引っ越す予定です。今の六本木のマンションは高くて。無駄なお金はつかえませんから」

雛子は耳を傾けるだけだった。返事はしなかった。

三

明美はふた月間、夫の実家に滞在した。義父の書太郎とも和んで話をした。はじめて明美が挨拶に来たときの、書太郎がした無礼な振るまいは、雛子には今もって恥ずかしかったがそれも昔となった。明美はやさしい性格だし、書太郎も病気のおかげかまるくなった。三人で囲む夕食はおだやかな時間に変わった。

「微力ながら、私ができることなら骨を折る」

書太郎はそんなことまで言うようになった。

そんな折、芳樹が実家に帰ってきた。

良い報告はなかった。芳樹は憔悴《しょうすい》しており、家族会議は重苦しいものになった。父と息子は視線をあらぬ場所へ向け、次の言葉を探せなかった。

明美は農場の経営や金策まではわからない。重い雰囲気にお茶を濁すような世間話もできず、お茶を淹れかえたり、食器を洗っては拭いたりした。

雛子は明美が不憫だった。元気に振る舞っているが、義理の親が次から次へがんを宣告され、家庭は破産の危機なのだ。雛子は思った。彼女が真正面から不幸を背負うことはない。逃げ道を用意してやらねばならない。雛子は言った。

「明美さん、少しの間ご実家へ帰って来たらどう？」

明美は答えを用意していたようにすぐ言った。

「わたしは鳥谷家の一員です。ここからいなくなるなんてあり得ません。厳しくても、何とかできるかもしれませんし」

「でもねえ」

明美は細身の体型だが、今はさらに細い、手首の血管が浮いて見える。雛子はそういう事を心配するが、書太郎は明美の言葉尻を捉えた。問いただすような口調ではなかったが、言葉は厳しい。

「何とかなる、とは、どうなんとかなるのだ」

明美には答えようがない。

芳樹が言った。

「興味を示すファンドを一社見つけた。今月中に話をする」

「また何を言うかと思えば」

書太郎は言った。

「メインバンクが追加融資を断り、商社は逃げようとしている。誰がそんな会社に金を出すのだ」

「新規の企画書も作った」

「金融はお人好しじゃないぞ」

芳樹もわかっていた。このひと月に数社すべて断られたのだ。期待の高い順位で回ったが、最初の会社でさえ「蜂が消えて数千万円がパーですか」、と失笑されてしまった。

言いたいこともあるだろうが、芳樹はこらえている。雛子は思った。小さい頃の息子とは違って背筋を伸ばし毅然としている。大人になったものだ。正しい人生は人を育てる。芳樹は間違った事はしていない。

「五千万円あればいいのよね」

雛子はそんな息子に向かって、こう言ったのである。

「芳樹、わたしを殺しなさい。生命保険を五千万円かけているのよ」

書太郎は吐き捨てた。

「バカなことを」

「お父さんを殺してもいいわ。わたしたちふたりとも、あと五年くらいの命なのよ。五年後に大金もらったって使い道に困ります。それならいますぐ芳樹にあげます。ふたりいっしょなら一億円ね」

雛子は続けた。

「でもやっぱり、わたしが先ね。いちばん役に立たない者から消えましょう」

もちろん、そんなことはできるはずがない。

「母さん。冗談でも、そんなこと考えたことも……」

「バカ者が!!」

書太郎が芳樹を遮った。座っていた椅子を後方へ飛ばして立ち上がり、雛子の両肩をつかんだ。書太郎は言った。

「自分を先に殺せだと? じぶんがいちばん役に立たないだと?」

そのままの姿勢でふたりは見つめ合った。

書太郎は手のひらに込めた力を抜いた。書太郎は顔を背け、テレビの前に転がった椅子を取りに行き、元に戻した。芳樹夫婦は黙っていた。雛子も黙っていた。

書太郎は三人を、ひとりずつ見ながら座った。目の前に湯飲みがある。持ち上げてすすった。

「茶がないぞ」

「い、いま淹れ直します」

明美がすぐに動いたが、芳樹は下を向いたまま黙っていた。雛子はどこを見るでもなくぼんやりしてしまった。

「雛子」

「……はい」

書太郎は冷静な声にもどって言ったのである。

「お前の考えは悪くはない」

「はあ？」

書太郎はまた湯飲みをすすった。茶はない。

書太郎は言った。

「が、殺しは割に合わん。刑務所行きだ」

「はあ」

「お前に今一度、念を押しておくことがある」

「はあ」

今一度、ってそんな念押しをされた記憶はない。雛子は思ったが、書太郎は言った。

「お前には長生きしてもらわねばならん。俺より先に死んではならん」

「はあ」

「お前はやっぱりバカか。『はあ』ばかりではないか」

「だって……」

書太郎は芳樹に向かった。

「お前もわたしらが死ぬ事などあてにするな。それに保険金が入ったとて事業補塡などには使わせない。目先の困難を乗り切ったとして、そういう金に甘えたビジネスは破綻する。事業主には必死さが必要なのだ」

雛子は何か言おうとしたが書太郎は遮った。

「芳樹」

「は、はい」

「建設的な金策を考えろ。具体的で実行可能な案だ。半年でキャッシュがなくなるんだろう。金融屋に頭を下げる時間など使うな。頭は考えるために使うんだ」

サラリーマンひと筋の書太郎である。仕事の大半が金策になる中小企業社長の苦労は知らない。しかし書太郎は芳樹が独立してから近代農業を勉強していた。農業におけるスマート技術市場は（米ゴールドマン・サックスによると）二〇五〇年には、二十七兆円規模に成長する。いろいろと知識を広げるにつれ、息子のやろうとしていることがわかりかけてきた。

芳樹の事業ヴィジョンは未来的すぎるのかもしれない。短期収益をモノサシとする金融屋にとって、失敗は資金引き上げの合図となる。特に日本の銀行や商社は短期でしか判断しない。そんな中、書太郎は農業ヴェンチャー専門の金融が登場しており、クラウド・ファンディング手法も根付いている事を知った。クラウド・ファンディングは個人の夢を叶える小規模ファイナンスだと思っていたが、いまや多くの分野で、大規模な資金調達に成功した事例があったのである。しかし、どうやれば一般大衆に投資を促すことができるのだろう。成功者の話を一度聞いてみよう。自分のできることが、何かあるかもしれない。

事業のつまずきは人生のつまずきではない。チャレンジする人生はすばらしい。弱虫だった息子が、勝負するような男になっているではないか。それこそ、何にも増してすばらしいことだ。

雛子が生命保険を契約し直したのは、息子たちが将来に使うと考えたからだ。老い先短い親がしてやれるのは、こういったわかりやすい事なのだ。「殺していい」とはよく言った。雛子らしいことだ。だがそれは違う。事業の生死と人間の生死を一緒にしてはならない。

明美が急須を持って来た。お茶を湯飲みに注ぐと、あたたかい湯気が立った。

「淹れ直してくれたのか。気が付くね、明美さん」

あなたが「茶がないぞ」って言ったんじゃない。

雛子と明美は目を合わせた。明美は唇を締めていたが、雛子は耐えきれず笑ってしまった。

「何がおかしい」

「だって……」

「もういい」

書太郎は芳樹に言った。

「わたしも知恵を絞ってみる。役に立てるかどうかわからないが」

さらに言った。

「雛子。殺していいなんぞ、アホなことを言うんじゃない」

先ほどバカと罵倒され、今度はアホになった。まあ、どうでもいいことね。

雛子は黙ってうなずいた。

四

書太郎に銀行やヴェンチャーキャピタルの知り合いがいるわけではない。造船会社の伝で、しかるべき立場の人間を紹介してもらうことくらいはできるだろうが、人間関係だけで融資を実行してもらえるはずもない。

書太郎が可能性を感じたのはスタートアップ・ファンディングであった。彼らならクラウドの手法を組み込むような、新しい資金調達方法を提案してくれるかもしれない。

「蜂が助けるスマート・アグリ」「人工知能と蜂」云々……一見楽しそうな半面、成功事例のない事業だ。農協を始めとする日本の農業金融は前時代的だ。未来に投資するとは考えにくい。赤字に陥れば資金を引き上げそうなテーマだ。しかしそこにこそ未来がある。スタートアップ・ファンディング向きの気がする。自分の勘働きなど古くさいかもしれないが。クラウド・ファンディングもさらに調べてみた。国内でのファンド成立総額は一千億円を超えてなお伸びていた。芸能人が絵本を作るために数千万円集めたという。それにも驚いたが、爆発的な勢いで資金を集めた事例は、もはやニュースにならないほど多いのである。広く浅く訴える仕組みがインフラとして根付きはじめている。旬の資金調達手法である。

農業においても、大阪府内の葡萄《ぶどう》農家がワイン農場の開業資金をクラウドで調達したという記事を見つけた。十アールの土地にワイン用の品種を植え地元産ワインを作るという。

そして最近、人気の「ネット・スター」が巨額の資金調達に成功したことを知った。一億円をたった一週間で集めたのだ。書太郎はＮＨＫのニュースで見たのだが……こう話題をNHKも取り上げるのだ……それは、あのジャズクラブJAMZ再生を支援するクラウド・ファンディングだったのである。書太郎はページにアクセスしてみたが、既に資金集めは終了していた。凄まじい人気である。

ファンド募集の主は「忖度ブラザーズ」だった。決して知り合いではないが、知っている。刑事が家にやって来て「やくざとの関わり合いがないか」と質した、その「やくざ」と示された男ふたりなのだ。書太郎が幼稚園の園長ともめたとき、彼らは背景に写っていた。潜水艦の進水式でも居合わせていた。

スモール・ワールドである。

しかしこの男たち、いったい何者なのか？

書太郎はスマホを操作し、忖度ブラザーズで検索してみた。すると出るわ出るわ、ヒット数一億二千万、凄まじい数である。まさしく「ネット・スター」。書き込み言語には英語、中国語、スペイン語などもある。コメント内容は素晴らしく個性的だ。実話が絡んで興味津々、次から次へと知りたくなる。刑事が言っていたように、ふたりは解散した川本組の「アルバイト」であったらしい。倒産整理の現場だろうか、今時珍しい古風なやくざルックの写真さえ投稿されていた。画像検索すると、書太郎と一緒の場面も表示された。自分の顔がどれほどの数で拡散されているのか……そら恐ろしいが、見るに飽きない。

そして、書太郎は一点、あらためて気づくことがあった。

ほとんどの写真は、何らかの不動産取引現場なのである。書太郎はうなった。

「なるほど。これは……凄い戦略だ。新手の総会屋かもしれない」

ふたりが現れるとネットが騒ぎ、誰かが影響を受ける。おそらく、その誰かは狙い撃ちされている。そして狙い撃ちされた誰かが損失を被ったとしても被告となる罪人はいない。罪の実体もない。過去に存在しないビジネスモデルだ。忖度ブラザーズとは、なんと怪しげで、劇的な名づけであろうか。良くも悪くもネットでコミュニティを形成し、巨額の資金調達を成功させている。グレーゾーンから出現しながら、正々堂々と金を集めたのだ。

現代は現代に対応する頭脳が必要だ。賢いやつがいるものだ。

しかし、こんな仕組みを、このふたりが考えたのか？

たまたま波に乗ったのか？

それとも、仕掛け人が存在するのか？

さらに、なぜジャズクラブなのか？　なぜＪＡＭＺ再建に乗り出したのか。ママさんには悪いが、将来にわたって収益が見込めそうな事業ではない。

別の目的があるのだろうか？

そんなことを思いながら、検索を続けると、もっと驚く画像に出会った。

夫婦で招待されたライブ。ピーター・アースキンがジャムセッションに現れ、居合わせられなかったファンを悔しがらせたライブである。そして驚くなかれ、ピーター・アースキンや広瀬未来と共に演奏したトランペッターが、忖度ブラザーズのひとりだとわかったのである。ひときわ背の高いルックスは見間違いようがなかった。

はじめて名前を知った。海音寺安史というらしい。

彼は巨額を一瞬に調達するネット空間のスターで、元やくざのアルバイトで、すごい音を出すミュージシャンだった。古い時代を生きた自分のような人間には計り知れない感覚と、感覚を生かす頭脳を持っている現代人だったのである。

五

ＪＡＭＺ最後のライブ。思い返せばあの夜から、書太郎の残り少ない人生に予想外の変化が起こり始めた。

書太郎はウェザー・リポートのレコードをほとんど持っている。最初は「夜《ナイト・》行《パッセージ》」

という名のアルバムだった。「潜水艦乗りなら聴くべき音だ」と、ある自衛官に勧められるまま買ってみたのだ。それを気に入った。真っ暗な海をテーマにしているのに撥ねるような楽しさがあった。

「君も気に入ったか。わかったんだな」

自衛官は喜んだ。

それがきっかけだったのだろう。書太郎の音楽趣味はジャズに傾いていった。

こういう経緯もあり、ジャズの中で、ウェザー・リポートは自分の想いに重なるグループなのだ。「夜行」はレコードがすり切れるほど聴いた。たいそうに言えば、自分の人生とともにある音楽なのである。

そのアルバムのドラム奏者が、目の前で叩いた。

感動にからだがおかしくなった。

おかしいと思って病院へ行くと、がんが見つかり、三日後に手術をして命を拾った。

誰がこんな展開を予想できただろう。

何かが何かに影響して何かが引き起こされている。がんは人生の一大事であったが、一連の出来事はすべて、前世から決まっていたかのようにさえ思える。海音寺安史との関係もまた、織り込み済みだったのかもしれない。

彼に会ってみよう。素直に思ったのである。

ＪＡＭＺのママさんに訊ねてみればわかるだろうか。

いや、ＪＡＭＺは閉店した。ママさんとはあの日はじめて言葉を交わしたが、所在を知るような仲ではない。

保険屋の女性だ。彼女もステージに出ていたではないか。

そこへ雛子が「お茶でもしますか？」とやって来た。

書太郎は無言で立ち上がった。雛子は立ち止まった。

「ど、どうしたのですか？　そんな目を剝いて。まさか、がんが再発」

「保険屋に連絡しろ」

「え？」

「生命生命だ。サックス吹きの女性がいるだろう」

「生命生命？　栞さんですか」

「今日、会う段取りをつけろ」

よくわからない勢いに押され、雛子は名刺を繰ってケータイ番号にかけた。栞はすぐに出たが、アポが詰まっていてすぐには動けないという。ただ、この日は金曜日で、夜の八時からサテンドールでライブをすると言った。雛子はそれを伝えた。

「今夜はサテンドールだ」

書太郎はすぐに言った。

六

サテンドールは神戸の山手、中山手通りにあるジャズクラブだ。毎日午後七時に開店する。それは予約をしたときにわかったのだが、書太郎が急かすので六時半に着いてしまった。ただ、タイミングは良かった。八時から演奏する栞たちのリハーサルが終わったところだったのだ。

「さっそく来ていただいたのですね。ありがとうございます」

栞はアルトサックスを提げたまま、ふたりの前に来ておじぎをした。

「開店前でおじゃまだったかしらね」

マスターの渡辺が出てきた。

「結構ですよ。どの席でもお座りください。かぶりつきでどうですか？」

「いちばん前はどうもね。ちょっとうしろ目がいいかしら」

雛子はマスターと話しはじめたが、書太郎は栞を呼び止めた。

「えーと、ライフ生命さん」

「佐藤です」

「そうか。佐藤さん」

「はい」

「訊ねたいことがある」

「はい？」

「JAMZ最後のライブでトランペットを吹いていた人にぜひともお会いしたい。どこかで演奏していないか？　知っていたら教えてほしいのだが」

「広瀬未来さんですね。今夜はたしか、大阪のホワイト・ホースだったと思います。お急ぎでないなら、来週火曜日はユースの練習会に来られます」

「いや、広瀬さんではない方だよ」

メンバーが夕食を買いに行くと栞に告げた。栞は、適当にお願いと言ってから、書太郎に向き直った。

「もうひとりの方といえば、もしかして、安史さんですか？」

「たしか海音寺安史」

「海音寺っていうのですか？　知りませんでした」

「あなた、どういうこと？　海音寺さんって、どなたですか」

「お前は黙っておれ」

雛子は黙った。書太郎は栞に訊ねた。

「知らないか？」

「あの方はプロではないので、ステージには出ないと思います。海音寺という名前もいまはじめて知ったくらいです」

「ほんとうなのか？　演奏は見事だったじゃないか」

「そうなんですよ。みんなびっくりなんです。広瀬さんも驚いていましたし、ピーター・アースキン先生も褒めたんです。わたしも話をしました。彼は知識もすごくて夢中になってしまいました」

「そんな彼がどうして参加していたんだ？」

「それはですね」

栞は知っている事を話した。結花と沙紀が路上で出会って、ユース・ジャズの練習に現れて、沙紀のお腹が痛くなったので代わりに吹いて、神戸ジャズ祭のジャムセッションに誘ったら現れた、云々……。

「それが忖度ブラザーズの海音寺安史なのか」

「そうなんですってね。忖度ブラザーズ、驚きました」

「知らなかったのか」

「ぜんぜんですよ。JAMZを再建するみたいですね」

「あなた、どうして探しているの？　何か用事？」

書太郎は答えず栞を見つめた。

栞は言った。

「いろいろな噂があるみたいです。謎の男とか。所在も不明ですが、朝八時くらいにハーバーランドでトランペットの練習をしていると聞きました。行けば会えるのではないでしょうか？　広瀬さんもラジオ関西のスタジオから、練習している彼を見たことがあるそうです」

「わかった。朝八時だな。ハーバーランドのどこだ？」

「西の方で、川崎造船所の潜水艦ドックあたりらしいです」

「潜水艦ドックだって！　第四ドックなのか！」

開店前の静かなジャズクラブ。書太郎のうわずった声が響いた。ちょうど戻って来たミュージシャンたちが何事かと足を止めた。栞は思わず謝っていた。

「す、すみません。第四ドックかどうかはわかりません」

その答えには書太郎があわてた。

「これは申し訳ない。あなたに訊ねるものでもない」

栞は言った。

「ラジオ関西のスタジオから見えるなら、アンパンマンミュージアムの裏か煉瓦《れんが》倉庫のあたりです。きっとトランペットの音が聞こえると思います」

「わかった。行ってみよう。本番前に申し訳ない」

栞はぺこりとおじぎをして、メンバーとともにバックステージへ入っていった。

第十一章　忖度ジャズメンと潜水艦エンジニア

一

最近は寝付きが悪い。疲れすぎている。寝酒を飲むとさらに眠りが浅い。睡眠負債が溜まっている。ひと晩だけでもゆっくり休みたいが、JAMZを抱えて、どうしようもない。

この日も寝たような寝ていないような疲労を残したまま、朝七時には起きた。窓からの光が明るい。欽二は昨夜も帰らず、押し入れの前で正体なく寝ている。服は着たまま、空になったウイスキーボトルを懐に抱え、はだけたシャツの胸元がいやらしい。安史に気づくと瞼《まぶた》を動かしたが、寝返りを打っただけで起きはしなかった。熟睡できるやつがうらやましい。

安史はコーヒーをブラックで淹れ、ちゃぶ台に放り出したままの図面に向かった。図面といっても店子向けテナント割り平面図を拡大コピーしたものだ。ない頭をひねりながら、ステージに客席、厨房、事務所、倉庫と、赤鉛筆で書き込んである。

ああ、悩む。

二十二区画、席数二百という大箱である。神戸でいちばん大きなジャズクラブ「ソネ」より広い。東京のブルーノートやピットインに匹敵する。必要機能の配置がこんなにもむずかしいものか。赤鉛筆で書き足すほどに理解しがたくなる。くずかごに捨て、新しいコピーを広げて最初からやり直す。

厨房はシェフにスーシェフ、アシスタントが五人働くという。調理台、流し、オーブン、食器棚、冷蔵庫をそれぞれの寸法から図面にはめ込み、動線も確保する。

フロアサービスは週末の混雑時なら十人配置らしい。

しかしそんなに流行るのか？　流行ってもらわないと困るが、客が入れば入ったで食材の仕入れ、人件費、その他諸々の運転資金を手当てしなくてはならない。九千万円では足りず、資金調達となったのだが、集まった一億円は思いも寄らぬ、差入保証金に消えてしまった。湊親分に相談してみたが、

「諸事情でどうしようもない。いずれなんとかする」

安藤組分裂抗争のまっただ中である。

「やくざも頼りないなあ」

安史は背中から畳に転がった。

内装図面が描けない。しょせん素人だ。わかる人に相談したいが、設計事務所に依頼するのも無理だった。金がない。新しい家具を買う金もないのだ。

「どこかの高級レストランひとつ、廃業せんかいな。一括で家具をもらいたいわ」

「夜逃げした店なんぞくさるほどあるやろ」

欽二は起きていたのか、返事をした。

「飲食は十軒のうち九軒が潰れる世界や。高級な店でも同じ。山崎のアニキに訊ねてみたらどないや。整理の仕事がないかどうか」

「カタギになったアニキに、シノギを紹介してくれとでも頼むんか。俺らは何者や」

「わしらか？　『忖度ブラザーズ』やないかい」

欽二が何を言いたいのかイマイチ不明だった。しかしいざとなったら忖度ブラザーズは四の五の言わず、やれる事は何でもやるしかないのだ。

安史は背を起こした。

「頭を整理したい。海行ってくるわ」

欽二は寝転がったまま、片手を上げて返事の代わりにした。安史は立ち上がって欽二を跨《また》いでふすまを開き、押し入れからトランペットケースを取り出した。

川崎重工前を通り過ぎ、高浜突堤を対岸に見る細道を入った柵沿いに自転車を停めた。朝の八時前、人気《ひとけ》はない。風もない。海は鏡のように平坦だ。音は遠く水平線まで届きそうだ。

柵の破れた場所がある。腰をかがめてくぐり海辺へ出る。トランペットケースを開いて準備をはじめると、ドックハウスの二階窓際に人影が見えた。ジャズ評論家、今や友人となった小倉コルトレーンである。早番らしい。勤務が三交代で回っているので、部長ながらこの時間に出勤していることもあるという。小倉と目が合ったが、この日は窓辺に留まらず、事務所の奥へ消えていった。

安史は海に向かって立った。苛立ちを発散しようとここへ来たが、トランペットを持つと雑念は消えた。広瀬未来や向井滋春などの一流プレイヤーと、偶然ながらも共演したことで自信が芽生えていた。

今日は《チェロキー》をやってみよう。速くてむずかしいが、いつかはマスターしたい曲だ。先般、広瀬に「クリフォード・ブラウンみたいに吹くにはどうしたらいいか」と訊ねてみた。

「最難関のひとつやね。プロでも《チェロキー》はスローから練習していかないとむずかしい」

そう言いながらも、広瀬は練習の方法を教えてくれた。

「スローではじめて、細かい拍を大きくして吹いていきながら、リラックスして吹くことができればいい。と言葉では言えるけれど、あんなに速くても気持ちよくて、遊び心が溢れる演奏をするのはすごい」

譜面はいらない。フレーズも、音色も、リズムセクションのバッキングも記憶に刻まれている。ピアノはリッチー・パウエル、テナーサックスはハロルド・ランド、ベースはジョージ・モロウ、ドラムスはブラウニーのベストパートナー、音に個性が満ちると言われたマックス・ローチだ。

まずはゆっくり、通しで吹いてみた。それから同じフレーズを繰り返したり、あれやこれやと試した。三十分ほど経つと、また事務所の窓際に小倉が現れた。しかし今日は練習だとわかっているようで、手旗信号はなかった。小倉は窓辺から安史を見下ろしていた。安史もあいさつを交わしたりしなかったが、その時、小倉の表情が変わった。小倉はあわてたそぶりで窓辺から消えた。そして一分も経たないうちに工場から走り出てきたのである。安史は細道から十メートルほど離れた海辺から声をかけた。

「小倉さん、どうしたんですか」

小倉は安史の問いかけには答えず、柵が破れた場所で止まった。

そこに、先ほどまでいなかった、ひとりの男性が現れていた。

二

小倉は息を弾ませながら呼びかけた。

「鳥谷部長、お久しぶりです」

書太郎であった。

「小倉くんじゃないか。どうしたんだ」

「どうしたとは部長の方ですよ。私はいま第四ドックに席があります」

「ここに異動か。とにかく元気そうだ」

「誰もがうらやむ景色の窓際族ですよ。海辺の総務部。部長こそ、お元気でいらっしゃいますか」

「部長は止めてくれ。ただの引退じじいだ」

書太郎がマイスターになる前の職種は、潜水艦設計建造管理部部長であった。小倉は書太郎の部下ではなかったが、資材調達部にいたので建造業務とは密接に関連していた。

小倉はポケットから名刺を取り出して渡した。

「今はこんな感じです。ここがオフィスです」

川崎重工業株式会社神戸工場営繕管理部部長とある。

「君こそ部長じゃないか」

「入口横の小屋勤務ですよ」

「歴史の再現だ」

川崎造船所を作り上げた初代社長、松方幸次郎の社長室は本社正門入口の脇にあり、玄関の守衛がそのまま受付だったのである。社員なら知る歴史だ。

「まあ、そうとも言えますが、幸次郎さんは山手のお屋敷から二頭立ての馬車で通勤したというではないですか。うちはいまだに公団住まいです。バスで通勤」

ふたりは笑った。

「ところで、本日は誰かをお訪ねで？」

「訪ねて来たと言えば訪ねて来たな。……実は」

書太郎は安史を指した。

「彼に会いに来たんだよ」

「え、彼って、トランペットの？」

「音をたどれば見つけられると聞いたものでね」

小倉は驚いた。

「それはまた、どうして。お知り合いなんですか？」

「知り合いというわけじゃない。ＪＡＭＺでライブを見たことはあるが、会うのははじめてだ」

「ＪＡＭＺって、最近閉店したＪＡＭＺですか？」

「そうらしいね。モトコー全部やり直しなんだろう」

「立ち退きは新聞にも出ている話ですが、部長からＪＡＭＺの話が出てくるとは意外です。レコードをたくさんお持ちなのは知っていましたが、ＪＡＭＺに通われていましたか？」

「いやいや、この間はじめて行ってみた。家内とね」

「そうでしたか。奥さまと」

「古女房と行ったさ。この歳になると友達もいなくなるしね。致し方なしさ」

小倉は何を訊ねたらいいのかわからなくなった顔をした。書太郎は言った。

「とにかく、彼と話をしたいんだが」

「海音寺くん」

「知り合いなのか？」

「まあ、そうですね。知り合いというか、仲間というか」

「仲間だって？」

書太郎は小倉の二の腕をつかんだ。

「紹介してくれ」

「それはいいですが、いったいこれは、どういうことなのでしょう」

「いいって、とにかく頼むよ」

書太郎は言った。

「しかし、小倉くんと彼がつながっているとは。しかもここは私が潜水艦を作ってきた場所じゃないか。縁というのは不思議なものだ」

小倉は書太郎が何をそんなに感心しているのか不明なまま、安史に声をかけた。

「海音寺くん。ちょっと来てもらっていいか？」

三

工場脇の細道で男がふたり、笑顔で向かい合っている。意外な知り合いでも訪ねて来たのだろう。自分には関係ない。そう思って練習を再開しようと思った矢先、名前を呼ばれたのである。

「お、俺ですか？」

「こっち来てよ」

数メートルの距離である。安史はトランペットを持ったまま近寄った。柵をはさんで外にふたりの男性、内側に安史。

小倉は言った。

「出てきてよ。柵越しの会話なんて、ヤバイ取引みたいじゃない」

確かにそうかもしれない。安史には既視感があった。警戒感も湧いた。人とのふれあいもリスクから考えてしまう。なんとなく身についた癖であった。しかし次の書太郎のひと言で警戒心は溶けた。書太郎は言ったのである。

「《チェロキー》ですね。吹くのはむずかしいでしょう」

「部長、よくおわかりで」

「部長じゃないって」

「そうでした」

安史は言った。

「じゃあ、出ます」

安史はトランペットをケースにしまい、柵をくぐって細道へ出た。

小倉は身長百六十二センチと小柄である。大男の間に挟まりながら、右から左、左から右へと紹介をはじめた。

「さて、こちらの紳士は鳥谷書太郎さんです。川崎造船所のOBで、高名な潜水艦エンジニアだった方です。ジャズにもお詳しい。そして、こちらの若者は海音寺安史さんです」

書太郎は言った。

「鳥谷と申します」

「はじめまして海音寺です」

小倉は言った。

「海音寺くんはだいたい毎朝、ここで練習をしていて、私も聴かせていただいています。いい音を出すんですよ。それで、彼がどういう方かと申しますと、えーと……どういう方ですか？」

音を語り合う仲というだけである。ジャズクラブや街の中でさえ出くわしたこともない。

「別に、どういう方でもないです」

安史は簡単な返事をしたのだが、書太郎は言ったのである。

「ピーター・アースキンとのジャムを聴きました。音のパワーが、日本人とは思えませんでした」

「部長、あれ聴いたんですか！」

「たまたまね」

予告されていない登場だったので、偶然ＪＡＭＺに居合わせた聴衆は、日本中のジャズファンからうらやましがられた。

「それに彼は」

書太郎は言った。

「忖度ブラザーズのひとりでもある」

安史の警戒信号が点《とも》った。しかし信号はすぐ消えた。写真やコメントは毎日数万回の規模で拡散されている。性別年齢問わず、どこの誰が知っていてもおかしくない。いちいち感情を変化させるのは疲れるだけだ。

小倉は興奮している。

「JAMZを再生させるって君だったの？　わたし、レコードの寄付を申し出ましたよ。それと一万円コースも。開店記念ライブに参加できるというやつ」

「それは、ありがとうございました」

安史はあらためて感心してしまった。SNSは若者だけのものではない。この世代の、こういった職業の男性にも浸透している。

安史は画面の向こうに現れる謎の男を思い出した。それとともに困難な現実も思い出した。それを一瞬でも忘れるため、脳みそをリフレッシュするため、自転車を走らせたのだ。誰にも邪魔されず、海に向かって吹こうとした。

しかし無理らしい。どこへ行っても顔が割れる。

「本日は海音寺さんにお会いしたくて来ました」

目の前に現れた紳士も妙である。妙な人生は妙な具合に展開する。

「お前は俺の手のひらで泳いでいるだけだ。しょせん逃げられない」

やくざ映画のセリフさえ思い出してしまった。

書太郎は涼しげな目である。

「誰もあなたの連絡先を知らなかったのですけれど、サックスを吹く女性が、このあたりで見つかると教えてくれたんですよ」

「サックスですか」

「ＪＡＭＺのステージにいた白いドレスを着た女性ですよ。名前は佐藤栞さん」

「あの彼女ですか。上手ですね。きれいな音を出すし、イメージの展開が楽しいです。あのあと意気投合してしまいました」

「あの彼女とは、名前を知らない？」

「しおりさんでしたよね」

安史は、佐藤という苗字は今はじめて知ったと言った。

「意気投合したのに知らないのですね。いきなり来て、さっと合わせて演奏する。ジャズの魅力ですかな」

「そういうことでもないとは思いますが……」

こういう話が続くのでもないだろう。安史が思っていると、書太郎は言った。

「実は、本日伺ったのは」

「…………」

「忖度ブラザーズさんにお話があります」

さすがに、安史は警戒するしかなかった。

書太郎はポケットを探りはじめた。

「すまないが小倉くん」

「はい」

百円硬貨を数枚取り出した。

「缶コーヒーを買ってきてくれないか」

「コーヒーですか？」

「彼の分も」

工場の敷地へ入ればすぐ事務所があり、その階段踊り場に自動販売機がある。

「はい、わかりました」

小倉は走っていき、すぐに戻ってきた。書太郎は缶を二本受け取りながら言った。

「小倉くん、じゃあまた、近いうちに寄らせてもらうよ」

「そ、そうですか」

小倉は一瞬どうしたものかと思ったようだったが、言った。

「はい、では、私は勤務に戻ります」

「ありがとう」

小倉は一礼し、工場へ戻っていった。

書太郎は安史に向き直った。

「では海音寺さん。しばしお時間拝借。よろしいですかな」

「何でしょう」

「あちらで座りましょう」

ふたりは小さな湾を回って高浜岸壁へ歩いた。

真正面に神戸オリエンタルホテル、左手に海洋博物館が見える。観光都市神戸。ちょうど港を遊覧する帆船が戻ってきた。

海に向かい、並んで座った。

「船はいいですなあ。三つ子の魂百までですよ」

書太郎はそんなことを言った。

第十二章　仕掛け人の正体

一

大柄な男がふたり、岸壁に座っている。

潮風は清々しく涼やかだった。クラシックな帆船が港内に停まっている。

「あれは海王丸です。航海練習船ですが海の貴婦人と呼ばれています。船首部分には、笛を持つ可憐な女性像があります。黄色に光っていますね。船の安全を守ってくれているのです」

「見事な帆船ですね」

「日没後は夜間イルミネーションも灯《とも》って美しいですよ。明後日の出港には音楽隊の歓送演奏があります。お時間あれば、いらしてください。なかなかの腕前です」

「それはよさそうですね」

「神戸にはいろいろな船がやってきます。世界を旅する客船もね。オリエンタルホテルの後ろにはほれ、見えますかな、ダイヤモンド・プリンセスという客船です。日本で造ったんですよ」

「あんな大きな船を日本で？」

「国産としては最大ですね。乗客定員は二千七百、総トン数十一万五千トン、ラスベガス・スタイルの劇場やカジノがありますが、世界にはもっと大きな船もあります。オアシス・オブ・ザ・シーズは乗客が二倍の五千四百人です。ゴルフ場まであるんですよ」

書太郎は言った。

「私は実家が漁師でね、小っちゃな頃から船に乗りました。親は『船だけじゃダメだ。これからは学が要る』とかで、書太郎なんて名前を付けたのですが、三つ子の魂というか船が好きで、将来は船乗りになると思っていました。特に好きなのは客船でしたね。クイーン・エリザベスを操って大海原を回る、そんなのが憧れでした。ところが高校生の時に横須賀で潜水艦を見たんです。度肝を抜かれました。あんなのを造ってみたい。自衛官に『どうしたら潜水艦を作れますか』と食い下がりました。食い下がり方が必死で、同級生に笑われましたが、それが人生を決めたのです」

「それで潜水艦エンジニアに」

「引退するまでに二十艦造りました」

沖合で汽笛が鳴った。二度、三度。

首を伸ばすと、明石海峡へ向かう大型タンカーの航路にプレジャーボートが侵入しているのが見えた。小型のモーターボートである。

安史は言った。

「危ないですね。タンカーに衝突したりしたら、木っ端みじんでしょう」

「最初の潜水艦も、あんな感じだったみたいですよ」

「あんな感じとは？」

書太郎は自分が実際経験したかのように語ったのである。

「潜水艦がはじめて実戦投入されたのはアメリカ独立戦争で、一人乗りでした。実戦といっても、動力は自転車と同じく足でペダルを漕ぐもので、作ったのは愛国心に燃えたエール大学の学生です。ただ浮いたり沈んだりする程度のマシーンです。しかし学生はそれをニューヨーク港外のイギリス艦隊へ曳き船に引かせて近づき、艦底に爆薬を取り付けようとしたんです。三回やって三回とも失敗しました。ばかげた作戦でしょう。でも物事のはじまりとはそういうものなんでしょうね。約八十年後に起こった南北戦争では、南軍が北軍の艦隊を撃破するため潜水艦をたくさん作りました。蒸気機関でプロペラを回すレベルでしたが、何度かは水雷を発射して軍艦の爆破に成功したそうです。実用潜水艦が完成したのは二〇世紀のアメリカです。高校で化学を教えていたホランドが長さ一五・八メートル、幅三・〇五メートル、排水量七〇トン、水中ダイナモ砲二門、水上機関五十馬力の潜水艇を作り、海軍に買い上げられました。近代潜水艇の第一号で、これが、川崎造船の国産第一号につながります」

この場所でトランペットを吹いていると潜水艦を見る事がある。目の前がドックだからだ。さらに安史は一度だけ、間近でも見たことがあった。安史はそれを言った。

「潜水艦といえば、小倉さんが進水式に入れてくれた事があります。迫力は半端なかったです。あんなに大きいとは思いもよらず」

安史は書太郎の話に相づちを打つように言ったのであるが、書太郎は意外な言葉を返してきたのである。

「『せきりゅう』の進水式に行かれたのでしょう。知っていますよ」

書太郎はスマホを取り出した。安史は訊ねた。

「知っているって、何を知っているのですか」

書太郎はスマホを繰り、写真を表示して見せた。

安史はその写真を知っていた。知っていたというか、自分でもコメントをつけて拡散した投稿だ。

「これが何か」

「わかりませんか？」

「え？」

安史はもう一度画面をのぞき見た。そして、

「まさか、後ろに写っているの、鳥谷さん……」

「そのようですな」

拡散される写真にたまたま写り込むのは、匿名の一般大衆である。クローズアップで写っていようが、それが誰とは特定されない。記憶にも残らない。焦点は妙な格好をしたやくざまがいのふたりと、関連した無責任なコメントだ。

いまはじめて、安史は写り込んでいた人から指摘されたのである。

「海音寺さんと、すでにニアミスしていたわけですよ」

「何というか、偶然ですね」

「わたしもそう思いましたがね。ところが、これだけじゃないのです」

書太郎は別の写真を表示させた。幼稚園の園長に書太郎が手をあげたシーンである。安史もこの投稿を幾度となく見ていたが、園長ともめた当該の人物など気にもしなかった。依頼された忖度仕事には関係がなかったからだ。安史はさすがに驚いた。

「これも鳥谷さんだったんですか！」

「自宅に刑事がやって来ましてね。背後に写り込んだ男性、つまりあなたですが、『こいつはやくざだろう、お前はやくざと関係があるのか、裏の仕事に関わっているのじゃないか』、とか訊ねられたのです」

「そんなことがあったのですか。いやまあ、何というか……しかし警察はとんでもないですね」

「その時はとんでもないと思いました。ですが」

書太郎は言った。

「あなたたちがやくざじゃないと知った後は、とんでもないというより、がぜん興味を持ってしまいました。警察を動かすほどの爆発力。その力は、いったい何だろうって ね」

安史だって未だにわからない。忖度など雲をつかむような仕事だ。しかし高架通商店街の一件は湊組まで登場し全店立ち退きが成った。幼稚園の件も打算があるのだろう。

「さらに、あとで考えさせられたんです。偶然とは強い縁のことなのかもしれないと。それは確信になりました。それであなたを訪ねてきました」

たしかに、これは新しい出会いなのだろう。大企業の川崎造船で潜水艦を二十隻造ったという元エンジニアの老紳士と、元やくざのバイトの自分が出会うことなどない。ところが、刑事が自分のことでこの紳士に質しに行き、その紳士が自分を訪ねてきたのだ。紳士はJAMZのライブを聴き、トランペットの音を頼りに自分を探したというではないか。

妙な人生は妙な具合に展開する。安史は事あるごとに考えてしまう。この話の行方もどこへ向かうのだろう？

書太郎も、安史の思いをなぞるように話した。

「海音寺さんは誰に訊ねても居所を知らないような方です。なのに私は三度も居合わせた。潜水艦に幼稚園、JAMZのライブ。三度となると、前世からの約束ではないのかとさえ感じてしまいます。しかし、私はあらためて思ったんです。違う。前世ではない。これは未来への約束なのだとね。私たちは以後、何らかの形で組むことになるんですよ。これは予言です」

「予言？」

「予言はジャズに乗ってやって来ました。小倉くんまで関わってきたではないですか。小倉コルトレーン。ペンネームご存じでしたか？　いやはや、楽しい限りです」

書太郎は訊ねた。

「海音寺さんは東京言葉ですね。どちらの出身なのですか？」

「大田区の上池台というところで生まれました」

十歳の時、親と一緒に神戸に来たことも話した。ただ、事件のことは話さなかった。こんな事だけを言った。

「人生の半分以上が神戸なので、関西弁と妙なちゃんぽんです。友人に岡山弁みたいだと茶化されます」

「そんなふうには聞こえませんよ。キップのいい江戸っ子言葉じゃないですか」

「そうですかね。たぶん、鳥谷さんと話しているからですよ」

ふたりはちょっと笑った。書太郎は話を戻した。

「しかし海音寺さん、ＪＡＭＺではいい音を出していましたね。パワフルで、それでいて懐かしい。そんな感じがしました」

「そう言っていただけると、うれしいような、こそばいようなですが」

安史はトランペットのケースを見下ろし、手のひらを添えた。

「楽器のせいかもしれません。これはマーチンのコミッティーといいますが、一九四七年製で、マイルスが使ったのと同じヴィンテージなんです。小倉さんがこれを見てびっくりしました」

「わたしに楽器はわかりませんが、マイルスですか。貴重なものなのでしょうな。しかしお若いのに、よくぞそんな古い楽器を持っているものです。どなたかに譲られたとかですかな？」

「いや、それは……」

安史は言った。

「がめたんですよ」

「がめた？」

「倒産騒ぎで雲隠れした社長がいまして、差し押さえに乗り込んでがめたんです。もうご存じでしょうが、俺は川本組でバイトをしていました」

書太郎は気安さに釣り込まれるように訊ねた。

「無理やり獲ったということですか？　はっきり言って犯罪では」

言ってから、あわてた。

「ああ、これは失礼しました」

安史が悪びれるところはなかった。過ぎたエピソードだ。

「ぜんぜんいいです。それに、やくざが乗り込んだと言っても、差し押さえは法に則っているんですよ。逃げた方は責任逃れしているわけなんで。駆けつけて札を貼ります。登記制度の無い動産類は、実際に占有する行為で権利関係が明示されます。つまり、強制的に預かってしまうわけです。不動産は無理ですけど、動産は早い者勝ち。債権者はかけっこ競走です」

この社長もハゲタカが来る前に財産をできるだけ持ち出したかっただろうが、筋の良くない金を借りて、やくざ筋にも追われ、自宅へ戻れなかったのだ。

「トランペットを見つけた家は大収穫だったんです」

川本組はいの一番に乗り込んだ。立派な食堂があり、食器棚に立派すぎる銀食器が並んでいた。川本組は喜び、ワゴン車に積めるだけ積んで持ち出した。古いトランペットなどに興味を示さなかった。

「楽器などどうでもよかったんです。値打ちがわかる人もいませんでしたし。でも札を貼ってもらいました。それを俺が買ったんです。ちゃんと手続き踏んでいるでしょう」

「よくわからないが、そういう世界もあるのですな」

サラリーマンひと筋の人間には未知の話である。

「たしかに、さまざまな世界がありますね。いろいろ勉強できました」

「そういうものですか……」

「やくざが生きるのはたいへんです。世間からは嫌われまくってるし、経済活動としては限界の商売です。でも彼らは勉強しているし、その上で肝が据わっています。命のやりとりを日常にする人は、何事にも真剣度が違うんです」

「評価のむずかしい話ですね」

「いえ、簡単ですよ。やくざはダメです。川本組の亡くなった親分は安藤組の大御所でしたが、自分の舎弟に対しては『カタギになれ』と言ってたそうです。わかっていたんですね。川本組は解散し、組員たちは全員、他の組へ移ったりせず足を洗いました。元やくざの就職はむずかしいと言われますが、一心不乱な人間性を評価してくれる商売人もいて、皆さんちゃんと働いています」

「しかしまあ、何というか……」

書太郎は言ったのである。

「ジャズな生き方ですな」

書太郎は言った自分に驚いた。やくざをジャズにたとえるなんて。

「いや、別に意味はありません。なぜわたしは、そんなことを言ったのか……」

「鳥谷さん。その言葉、最高ですよ」

それこそ、安史の心に横たわる強い思いなのである。

「あの人たちは心の奥底にあるもので生きているんです。煮えたぎるものをさらけ出したり、あるときは押し込めたり、生きることに愚直です。一般人はそのまっすぐさが恐怖なんです。そしてまっすぐさこそがやくざ自身をも破滅に追い込む。鳥谷さんの仰るとおり、ジャズメンたちも同じじゃないでしょうか。音をまっすぐ追い続けて、何人のジャズメンが破滅の人生を送ったか。でも、彼らはそう生きたかった。たとえばビル・エバンス。彼の生涯は静かなイメージとは裏腹で余りにも激しい。天才の生き様と片付けることは可能でしょう。でも、それではかんたん過ぎる。ひとつ言えることがあるとすれば、それは、天才であるか否かにかかわらず、また、成功するか否かにかかわらず、どんな問題を抱え込んだとしても愚直に向き合えば、何某《なにがし》かの達成感が人生に残るということです。奏でる音が沁みるのは、そこに人生の深みがあるからです。ジャズメンは力一杯生きて妙な死に方をした人がいっぱいいる。死に方から人生が見える。俺もそんな心が好きで、トランペットを吹いているのかもしれません」

　彼はいい話をしている。それはわかったが、書太郎は思わず笑ってしまったのである。

「俺の話、笑う話ですか？」

「いやいや、違うんですよ。思い出してしまって。わたしの話もすこし聞いていただきましょう」

　書太郎は笑いを収め、話しはじめた。

「実家は漁師だったと言いましたが、東京の佃島というところで、四百年前に隅田川の河口を埋め立ててできた漁師町です。現在は高層ビルが建ち並ぶ再開発地区ですが、取り残されたような一角があって、そこが昔の佃島、今の佃一丁目です。銀座の隣町にして『東京の田舎』、住民は三千人程度です。漁師もほとんど残っていません。うちも昭和の終わりに漁業をやめました。でも思い出したんですよ。九十歳で死んだ祖父は生涯漁師でね、その頃の漁師はみなそうですが、背中に総入墨《いれずみ》をしていました。昇り龍とか般若《はんにゃ》とか恐ろしい柄をね。『津久浜』って名も必ず彫って。昔、漁は危険だったのです。土左衛門になっても、どこの浜の者かわかるように墨を入れていたんですよ。それに、もうひとつ思い出したのは言葉遣いです。相手を呼ぶとき『お前』

じゃなくて『われ』なんて言い方でした。祖父や近所の人たちとの会話を覚えています。まるでやくざものですよね」

「はあ」

安史は頼りない相づちを打った。

「まあ、なんと言いますか、ひとつのことに、まっすぐ生きた男たちは似ているということです。やくざもそうかもしれない。そんなことを思ったんですね。笑ったのは失礼しました。古い記憶が懐かしくなってしまって」

書太郎は悪気のない声とともに、安史の肩に手を伸ばして叩いた。

「きっとあなたも、そういう気持ちがわかる人なんですよ。それであなたの吹く音は強いのでしょう」

「いや、どうでしょうか。照れてしまいます」

安史は、書太郎の解説が感傷的かと思ったが、たしかに、そうかもしれないとも思ったのである。

安史は頭を掻いた。

海に面したショッピング街のモザイクが開店時間となり、スピーカーから音楽が流れだした。

それは《いつか王子様が》だった。

「さすがジャズの街神戸ですな。海辺とジャズ。ショッピングアーケードの朝がマイルスではじまるとはね」

朝の開店時間に買い物客は少ない。マイルスのホーンは人のまばらな高浜岸壁を滑り、海面へ流れ出している。風は凪《な》いでいる。船の起こす波だけが岸壁に届いて、小さく白く砕けている。

書太郎は大きく背伸びをし、それから言った。

「わたしはこの歳になってやっと、いい人になれる気がするんですよ。腹の立つことも多い世間ですが、それはそれ。やさしい演奏に心を静めて、日々を過ごします。マイルスは好きですが《ビッチェズ・ブリュー》はもういいです。やさしい《いつか王子様が》を聴きますよ。女房といっしょにね」

安史は書太郎の目を捉えて言った。

「でも、《ビッチェズ・ブリュー》はいいですよ。うねるようなトランペットはケツの穴がしびれますから」

書太郎は笑いながら言ったのである。

「いやいや、もう、そのケツに関してはいいんだって」

「そうですか。失礼しました」

ふたりは残った缶コーヒーを揃って飲み干した。観光客たちが海王丸を背景に写真を撮っている。入れ替わり立ち替わり。

書太郎は息を整えた。

「こんなに長く自己紹介をするとは思わなかったですが、さて、本題にはいりましょう。海音寺さんの智恵を、是非とも拝借させていただきたいのです」

二

書太郎は、安史に会いに来た理由を話した。

芳樹が起業したスマート・アグリへの出資を募りたい。ついては大成功事例であるファンディングの仕組みを教えてほしい。ＳＮＳコミュニケーションにかぶせた爆発力はどういう仕掛けか？　考えもつかない、云々……。

安史は知ったかぶりをするつもりはなかった。じっさい知らないことだらけだ。知っていることを話すしかない。安史は言った。

「一億円も集まったのには腰を抜かしました。でもそのくらい集まるのは想定内だったようです」

「想定内だったよう、とは？」

「俺たちふたりは、もうひとりは欽二ってやつですが、言われるまま踊ってるだけなんですよ」

「でも、あなたちふたりが忖度ブラザーズなんでしょ」

「名前なんて、ネットで勝手についただけです。でも仕掛け人の男性は、それも想定の範囲だって」

「仕掛け人……」

「はい」

「仕掛け人がいると」

「会いますか？」

書太郎は目を見張った。

「会えるのですか？　しかし、仕掛け人とは、もしかして湊組」

「あの人たちはこんな計画なんてできません」

安史は言いながら笑い出し、笑いを引きずったままで続けた。

「しかし鳥谷さん、それ面白いですね。やくざがクラウド・ファンディング。大評判になりますよ。ネット炎上間違いなし」

安史は笑いを引っ込めた。

「仕掛け人は湊組ではありません」

「では、いったい……」

「うーん、説明はむずかしいです。が、顔は知っています」

「顔は知っている?」

「はい」

「え、じゃあ、顔以外は知らないということ?」

「そうなんですねこれが。実は会ったことがない。いや、違うな。会うことは会っているかな。でも、名前や素性は知りません」

「まるで要領を得ませんな。どういうことです?」

安史は画面に現れるだけの男について話した。依頼された仕事の内容、幼稚園や立ち退き反対のデモ、湊組に金を配達しに行けば、親分がＪＡＭＺの常連だったことがわかった。親分との妙な縁は、湊組がＪＡＭＺ再生の金五千万円を出すことにつながった。おもしろおかしく語ったわけではないが事実である。作り話ではない。

「湊組って、あの湊組なんですか?　安藤組直系の、武闘派と呼ばれる……」

「そうです」

「そうですって、あなた、簡単に言いますね」

「仕掛け人が行けと言ったんですよ。特攻隊の気分でした。ところが行ってみれば武闘派というより、イタリアンだったんです」

「イタリア・マフィアとも関係があるのですか！　安藤組は」

安史は顔の前で手を振った。

「いえ、マフィアじゃないんです。イタリアンなんです」

「……………」

「玄関にルネッサンス時代の彫刻があります。組員は全員、細身のスーツに先の尖った靴を履いています。昼時に賄いを呼ばれたのですが、スパゲッティ・アーリオオーリオとカプチーノでした」

「スパゲッティとカプチーノ？」

「レストラン並みに旨かったです」

書太郎の頭上にクエスチョンマークが浮かんでいる。そうだろうな。安史は思った。極道は異質な世界だ。一般人の感性から遠いところにある。その上でこの説明。湊組は特におかしい。

「ともかく、仕掛け人の計画は見事に現実化しました。彼は計画と言わず計算だと説明します。モトコーの明け渡しも、湊組が動けば完了すると断言していました。やくざの影響力をどの程度使うか、解決するまでの時間はどのくらいかかるか、対策に必要な金はいくらか計算したうえで、四億円の現金を用意しました」

安史は続けた。

「JAMZの資金調達についてお訊ねなのでしょうが、俺たちふたりに智恵はないです。仕掛け人の予見で金が集まりました。でも、JAMZはすべてがうまく運んでいるわけではありません。仕掛け人にも計算外のことが起きたんです」

家主である日本J不動産に差入保証金を払わざるを得なくなった件である。

三

話が理解できる場所に戻ってきた。現実に存在する会社名とか、差入保証金とか、一般社会で使う単語が出てきたからだ。

書太郎は首を回し、ひと呼吸いれた。水平線を遠く見る。帆船を見る。右手には人生の長くを共にしてきたドックがある。

書太郎は訊ねた。

「再生モトコーの家主も引き続きJRなのですね」

「そうです。管理会社は子会社の日本J不動産株式会社といいます。実質の家主ですね」

「そうですか。そして本契約の段階ではじめて、差入保証金のことを知ったのですね。しかも一億円だった」

「はい」

「そして払った」

「仕方なかったです」

「では、店を作れるのですね」

「契約上は作れますが、キャッシュフローがヤバイです。施工上がりの引き渡しまではなんとかなるかもしれませんが、そこで金は尽きます。家賃も人件費も出演者のギャラも、払っていけるかわかりません」

「運転資金を借りられないのですか？　銀行は？」

「売上予想から返済計画を出して交渉しましたが、湊組が最初に出てきた経緯もあって貸してくれません。街金なら気にしないでしょうが」

「高利の金を借りるのは言語道断です」

「言ってみただけです」

「湊組から借りることは無理ですか？」

街金は言語道断と言いながら暴力団はどうかと訊ねている。質問しながら妙な質問だと書太郎は思ったが、安史は事情をつかんでいた。

「金はあると思いますが、組を実質的にまわしている佐合という若中は刑務所です。もうすぐ出所らしいですが、出てきてもＪＡＭＺどころではありません。抗争で親分が撃たれたでしょう。湊組は本業で命のやりとりをするほど緊迫しているんです。とはいえＪＡＭＺ再生は親分の肝いりです。金だけ出す、あとはやってくれ、なんて事になるかもしれません。しかしそうなったらなったで警察が出てきます。暴対法、暴排条例、なんでもありです」

「でも資金を出すだけならいいのでは」

書太郎はまだ妙な事を訊ねている気がしたが、勢いである。しかし安史はこれにも答えを持っていた。

「県警の組織犯罪対策課の刑事が、さすが警察というか鼻が効くんですよ。怪しい動きがあると、ピンポーンって、玄関にいたりします。湊組からＪＡＭＺを任されてるのが俺って事になってんで、すぐに職質されるんです。でも警察はまだいいです。弁護士がやっかいです。最近はJ不動産との会合に必ず出てきます。極道の人も弁護士だけはどうもならん、と言います」

「わたしにはわからない話も多いが、弁護士はカタギですよ。どうもならんことはない」

「どういうことですか?」

「まあ、簡単に言えば」

書太郎は言った。

「カタギ相手にはカタギだということです。カタギにはカタギなりの裏表があるのです」

「話がわからなくなってきましたが」

書太郎は思わず笑ってしまった。

「なにを仰いますか。もともと、わからない話ではないですか」

「まあそうですが」

「そこが感心するところでもあるのですよ。わからないのに一億円を調達した。仕掛け人の頭脳は追随を許さないですね」

「ついづい？」

安史は単語の意味がわからなかったが、書太郎は気にせず、つぶやくように言った。

「忖度を計算ずくで力に変えるのか……」

この仕掛け人、関係の薄い場所から攻めながら世論を巻き込み、ターゲットとする意思決定者に影響を与え、現ナマをひねり出している。複雑な連立方程式かもしれないが、解を導いている。

書太郎は考えた。

川崎重工グループとJRグループの取引は年間数百億円。ほぼすべての種類の新幹線車両を製造している国内最大の鉄道車両メーカーだ。子会社の日本J不動産と川崎重工グループ本体にどれほどの関係があるか、関係ないといえば関係ないのだろうが、神戸工場の隣はJR西日本神戸支社である。近所の飲み屋で同席するような知り合いもいる。書太郎と同期の副社長と、JR西日本神戸支社長はゴルフ仲間でさえある。

連立方程式は解けるかもしれない。

書太郎は思案を巡らせながら言った。

「仕掛け人に会わせてください」

ちょうど次の日、ミーティングがセットされていると安史は話した。

「忖度ブラザーズに三人目が参加しました、って紹介してもらいましょうか。いかがです？　カタギの忖度ブラザーズです」

書太郎は冗談まじりだったが、安史は真面目な顔で答えた。

「俺たちもカタギですって」

「そうだったね。これは失礼」

人生あと残りわずかになり、何やら面白くなってきた。

書太郎はひとりでほくそ笑んだ。

四

安史と欽二は会議室で仕掛け人の登場を待った。書太郎はフロアで広告会社の社長と話をしている。社長はそそくさと退散しようとしたが、書太郎はそこを捕まえたのであった。社員はいない。静かな社内。ふたりの話し声が聞こえてくる。

「失礼ですが社長、以前お会いしたことはありませんか」

はじめてではない気がする。他人のそら似か。

「あるわけないでしょう」

つっけんどんな言い方である。明らかに迷惑している。

書太郎は言った。

「なにやら画期的なビジネス・スキームを開発されたようですね」

社長は角張った声で答えた。

「私は何も知りません。ご紹介しただけです。失礼しますよ。人と会う約束がありますので」

「どちらへ？」

「どちらでもいいでしょう」

そう言ったが、書太郎が目をそらさなかったので答えた。

「ワインバーですよ」

「バーとは結構なことで」

「人に会うのも仕事です」

社長は出て行ってしまった。

「なんだいあの人。大丈夫か。青ざめてるじゃないか」

書太郎の声は会議室まで届いた。安史は立ち上がって部屋の外へ出た。

「声を出さないでくださいね。仕掛け人が鳥谷さんの登場を許すかどうか不明なんで」

書太郎は人差し指を唇に当てて承知のしるしを示した。安史はドアを閉めて席に戻った。

欽二が言った。

「またわからん人間の登場かい」

欽二の不安は毎度の事である。しかし恐怖感はかなり薄れていた。湊組への配達を手はじめにさまざまな事が起こり、少々のことでは動じなくなったのだ。不感症気味でさえある。小言を垂れるのは癖だ。

モニタの電源が入った。画面に仕掛け人が現れた。

「あ、どうもです」

安史は会釈をした。男はあいさつもなく、用件を切り出してきた。

大阪西成区の木賃宿を回れという指令である。

「日本最大の労働者の街・西成が変貌をはじめています。インバウンドの旅行客で、閑古鳥が鳴いていた新世界やジャンジャン横町に人がいっぱいいるのです」

一泊二千円程度の木賃宿に投資をもくろむ人間がクライアントだという。おしゃれなデザインホテルにしたいという。

「普通に交渉すればいいじゃないかと思うかもしれませんが、木賃宿の所有者はひと筋縄でいかない。『西成の未来図？　アホ抜かせ』となっています」

そろそろ変わる時分、という意識を植え付けたいという。

「そこでおふたりの登場です。注目度が高まれば、投資価値があると、考えも変わるというものです」

安史は訊ねた。

「写真撮って投稿してもらえばいいんですね」

「いつも通りです」

男は地図を示した。

「巡回ポイントを書き込みました。新今宮駅周辺の安宿からはじめて、三角公園、通天閣の三ヶ所です。行動予定を公開して、インスタ受けしたい人を集めます。老若男女、路上に寝ているおじさんたちにも投稿してもらいましょう」

「路上のおじさんたち？」

「最近はスマホ持ってるひとが多いです。調査では約七十パーセント」

「何でも知ってるんですね」

男は言った。

「西成は楽しさと危なさが隣り合う街です。面白い写真がいっぱい投稿されますよ」

そんな話だった。ギャラは一日で、ひとり二十五万円。

さっさとやってしまおう。

安史は悩まなかったが、欽二は思案顔でつぶやいたのである。

「安すぎんか」

「欽二、なにを……」

欽二は安史を遮って画面に向かった。

「そやかて、わしら、顔をネットでめちゃ晒《さら》しとんでっせ。ほんもののやくざと関わらされたし、警察が職務質問に来よる。真正面でからだを張るようになった分、ギャラを上げてもらわんとあかん、そんなことないすかね」

まるでやくざの物言いである。

「ギャラは見合っています」

男は答えた。

「大きな仕掛けも考えていますが、これはこれです」

安史が欽二の前に腕を伸ばして遮った。

「それも計算ですね。やらせてもらいますよ」

欽二はあきれている。

「計算やと？　安史、お前納得しとんかい。計算ですねってなんやねん」

「ええやないか」

安史は忖度仕事の報酬額など、とりあえずどうでもいいのである。

欽二はまだ文句を溜めていそうだったが、仕掛け人に何を言っても無駄だ。まああ、と取りなしながら、安史は話を変えた。

「ＪＡＭＺの資金ショートはどうするんです。開店はしますが三ヶ月で閉店です。もう一回、資金集めできませんか？」

「ネットでの調達は一度のみとお伝えしました。やりすぎるのは物乞いです。『クール』なブランドイメージがあってこその成果なのです」

「俺たちが『クール』やて？」

欽二は文句たらたらの目だ。仕掛け人は答えた。

「スーパークールです。私の仕事はおふたりのブランド価値を落とさないよう、細心の注意を払いながら、アクションを連続させることです。私がＪＡＭＺに関わっているのは、おふたりが妙な失敗をしないよう見張るためでもあります」

「ビジネスコンサルタントなんでしょう？」

「計算不能の設問には答えられません。分母がゼロみたいな計算ですからね」

「はあ？」

意味不明だ。

「分母がゼロ？」

「湊組の佐合若中がもうすぐ出所します。抗争でドンパチやるかもしれません。そうなったら、家主側は待ってましたとばかり、暴排条例を持ち出して契約解除を要求してきます」

「抗争なんて簡単に起こりませんよ」

「そういうのを分母ゼロの計算というのです。ビジネスのテーブルに乗りません」

安史はいらついた。現実に現金が足りない。分母ゼロとか、意味不明の会話をしているヒマはない。

そんなとき、安史の肩越しに声がしたのである。

「ちょっと失礼しますよ」

いつのまにか部屋に入ってきた書太郎であった。

書太郎は安史の肩に触れながら、隣の椅子を引いて座った。

五

広告会社の社長から、このクライアントは安史と欽二以外誰にも会わないと告げられていた。安史は書太郎を紹介する段取りを考えていた。タイミングがなければ仕切り直すこともあり得る。しかしいきなり入ってきてしまった。ルール違反。また面倒くさい事が起こる。

ところが、思案気な安史を尻目に、書太郎は画面の男をしばらく見つめると言ったのであった。

「はじめまして、ではない気がするのですが、もしや、鈴木さんではありませんか」

「え〜っ」

安史は書太郎の横から目を剝いた。

「い、いったい、どういうこと??」

書太郎はそっと安史の腕を押さえた。

男は黙っている。

書太郎は思った。間違いない。石山教授の隣に座っていた鈴木一郎だ。黒いスーツにネクタイを締めているが、C‐3POの目が特徴的すぎる。

「ぶしつけで失礼しましたが」

男が話し出すのを遮るように、書太郎は続けた。

「あなたは素晴らしすぎる頭脳をお持ちです。あっという間にJAMZ再生のファンディングを成し遂げた手腕には感服するしかありません。そのあなたを見込んで、勝手ながら参りました」

男は言った。

「いったい何なのですか?」

「ぜひとも智恵をお借りしたいのです」

「貸しません」

ぶっきらぼうな回答に書太郎はますます確信した。アンドロイドだ。

「まずは情報をインプットさせてください。そののち判断をお訊ねします。あなたならベストな解を導けるはずです」

そして書太郎は芳樹の事業についての、可能性と課題を簡単に説明したのである。

男は返事をしない。

安史と欽二は成り行きを見守っている。書太郎はさらに言った。

「智恵をお借りする替わりに、ＪＡＭＺの不足資金獲得の作戦を授けます。さすがのあなたもお困りと聞きました。資金提供者を見つけましょう。お手伝いします」

「え、ほんとですか？」

安史が驚いてまた書太郎を見たが、画面の男は無表情のままで言った。

「ＪＡＭＺの現金不足は、私の業務範囲外です」

男はさらに言った。

「作戦を私に授ける必要などありません。必要のないリスクは引き受けません。策ならどうぞ、そのふたりに教えてやってください」

男の感情は読めない。しかしこれが鈴木一郎なら、後ろにいるのは石山教授だ。書太郎は反論してみることにした。面白い反論のやり方がある。人間が勝つ事はないだろうといわれるほど進化したＡＩチェスにリベンジ勝利した、世界チャンピオンの言葉を思い出したのだ。

――数学的にあり得ない手を組み合わせ、演算を無限ループに持ち込む。最強の手は気まぐれだ――

さて、どう出るか。

「あなたは業務範囲外などと、ほんとうは考えていないはずです。あなたにはＪＡＭ

Zが必要だ。JAMZを成功させることこそが今後の鍵です。空は青い。仮想現実を使ったファンディングに加え、地に足がついた成功事例を持てば、銀行などオールドエコノミーの信用も確固たるものになります。今の評判は水もの、バブルです。海の深さは一万メートル。オムライスだってそうだ。あなたはわかっているし、リスクも承知している。そんなリスクも全て含めた上で、あなたは実行し成功させる力がある。あなたの能力は既存のビジネス手法とはまるで違う。しかし万能ではない。やくざとロボットはどちらが優秀だと思いますか？　どちらの背が高いですか？　もう一度言いましょう。JAMZの現金不足が業務範囲外などは、あさましい言い訳です。プログラムされていないことは計算できない？　あなたは自分の能力のなさを認めたのと同じだ。そうではありませんか」

男は動かなかった。

沈黙が一分かそこら続いた。

安史と欽二はふたり揃って細目になっている。書太郎と画面を交互に見ている。

男が頭を左右に動かし、だらしなく口を開いた。

「あさましい……あ・さ・ま・し・い」

言葉が途切れ途切れになった。接続の悪いラジオのようだった。そして、男は正面を向いたまま、また黙ってしまったのである。

無人のオフィス。静けさに包まれている。

そのまま三分。

欽二がテーブルの下で安史の膝をつねった。いったいどうなっとんねん。

男はまるで動かなくなった。

さすがに長い。書太郎は余裕の顔をしているが、安史は尻がムズムズしてきた。

その時。

ブチッと音がして、液晶画面が消えたのである。

「えーっ！」

安史はリモコンを引き寄せスイッチを操作した。しかしどのボタンを押しても画面は暗いままだった。

安史はモニタの裏にまわってみた。

欽二も安史の肩越しから覗き込んだ。

「どうなっとんねん」

書太郎が指摘した。

「大丈夫ですよ」

安史が振り向いた。

「何が大丈夫なんです?」

「電源は落ちていません。カメラは動いています。ほら」

「え?」

ふたりはモニタの正面に戻った。上部に設置されたウェブカメラの、小さなパイロットランプが光っている。

赤い一点の光。

書太郎は言った。

「海音寺さん、社長を呼んで来てください」

「社長? 社長って誰……」

「広告会社の社長ですよ」

「ここの社長ですか?」

そのとき、わずかであったが、ウェブカメラが動いた。

「社長は出かけていないんじゃないかな。まだ会社にいる。そして」

書太郎はまっすぐカメラを見据えた。

「そちらにいらっしゃるのでしょう、石山先生」

「何の話ですか？」

安史は言ったが、書太郎の問いかけに応えるかのように、液晶画面が点いたのである。

画面の向こうにふたりの男性が座っていた。C－3PO顔の仕掛け人と、そして黒髪長髪、黒縁眼鏡の男。

「石山先生ですね」

「参りました。よくおわかりになりました」

書太郎は頭を下げた。

「あらためてごあいさつ申し上げます。鳥谷と申します。後輩たちがお世話になっております」

「存じておりますよ。高名な潜水艦エンジニアの鳥谷書太郎さん」

会議室にノックの音がした。扉が開いた。入ってきたのは社長であった。

「お呼びだてするまでもなかったですね。モニタされていましたか」

安史と欽二は、アホのひとつ覚えのように、大口を開いている。

石山教授は言った。

「鳥谷さんがここに現れるとは、どういう風の吹き回しなのでしょう。しかしあっさり見破るとはたいしたものです。おそれいります」

社長が書太郎に歩み寄り、内ポケットから名刺入れを取り出した。書太郎は立ち上がった。差し出された名刺を受け取るとそこには、大阪大学外郭法人石山ロボット研究所研究員、三保旺と書いてある。

「みつやすただしと申します」

「一度お目にかかっていますね。プレゼンの会議で」

「鳥谷様の眼力、おそれいりました」

書太郎は画面に向かった。

「石山先生、いくつか質問したいですが、最初にお訊ねせねばなりません」

「もちろん、わかります」

石山教授は言った。

「私が本物なのかと、お疑いでしょう」

書太郎は相好《そうごう》を崩した。

「まさに。よくおわかりで」

「本物ですよ。と言っても、信じていただくしかないですが」

「そのお答えで結構です」

「私は最初からモニタしていましたが、そちらへ行って直接話をしてみたくなりましたよ。しかし、どこで気づかれましたか？」

「それは……」

書太郎は言った。

「彼の顔ですよ。特に目と頬。C－3POじゃないですか」

「C－3PO？」

「スター・ウォーズの」

「ああ、言われてみれば、そうですか。フフフ」

「そして三保さんです。プレゼンの時、会議室入口に立っていましたね。特徴的な『オタク』顔です」

「まあまあ、なんと」

石山教授は両手を挙げた。降参のポーズ。

「ベタなところでばれるのですね。三保くん、君の顔がヤバかったそうだ」

三保はヤバいと言われたが、反応することもなかった。

書太郎は尊敬の眼差しをカメラに向けた。

「鈴木一郎を錬金術に使うとは恐れ入谷の鬼子母神。先生の才能はユニークすぎます」

「鬼子母神ですか、お礼参りしておきましょう」

教授と書太郎は笑顔を交わした。

安史は苦笑いを浮かべたが、神戸生まれの欽二は鬼子母神がわからず、笑いようもなかった。

六

それから石山教授は、自らが置かれている環境について、かいつまんで話した。

ヒト型二足歩行ロボットの研究には大いなる未来がある。世界各地からの講演依頼は引きも切らない。とはいえ研究資金は慢性的に不足している。過去実績のない研究は援助を得るのがむずかしい。iPS細胞の山中教授さえ、いまだ資金集めに四苦八苦している。

汎用ロボット分野はこの五年間に重要な前進がいくつもあり、次から次へ研究を続けていきたい。国からも資金は引っ張れるが報告業務が複雑で、事務に相当の時間がかかる。事務方人員も相当数必要なのだが、そういった人材雇用への補助は非常に少ない。

「そんな状況なので、クラウド・ファンディングをやってみたんですよ。最初のテストは大成功。第二段階へ進もうとしていました」

「それが忖度ブラザーズのＪＡＭＺファンド」

「名前は偶発的なものです。しかし偶発的だからこそ力がある。ネットのコミュニティはそうやって形成され、その中でスターが生み出される。とにかく私は鈴木一郎に搭載したＡＩに、錬金術に関する四千個の質問とその十倍の回答例をインプットしたうえでビッグデータとつなぎ、一ヶ月間学習させました。するとＡＩはアクションプランを出してきました。海音寺安史と池波欽二という個人をも指名しました。ＡＩの思考過程はブラックボックスですが、うまく行きましたね」

「不動産投資市場に狙いをつけたのもＡＩなのですね」

「お察しの通りです」

石山教授は言った。

「忖度ブラザーズはいまや強力なブランドです。拡散数＝市場影響力＝お金として予実管理できるまでになっています。しかし湊組を巻き込むアイデアを出してきたときは、さすがに『それは無理』と思いました。やくざですからね。私は世間から『お前はアンドロイドだろう』と言われたりしますが有機物です。人間です。心があります。やくざは怖い。しかしＡＩは不動産取引のビッグデータを解析し、やくざの『怖い』という価値、言い換えればその強さを効果測定し、利用価値を計算しました。本当に現金が届いたときには驚きましたが、不動産ビジネスは生々しい世界です。立ち退き問題においてはまあまある解決法だったのかもしれないですね。その中で、やくざ相手に立ち回ったふたりはたいしたものです。十年後は金を運ぶのもロボットになるかもしれませんが、今はまだ現場力が必要です。彼らには現場力がある。スターになる人間には素質があるのです。ネットの住民は見抜いた。侮れない力です」

たいしたものだと教授は言ったが、安史は話の内容がほとんどわからなかった。やくざ相手に立ち回った？　ほめられているのか？

欽二は遠い目をしていた。高級クラブに連れて行かれ、謎の色をした酒を飲まされ、それが思いかけず美味だった、そんな感じだろうか。

「今のＡＩは、人間の判断力と行動力の共存あってこそ力を発揮します。そのあたりもよくわかりました。鈴木一郎は仮説が順調に進むとき、人間には及ばない力を発揮しますが臨機応変さは足りません。先ほど、鳥谷さんに攻められてフリーズしてしまいました。鈴木一郎は鋭い企画を考えつくくせに、ああいう類の会話の先に、本当のところはどうなのだ、などと突かれると対応できない。想定問答の学習外です。プログラムが暴走して無限ループしてしまうのです。しかし、オムライスですか」

「オムライスです」

二人は笑い合った。

欽二は寝る寸前である。安史も居心地が悪い。会話の意味がわからない。

しかし書太郎と教授は以心伝心であった。笑顔で世間話を続け、書太郎は相談を持ちかけたのである。

説明を聞いて教授は言った。

「わかりました。やってみましょう」

クラウド・ファンディング第二弾として、農業ヴェンチャーの資金集めを行うことになったのである。

「作戦は鈴木一郎が企画します。三保くんの立場も明らかになりましたから、以後は彼が連絡係を務めます」

忖度ブラザーズの影響力はじゅうぶん利用できるし、地に足の生えた産業である農業は、彼らのブランディングとして絶好のネタだ。うさんくさい活動から、善の活動へ評価を広げたという評判を広げられる。教授にとっても専門性を発揮できるＡＩによる農業だ。ファンディングだけでなく、作物の育成プログラムにも一役買う事ができるかもしれない。

「鈴木一郎は二足歩行ロボットのカタチをしていますが、実体はＡＩです。農薬を撒くドローンにだって彼は搭載できるのです。搭載ではなくて搭乗でしょうか」

ＪＡＭＺの不足資金は書太郎が川重の上層部を動かし、投資家あるいは投資企業を捜し出すことになった。

カタギにはカタギ社会のやり方、ビジネスマンにはビジネスマンのやり方がある。石山教授との出会いで未来が開けた気がした。

寿命は迫っている。楽しくやろう、書太郎は思ったのである。

七

農業ヴェンチャー支援のサイトが出来上がった。芳樹にも見せて公開した。

―ＡＩ農業を応援しよう。蜂と作ったトマト六個付き二千円―

とかである。

忖度ブラザーズの人気は続いており、小口の寄付が順調に集まりはじめた。石山教授は自信ありげに言った。

「未来を見せることが大切です。この評判を、ビジネスマンへも広げてください」

書太郎はまず、副社長を引退した同期の山添《やまぞえ》と一席持った。山添は経済同友会の役職に付いたことがあるし、伝統ある神戸紳士倶楽部のメンバーでもある。人脈が太い。

書太郎はクラウド・ファンディングの成果を紹介しながら、橋渡しを頼んだ。

「引退オヤジが何をしているんだ。忖度ブラザーズに入ったって？」

「知ってんだな」

「これだけ流行れば老体の耳にも入るってもんだ」

「俺はブラザーズのナンバースリーなんだよ」

「マジな話なのか？」

「ああ」

「お前はとことん妙なやつだが、その上にまた妙な依頼だ」

「まあ、飲んでくれ」

ふたりが座るのは楠六丁目にある老舗鮨屋「いずも」のカウンター。創業六十年。大将は八十四歳で、かつて美しかった女将《おかみ》も今や七十五歳。いまだに氷冷蔵庫を使っている。湿気が保たれて鮨ネタには最高らしい。電気部品がないので故障しない。

「電気屋の出番はないね」

大将は笑う。

書太郎は徳利を持ち上げ、山添のおちょこに注いだ。

「お前にナンバーフォーになってくれと頼んでいるわけじゃない」

「そんなのになれるかい」

「お隣のゴルフ仲間を紹介してくれるだけでいいんだよ」

ＪＲ西日本神戸支社は第四ドックのまさに隣にある、十階建てのビル。そこの監査役が不動産会社の監査役を兼任していて、山添とは紳士倶楽部の会員同士、三月に一度はゴルフをする「連れ」なのである。

「来週は六甲山国際の月例だ。神戸の歴史的ジャズクラブのために骨を折ってくれ、そんな感じで言っとけばいいんだろう」

「川重の広報活動でもいい。ヴィッセル神戸のユニホームに会社のロゴ入れてるだろう。あるいはＣＶＣはどうだ」

「ＣＶＣでジャズクラブってか？　まあ、いろいろとつついてみるさ」

「最近うちも三菱も神戸製鋼も神戸のイメージ落としてないか？　倶楽部を巻き込んでの社交活動にしようと提案するのはどうだ。皆に感謝されるぞ」

「そんなお題目は背負えないよ」

「まあまあ」

書太郎はまた酒を注いだ。返杯を受け、いっしょに乾《ほ》した。そしてまた注ぐ。書太郎は言った。

「やっぱり、ナンバーフォーになれよ。推薦してやるぞ」

「やめてくれ。ならないよ」

ふたりは和やかに酒を酌み交わした。

次の日から、ふたりはそれぞれの立場で、情報の意識的なリークをはじめた。さっそく神戸市長も輪に入ってきて、ＪＡＭＺ再生支援のコメントを出した。

しかし金融筋は甘くなかった。追加資金を出すところはなかった。

ただ日本Ｊ不動産は折れた。差入保証金の一億円を取り崩し、ライブハウスに必要な防音壁工事を家主負担として対応することを約束したのである。ＪＡＭＺは設備工事の負担が減り、少なくとも半年分の人件費、ミュージシャンのギャラ、レストランの仕入れを賄える算段がついた。

あとは店として、黒字化を目指すだけである。

書太郎は千鶴に報告した。

ようやく、すべてうまくいくように見えた。

八

しかし、逆転させるつもりが大反転、日本J不動産は約束を反故にしたのである。事件が起こったからだ。

湊組の佐合若中が出所し、その日を待っていたかのように、湊組は対立する組織にカチ込みを掛けた。拳銃が発砲され、佐合はまた捕まった。全国ニュースでも大きく取り上げられる事件だった。住宅街で起こった抗争は多くの市民もリアルタイムで目撃し、SNSにはさまざまな写真が投稿された。

これは暴力団の抗争事件だ。JAMZとは関係がない。しかし日本J不動産は契約破棄を通告し、担当者は電話にも出なくなった。

そして、警察も出てきた。ネットでいちばん拡散された写真がなんと、安史と湊親分が並んでいる場面だったのである。発砲事件とは無縁の写真だ。場所はJAMZ。客として居合わせただけだが、本物の極道と同席していたのは事実である。警察がJAMZの資金集めを、暴力団が関与した詐欺事件に関連して捜査していたこともある。

ただ、詐欺については湊組の誰も訴追されなかった。親分は入院中だったたし、ＪＡＭＺに関しては出資しただけだ。警察は第二弾のファンドが芳樹のヴェンチャーであったことから、石山教授と書太郎も事情聴取したが、関連を見つけることはできなかった。

石山教授は何事もなかったようにロボットの研究を続けた。

ただ教授は鈴木一郎のボディを破壊したのである。

「火のないところに煙は立たず」

教授から届いたメッセージは、その一文からはじまっていた。

「鈴木一郎のボディは無機物です。壊したといっても壊したことにはならない。千年後の地球で、有機物である人間はおそらく生きていない。人間とは何か？　答えのない問いですよ」

書太郎は「哲学ですな」と感想を垂れたが、安史には謎でしかなかった。

どちらにしても、

「忖度ブラザーズは極道と関係がある」

噂はまわり、人気は地に堕ちた。

農業ファンドは成立せず、空中分解してしまった。
書太郎のもくろみは外れた。
芳樹は数ヶ月後の破産にまた直面した。
ＪＡＭＺは苦難を抱えたままになってしまった。

第十三章　彼岸の妻

一

書太郎はヒマな老爺に戻った。

することがない。ヒマは体調を崩す。腎臓が重たい。血尿も出た。

いよいよおしまいか。

最後のあがきはそれなりに楽しかった。

そんなことを思ったが、泌尿器科で診察の結果、血尿はがんの進行ではなく、ストレスから来る疲れだった。

「まだ大丈夫ですよ」

そう告げられ、書太郎は逆にがっかりした。

二日後は二ヶ月に一度の精密検査だ。

「そっちもたぶん大丈夫でしょう」

主治医はそんなことを言った。

家に戻った。静かな曲が聴きたくなってエリック・サティをかけた。所在なげなピアノがぽろぽろ鳴っている。雛子は買い物に出かけている。ひとりのリビングルーム。

金策のアイデアは尽きた。

「保険金を事業補填に使わせない」

偉そうに言ったが、それしか手はないのかもしれない。しかし医学は進歩し、なかなか死ねない。痛し痒《かゆ》しだ。

「わたしを殺しなさい」

雛子はよく言ったものだ。

安史とは連絡を取り合う仲になった。サラリーマン人生では決して出会わなかった人物だ。ヒマに飽かせてしばしば電話で話す。彼も話し相手がほしいらしい。なにせたいへんな状況なのだ。ネットで怒りのパワーが炸裂し、希《まれ》に見るほどの炎上を起こした。自宅も練習場所も特定され、居場所をなくしているという。負のパワーとはなんと恐ろしいものか。

雛子が昼メシに寿司パックを買ってきた。書太郎は雛子と向かい合って食べた。雛子は箸を出していたが、書太郎は手で食べ、指についた米粒を嘗《な》めた。雛子はそれを見ていたが何も言わなかった。

雛子は昨夜、芳樹と電話で話した。雛子は小さなため息をついてから言った。

「資金調達のめどが来月につかないと、法的手続の相談なんですって。破産するか会社更生法適用か、民事再生か、弁護士さんと……」

書太郎は最後まで聞かずに言った。

「再生はむずかしいぞ。支援者がいないんだからな。勉強だったと思うしかない」

書太郎は赤身の握りを口に放り込んだ。食べながら言った。

「チャレンジする人生はいい人生だ」

「そうだけど……六本木のマンションも引っ越すらしいわ。もっと安いところに」

「住むところなど、当面はどこでもいいではないか」

書太郎は言った。

「気に病んでもしかたがない。考えた上でやっていることだろう。我々にできることは、息子夫婦に余計な心配を増やさず、健康に暮らしてぽっくり死ぬことだ」

雛子は書太郎を見つめた。

その通りだ。

書太郎は握りを食べ終わった。そして言った。

「今夜は出かけてみないか？　サテンドールで栞ちゃんのライブがあっただろう」

「まあ記憶のよろしいこと。でもあなた、精密検査じゃなかったですか？」

「あさってだ。絶食は明日の午後から。今夜は飲んでもいい」

雛子は言った。

「そうなのね。じゃあ、そうしましょうか」

楽しいことからやる。思いついたら動く。人生の手じまいを意識した、ふたりの合意事項である。

書太郎は夜の外出用に老舗テーラー「柴田音吉洋服店」でペンシルストライプのスーツを誂《あつら》えもしていた。スーツなど何着もあったが、「伊達男」になってみたくなったのである。神戸は日本で最初にテーラーができた街でもある。明治時代にイギリス人がテーラーを開店し、職人が技術を今に受け継いでいる。完全手作りを貫く職人技術と英国流の接客。初代の柴田音吉は、近江商人の家に生まれ、軍服や制服の縫製を学んだあと、開港当時の神戸にやって来て、外国人居留地にテーラーを開いた英国人カペルの一番弟子として腕を磨いた。兵庫県の初代知事だった伊藤博文のほか、皇族の洋服も手掛けた。初代の名を襲名した平成の柴田音吉は五代目である。

書太郎はスーツとともに、カフスボタンをつけるドレスシャツも誂え、シルクサテンの真っ青なネクタイに純銀のネクタイピンも揃えた。ボルサリーノも買い、人生ではじめてひげを伸ばしはじめた。伊達男には淑女が伴わなくてはならない。雛子は花柄のワンピースに赤いピンヒール、つばの大きなキャペリン帽子を買った。ハンフリー・ボガートとローレン・バコール。あるいはクラーク・ゲーブルとヴィヴィアン・リー。月に一度は出かけるようになったサテンドールでも評判の夫婦となり、この夜もいちばん良い席に案内された。

死は数年以内にやって来る。いよいよ現実の話だ。死ぬ瞬間に「幸せな人生だった」と振り返りたい。

素敵な時間を過ごそう。良い食事をしよう。楽しい音楽を聴こう。

この夜の出演バンドは、スタンダードジャズが得意なピアニスト川村靖彦のトリオに、栞がソリストとして招かれたカルテットだった。《枯葉》《スターダスト》などを演奏した後半、ナット・キング・コールが歌った曲のメロディとなった。栞はからだにぴったり沿う黒のワンピースを着ていた。化粧も濃いめで色香さえ漂わせていた。

ふたりでワインを一本空け、酔いは心地よかった。ジャズが子守歌のように聞こえていた。

「最高だな」

「はい。とてもロマンチックだこと」

「栞ちゃんもぐっと大人になったじゃないか」

川村が曲を紹介した。

「次は《アンフォゲッタブル》です」

栞がステージから雛子の目を捉え、笑顔で会釈をした。

曲がはじまった。軽いピアノに続く、涼やかなサックスの音色。雛子は音を全身に染み込ませるように聴いている。

書太郎は妻を見やり、手に持っていたグラスを置いた。

「雛子」

「何ですか?」

雛子は顔をあげた。書太郎は雛子の視線を捉え、はっきりとした声で言ったのである。

「お前と結婚して良かった」

「え」

「俺は幸せものだ」

雛子はきょろきょろと周りを窺った。

「大きな声を出さないでよ。恥ずかしいじゃない」

「何を照れることがある」

「もう、お客さんが見てるでしょ」

書太郎はウエイターに手を上げた。

「さあ、飲むぞ。もう一本、シャンペンだ」

「あなた、いいの」

「楽しむと決めたんだ」

そう言った声は楽しげだったが、勢い込んだのがよくなかったのかもしれない。書太郎は楽しむどころではなかった。右手を上げた動作とともに、下腹部に突然の差し込みが来たのだ。

書太郎は腕をおろし、手のひらで腹を押さえた。

背中をまるめ、首を垂れ、苦痛に満ちたうめき声を漏らした。

雛子はからだを乗り出した。

「あなた、大丈夫！」

大丈夫という言葉はもはや意味をなさない。いつ何が起こってもおかしくないふたりなのだ。しかし他にどんな言葉があろう。

書太郎は痛みをこらえた。雛子は腰を上げたが、書太郎は腕を伸ばして雛子の肩を押さえた。書太郎は言った。

「昔からあるやつだ。心配ない」

書太郎はうずくまったままの姿勢で数度、深呼吸をした。一分間ほど呼吸を整えると、頭を起こした。そして、おもむろに立ち上がった。

「おさまった。手洗いに行ってくる」

「あなた……」

「大丈夫だ。心配ない」

書太郎はトイレに向かった。

そして何事もなかったような顔で戻ってきたのである。薄笑いさえ浮かべていた。席に座り、演奏中でも聞こえるよう、雛子に顔を寄せた。

「オシッコの溜まりすぎだった。出したらスッキリしたわい」

「そんなことなの？」

書太郎は答えずに言った。

「シャンペンはどうなった。頼んだのか？」

雛子は「もう飲まない方がいいんじゃない」と言おうとしたが、書太郎の瞳は澄んでいた。それで、実際に言ったのは違ったのである。

「まだオーダーしていないわ。お願いするのね」

雛子は手をあげて注文をした。

ウエイターが新しいボトルと新しいグラスを持って来た。

「本日のシャンパーニュはヴーヴ・クリコでございます」

ウエイターはコルクを飛ばさないようそっと外し、それぞれのグラスに注いだ。

ふたりは話すこともなく、泡の液体を飲みながら演奏を聴いた。

ステージで、バンドリーダーの川村が言った。

「さて、ソリストにしおりバンドのリーダー佐藤栞さんを迎えてお送りしてまいりましたが、今夜はあと一曲です。ロマンチックなラブ・ワルツ、《いつか王子様が》をお送りします。お聴きください」

ピアノの短い前奏に続き、栞のアルトがテーマを吹きはじめた。ピーター・アースキンとのジャムで才能の限りを尽くした演奏とは打って変わり、静かでロマンチックな音色だった。

雛子は目を閉じて聴いた。

書太郎も夢へ誘われてしまいそうになった。

心地よい酔いが気持ちいい。一時の差し込みは消えた。薬ではなく酒で消した。良い解決法だ。最期《さいご》までこれで行こう。書太郎はそんなことを思いながら、薄目を開けて周りを見渡した。いくつかのテーブルが空きはじめていた。他の客も精算をはじめていた。

雛子は舟を漕いでいる。書太郎は言った。

「そろそろ帰るぞ」

書太郎は腕を伸ばして雛子の肘に触った。

「おい雛子。寝るな。帰るぞ」

書太郎の言葉に雛子はふっと目を開けた。ちょうど演奏が終わり、拍手がパラパラと起こった。

店内がひととき静かになった。

雛子は漕いでいた舟を止めた。頭を立て、書太郎をまっすぐに見つめた。

「ねえ、あなた」

雛子は言った。

「あれ、ほんとうなの？」

小さな声だったが、声に芯があった。

「なにがだ？」

「さっき言ってくれた事よ。俺は幸せものだ。わたしと結婚してよかったって」

演奏を終えたミュージシャンたちはステージを降り、カウンターでマスターと話している。誰も書太郎と雛子を見てはいない。

「ああ、ほんとうだ。もう言わせるな。さあ、帰るぞ」

「うれしいわ」

雛子は限りなく澄んだ目を書太郎に向けた。そして言ったのである。

「あなたはわたしの王子様ですよ」

雛子は言い終わると目を閉じ、ゆっくりと首を垂れた。

「寝るなって」

書太郎は立ち上がり、雛子を支えようと腕を伸ばした。ところが雛子のからだは書太郎の腕をすり抜け、床に崩れ落ちたのである。書太郎はテーブルを回り、雛子の前にしゃがみ込んだ。

「もう、だらしがない」

マスターもカウンターから出てきた。

「大丈夫ですか」

「面目ない。気持ちよくて飲み過ぎたんだ」

書太郎は雛子の背中に腕を回して抱き起こした。

雛子は動かなかった。

おかしい。

雛子の様子がおかしい。

「おい、雛子」

雛子は息をしていなかったのである。

「お、おい、雛子！」

救急車が呼ばれ、雛子は神戸中央病院へ運ばれた。しかし病室へ入ることはなかった。

心臓が止まっていたからである。

第十四章　やり直し人生

一

　通夜と告別式は自宅で行った。

「なんとか会館とかではやりたくないわね」

　そんなことを話したことがあった。実感の伴わない話だったが、いざその時が来て会話を思い出したのである。玄関から続くリビングルームとダイニングを分ける引き戸を外し、鯨幕《くじらまく》を張って祭壇を作った。そして思い立って、一面をムラサキツユクサで埋めた。雛子が愛した野の花だ。

　たくさんの弔問客があり、たくさんの涙があった。

　告別式を終えてなお、雛子の死が現実と思えなかった。焼き場で雛子が骨になってまだ、雛子は隣にいそうだった。自分は誰の葬式に来ているんだ？　なあ雛子。答える妻はいなかった。骨壺を抱えて自宅へ戻ると近所の人たちがやって来た。式にも来てくれたが今一度、戻ってきた骨を前に手を合わせ涙を流してくれた。

ムラサキツユクサを集めたのは芳樹だった。季節外れの花だったが専門を生かして調達したのだ。どんな花でもどこかにあるらしい。芳樹は花を集める仕事を淡々とこなしたように見えたが、ショックは厳しいものだった。言葉を失ったまま、別れの儀式に寄り添うだけだった。からだ全体が酸欠になり、頭にも血が巡らない、そんな状態だったのである。母と息子はほんとうに仲がよかった。息子が四十歳を超えても週に一度は連絡を取り合う仲だった。マザコンというのではない。友だ。事業倒産の瀬戸際に立ってからなおさら、雛子は息子を信じ、励まし続けていた。

自分を殺しなさい……。

天はそんな冗談を本気にしたのか？

神なのか仏なのか知らないが、センスが悪すぎるではないか。

死因は不整脈からくる心筋梗塞だった。ステージ・フォーのがんはなりをひそめ続け、抗がん剤で苦しんだあげく骨と皮になるというようなこともなく過ごした。良性の不整脈が日常生活に問題を起こすこともなかった。死につながる心配をしたことなど一度もなかった。しかし七十代になると、突然死の原因として、ないことはないらしい。

何が良性か。何がないことはないだ。

「自然死に近い亡くなりかたです。苦しくはなかったと思います」

医師は言った。

ジャズクラブで死にかけたのは俺の方だ。それがどうして……。

雛子の死に顔は天使のようにやさしかった。唇に笑みを浮かべているようにさえ見えた。

それだけが慰めだった。


芳樹の事業も切羽詰まっていた。納棺したあとも会わなければならない人がいると、タクシーを飛ばし、神戸空港から羽田行きの最終便に乗った。そして次の日の午前中には戻ってきた。青白い顔。位牌を前に悲しみを思い出し、東京へ戻り、また次の日に帰って来た。疲れも露わ。仕事を休んだらどうだ。書太郎は言わなかった。芳樹は現実を生きている。年老いて亡くなった親を嘆くより、会社を、妻を、未来を守らなければならない。やるべき事はあり、会うべき人には会わねばならない。

芳樹は書太郎とほとんど言葉を交わさなかった。しかし父子には話し合わねばなら
ない重要な件があった。死亡保険金の話である。
明美が食事の支度をし、父子がテーブルに残ったとき、二度、三度、アイコンタク
トがあった。息子は父が話し出すかと黙り、父は息子が切り出すかと黙った。保険金
を事業補塡に使わせない、と啖呵《たんか》を切ったこともあり、書太郎にしても気まずかった
からだ。しかしこうなった以上、息子が救済されるならいい、雛子の希望でもある、
そう思っていた。ただ、息子から言い出さない限り黙っていることにしたのである。
結局芳樹は話を持ち出さず、金策に駆けずり回った。しかしどうにもなっていなか
った。決断の日が迫っていた。とはいえ、母が死であがなった金をくれとは言えない。
芳樹の目には苦悶があった。
そして一週間が過ぎた。
栞は保険会社の社員としてではなく、友人として告別式に参列していた。その日は
ひとしきり泣いた。保険の担当者として、あらためて七日目にやって来た。その折、
書太郎に訊ねた。
「保険金受け取りの手順を説明いたしますので、所長とともに参ります。ご都合の良
い日を伺ってよろしいでしょうか？」

受け取り名義人は書太郎であるが、芳樹にも説明は聞かせたい。自分はいつでもいい。ヒマである。芳樹は忙しい。芳樹の都合を優先しなくてはならない。

芳樹は目の前に座っていたが、返事をせずうつむいていた。無言で、唇を噛みしめ、からだを震わせていた。

「そうですね」

しかたなく書太郎は言った。

「私は隠居の身だからいつでもいいが、芳樹、お前のほうは……」

芳樹は書太郎の言葉を最後まで聞かなかった。突然、椅子を蹴る勢いで立ち上がった。

「ど、どうした」

芳樹は驚くふたりを背中に、外へ飛び出してしまったのである。玄関の扉が乱暴に閉まった。台所にいた明美がエプロンを外し、二人に会釈をすると追いかけて出ていった。

テーブルのふたりはそろって首を玄関へ向けていたが、明美が扉を閉めると家の中は静かになった。書太郎は言った。

「申し訳ないね」

「いえ」

栞は言った。

「ご子息の件、奥さまから事情をお伺いしておりました。ご心情お察し申し上げます」

玄関の呼び鈴が鳴った。

書太郎が出てみると、親戚筋の女性が二名であった。黒い服装、白髪の女性たち。

栞は立ち上がっておじぎをした。書太郎は言った。

「栞さん、こちらから連絡をいれますよ。初七日にも来ていただいて、ありがとうね」

「はい、よろしくお願いいたします」

栞は玄関で靴を履いた。書太郎に向かってもう一度腰を曲げ、入ってきたふたりにも会釈しながら、出ていった。

二

明美は一時間後に戻ってきた。ひとりだった。

「どこへ行ったんでしょう。ケータイにも出ません」

芳樹と明美は夕方の新幹線で東京へ戻る予定になっていた。明美も勤務がある。

「あなたはあなたのことを考えていればいい。仕事に穴を空けてはいけないだろう。あいつもおっつけ戻ってくる。私が晩飯を作ってやるさ」

「でも」

「心配しなさんな。大丈夫だ」

明美は書太郎の言った「大丈夫」の意味を噛みしめるような目をしている。書太郎は訊ねた。

「最近の状況は聞いているのか？　あいつはだいぶ疲れているようだ」

「とにかく誰かと会っているようです。オランダにも行かなくてはならないようなんですが、詳しくは知りません」

「行くべきなら行けばいいだろう」

「わたしには何とも……」

ふたりはそれ以上話すことがなかった。

「お茶淹れましょうか」

「そうだな」

壁の時計は三時を回っている。

「お茶を飲んだら、今日は帰りなさいよ」

「はい、そうします。でも最終に乗れればいいですから、七時まではおります」

結局明美は夕食の支度をした。三人分作ったが芳樹は戻ってこず、明美はお付き合い程度に夕食の席に座っただけで、東京へ戻った。

夜遅く、明美から電話がかかってきた。

「主人はアムステルダムへ行くそうです」

「そうなのか」

「いま成田空港にいて、深夜便に乗るとか」

「あの足で東京へ向かったのか」

「詳しいことは帰ってから話す、お父さんにも報告する。そう言いました」

「いつ戻るんだ」

「それはオランダから連絡してくるらしいです」

書太郎は少し間を置いてから言った。

「あいつは、やるべき事をやっている、そうだな」

明美はすぐに言った。

「わたしは、芳樹さんを信じています」

書太郎には電話の向こうで、明美が眦を決するのがわかった。

いい奥さんをもらったものだ。

書太郎はひとしきり明美をねぎらった。明美はおやすみなさい、と言って電話を切った。

次の日。

書太郎は、保険金受け取りの手続きを進めると栞に連絡した。

栞は言った。

「死亡診断書をご用意ください」

病院で発行してもらうらしい。

納骨もしなくてはならない。そちらは埋葬許可書が要る。市役所だったか、いや、それは四十九日のあとだったか。

とにかく自分の役割だ。ヒマな老人の仕事だ。

鳥谷家の墓は築地本願寺にあるが、書太郎は関西に骨を埋めるつもりで、神戸市の山手に墓を買っていた。まだ誰も入っていない。雛子が先に入るとは思いのほかであった。

雛子との日常がなくなると、音が消えた。静かすぎる家である。築四十年の古い建物。そこかしこにほころびが見える。しかし大きな地震でも倒れなかった。しっかりした骨組みが、家族の生活をずっと支えてくれた。思いが詰まっている。雛子とは喧嘩ばかりした。ほとんどは自分が言いくるめただけ。意味のない自慢を雛子は黙って聞いてくれた。そんなことが今や、限りなく懐かしい。

墓は新築だ。家具を置いて、食器を揃えておけ。何を買ってもいい。絵はどうだ。ピカソでもゴッホでも予算は無限だ、俺がそこへ行くのも遠くない。きれいにして待っていてくれ。

そして次の週、保険金が振り込まれた。五千万円である。

芳樹に会わねばならない。そう思った矢先、はかったように連絡があった。東京からだった。

「明日帰るよ」

息子は短く言い、書太郎もただ、

「ああ、待ってるぞ」

とだけ言った。

気のせいかもしれなかったが、芳樹の声は明るかった。

すべてをやり直す決心がついたような清々しい声に聞こえた。

その気持ちを持てたのなら、金も有効に使うだろう。自分が退職したときの金、雛子の保険金、ぜんぶ使えばいい。

その時はそう思った。

しかし、それはちょっと違ったのである。

第十五章　ナット・キング・コールのアンフォゲッタブル

一

欽二は六畳間で寝転びながら、鼻毛を抜いては飛ばしていた。

そのひとつが丸まった鼻クソと共に、安史のそばに落下した。

ターンテーブルで回るレコードは、キャノンボール・アダレイの《ザ・ガール・ネクスト・ドア》。かわいい隣家のお嬢さんを想う明るく楽しいブルースだ。

安史は畳にあぐらを組み、股にはさんだマーチンをセーム革で拭きながら聴いていた。虎の子の逸品。そのすぐそばに鼻クソが飛んで来たのだ。

「汚いじゃろ。やめんか」

欽二は悪びれることもない。欽二は投げ出すように言った。

「わしら、悪い事してないよなあ」

また鼻をほじり、鼻毛を抜いた。指先に短い毛が絡みついている。

安史は床に転がるティッシュケースを足先で欽二の前に動かした。欽二はティッシュを一枚抜き、指先を拭いた。欽二は言った。

「九回裏に逆転ホームラン、ロスタイムに逆転ゴール。どっちにしても急転直下の負け試合やで」

ＪＡＭＺで湊親分と居合わせた。湊組へ金を届けた。どちらも事実であるが、悪事ではない。事実は都合よく加工され、真実はねじ曲げられ、ネットは炎上してしまったのだ。

欽二はからだを半分ひねり、畳に頬杖をついた。

「これから、どうすんねん。未来が消えてしもうたで」

ネットスターなんぞ実体はバブルである。鋭い針でひと突き。パンと割れて風に消える。

一度だけ仕掛け人から連絡があった。いまや石山教授とわかっている。直接電話がかかってきた。

「わたしもしばらく世間から身を隠します。教授会で多少怒られましたのでね。しかし、忖度ブラザーズはすごいです。この炎上騒ぎで、アクセスは十億のレベルに上昇していいます。半端ないパワーです」

罵詈雑言の嵐がすさまじい。やめてまえ、消えてまえ、嘘つき、どろぼう、アホ、カス、ぼけ、殺せ、死ね……アクセス数など確認する気も起きなかった。

欽二が寝転がったまま背伸びをすると、足の指が伸びてマーチンに当たった。

「気ぃ付けい！」

欽二はだるい声だ。

「何に気ぃつけるんや」

安史はマーチンを遠ざけた。

「トランペット蹴っとるやないか」

欽二は畳に肘をついて横向きになって言った。

「安史、言うことちゃうな」

「何がじゃ。何が違うんじゃ」

「ジャズは楽器やない、とか言うてなかったか」

「はあ？」

「チャーリー・パーカーはまともな楽器で演奏したことないけど、すごいとか、言うてたやないかい」

クラシックではバイオリンが数億円することもある。楽器は演奏者の命と同じくらい貴重だ。ピアノが壊れて発狂したピアニストがいるとかいないとか。ジャズメンも楽器にこだわらないわけではないが、バードことチャーリー・パーカーの伝説が輪をかけている。歴史上最大のジャズ・ジャイアントであるバードは楽器に無頓着で、ほとんど自分の楽器で吹いたことがない。楽器を借りても質に入れて麻薬や酒代にしてしまい、プラスチックのサックスで演奏もした。キーのひとつが壊れたサックスをスプーンとチューインガムで応急処置して演奏した話も有名だ。

ジャズの話になると怒りを忘れてしまう安史である。カンサスシティのジャズクラブ「テュティ・メイフェア」のオーナー、テュティ・クラーキンの回想を思い出した。「一八九八年にパリで作られた古いサックスをパーカーは持っていた。まるでなんの役にも立たないようなしろものだった。いたるところを輪ゴムやセロハンテープでとめてあり、ヴァルヴは引っかかるし、パッドは息もれがしていた。リードも、おなじようなひどい状態だった。いつも、割れたり欠けたりしていた。うまく音を出すためには、横にかたむけて持たなくてはいけなかった。具合が悪くなると、バンドの他のメンバーたちを待たせておいて、調理室で料理人に手伝ってもらって、叩いたりして直す。料理人はそっちに気をとられて、お客が注文した料理はなかなか出てこない。料理のじゃまをしないでくれ、と私はバードに怒るのだ。ホーンを直すのを手伝うだけで、料理人はへとへとになっていた。こんな古い、いたんだホーンで演奏しても素晴らしい演奏をした」

安史は微笑んだ。思い出し笑いである。

欽二が背を起こした。

「何笑うてんねん。気持ち悪いやないか」

「いや、別に」

安史は言った。

「楽器は何でもいいんかもしれんが、俺はこのマーチンと出会って気合いが入った。ジャズはひとそれぞれじゃ」

「ジャズの話なら、もうええわ」

欽二は馬鹿らしくなったのかごろりと背を向けた。

その時スマホにメールが着信した。

確認すると石山教授であった。

復活したのか、次の指令か、と思ったが、別れの手紙のような内容だったのである。

「善でも悪でも数は力です。これからも、まだまだ活躍できます。とりあえず、ゾンビになっておいてください。こちらから連絡します。その時までお元気で」

ゾンビになってお元気で、どういうこっちゃ。

安史はスマホを畳に投げ出した。

忖度ブラザーズはゾンビになったが、JAMZは新装開店の準備を進めていた。

ネットに悪い噂があふれようが、出資に対する責任がある。出資者は新しいJAMZを待っている。一億円がそのまま差入保証金になったとは知らない。

「新生JAMZは噂と無関係です。出資金を無駄にはいたしません」

千鶴は神戸新聞に広告を出し――広告といっても金がないので小さなスペースだったが――行政も商店会も歴史的ジャズクラブであるJAMZの再建事業を支持した。

そんなこともあって、とりあえず金を返せ、とかのトラブルは起こっていない。

ただ、現実は厳しい。

繁盛すればキャッシュも貯まるが、ジャズは儲かる商売ではない。利益はレストラン部門で出したいところだが、こちらはこちらで問題が起こっていた。湊親分が連れてきたシェフが、ある日を境にいなくなってしまったのである。

このシェフは全くのカタギだったが、修業時代に事故を起こし、「とにかく日本を出ろ」と親分が国外へ逃がしてやった経緯があった。彼は苦労の末、ナポリの地で一流となった。その彼を「神戸でいちばんのイタリアンを作る」「金は出す」「スーシェフをふたりつける」「食材は好きなものを仕入れていい」と帰国させたのだ。ところが抗争で親分は撃たれ、佐合は牢屋に入った。食材を仕入れる予算がない、給料を払ってもらえるかどうかもわからない。シェフはナポリへ戻ってしまったのである。親分の目が光っていれば逃げるわけにもいかなかっただろうが、湊は身を潜めるばかりだった。

厨房の設備投資は終わっていた。すべてピカピカの新品、立派すぎる厨房を残してシェフが消えたのである。代わりを探さなければならないが、やくざのひも付き店という情報も流れ、人材確保はなかなかにむずかしい。

ホールも完成させてしまわなければならないが、厨房設備に金をつぎ込んだので、寄付された家具などを配置するしかなくなっていた。やってみると、テーブルも椅子もばらばら、統一感はゼロだった。しかし視点を変えれば、こういった脈絡のなさも内装デザインの流行、と言えなくもない。

とにかく席数だけは確保した。

千鶴は工夫の産物を逆手に取り、意図的なデザインとして雑誌記者にアピールした。

「わざと廃墟風にしました」

　安史と欽二、千鶴。身も心もすり減らして働き、この日も暮れた。安史は中古の椅子のうち、いちばんましなのにママを座らせた。千鶴は座るなりため息をついた。がんばっているが還暦を過ぎている。

「ビールでも飲みましょか。欽ちゃん、出してくれる？」

　欽二がさっと冷蔵庫へ動いた。触れ合ううち、欽二はママの人間性に馴染んでいた。惚れた、という言葉があてはまるかもしれない。

「欽ちゃん、ご苦労さん」

「ぜんぜん、苦労なんてないですよ」

「あんたは元々関係ないのに、ここまで引きずりこんで悪いねえ」

「けっこう楽しくやってます。警察に睨まれることもないしね。ママも悪者やないし」

「あたりまえや」

　三人は、小さく笑った。

「しかし、シェフが見つかるまでイタリアンはできないね。わたしが作れるものではじめようか。ローストビーフにカレーライスにホットドッグ、シフォンケーキ」

「いままでと同じメニューか」

安史は言った。

「同じというても客数が倍以上になるよ。ママは酒を出して、客の相手して、料理作るヒマはない。無理したら死んでまう」

「まだ殺さんといて……でも、死んでしまうかもね」

三人はまたちょっと笑ったが、笑い声は殺風景な壁に跳ね返ってどこかへ行った。

三人はビールを飲み、揃ってため息をついた。

その時、商店街へ続くドアが開いた。

二

「ごめんください」

千鶴が座ったまま振り向いた。大柄な男性だった。千鶴はおもむろに腰を上げた。

「はい、なんでしょうか」

「親分の指令で参りました。二階堂文夫《にかいどうふみお》と申します」

「二階堂さん？」

「厨房を担当させていただきます」

「え？」

男性は千鶴に歩み寄った。顔に天井からの照明が届いた。

「あ、あなたは」

安史はすぐにわかった。

安史と欽二が湊組に金を届けたとき、パスタ・アーリオオーリオを出して来た、その人だったのである。

千鶴は訊ねた。

「シェフなんですか？　イタリアンの」

「三年前まで三ノ宮の『アンディアーモ』で料理を作っておりました」

「あ、あの、アンディアーモ」

アンディアーモは地元の海産物や、神戸ビーフを存分に使ったレシピでミシュランの星を獲得したレストランであったが、湊組のフロント企業でもあった。レストランそのものは正業だったが、組織の抗争に巻き込まれ廃業してしまった経緯がある。

「親分さんはいまどこに」

「隠れています。病院は出ました。場所は組員も知りません。情けない話ですが、安藤組の分裂騒動で、誰が味方で誰が敵かわからない状況です」

安藤組は全国最大規模の暴力団である。神戸が本家だが名古屋を地盤とする一派が分かれて抗争が続いている、湊組は神戸安藤組の若頭、そして抗争の矢面に立つ武闘派と呼ばれている。武闘派だが、湊のイタリアン趣味が高じてレストランを始め、ミシュランの星を獲得、二つ星を目指すところまで成熟させた。しかし内部抗争激化のなか、素人世界では起こりえない事情があり、退店に追い込まれた。

ママの目が困っている。

それはそうであろう。性懲りもなく、またやくざと関わるの？　忖度ブラザーズもそれで炎上したじゃないの。無理。しかし安史は千鶴の心中を察しながらも、口をついて出たのは素直な感想だったのである。

「パスタはほんとうにおいしかったです。あれをＪＡＭＺで出せるなんて願ったり叶ったりですよ」

欽二も言った。

「わしも感動しました」

千鶴は断るしかないと思っていたが、ふたりはうれしそうである。

千鶴は言った。

「そんなにおいしいの？」

「完璧です」

「そうなのね……」

千鶴はあらためて二階堂を見あげた。安史と同じくらい背が高い。

「二階堂さん。どうぞ、おかけになってください」

欽二が椅子をひとつ、三人が座る横へ持って来た。

「わたしたち、ビールで休憩していたんですよ」

二階堂は礼儀正しく、一礼してから座った。千鶴も腰掛けた。

欽二がもう一本ビールを取り出してきて二階堂の前に置いた。

二階堂はビールに手を付けずに言った。

「いきなり押しかけて驚かれたと思いますが、開店は迫っているのにシェフがない。緊急事態です」

「はあ」

「あのシェフを連れてきて逃げられたのは、親分の責任でもありますからね。これでは義理を果たせません」

千鶴は頼りない相づちを打った。

「私自身のことを簡単に説明させていただきます」

二階堂は姿勢を正した。そして話しはじめたのである。

「私は姫路の愚連隊で、中学時代は不良のカシラとして暴れました。何度も警察のやっかいになりました。ただ、この通りからだが大きくて、タイマンでは大人にも負けなかった。そこを湊組にスカウトされたのですが、やくざになってから料理の才能を知ったのです。おかしなきっかけでしょう。でも事実です。組の新入りが賄いを作りますが、作ったところ親分が感心しまして、親分命令で調理師学校に入学させられたんです。首席で卒業しました。苦労はありませんでした。水に合ったのですよ。親分ははち切れんばかりに喜び、私は『アンディアーモ』のシェフとなりました。やくざ稼業とは関係なく一心不乱に働きました。おかげで、ミシュランが星をつけるまで成長できましたが、組は抗争が絶えず、ヒットマンを兼業するスーシェフが対抗組織の親分を狙撃しました。大騒ぎになり、レストランは閉鎖、私は賄い担当に戻りました」

やくざになった人の半生は奇妙なものが多いが、これも想像を超えるような話の連続である。しかし、二階堂がかつて姫路のヤンキーで、そんな組織の一員だと聞かされても、三人の誰も信じられなかった。物腰はやわらかく、紳士然としていたからだ。

「私の話はこれくらいにしましょう。実はどんなメニューがいいか、いろいろと考えてきたのですよ」

二階堂は話の内容をごろりと変えた。そしてそれから三十分以上、料理について話したのである。

目の前に料理があるように話した。どれもこれも旨そうだった。

千鶴は目を輝かせ、二階堂のパスタを食べている安史と欽二は、よだれを口に溜めてしまった。

「いかがですか。とにかくやれる事をやらせていただこうと思います」

「やれる事って、今のお話だけでもわくわくしますわ」

「仕入れ資金が少ないことは承知です。現実は現実。だいたいナポリからシェフを呼ぶなんて、親分は気合いが入りすぎです。しかし、その心を汲んで厨房に立ちたいと思います」

とりあえず試作します。その後、諸問題を考えましょう。二階堂がそんなふうに付け加えたので、千鶴も腹をくくったのである。

「わかりました。どうぞよろしくお願いします」

次の日から二階堂は仕事を始めた。食材と仕入れ先を検討し、レシピを考え、試作を繰り返し、メニューを決めていった。

そして、どれも旨すぎるほど旨かったのである。地産地消はリーズナブルだったうえ、神戸ならではの個性もじゅうぶん盛り込んだ。

明石鯛のカルパッチョ、明石蛸のマリネ、穴子の白焼き酢橘《すだち》風味、サザエとオリーブのガーリック炒め、沼島《ぬしま》産鱧《はも》のあぶり、鳴門の雲丹ソースによる生パスタ、三田牛と六甲牧場のチーズを使ったピザなど、ライブハウス併設のレストランとしては上等のメニューだった。

「これはいけるで」

試食担当の欽二は、新しい料理が出てくる度に声を上げた。

「捨てる神あれば拾う神ありですね」

千鶴は笑った。

さらに厨房を稼働させてみると発見があった。この店ならではの素敵な仕組みが見つかったのである。

それは厨房の一部がオープンキッチンになっているためだった。意図的にデザインしたというより、店の構造の関係で、客席からステージを見る左側のガラス越しに厨房が見えるレイアウトになっている。そしてこれは設備設計のミスだったのだが、厨房から伸びる排気ダクトが厨房の作業音を客席に届けてしまう構造になっていた。ライブ会場としては致命的だ。

「どのくらいの音なら大丈夫なのか、テストしてみよう」

厨房で作業をはじめ、レコードを掛けてみた。UREIスピーカーシステムが大音量を奏でるとき、厨房の音は問題にならない。

「アコースティックな曲だとどうかな」

ソロピアノをかけてみると、料理の音が混じって聞こえた。

安史は思案した。

「ううん……」

逆に厨房へもピアノの音は届いた。

二階堂は曲にあわせ、木のへらでなべ・やかんを叩いた。

「こっちはいい感じですよ。踊れますね」

カン・カン・カン……。

「こんなのもどうです?」

カン・カン・スコン・ドン・カン・カン・ドン……。

「二階堂さん、もういいです」

安史は天井に向かい大きな声で言った。聞こえないようで、二階堂は叩き続けた。

「困ったな、どうしたものかな」

しかし、千鶴はひらめいたのである。

千鶴は厨房のガラス壁を指で叩いた。二階堂が手を止めて振り向いた。千鶴はドアを開けて厨房へ入った。

「すみません。悪ノリでしたか」

二階堂は訊ねた。

「やっぱり聞こえますか。配管をやり直せるどうか、施工屋に訊ねてみますか？」

「違いますよ、シェフ。これ、うちの売りになるわ」

「え？」

「音楽と料理のマリアージュよ。わたし、パリでそんな音楽イベントに行った事があるの。コンサートホールのステージに厨房を作って、生演奏に合わせてシェフたちが料理を作るの。パーカッショニストはシェフと同じ白衣を着ていてね、料理を作るふりをして、実はなべやフライパンをスプーンで叩く。クリエイティブな演奏だったわ」

　厨房の話し声はホールにも聞こえていた。安史も厨房へ入った。安史は言った。

「怪我の功名ってやつですか。ステージとオープンキッチンが並んでいて、音も筒抜けになってる」

「でも、シェフ、なかなか上手じゃない？　音楽やっていた人みたい」

「いえいえ、やってはいないです。若いときにドラムを見よう見まねで叩いて、筋がいいとかほめられたことはあります。でもそれだけです。人前で演奏したことなどないです」

「でも、シェフのおかげで、ひらめいたのよ」

「私は鍋を叩いただけです」

　千鶴は言った。

「『ミュージック・フード・マリアージュ』ってコーナーをつくりましょう。その時だけ、ドラマーが厨房服を着て、ここでなべを叩くの。楽しいわ」

「うまく行きますかね。お客さまに聴かせるのでしょう」

「プロのドラマーに厨房に入ってもらうのよ。とにかく誰か呼んでやってもらいましょう」

二階堂は試作を続け、メニューもほぼ固まった。「ミュージック・フード・マリアージュ」もやってみた。ドラマーもうれしがって鍋を叩き、楽しい気分が客席に届いた。曲は渡辺貞夫の《カリフォルニア・シャワー》がベストマッチだった。なべのリズムがなんとなく南国風で、すばらしく合ったのである。欽二が言った。

「渡辺貞夫は子どもの時『なべちゃん』って呼ばれたんやで、きっとな」

それが事実かどうか、誰にもわからなかった。

シェフの料理は繁盛を約束できるレベルであった。しかしシェフの存在はまた、困難の元でもあった。

そしてそれは、これまでで、いちばんの危機になった。

三

オープンまでふた月を切った。

地元のミュージシャンや学生にステージを開放しながら、サウンドチェックも行った。食材の仕入れ先も確定し、オープンまでのスケジュールも見えた。千鶴は招待状の内容とデザインを考えはじめた。

そんなある日。

元町高架通商店会会長の盛田《もりた》と、日本J不動産の加藤が訪ねて来た。

盛田は千鶴の両親が旅館を経営していたときからの商店街仲間である。今年九十歳の大御所。会長になって五十年。新しい商店街ができた暁には、会長職を交代すると明言している。

「もう辞めさせてもらいますよ」

気のいい、誰からも好かれる好々爺《こうこうや》である。

盛田は千鶴と向かい合って座ると、おだやかな口調で訊ねた。

「ちーちゃん、体調はどうや。どこも悪うないか」

「はい、元気です。多くのご支援で、なんとか開店できそうです」

「そうか」

「会長のところも新しくなりますね」

盛田の店は、アメリカ直輸入の衣料品や雑貨を扱うブティックである。

「息子と孫があれこれやっとる。私は口も出さん。出せんしな」

盛田は言った。そして、ためらってから、咳払いをした。

「会長、風邪でもひかれましたか？　お歳ですから、気を付けてくださいね」

盛田は尻ポケットからハンカチを出し、唇の端を拭った。

加藤は神妙な顔で黙っている。千鶴は訊ねた。

「それで今日はまたなにか？　加藤さんもご一緒に」

その時入口のドアが開いた。

大城であった。兵庫県警の刑事、組織犯罪対策課の警部補である。安史が何事かと出迎えたが、大城は黙ったまま店に入り、準備がほぼ整った店内を見渡した。

盛田が言った。

「ちーちゃん、言いにくいんやがな、今のままで、ここは開店できん」

「え？」

加藤が資料をテーブルに出した。そして、さも当然のような口調で言った。

「契約違反になる可能性があります。その場合は賃貸契約を破棄させていただく事になります。内山さんの瑕疵《かし》と申したくありませんが、ひじょうに問題です」

かつてストレスにまみれて休んだ加藤だったが、交渉に弁護士が参加するようになって、強気に様変わりしていた。

千鶴は訊ねた。

「瑕疵って、こちらに落ち度があるということですか？」

「私からは申し上げにくいですが」

加藤は黙った。視線を盛田に向けた。

「やくざはあかんのやて」

盛田は言ったのである。

「ご両親に聞いた事もあるやろ。商店街から辰巳組に出ていってもらうのに、みんながどんな苦労をしたか。新生モトコーにやくざの出入りはあかん。ぜったいあかんのや」

千鶴は言葉を飲み込んでしまった。

大城は立ったまま様子を窺っていた。安史は訊ねた。

「この話で刑事さんが来てはるんですか」

「警察は民事不介入や。商売のもめ事は商売としてやってもらわんとあかん」

「ほな、なんでいるんですか」

「なんでいるかって？　巡回や」

「巡回って……」

「職務質問はするで。仕事やからな」

厨房から二階堂が出てきた。ホールの声は厨房にも聞こえるのだ。

大城は二階堂を見つけると前へ進んだ。大城は言った。

「湊組の人間が何をしとんねん」

「………」

大城はくり返した。

「ここで何をしているのですか？」

二階堂は無言だった。

「関わらんといてくれ。お前らがおると、俺が出てこんとあかん。わかるやろ」

広い店内は無音だった。大城の声は全員の耳に届いた。

二階堂は無言のまま厨房へ戻った。そして一分も経たないうちに出てきた。シェフの制服を脱ぎ、手に小さなかばんを抱えていた。

二階堂は大城に深く一礼した。そして千鶴の前に来て深く頭を下げてから、早口で、小さな声で言ったのである。

「ママさん。何も仰らないでください。何も仰ってはいけません」

千鶴は立ち上がろうとしたが、二階堂は隙を与えなかった。さっと出口へ向かい、そのまま出て行ってしまったのである。

千鶴が上体を浮かそうとしたところ、盛田が千鶴の肘をつかんだ。

「行ったらあかん。これでええんや」

千鶴は肩を落とし、座席に沈んだ。

千鶴は理解するしかなかった。起こりえる出来事なのだ。

二階堂が出ていったドアは開いたままだった。安史はいてもたってもいられず、外へ飛び出た。

安史は走った。

「二階堂さん、なんで出ていくんですか！」

追いついて腕をつかんだ。

「料理を作ってるだけやないですか。いっしょに未来を作るんでしょう」

と安史は言いたかったが、心の声に留めた。やくざ暮しのつらさを見ている。そういう事を言って、何が変わるわけでもないのだ。

二階堂は安史の手をそっとほどきながら、安史の顔を真正面に見て言ったのである。

「皆さんの前で刑事と争うわけにはいきません。言い訳無用です」

「でも……」

二階堂は一度深呼吸をした。そして言った。

「私は開店の時には戻っていたいです」

「え」

「安史さんはやるべき事をやっておいてください。お互い、自分のやるべき事をやるしかない。そうじゃないですか」

切実な目で向き合う大男たちの脇を、巻き髪の若い女性がふたり歩いてきた。中国語で何やら話している。楽しい事でもあったのか声が撥ねている。通り過ぎると中華料理の香が残った。抱える紙袋がそうなのだろう。二階堂は言った。

「大陸の女性もきれいになったもんですね」

きれいな空が広がっていたが、地面はまだ濡れていた。午後に強い雨が降った。濡れた地面が夕陽の朱《あか》を際立てている。その陽に包まれながら、女性たちの背中が去って行った。

二階堂も一礼しただけで、そのまま去った。

安史は店に戻った。テーブルに座っていたのは加藤ひとりだった。

ママは？　と探すと、ステージ横の奥まった場所にいた。会長の盛田、そして大城と話していた。大城が安史に気づき、ちょっと来い、とあごを動かした。安史が輪に入るのを待って、大城は言った。

「金はお前が管理してるとママさんは言うんやが、そうか？」

千鶴は安史を見た。わたしは何もわからないから……そんな目だ。

安史は言った。

「オーナーはママですが、限られたお金をどう使い回すかは、俺が算段してます」

「資金の調達と返済もお前か」

ママは、ますますわからない、という目をしている。

「成り行き上、そうです」

「成り行きでも何でもいい。金の話はお前にしたらいいのかと訊ねてるんや」

大城は大きなからだを折り曲げて小声で話している。加藤に聞かせない方がいいということらしい。

「湊組が五千万円出資してるやろ。必ず開店の日までに返しておけ。やくざのひもが付いた店と言われたら一巻の終わりと思え。きれいに清算するんや」

九千万円のほとんどを設備投資に使ってしまった。残る現金は一千万円を切っている。しかしここでそんなことを説明しても仕方がないだろう。

大城は念を押すように言った。

「金に色はない。金はただの金。しかし、『あの店はやくざの金を使っている』と通報があったら警察は介入する。帳簿やら銀行預金やらレジの現金まで全部調べる。利益が資金源に流れているかもしれんし、洗浄かとも疑うからや。湊組は指定暴力団やぞ。とんでもない連中や。手伝ってくれてるとか勘違いしたらあかん。考えられんような、えらい目に遭わされるぞ」

盛田も言った

「ちいちゃん、よろしく頼むで。一店舗でもやくざと紐がつくと、商店街全部があかんようになる。やったらあかんことは、やったらあかん。かすってもあかん。店がうまく回るかどうか以前の問題や」

千鶴はうなずくしかなかった。

私は帰りますわ、と大城は出ていった。

加藤はテーブルでかしこまっていた。盛田と千鶴は席へ戻った。

安史も呼ばれた。安史が座ると盛田が訊ねた。

「それで、どうしますか？」

千鶴は答えない。安史はこう言うしかなかった。

「シェフは出ていきました。湊組からの借り入れについては開店までに返済します」

盛田はゆっくり二回うなずいた。

「そうしてくれるか」

盛田は加藤に言った。

「今日のところは私の顔を立ててください。契約違反はさせません。進捗を報告させます。よろしいですね」

盛田は九十歳である。さすがにここまで歳をとった大人に言い返すことはできない。加藤は表情を変えず、書類を仕舞い、会釈をして帰っていった。

「さ、よっこらしょ、と」

盛田はゆっくりと立ち上がった。

「わたしの用事は終わりや」

千鶴が寄り添った。盛田は千鶴の頭をポンポンした。愛《いと》しい娘のように。

「ちーちゃん、苦しいかもしれんが、なんとかして返すんやで」

千鶴は小さく「はい」と言い、腰を深く曲げた。

盛田は出ていった。小さな背中が、ゆっくりと商店街を去って行った。千鶴はその背が見えなくなるまで見送ってから、ドアを閉めた。

千鶴はペンキの剝《は》げた椅子に座り込んだ。椅子は建て付けが悪く、一方に傾いた。

「ママ、こっち座り」

安史はソファに千鶴を促した。表面の生地は破れているが、今のところ、いちばん良い椅子である。座り心地がやわらかい。

「わたしの人生、なんでいつもこうなるんやろうな」

千鶴は腰を沈め、大きく息を吐いた。千鶴は安史を見あげた。

「湊さんはジャズ好きの常連さんです。たまたま極道さんやっただけ。うちが困ったんで助けてくれたのです。五千万円ですよ。何の条件も付いてない。それがこんな集中砲火。悲しいです」

安史は不合理を思った。湊が資金を提供するに至る因果をつけたのはAIなのである。AIが湊組の力量をはかり、解決金を四億円と試算した。その金はどこから出たのか？　商店街の大元の所有者すなわち鉄道会社ではないのか。しかしそれは永遠に闇の中だろう。汚れ仕事にやくざを使いながら、反社会勢力として排除する。排除には商店会会長の盛田を使った。盛田には昭和四十年代、命の危険を伴う苦労をして、商店街からやくざを追い出した歴史がある。盛田の「やくざはあかん」という言葉は、誰にもあらがえない重さがある。その重さを利用したのだ。

千鶴は言った。

「日本J不動産さんに保証金を戻してもらいます。それを湊さんに返します。商店街の皆さんに迷惑はかけられません。安史くん、そうしましょう」

「賃貸契約が解除されてしまう」

「でも、それしかないでしょ」

「ママ、JAMZ再興を夢にしたくないやろ」

安史は言った。

「ふた月ある。やり方考えてみよ」

世の中はどんなことが起こるかわからない。信じなければ道は開けない。

「あきらめるのは簡単や。何かできるかもしれん」

千鶴は座ったまま、苦い目で安史を見あげていた。安史は千鶴を見下ろしたまま、何かできる、何かできる、と何度も言った。

「安史くん、つらいわ」

「ママ、つらいとか言ったらそうなってしまうやろ。楽しい事を考えよう」

「ちゃうて。安史くん、ちょっと離れてくれるか」

「え?」

「三歩ほど下がってちょうだい」

安史は後ろずさった。千鶴は首をさすりながら言った。

「ずっと上向いて首が痛い。あんた、背が高すぎるんやて」

千鶴は迷惑げな目をしたが、悲しげな色は消えていた。

安史はあわてて後ずさった。

「それは、気がつきませんで、すみませんでした」

「素直やな」

ふたりは笑った。

「正しいと思うことをやりましょう。それしかないよね」

千鶴は言ったのである。

四

店はほとんどできている。モトコーにはかつて存在しなかった、二十二店舗分もの大バコだ。賃貸契約解除になったとて、これをそのまま受け継ぐ店子など探せない。現状復帰するにも相当の金がかかる。妥協の余地はある。相手の立場を理解し、一点集中で交渉する。その一点に命さえ差し出す覚悟を込める。

安史は考え、司法書士に公正証書を作らせたうえで、千鶴とともに交渉に当たった。

加藤に加え上司の鬼塚《おにづか》という部長が同席してきた。弁護士はいない。

安史が話しはじめた。

「開店を六週間後の十二月一日とします」

契約解除ではないのか？　加藤の目が曇ったが、安史は続けた。

「湊組からの借り入れはその前日をもって完済します。これが念書の控え、こっちが銀行の約束手形です。この日に手形を決済できなければ賃貸契約を解除して、差入保証金を収納し、現状復帰工事の資金に充てるなりしてください」

加藤は目を吊り上げた。

「どうやって信用しろというのですか。いざとなって、やっぱり無理でしたでは通りません。うちの会社の信用まで落ちます」

「精いっぱい努力をしています。約束を書いたものは公正証書にしています」

「書類の問題ではありません」

加藤はなおも食い下がったが、鬼塚が加藤を押さえた。鬼塚は言った。

「ＪＡＭＺさん」

「はい」

「よく、そこまで覚悟されましたね」

千鶴はまばたきをせず鬼塚を見据えた。

「はい、腹をくくっております」

鬼塚は念を押した。

「いざとなれば、保証金を収納してよいと仰るのですね」

加藤は不満げであったが、上司の話を遮るわけにもいかない。

鬼塚は続けた。

「了解しました。期限まではお待ちしましょう。無事開店できることを願っております」

「部長、いいのですか？」

加藤はうなったが、鬼塚は立ち上がった。

「では、本日はこれにて失礼いたします」

この会議に書面は存在せず、議事録も作成されなかった。

鬼塚は加藤に言った。

「会社への報告は結論が出てからでいい」

ささやき声だったが、静かな店内である。その声は安史の耳に届いた。

憤懣《ふんまん》やるかたない、という顔で加藤は外へ出ていった。鬼塚も出て行きかけたが、入口手前で振り返った。店内へ戻りドアを閉めた。千鶴と安史が見つめている。

「うちは代々神戸生まれの神戸育ちです。モトコーにはたいへんお世話になっています」

「え」

鬼塚は言った。

「母は盛田会長と元町小学校の同窓です。かれこれ八十年前の話です。ふたりとも化けるほど生きている。私もこのあたりで遊んでいたころに何度か、会長にたこ焼きやモツ串をごちそうになったことがあります。懐かしい思い出です」

鬼塚は最後に言った。

「六週間です。よろしいですね」

やさしい口調だった。ただ、厳しい現実は変わらない。

「ありがとうございます」

千鶴は深く腰を折った。

鬼塚も一礼し、そして出ていった。

執行猶予を取り付けはしたが、事態は新しい展開を見せないまま、二週間が過ぎた。

あとひと月で、どうやって五千万円を返すのか。シェフも決まらない。限りなく狭い道だ。

悶々とした思いを抱えたまま、まんじりともできず、また新しい朝を迎えた。

「あああ、もう」

トランペットを持って出かけた。いつもの場所。小さな岸辺だ。

ドックに潜水艦がやって来たときは、黒い艦体を眺めながら吹いた。鳥谷さんは元潜水艦のエンジニアで、ジャズ評論家の小倉さんは造船所の社員だ。ドックの隣はJRの社屋。ひと月前に千鶴ママといっしょに訪問し、猶予を願い出た場所だ。何もかもがひとところに集まっている。

あたりの様子を窺ったが、一時期のように、見張られている気配はない。ネットの悪意は泡のようなものだ。もう消えたかもしれない。

トランペットを構えた。曇り空だが、水辺線にわずかな朝陽の色がある。

安史は一曲を吹ききった。

晴れない気持ちにしては、音は力強く海の彼方へ伸びていった。

吹き終わると、背中に声があった。

「《ホワット・ア・ワンダフル・ワールド》。沁みますなあ」

安史は振り返った。

「鳥谷さん……」

「哀愁たっぷりですね」

安史はトランペットを持ったまま側道へ出た。

「おはようございます。散歩ですか？　ご自宅は垂水ではなかったですか」

「散歩ではありませんよ。安史さんに話を伺いに来ました」

「俺に？」

書太郎は訊ねた。

「ＪＡＭＺはどうですか」

安史は即答した。

「八方ふさがりですよ。どうしたものかと」

状況が変わらない上に、シェフが出ていって、五千万円の返済期限を切られた状況云々、安史は説明した。

「なるほど」

書太郎は訊ねた。

「本日、ママさんはお店におられますか？」

安史は腕時計を見た。

「毎朝九時には来ますから、もういるでしょう」

「安史さんも今から行きますか」

「行きます。やること多いので」

「練習は、もういいですか」

「いいです。集中できないし」

「これは失礼。邪魔をしてしまったかもしれませんね」

「いいえ、気分転換に来ただけなんで、じゅうぶんです」

「そうですか。それなら、これからご一緒します」

安史はいいとも悪いとも返事をせぬまま書太郎を見つめたが、書太郎は安史の腕を叩いた。

「さあ、行きましょう」

五

書太郎は千鶴にも情況を訊ねた。しかし千鶴と安史は毎日いっしょにいるので、安史の説明に千鶴が加える点はなかった。

書太郎が確かめたかったのは、湊組と千鶴の関わりであった。

安藤組の傘下にある湊組が戦後の神戸闇市を仕切っていた事実は消せない。千鶴が独立したとき、湊が喫茶店用の物件を探してきたのも事実である。それも消せない。とはいえ、いま、湊巧己親分個人はＪＡＭＺの客である。五千万円の出資に暴力団としての関わりはないと信じている。そう千鶴は話した。

「無理筋ですね。商店会も警察も世間も納得しません。実際、ドンパチやって、親分が撃たれたではないですか」

安史は二階堂シェフが引き下がった事も伝えた。

「店の事を真摯《しんし》に考えてくれています。心苦しいです」

「親分の出資とそのシェフ、ほんとうに好意だけだと思いますか？」

書太郎は念を押した。

「やくざなんですよ。今後、たいへんな目に遭うことになりませんか？」

わからない。そんなこと誰が保証できる。やくざ稼業は俗世間の常識の外にある。生き抜くためには何でもやるのが彼らだ。

「わたしは信じます」

千鶴は言った。

「老い先短い身です。どんな目に遭おうと結構です。信じるものを信じて、残りの人生をまっとうしたい。それになんの悔いがありましょう。ただ、世間様に迷惑はかけられない。それだけが悩ましいのです」

書太郎はあっさりと言った。

「よくわかりました」

「え？」

千鶴は迷いの目を書太郎に向けた。

「何が、よくおわかりになったのですか？」

「わたしもこの件に参加させてください。みんなに愛されるＪＡＭＺを再興しましょう」

書太郎は静かな口調ながら盛り上がっている。

安史は書太郎の言葉が感動的でもなかった。逆にあきれた。感情で情況が変わるわけでもないのだ。

ところが書太郎はさらに言ったのである。

「湊親分と二階堂さんにお会いしてみます。安史さん、橋渡しをお願いできませんんか」

「何ですって？」

「思案があるのですよ」

「それはダメです。思案があろうとなかろうと、素人が関われる世界じゃないです」

「安史さんは湊組に行ったことがあるでしょう」

「ありますよ。でも、ただの使い走りです」

「いまも渡りはつけられる」

「渡りって、用事もないのに行けません。警察の装甲車も張り付いているんですよ」

「でも二階堂さん宛てなら訪ねていけますね。親しくなられたのでしょう」

「親しいとか親しくないとか、関係ありません」

「関係ないことはないでしょう。開店までに話をつけないといけないのだから、どのみち行かないとならない」

「いったい何をしに行くのですか」

書太郎は言った。

「金の件を解決して、シェフに戻ってきてもらいます」

単純すぎる。どこをどう突けばいいか、考えても浮かばないから困っているのではないか。

「本気でそんなことを考えているんですか」

　書太郎は悪びれることもない。

「安史さん、臆病になっていませんか？　あれこれ悩んで行動に移していないのではないですか？　湊組と交渉してみましたか？　湊組からの金を引き上げると、商店会の盛田会長やJ不動産に約束しましたね。約束した席には刑事も同席していたとか。それなら行きましょう。組事務所を訪問するのも、お金の返還交渉と警察に連絡しておきましょう。勇気ある行動だとほめられますよ」

「勇気なんかないです」

「安史さんはドアを叩いてくれるだけでいいのです。勇気を出すのはそこだけでいい。あとはわたしにやらせてください」

　書太郎は言ったのである。

「死に場所が見つかるというものです」

「死に場所って……」

「千鶴さんが老い先短いと仰いましたが、それはわたしのことです。誰かの役に立つなら怖いものはない。それに、思案があるのです。旅順の玉砕じゃない」

安史は旅順の意味がわからなかったが、作戦があるのだろう。

それで安史は湊組に連絡を取ったのである。

親分は不在だったが、予想に反して二階堂が電話口に出てきた。安史が「実はアイデアがありまして」と書太郎の指示通りにほのめかすと、「ぜひ、お話を伺いたい。こちらからもお話があります」と返されたのである。そして二階堂は電話の向こうで大笑いした。

「警察が『勇気ある行動ですね』と、ほめるはずがないですよ」

さすがに組事務所へ行くのは避けることになった。いつ抗争が起こるかわからない情況は事実だ。

それで三人は「一般的な」場所で会うことにしたのである。安史は新神戸クラウンホテルのロビーなどを指定されるかと思ったのだが、二階堂は「そこは高中組長が撃たれた所です」と否定し、こういうミーティングにいちばん似つかわしくないと思われる店を告げた。

「三ノ宮駅高架下のドトールコーヒーにしましょう。混んでいてうるさいし、隣の客は無関心です。警察もマークしません。さっそくですが、本日の午後三時はいかがですか。うちの組もいつ何時何が起こるかわかりません。相談は早めにしましょう」

ドトールはミルクレープがうまいですよ。三百八十円と高めですが。二階堂はそんなことも言った。

六

午後の三時、安史と書太郎は連れだってドトールへ出向いた。二階堂は先に来ていて、コーヒーとドーナツを食べていた。ミルクレープじゃなかった。やくざの雰囲気はない。休憩中の職人、あるいは現業系の労働者に見えた。

二人がテーブルへ近づくと二階堂は静かに会釈をした。三人は座り、安史は書太郎を紹介した。

店内には、ネクタイ姿のサラリーマン、勉強する高校生、おしゃべりな主婦などがいた。普段の景色だが、安史はこっそり視線を右へ左へ振った。誰かは警察官の扮装かもしれない。そうなら、そうとうな変装術だ。

「安史さん、私をマークするような刑事はいません。サンピンですから」

二階堂は安史の心を見透かしたように言った。

「わかるんですか」

「染みついた日常です」

ちょっと笑い、先の言葉に加えた。

「実は、サンピンでもなくなるのです」

「え、」

「そちらからお話があると思いますが、私から話してよろしいですか」

二階堂の目が据わった。書太郎は黙っている。安史には是も非もない。

二階堂は言った。

「JAMZ再建には扱いにくい障害がいくつかありますが、そのひとつを解決できる運びになりました。シェフです」

「見つかったんですか。どこの、どなたですか」

「私ですよ」

「え……でも、それは」

「私は来週、破門されます」

「何ですって！」

二階堂はからだを乗り出し、安史の声を押さえ込んだ。そして、低い声で続けた。

「実際は『除籍』という扱いになります。絶縁、破門、除籍とか、この世界ならでは慣例で違いはわかりにくいと思いますが、『除籍』はカタギへの転向で、元の組織のヒモがつくことはあり、親分の承認だけで可能です。そこで表向き『破門』にすべき、と親分が考えてくれたのです。『絶縁』や『破門』は追放処分で、構成員でなくなります。他の組へも通達され、情報は警察へも流れます。警察は書面によって、その人間が組を抜けた事を知ります」

「…………」

「破門になれば、警察にマークされません」

「でも、破門なんて」

「安史さんが気にやむことはありません」

二階堂は言った。

「ということになったので、また雇っていただけませんか。利益が出るまで給料はいただきません。料理のできばえで、悪い噂を一蹴できるよう励みます」

腕は一流である。世間からあれこれ言われなければ、これ以上の人材はない。

二階堂が頭を下げた。座っていても二階堂は大柄である。日常にまぎれるためドトールへ来たのに、ドラマチックな景色になっている。

簡単な話ではない。警察はマークしないといって、家主は納得するだろうか？　商店会から苦情が来るかもしれない。でも開店は迫っている。これ以上の選択肢があるとは思えない。

そんなとき、書太郎が言ったのである。

「ありがたいお話じゃないですか。もうひとつを同時に解決すれば問題は消えます。進めましょう」

「もうひとつ？」

「湊さんが出資している五千万です。返済すればいいのでしょう」

「そんな、簡単に仰いますけれど」

二階堂は言った。

「たしかに簡単ではないと思います。親分は私を差し出す代わりに、返済をお願いしたい、とほのめかしているのかもしれません。口には出しませんよ。仁義を切った金ですから。でも湊組は金が必要です。いろいろと、けっこう切羽詰まっています」

二階堂は真顔であったが、書太郎は笑顔で言った。

「では、こういうのはどうですかな。二階堂さんの破門状を、五千万で買わせていただくというのは」

安史は声を上げそうになったがこらえ、低い声で言った。

「鳥谷さん、いったい何を言い出すのです」

書太郎は平然と構えている。

「安史さん、私に思案があると言ったでしょう。しかし、まあ何ですな。破門状を買うことになろうとは思いませんでしたがね」

安史と二階堂は黙って書太郎の顔を見つめるしかなかった。

書太郎は言った。

「人生とは、おもしろいものですね」

七

その二日前。

書太郎の元へ息子夫婦が連絡もなくやって来た。

ヒマな老人には出かける先もない。外へ食事に行くこともない。馴染みの店はあるが、飲みに行く気がしない。世界一周の船旅カタログを、気もそぞろに眺めたりする。

この日も朝から、ぼんやりとAMラジオを聴いていた。

「だから前もって連絡しなかったんだよ」

何がだからだ。

芳樹は元気な声で訊ねてきた。

「からだは大丈夫なのか？」

カラ元気は要らない。大丈夫かと訊ねたいのは私のほうだ。書太郎は芳樹に言ってやった。

「失敗や挫折は人生の必然だ。経験をバネに成長すればいい。事業を再生させるも、いったん廃業して新規にはじめるのもいいだろう。金は使え。雛子もそれを望んでいる」

芳樹はまたもや元気な声で言った。

「違うんだよ、父さん。そのお金はもう要らないんだ」

書太郎は気色ばんだ。

「雛子の気持ちを無駄にするのか？　命を賭けて、お前に金を残したんだぞ。お前はいつもそうだ。簡単にあきらめよって」

「そうじゃないんだって。母さんの意思は直接聞いている」

「意思だと？　遺言でもあったというのか」

「それを聞いた時は手術で助かったから、真剣にとらえなかった。でも遺言じゃない。

意思だ。言ってみれば希望だよ」

「自分が死んだら保険金を使え、という話だろう。自分を殺せとか、馬鹿な話をしよってからに……」

「父さん、ちょっと僕に話をさせてくれるかい？」

芳樹は笑顔さえ浮かべた。

「母さんはよくもこれを、四十年以上も我慢したもんだ」

台所でお茶を準備している明美の忍び笑う声が聞こえた。

何だ？　いったい、これはどうしたことか？

不審がる書太郎に、芳樹はくり返した。

「僕が母さんの保険金を使う事はない」

書太郎は、今度は黙った。芳樹は話した。

「一億円規模の負債を抱えたことは事実だ。それはなんとかしなくちゃならない。でも屋内農場を管理するプログラムが売れたんだよ。開発を続ける投資も決まった。総額十五億円だ。深層学習とロボット工学の専門家が参加する新しいプロジェクトチームもできる。ＡＩにつながるコア技術を誰にも頼らず、自前で開発してきたことが評価されたんだ」

「それは、いったい、どういうことだ……」

書太郎は何をどう訊ねれば良いかわからず、しどろもどろになったが、芳樹は父親に構わず明美に目配せした。

明美が台所から出てきた。そして、ふたり並んでかしこまった。

芳樹が頭を下げた。明美も倣った。芳樹は言った。

「父さん、いままで心配かけて申し訳ありませんでした。もう大丈夫です」

「………」

書太郎はふたりの後頭部を見つめたまま、口を開けて動きを止めてしまった。

時間が流れる。

明美がそっと顔を上げた。するとそこに大口を開いた書太郎の顔があった。明美のかしこまりはくずれ、笑いをこらえた。

明美は手で口をふさいで立ち上がり、台所へ引っ込んだ。

書太郎は口をいったん閉じてから訊ねた。

「十五億円だって？」

「うん」

「そんな大金、誰が出すというのだ」

「大金でもないよ。妥当だと思う。投資を決めてくれたのはメルカラ・ショッピングさ」

「何だって？」

書太郎は驚くしかなかった。いや、驚くというより、一瞬、途方に暮れてしまうような話である。

「急成長しているフリマ・アプリの会社だよ。農業分野への投資にも関心を持ちはじめていて、僕の事案に出会った。作物の生育に深層学習ＡＩを導入するアイデアに感心したらしい。出資形態はヴェンチャーキャピタルではなくイニシャル・コイン・オファリングの手法になるんだけれど、僕の作ったプログラムはブロックチェーンにつながる拡張性もある。作物の生育管理から、売ってお金にするまでの一貫システムを、まったく新しい仕組みで構築できるんだ」

芳樹は言った。

「次の一手はＡＩだ。ＡＩが人間の生活にどんな未来をもたらすかはわからないが、後戻りもできない。よりよい未来をみんなで模索していくだけ。それに、蜂と過ごしてみて生きものの不思議も知った。コンピュータと自然を調和させていきたい。人間はあくまで自然の一部だ。投資を決めてくれたメルカラ・ショッピングの山口社長とそんな話をした。情報化がさらに進化して人間と共存する社会。ソサエティ5・0だ」

カタカナ言葉を日常会話のように交わす息子。しかしアマゾンが潜水艦の運用ロボットを作る時代だ。芳樹の話も、まったくもってあり得る話なのだろう。

「謎のような話だが、事業を続けられるのだな」

芳樹はうなずき、事業展開計画をひととおり話した。

話し終えると茶を飲み干し、帰り支度をはじめた。

「どうしたんだ。もう帰るのか」

「忙しいんだよ。やらなきゃならない事が山積みだ」

「夕食だけでも一緒にできないのか」

書太郎は言ってから思った。芳樹にこんな言葉を掛けたことがあっただろうか。

明美も申し訳なさそうに首を縮めたが、表情は明るかった。

ふたりは手荷物をまとめると、テレビ台に置かれた雛子の遺影の前に正座した。

並んで手を合わせ、首を垂れた。

ひと息ついた芳樹に、書太郎は訊ねた。

「さっき、雛子の遺言とか言っておったな」

「今思えばそうかもしれないって事だ。その時は遺言だなんて思わなかったし」

「そんなことはいい。雛子はお前に何を話したんだ」

「生命保険がもし入ったら、ってことだよ」

「だから、何を言ったんだ」

芳樹は話した。

「事業補填でも生活支援でも、必要なことに使えばいいってことさ」

それはそうであろう。まっとうな話だ。しかし芳樹は意外な話を加えたのである。

「でもし、お金が必要なくなったら、そのお金でジャズを聴ける店を作りたいんだって」

書太郎は眉間にしわを寄せた。

「そんなことを言ったのか？　雛子が？……」

「言った。でも、遺言だったのかどうかはわからない。そうかな、といまちょっと思ってるだけ。だから、どう受け止めるかは父さんに任せる」

芳樹は鞄を持った。

「じゃあ、帰るよ。また報告に来る。父さんが東京に来てもいいんじゃないか。あ、これを報告しなきゃ」

芳樹は明美に耳打ちした。明美は、「そうよ、それをお伝えしなきゃ」と言った。いぶかしがる書太郎に芳樹は言った。

「実は引っ越しをするんだ。六本木はもういい」

「金の手当がついたなら、引っ越しはあとからでいいんじゃないのか」

「いいところが見つかったんだ。とっておきの場所だ。佃一丁目だよ」

「なんだって？」

「僕は佃を知らない。でも僕だって、江戸時代から続く鳥谷家の末裔《まつえい》だ。ちょうど、一軒家が空いていた。下町に住んで、祭りで神輿をかついで、子どもができたらそこで育てたい。詳しいことはまた報告するよ。父さんも佃に永く帰ってないだろう。こっちが落ち着いたら来てほしい。ぜったいだよ」

「お、おまえ、なんということを」

書太郎はこらえた。こらえきれない喜びをこらえた。

「もう行かなきゃ」

芳樹は言った。

「どちらにしても、繰り返すけれど、お金の手当は付いた。父さんが言うように、命であがなったお金は仕事に使わない。母さんが残したお金は僕のものじゃない。どうするかは父さんが決めればいい」

芳樹はさらに、念を押すように言ったのである。

「だって、いままでもずっと、そうしてきたじゃないか」

芳樹はさらに言った。

「父さん、僕はきっとうまくやる。経営が未熟で一度こけたけれど、エンジニアとしての自信はある。父さんの遺伝子を受け継いでいるんだからね。それに農業を選んだのも、父さんとの記憶だ。小さい頃、よく公園に連れて行ってくれただろう。舞子公園に野いちごがあった。これはうまいんだぞ、って食べさせてくれた。あれが僕の原点だ。おじいちゃんが父さんに船を教えたのと同じだよ。今度は佃へ僕が招待する。おじいちゃんやひいおじちゃんのことを、いっぱい話してほしい」

息子夫婦は帰っていった。

野いちごだと？　公園の木塀あたりに自生していた野いちごか。

かすかな記憶だ。しかし息子は思い出を心に刻み、それを人生の進路にしたという。

そして今度は佃に招待するという。

生意気なことを言いやがって。

書太郎はソファでぼんやりとした。何を考えればいいのだろう。

視線の先に雛子の遺影がある。

書太郎は腰を持ち上げた。よろよろと進み、遺影の前であぐらを掻いた。

そして書太郎は雛子に、あきれ顔で語りかけた。

「しかし、あいもかわらず、お前はとぼけているな。ジャズだって？　もちろん、本気で言ったんじゃないよな」

書太郎は苦笑いしたが、ちょうどその時、ラジオからやさしい曲が流れてきたのである。

ナット・キング・コールの《アンフォゲッタブル》であった。

忘れられない、あなたのことが
忘れられない、近くにいても　離れていても
まるで　心の中で奏で続く　愛の歌のよう

冗談のひとつも言えない雛子だった。それがこんな忘れ形見を残していたとは。

「お前というやつは……」

世界一周の船旅をしてみたい。ずっと思って来た。でもお前がいないなら、誰と行

けというのだ。

「わかった。やってみよう」

書太郎は涙を袖で拭った。言葉は途切れ途切れになったが、書太郎は言ったのである。

「お前はそこから見ておればよい。わたしもやるだけやったら、そっちへ行く。そのときはまた、楽しくやろうじゃないか」

雛子は何も言わなかった。やわらかな顔で、まっすぐ書太郎を見つめていた。

第十六章　バードランド

一

　書太郎は雛子の死亡保険金を、そっくりそのまま千鶴に渡した。千鶴はそれを湊組への返済にあてた。書太郎は千鶴の名代として送達も引き受けた。実際、五千万円の現金を持って湊組へ行ったのである。

「貸した金には利子が付く。利子はどうした」

　とはならなかった。親分はあいかわらず隠れていたし、若中も塀の向こうだし、書太郎という素人が相手だし、湊組は資金が必要だった。そしてなんといっても現ナマの力は強かったのである。書太郎はあっさり帰ってきたという。顚末《てんまつ》を聞いて安史は腰を抜かした。

「ひとりで行ったんですか？」

「そうだよ」

「無事でよかったです」

「無事さ。それに、うわさ通りイタリアンな事務所だったよ。しかし、パスタとカプチーノはなかったな。ザワザワして忙しそうだった。抗争の準備でもしてたんだろう」

「呑気なことを……」

安史は気を取り直して言った。

「まあ、パスタとカプチーノは出ないでしょうね。シェフはこっちにいますから」

「そうだった。じゃあ、いずれ、こっちでいただけるわけだ」

書太郎は笑顔であったが、安史は笑顔で応えるべきかどうかわからず、苦い目をしただけだった。

しかし書太郎の行動は、ＪＡＭＺ再建を前に進めたのである。

そして日本Ｊ不動産株式会社に差し入れた保証金の半金五千万を、書太郎からの借り入れとして計上し直した。湊組との関連は消えた。そこまで手順を踏んだのち、千鶴は盛田会長を訪問した。安史に書太郎も加わり、帳簿も見せながら説明をした。

千鶴は記者会見をするとも言ったが、盛田は止めた。

「嵐は収まった。藪をつついてくれるな」

しかし盛田は釘を刺しながらも、ほんとうに喜んだのである。商店街とやくざ、戦後から脈々と続いた関係が完全になくなったのだ。商店街はまっさらな状態でスタートできる。

「これで心おきなく引退できる。もう、何もしないぞ」


安史はそれからのひと月を必死で働いた。

平均睡眠時間は三時間。店のソファに座ったまま眠る日さえ多かった。しかし疲れは感じなかった。倒れるなら前を向いて倒れる、それが漢《おとこ》だ。誰が言った言葉か、坂本龍馬だったか、そんなことを思いながら走っていたのである。

音響のテストも終わり、ライブハウスはいつ客を入れてもいい状態に仕上がった。ステージの感触を確かめに来たミュージシャンたちの評判もよかった。

「早くここで演奏したい」

口々にそう言った。

レストラン部門は試食会を重ねてメニューを固めていった。その過程で、スーシェフも雇うことができた。北川《きたがわ》景《け》以《い》子《こ》という二十六歳の女性シェフで、ローマで三年間修業をした経歴もあった。満を持して帰国し、若くして大阪で店を出したが、客数が伸びずわずか半年で閉店した。それで応募してきたという。借金も抱え、ショックを引きずった感じもあったが、景以子は二階堂の腕前に驚き、料理人魂を取り戻したのである。景以子はがぜん働き始めた。新メニューの提案もした。景以子のセンスは二階堂とは違い、逆にそれは、レストランに力をもたらした。二階堂は「掘り出し物の才能を見つけた」とたいそう喜んだ。

そしてこれは別の再会ドラマでもあった。景以子は栞と高砂中学の同級だったのである。再会したふたりは声を上げて抱き合った。

「こんな事ってあるのね」

景以子は希なる美少女だった。中学卒業と同時に高砂から神戸へ引っ越したとき、高砂の男子たちがそろって嘆いたという伝説があった。景以子は神戸から大阪の私立高校へ通ったが、美少女伝説は引き継がれ、大阪市内の通学路にも待ち伏せ、追っかけが出現した。

しかし栞が十一年ぶりに見た景以子は、かつての美少女とは趣が違った。年を経てもじゅうぶんきれいだったが、髪を引っ詰め、化粧気がなく、目がらんらんとしていた。

　栞は景以子の失敗人生を聞いた。

「それで、そんな目をしているのね」

「そんな目って？」

「なんというか、決意を秘めたっていうか、こわいというか」

「こわい？　わたしが？」

「そんなことないわね。景以子ちゃん、やっぱり美人だわ」

　栞は自分の人生とも重なり合わせた。

「女の人生は苦難の連続ね」

　二人は共感し、新たな未来に関わりあえることを喜んだ。これから、景以子の料理に栞が音楽を乗せるのである。ふたりとも、プロフェッショナルとして。

　縁は不思議なもの。

「保険は縁をつなぐ仕事。わたしが景以子を呼んだのかも」

　栞は言ったが、そんな冗談も打ち止めである。ＪＡＭＺで定期的に演奏することが決まり、保険外交員を辞めることにしたのだ。通算二年半、成績最下位のままで辞めることになった。鳥谷夫妻から契約を取り付けたときは所長も喜んだが、栞が獲得した大型契約はその一件だけだった。それも五千万円の支払いが起き、会社としては支払い過多事例となった。もちろん営業担当の責任ではない。支社長も責めるでもなく、辞めると伝えたときにも「そうですか」と返しただけであった。

どちらにしても、バイトは終わりだ。目指すべき未来が見えたからである。

推薦をもらった南カリフォルニア大学の音楽学部への留学だ。入学試験には実技がある。失敗は許されない。

広瀬が栞のマネージャーとしてピーター・アースキンと連絡をとりあってくれていた。

「先生の推薦もあるし、栞なら入試を突破できるよ。音大も出てんだし。でも目指すのは首席卒業だ」

アメリカでさらに上手くなりたい。人生の目標である「自分の音」を見つけたい。人の好意を、自分が成長することで返したい。栞は思うのである。

二

新生JAMZは開店の一週間前となった。

「ママはいるか？」

外から帰ってきた安史が欽二に訊ねた。じゅうぶんなスタッフも雇えない中、欽二も睡眠三時間で働き続けていた。ただ、いまは座って缶コーヒーを飲んでいた。向かいには書太郎が座っている。書太郎が答えた。

「ご苦労さんです。安史さんも休憩しますか」

「ちょっと急ぎの用があって。ママは？」

欽二が言った。

「奥で寝てるかも。疲れてるし」

そう言っているところに千鶴が事務所から出てきた。

「安史くん、お帰り」

千鶴の目はらんらん、肌も艶やかだ。見るからに気合いが満ちている。欽二はどこを見ているのか。安史は言った。

「大事なものが抜けてました。店の看板。工芸屋さんに訊ねたら、明日発注したら間に合う。ＪＡＭＺのロゴは変わらないですよね？　看板のデザインも、前のままでいいですか」

「変えようと思うの」

「そしたら、希望を伝えんと」

「デザインじゃなくて、名前を変えるのよ」

書太郎も欽二も、千鶴を見た。

「え、JAMZを変える？」

「実は素敵な名前を思いついちゃったの」

安史は目を見張った。

「JAMZでなくなるって！」

千鶴はひと呼吸おいてから言ったのである。

「名前は『バードランド』よ」

千鶴はレコードの棚に向かった。一枚抜いてターンテーブルに置いた。はじまった曲は《バードランドの子守唄》である。

安史と欽二、そして書太郎。かける言葉を思いつけなかった。黙って曲に耳を傾けるしかなかった。

ワンコーラス聴いた。千鶴は音量を絞ってから言った。

「ねえ、ビール飲まない？　のど渇いちゃった」

千鶴自らカウンターの裏へ回り、冷蔵庫からビールを出し、栓を抜きながら訊ねた。

「ねえ、どう？　名前」

　書太郎が言った。

「ママさんがそう仰るなら、心から支援します。でも、どうしてバードランドなのですか？　ニューヨークのお店と提携するとか」

　千鶴は言った。

「バードランドはその名の通り『鳥の国』です。ここにふたり『鳥』がいるでしょう。大切な縁を名前にしたいのよ」

　安史が訊ねた。

「ふたりの鳥って？」

「わたしは『鶴』、そして鳥谷さん」

「わ、わたしですか？」

「千鶴と名をつけた両親への感謝、そして最後に現れ、危機を救ってくれた鳥谷さんへの感謝。鳥谷さんが登場しなければ、この店は実現できませんでした。それに」

「それに……」

「奥さまから、生前、お願いされてもいたんですよ」

「雛子が？　何を……」

千鶴が話したのは、芳樹の話と同じだった。自分が残した金を使わなくて済むなら、新しいジャズクラブを作るのに使ってほしいということである。

「もちろん、ご冗談だと思いましたよ。ところが本当になってしまったではないですか。なんと申し上げてよいのかわかりません」

「いや、そんなんじゃない……」

書太郎は言いかけたが、事実、雛子の言った通りに事が進んだのである。

なんということだ。

お前というやつは、なんという……。

書太郎は肩をふるわせるしかなかった。書太郎は手のひらで両目にフタをし、ゴシゴシとこすった。

千鶴は言ったのである。

「誠心誠意、雛を育ててまいります。お借りした五千万円は利子をつけてお返しできるよう、気を引き締めてがんばります」

書太郎は目にふたをしたまま顔を上げることもできず、無言でうなずくしかなかった。

そして、ついに新生JAMZは開店の日を迎えた。

いや、JAMZではない。

「名前は『バードランド』です」

開店の前日。千鶴は従業員を集め、地元メディアも呼んで看板の除幕式を行った。

千鶴はステージに立ち、マイクを持った。

「JAMZという名には、たくさんの思い出が詰まっています。ただ同時に、たくさんご迷惑をかけた歴史もあります。いろいろあって歴史だ、名前は守っていくものだ。重たいご意見もいただきましたが、新しい歴史がはじまるときには、新しい名前が必要と心機一転、出発させていただくことにしたのです」

千鶴は命名に至った経緯を説明した。

そして言った。

「ニューヨークで歴史を刻んだ名店を、神戸でふたりの『鳥』が引き継ぎます。さあ、鳥谷さん、どうぞステージ中央へ」

書太郎が千鶴と並んだ。

満場の拍手。

「鳥谷さんには感謝の言葉もございません」

千鶴は拍手が鎮まるのを待ってから訊ねた。

「でも、そういえば、お訊ねしたことなかったですね。鳥谷さんの鳥は何でしょう」

「え？」

特定の鳥なんてない。たまたま苗字がそうなだけ。

と書太郎は言いかけたが止めた。

突然、ひとつの場面がフラッシュバックしたのである。この瞬間に、この思いがよぎることが、前もって約束されていたかのようであった。

書太郎は言った。

「私の鳥はヒヨドリです。小っちゃくて、ヒーヨヒーヨと鳴く。家の植木に成った赤い実を食べに来るんです。カワイイやつです」

神戸新聞はバードランド命名の由来を記事にした。

《二羽の鳥が神戸ジャズの歴史をつなぐ》

書太郎は思った。

二羽じゃない、一羽とひと組のつがいだ。

でも、まあいいだろう。

書太郎は記事を切り抜き、雛子の墓前に供えたのである。

三

オープンから二ヶ月、バードランドは連日盛況となった。インバウンド景気で世界から客が来た事もあるが、新生モトコーが人気なのだ。商店街の設計が紆余曲折した混乱状態があって（自分勝手なことを言う連中ばかりだったせいで）「標準的な案」に落ち着かず、地元客にも新しい魅力を提供する事になったのだ。

当初の有名建築家による案は、二キロメートルにわたる商店街を「食品街」「衣料品街」「サービス街」と機能分化するものだった。設備工事の共通化でコストが安く管理もしやすい。しかし揉めたおかげで、統一環境デザインが決められないまま進んでしまい、管理側のご都合主義が排除されることになった。工事も間に合わず、テナントはスケルトン渡しで内装自由、勝手に店を作った。そんなこんなで、洋装店と立ち飲み屋とボクシングジムと占いの館が並ぶ、雑多な闇市文化が伝承されることになったのである。建築家は「私の思想がどこにもない」と怒ったが、商店街は人であふれた。混沌が商売人の想像力をかき立て、個性を乱立させることになったからだ。

モトコー、よくやった。テレビに雑誌に取り上げられた。

そんな気分は周辺にも波及した。

側道の路面店も不況で、シャッターを下ろした商店が並んでいたが、混沌はクリエイティブな磁力となった。元クリーニング屋にクラフトビール店が入った。出店を決めた若者はクリーニング屋に元々あった大きな電飾看板を残したまま商売をはじめた。取り外さなければ金はかからないし、古い電飾が若者には「クリエイティブ」だったからだ。

訪れた客は言った。

「クリーニング屋に入ってみたらビール屋だったんだよ。しかも手作りビールが旨い」

古い屋号をそのまま使ってしまおう。古くさい内外装を居抜きで使おう。こんな気分が界隈のデザイントレンドとなった。

元工務店はカフェ、元美容院は雑貨屋、元病院がデザイン事務所、元木工所がお好み焼き屋、元薬局のガールズバー、元やくざ事務所が熱帯魚屋になって登場した。妙な具合に拡張していく花隈界隈は、行政の想像力さえ活性化させた。

県と市は国に働きかけ、案はあってもやれなかった社会実験を実施するに至った。車道の歩道化である。

高架の北側は車道四車線の一方通行になっているが、その一車線をつぶして椅子を置いたのだ。

「ヨーロッパのカフェ文化を神戸にも輸入しよう」

恒久的に三車線にしてもいい。マンハッタンのような過密場所でも車道の歩道化が成功している。神戸も大阪とつなぐ大動脈の国道四十三号線を三車線に縮小し、環境保全の緑地帯を設けた実績もある。

「いいと思ったことはやってみることです」

市長の久元《ひさもと》は勢い込んで取材に答えた。

「神戸は大正時代、東京、大阪に次ぐ第三位の大都市でした。かつての賑わいを、想像力を駆使して取り戻していきましょう」

そんな市長の政治決断もあり、バードランドにも使用可能な道路部分が提示されたのである。有効に使ってください、と役所が伝えに来た。

しかし二十二区画である。使っていいと言われた道路は幅六メートル、全長二五メートルもある。

「広いわねえ。手が回らないわ」

千鶴はハナから音を上げたが、スーシェフの景以子と栞が音頭をとり、土日の昼間、中高生や大学生バンドのライブを定例化した。窓を開け放てば、新鮮な空気とともに元気のいい演奏が楽しめる。そしてこれは、女性や家族客を引き寄せることになった。バードランドはＪＡＭＺでは取れなかった昼間の売上を作ることに成功したのだ。

歩道化は界隈に新しいカフェ文化をもたらすことにもつながった。商店街にエンターテイメント施設が、バードランドを含めてあと三店舗入ることも決まったのである。女子がひとりで歩けなかった夜の商店街は、音楽も映画もお笑いも楽しめるような街になる。そしてこれからも、変化は続いていくだろう。

晴れた日曜日の昼下がり。市長もＪＡＭＺにやって来た。

「言い出しっぺですからね。通わないと」

デキシーバンドが和やかに演奏している。

「ヨーロッパ文化を取り入れようとご提案しましたが、今日はニューオリンズですね」

市長は青空の下でビールを飲んだ。

「商店街も盛衰をくり返します。街も変化します。続けるためには変化を怖がらず想像力を働かせることです。未来は見えにくいですが、それぞれがやれる事をやり、智恵を絞れば変化を先取りできる。そう信じます。がんばってください」

市長は千鶴ママの手を力強く握った。

その通りだ。変化を怖がったらだめだ。安史は相づちを打ったのである。

安史は、店のマネージャーとして働いた。それに加え、ミュージシャンとして、週に一度はどこかのバンドに混じって吹いた。客の前で演奏することで度胸も付き、のびやかな音はさらに磨かれた。

いくつかの苦難を乗り越え、人生ではじめて訪れた平和な日々である。しかし安史は平和に慣れていない。なんとなく、不安だった。

そのまま年を越え、春になった。

店も当初の賑わいは去ったが、黒字化を目指し努力を続けなければならない。安史は薄給のまま、ただ忙しく働いた。

そんな春。欽二が辞めると言い出したのである。就活するという。

「世の中の困っている人たちのために働きたい」

安史は聞いてあきれたが、ちょっと考えると、なんと喜ばしいことかと思ったのである。若い頃から問題だらけの欽二だ。自分も問題だらけ。そんなふたりが困難を共にした。困難というか妙な人生を歩んできた。その欽二が福祉活動のような社会生活を目指すという。疑うことも揶揄することもできたが、安史は素直に、応援しようと思ったのである。

欽二は決意を千鶴に伝えた。

千鶴はものすごくあわてた。安史も一緒に辞めると早合点したからだ。

欽二は笑顔で送り出された。追い出しパーティも行った。

ただ、この出来事があって、千鶴は決意したのである。

ある日の閉店後、千鶴は真剣な眼差しで安史に言ったのだ。

「安史くん、社長になってちょうだい。バードランドを譲る」

「あほな、ママまだ元気やないか」

「一生のお願いよ」

「一生はまだ早いって」

勢いだけで言ったんだろう。俺が社長になんてなれるはずがない。安史は千鶴をなだめ、元気づける事などを言った。そしてそのまま放っておいたのだが、それは違った。ある日、正式に頼まれたのである。その日は、新しく商店会長となった盛田の息子である章二《しょうじ》も同席した。

新会長は言った。

「君たちの世代がこれからの神戸を、いや日本を背負わにゃならんでしょう。しっかりやってください」

正面切って言われ、安史も考えざるを得なかった。

欽二は人生を変えようと動き出した。琹は九月からの渡米を目指してがんばっている。

自分も腹をくくるしかないか……。

しかし、不安はいつも現実になる。

そしてそれはいつも、さも当然のようにやって来るのだった。

四

バードランドでユース・ジャズ・オーケストラの卒業記念ライブがあった。ユースに参加できる期間は高校卒業まで。三月で最後となる高校三年生のフェアウェル・パーティでもある。昼間は歩道で学年ごとに演奏し、夜は常設ステージで、プロのミュージシャンも交じえたビッグバンドとなった。日本のジャズを支える大御所ミュージシャンも駆けつけ、客席から見える「厨房ドラム」も大受けした。

客が引いたあと、店のスタッフとミュージシャンたち、生徒、指導する先生、父母たちの打ち上げとなった。

高校生の時、ステューデント・ジャズフェスティバルで賞を獲り、いまはユースの指導役になっている広瀬があいさつに立った。

「みなさん、今日の演奏はとても良かったです。ほんとうに成長しました。マジですよ。最初の頃のバラバラ加減ではどうなるかと思いましたが（笑）。卒業してからもがんばってくださいね。続けていれば、栞さんのように、海外への夢にもつながります」

広瀬は栞を呼んだ。

「栞、こっちへ来てひとこと喋りなさい。夢のカリフォルニア。後輩たちに良いお話を」

「まだ入試前ですよ」

そう言いながらも栞はマイクを持った。栞はひと息ついて話しはじめた。

「はい、みなさん、今日はおつかれさまでした。そうですか。良い話ですか。えー、まあ、わたしに何が言えるかといえば、それは、やめずに続けてきた、それが良かったということです。日々の暮らしを支えるため仕事もしてきましたが、ジャズはあきらめませんでした。自分の音を見つけたい。その心でやってきました。そんなわたしを評価していただける方がいて、ほんとうにうれしいです」

拍手が湧いた。

「わたしは南カリフォルニア大学音楽科の推薦入試を受けるため、英語の特訓中です。ほんとうは、今も家で特訓してなくちゃならないんですけど」

栞は拍手とかけ声の中、ぺこりとおじぎをして下がった。広瀬が言った。

「では、乾杯しましょう」

大人にはビール、生徒にはジュース。

「みなさんの前途を祝して、かんぱーい」

和気あいあいと進んだ。

ドアが開いた。商店会の前会長である盛田と会長職を継いだ息子の章二だった。数人にかしずかれてやって来た。

千鶴が出迎えた。

「ユースの打ち上げなんですよ。生徒さんたちの未来を祝福する会です。みなさんもどうぞ、お入りください」

「ああ、知っているよ」

盛田は言いながら、案内された席に座った。

章二が、連れてきた人たちを紹介した。

「こちらは日本J不動産の部長に就任された諸岡《もろおか》さんです」

「どうぞよろしくお願いいたします」

諸岡はあたまを一度下げてから「広い店ですねえ」と店内を見渡しはじめた。章二はふたりめを紹介した。

「そしてこちらが、今度モトコーに出店を決められたTSURUYA書店の栗田《くりた》社長です」

栗田は名刺を取りだし、千鶴の前で腰を曲げて差し出した。

「新参者です。よろしくお願いいたします」

安史はカウンターの中にいたが声は聞こえた。TSURUYAだって？ 大企業じゃないか。モトコーに東京資本が入るのか？

諸岡が言った。

「栗田さんにはこちらから出店をお願いしました。アンカーテナントとなって商店街の活性に力をお借りしたいと」

「そうなんですね」

章二が千鶴に近寄った。

「ちょっといいですか」

章二は千鶴をカウンターの脇へ誘った。章二は言った。

「TSURUYA書店さんは、モトコー三番街の角地、十二区画ではじめられます」

「え？　その場所は決まっていたんじゃないですか？」

「日本J不動産さんからの要請で移転していただきました」

「要請ですか。でもそんなことしていいのですか。なんか、大昔のやり方に戻ったような……」

章二は答えず、小声で訊ねた。

「千鶴さん、経営はどうですか？」

千鶴はまだ赤字だ、とか云々を話した。章二はさらに声を低めた。

「もし家賃負担が大きすぎるなら、その十二区画と、ここの二十二区画を交換してくれます。貸主都合ということで、移転費用は負担するそうです」

安史は卒業パーティに感動していた。そこへオトナのうさんくさい話である。安史は割って入った。

「章二さん、何を言ってるんです。商売はじまったばかりやないですか」

「安史くん……」

「ママの両親のことも、じゅうじゅうおわかりでしょう。ママがどれだけの心血をここに注いできたか」

「安史くん、声が大きいって」

諸岡がゆっくりと近づいてきた。栗田社長は広瀬と話している。諸岡は言った。

「東京のJR高架通商店街でもリノベーション事例がいくつかありますが、TSURUYA書店さんにご出店いただいた場所はすべて客数が増えて、商店街がまるごと活性化しています。盛田会長には、その事実をお伝えしたまでです」

「何が成功事例ですか」

安史は言った。

「モトコーにはモトコーらしさがある。東京と同じでどうするんですか？」

安史はカウンターに置いたスマホをとり、バードランドのツイッターを表示させた。

「見てください。今日の演奏についての書き込みがもうあふれているでしょう　バードランドも千鶴ママも愛されている」

安史はスマホを見せようとしたが、諸岡は興味なさげだった。

「安史くん、それはまた別の機会に」

章二が間に入ろうとしたが、安史は最高の書き込みを探そうとスクロールした。

ところが、この日の投稿で、いちばん拡散されていたのは好意ではなかった。

それは安史と二階堂が千鶴をはさんで立つ、記念写真のような画像だった。今夜の写真ではなかった。二ヶ月ほど前か？　思い出せないその写真に、こんなコメントが付いていたのである。

―バードランドはやくざの店。シェフは湊組、マネージャーは川本組―

―やくざひも付き忖度ブラザーズがまだいる―

―湊組組長は常連客―

―バードランド、ワロタ―

湊組への返済は済んだ。組長は開店以来一度も来ていない。法的問題はクリアしている。後ろ指を指されることはない。

フェイクニュースだ。

しかし……人の口に戸は立てられないのか。

諸岡が千鶴に向き直った。

「次回の商店会会合で赴任のあいさつをさせていただきます。今後ともよろしくお願いいたします」

諸岡は一礼し、広瀬と話していた栗田社長を促し、章二と共に店を出て行った。

安史はスマホをにらみつけたままだった。

気づけば、盛田の父が安史のかたわらに来て、安史の肩を抱いた。

「会長」

「元会長や」

安史はスマホをしまってから訊ねた。

「新しい部長さんなんですね。鬼塚さんはどうされたんですか」

「異動された」

さらに言った。

「契約解除せんとふた月待ってくれたのは、鬼塚さんの一存や。事故なくおさまったが、リスクの大きい判断だったとか、社内ではいろいろと言われたらしい」

「左遷人事なんですか、その件で」

「定例の異動と、先月あいさつに来られた。それ以上は訊ねておらん。後任があの諸岡さんや。東大出らしいで。まあ、気にせんと、しっかりやってくれ」

そう言うと、店にいる人たちにあいさつをしながら帰っていった。

安史はツイッターの投稿を二階堂にも見せた。二階堂は表情も変えなかった。

それから一週間、安史は忙しく立ち働いた。欽二が辞めてしまったので、雑用も全部やったからである。アルバイト募集もしたが、ひとり問い合わせがあっただけで、その女性も面接に現れなかった。それ以後まるで応募がない。人手不足の時代に、夜や土日に働くサービス業の人気は低い。ユースの高校生に声をかけてみるか。練習がてら交代で手伝ってもらえないか。そんなことを思っていたのだが、集まらない理由は人手不足というより他にあった。

安史は店の裏口から野菜を厨房に運び込んだ。多くの野菜を地元の農家から直接仕入れていて、午後イチに配達がある。

商品の確認や再注文に伴う雑用は煩雑だ。欽二がやっていたが、今は安史しかいない。厨房スタッフは午後から出勤してくる。老齢のママに頼るのも限界がある。

たまたま、この日は書太郎が来ていて、荷受けを手伝った。

「ヒマですから」

口癖であるが、大口の資金出資者で、実質的なオーナーである。

書太郎は安史とどんどん仲良しになっていった。兵庫町にある安史の一軒家も訪ねるようになっていた。古い建て付けの平家だがそこは「ジャズの秘密基地」である。

名機と呼ばれるオーディオがあり、壁一面の貴重なレコードは四千枚。書太郎はそんな景色に圧倒された。いまは週に二度は訪ね、半日を過ごすこともある。

安史も書太郎の家を一度訪れたことがある。忖度仕事をした幼稚園の向かいだ。その折の拡散数が半端なかったので、目立たぬよう、サングラスにカウボーイハットをかぶっていった。フェイクニュースはごめんだ。そう思っての格好だったが、それは余計に目立った。とはいえ、誰も投稿したりはしなかった。

そして、そのときに出会ったちょっとした風景が安史の記憶に刻まれた。鳥谷家を出るとき、母親と幼稚園児が手をつないで園から出てきたのである。どこにでもある日常だったが、安史は見つめてしまった。ひと目で親子とわかる、同じような顔つきだったからだ。母親は安史にどぎまぎした様子を見せたが、子どもは楽しげで気にする様子もなかった。母親は安史にちょこっと会釈をして、歩き去った。

小さな自分が届かない高い棚に置かれたトランペット。泣いて暴れると、「しょうのないやつだ」と父親はあきらめたように笑った。安史はぶうぶうと吹き、父親は安史にトランペットを教えた。

幼い頃の記憶だ。

「どうしましたか？」

書太郎が訊ねた。

「目がそっくりなんですよ」

「はあ、それが何か」

「親子は似るのですね……」

書太郎は、安史が何を言いたいのか、つかめない目をした。

「それでは、また近いうちに。本日は失礼いたします」

安史はていねいにお辞儀をして、駅へ向かったのであった。


野菜の配達に続いて肉屋と魚屋もやって来た。安史と書太郎は食材を仕分けし、冷蔵庫や棚へ運んだ。

ひと息つこう。朝のコーヒーも飲んでいない。

コーヒーメーカーにスイッチを入れた。ちょうど二階堂が出勤してきた。

「私が淹れますよ。カプチーノはいかがですか」

「それはありがたいです。おいしいの頼みますよ。『仁義』って書いてもらおうかな」

書太郎が目を輝かせた。

「いいですね。私も一度組におじゃましましたが、『仁義』はいただいておりません」

二階堂は笑みを浮かべた。

二階堂はコーヒー豆をグラインドしマシーンにセットした。書太郎が言った。

「バードランド・イタリアンはクオリティの高さに見合わない価格の安さもあると、評価が高いです。食べログとかでも」

「厨房がいいチームなんですよ。とくに景以子は拾いものでした。テクニックはあるし材料を見極められるし、コスト管理もできる。うまくいかなかったけれど、一本立ちした経験がしっかり生きてます。私が辞めてもぜんぜんやっていけますよ」

「シェフがいてこそですって。よろしくたのんますよ」

「すぐには辞めませんがね。はじまったばかりですし。私のような脛《すね》に傷を持つ人間は、いつでも辞める覚悟を持っているということなんですよ。それが渡世というものです」

「足を洗ったやないですか。あ、まさか、あの投稿ですか？　J不動産の新任部長に見せてしまったやつ。あんなの気にしても仕方ないですよ」

安史は軽い調子で答えたのだが、二階堂は安史の言葉を目で聞くかのように、まばたきをやめていた。実際のところ、あれには安史も相当落ち込んだのである。人生の履歴は消えない。とくにダークサイドは。扱いを誤ると諸刃の剣だ。自分の問題を超え、皆に迷惑が及ぶ危険がある。ふたりの思いは似通っていたが、思いを心の奥底に押し込め、からだを動かす事ができるふたりであった。ふたりは作業に戻ろうとした。ところがそのとき、千鶴の素っ頓狂な声が聞こえたのである。

「そんなの、言いがかりです！」

ガラス壁の向こうに、商店会会長の章二と千鶴が見えた。何やら深刻な様子だ。安史はホールに入った。二階堂も続いた。千鶴はふたりを見ると目を見張り、章二は天井を見あげた。安史は近寄った。

「どうしたんですか？　何かありましたか」

「このひと無体やわ。とんでもないこと言うんよ」

「僕が言ってるんじゃないです。心配してるだけです」

「何の話なんです？」

安史が問いかけると、章二はため息をついた。そして言ったのである。

「新しいテナントがたくさん入ったんですけど、その中の三店舗が僕に訊ねたんですよ。バードランドはやくざ関係の店ですかって」

千鶴は言った。

「事実無根ですって」

「知ってますよ。だから、そんなことはないって答えたけど、そのあと、諸岡部長が来て言ったんです。バードランドのシェフとマネージャーはやくざ関係者だったのですね。知っていたら契約などしませんでしたと」

「解決済みでしょう」

「部長は言うんです。風評被害も致命的になる。悪い噂は元から絶つしかない」

書太郎も会話を聞いていた。書太郎は諸岡と一度あいさつしている。諸岡にはかつての自分と同じようなにおいを感じていた。サラリーマンの管理職。それも仕事ができる、策も弄せる、そしてプライドが高い。書太郎は思った。おそらく諸岡は最初から知っていたのだ。しかし自分からは動かない。噂が回り始めたタイミングで、商店会の人間に内部浄化させるよう仕向けたのだ。東京資本の人気書店を誘致したのはリスク回避の一策だろう。

章二は章二で怒っていた。

「僕はそんなことがあったと報告に来ただけです！　よろしくお願いしますよ」

章二は帰っていった。

「よろしくって、何がよろしくよ」

千鶴は唇を尖らせた。それから、どうしたものか、って感じで両手を広げた。

景以子が出勤してきた。

「おはようございます……あれ、みなさん、どうかしましたか」

安史は言った。

「何でもないですよ景以子ちゃん。朝のコーヒーでも淹れようかなって」

二階堂は言った。

「ああ、忘れていました。『仁義』のラテ・アートですね。今から作ります」

景以子が声を上げた。

「それ、わたしも見たことないです。ぜひ、お願いします」

明るいその声に、二階堂は静かな笑顔で答えた。

五

バードランドはジャズ通の定番になったが、レストラン単体でも顧客が増えた。ジャズ好きにイタリアンを勧め、イタリアン好きにジャズを勧める。栞と景以子は共同戦線で、しばしばホールに出て客にあいさつをした。ふたりともプロとしての力がある上、なんといっても美人である。タイプの違うふたりにはときどき「どっちが美人か」というAKB総選挙のような盛り上がりもあった。景以子は正統派美人であるが、コック服でメークも薄い、それでも美しさが漏れる、といった感じ。栞は実際の年齢より若く見える上に男の子受けするメイク、そして一所懸命の演奏。ファンの投票は二分するのである。

この日の夜は、しおりバンドの出演であった。七時と九時の二ステージ。終わったあと、大阪でライブを終えた広瀬が来る予定になっていた。十二時にスカイプをつなぎ、ロサンゼルスのピーター・アースキンとテレビ会議をするのである。推薦入学用に提出したプロファイルと課題曲を演奏した動画の審査はパスしていた。あとは英語での面接だ。芸術コースなのでむずかしい語学は必要ないらしい。

「南米人の英語なんてひどいもんだ。日本の学生はずっとましだよ」

ピーター教授はそう言ったが、面接で糞詰まるのはよくない。

この夜のテレビ会議は英語で受け答えする練習だ。そして夏からはじまるロサンゼルス生活についてのアドバイスでもあった。

栞のアメリカ行きが、現実味を帯びている。

栞と景以子のコンビがなくなるのはさびしい、という声はあるが、若者はいずれ独りで発《た》ち、未来に向かって進むのである。誰もが応援している。

午後十時、ライブが終わった。十一時には客も引いた。広瀬はまだ来ないが、十一時半には店内の片付けも終わった。栞はパソコンをセットしている。

全員がひと息ついた。

千鶴はビールの栓を抜き、グラスに注いでスツールに座った。

その時、二階堂がスーツに着替えて出てきた。

「あらシェフ、遅くにおでかけですか?」

ノーネクタイだったが、シャツはまっ白、暗い店内で蛍のように光っていた。見れば、革靴も磨かれているようだった。

二階堂はステージに上がった。ドラムセットを触り、靴で床をコンコンと蹴った。周囲の壁を、天井を、カウンターを順番に眺めた。ステージを降り、千鶴の元へ向かった。

そして腰を深く折ったのである。

「千鶴ママ、今までたいへんお世話になりました」

千鶴は瞬間湯沸かし器のように、気持ちを熱く高ぶらせたのであった。

わかっているのだ。しかし心の準備が出来ていない。

千鶴はすぐに答えたが、出せたのは小さな声だった。

「昨日は、まだまだ辞めないって言ったじゃない……」

千鶴はそれを言ってから黙り込んだ。心が揺れ、いまの言葉を嚙みしめることしかできなかったからだ。

千鶴は天井を見あげた。頰に手のひらを置き、数秒間目を閉じた。

目を開くと、大きく息を吐き、二階堂を見つめた。

「そうなのね、シェフ」

「はい」

千鶴はスツールから降りた。そして言ったのである。

「シェフには感謝の言葉もありません。ほんとうにおつかれさまでした。ありがとう」

二階堂は、またおじぎをしたが、姿勢を戻すと厨房に大きな声で呼びかけた。

「景以子！」

景以子が顔を出した。

「はい」

二階堂が手招きした。景以子がやって来た。

「何でしょうか」

「明日からお前が厨房を指揮しろ。独り立ちの時が来た。思うとおりやっていい」

「え？　わたしが……」

景以子は訊ねた。

「シェフは？」

「お前がシェフだ。私は今夜で辞めることになった」

「ええ！」

スタッフたちがざわつきはじめたが、二階堂は構わず安史に向き直った。

「安史くん、君とは妙なところで出会って妙な縁でつながった。きっと、見えない糸というのだろう。ほんとうに楽しかったよ」

「そんな」

安史は訊ねるしかなかった。

「二階堂さんは大丈夫なんですか」

「大丈夫とは」

「これからのことです」

「私のことは心配無用だよ。料理の世界にはね、昔悪い事をしていた輩がゴマンといる。しかしそれは関係ない。腕一本で食っていける世界なんだよ」

安史は重ねて訊ねた。ぶしつけだが重要な質問だ。

「組に戻る事もあるんですか」

二階堂は目の前で手のひらを振った。

「ぜったいにない。戻ったりしてみろ。『千鶴ママはやっぱりやくざを雇っていた』と言われてしまうだろ。それだけは命に替えてもないよ」

景以子は神妙な態度である。

「わたしがこんな大バコのシェフなんて」

二階堂は言った。

「できる。できる以上に、神戸《こうべ》一のイタリアン・シェフになれるよ。一度は自分で店を出したじゃないか」

「失敗したんですよ」

「失敗は未来の糧《かて》だ」

千鶴が二階堂に近寄り、深々と頭を垂れ、その手を取った。

「シェフ、ほんとうにありがとうございました。ご縁は一生忘れません」

そして二階堂と抱き合った。

それから二階堂は景以子とも抱き合った。二人の眼差しはどちらも清々しかった。

見ている未来は違うかもしれない。それでも二人には通じるものがある。

安史は思った。自分も次へ進まねばならない。自分にとっても潮時が来た事を、いま強く意識したのである。自分は店にとって癌細胞でもある。噂の根がある以上、穿《うが》った評判が立つ。今のうちなら、まだ治癒できる。

安史は店内を見渡した。金も智恵もなく、立ち往生するだけだったところから、よくぞここまで来たものだ。でもここは自分の場所じゃない。自分の未来は自分で作らなければならないのだ。自分らしい未来がきっとある。

安史は言ったのである。

「ママ、二階堂さんが今夜限りなら、俺もそうさせてください。俺がいたらアルバイトも集まりません」

千鶴はその言葉も黙って聞くだけだった。千鶴の瞳に涙がにじんでいる。

安史は言った。

「二階堂さんと俺がいなくなったら、ママに必ずやってほしいことがあります」

「何よ、やってほしいことって」

「関係者を集めて説明をしてください。『噂の元をぜんぶ絶ちました。これで文句はないでしょう』って」

「そんなこと、言えるはずないじゃないの」

千鶴は急にしゃくり上げた。ハンカチを出して鼻をかんだが、まだ涙は残っていた。しかし、はっきりとした声で言ったのである。

「わたしだって自分の信じる道を進みます。あなたたちの作った道を汚すことなど、決してしません。なんてったって、老い先短い身なんだからね」

景以子が泣きはじめた。栞も泣きはじめた。安史はたまらず厨房に飛び込んだ。裏の扉をあけて道路へ飛び出し、夜の空気を吸い込んだ。

そんなとき、表の扉から広瀬が入ってきた。息を切らしていたが、荒い呼吸も、泣き顔ばかりの前に立ち止まってしまった。

広瀬は訊ねた。

「いったい、これはどうしたことか」

「シェフが辞めることになったんです」

栞が涙を拭きながら言った。

「安史さんも……」

「安史くんが、どうした？」

広瀬には咀嚼《そしゃく》しきれない状況だったが、広瀬には役割があった。

「俺、彼にあやまらんといかんのや」

「どういうことですか」

「おらんのか」

「いますよ。厨房だと思います」

壁の時計が十二時十五分前を指している。ロサンゼルスとの交信をはじめなければならない。そのために急いできたのだ。

「パソコンの準備は？」

「できています」

「よし。その前に安史くんと話す」

栞は厨房に入り、安史を連れて出てきた。

「ああ、広瀬さん。おつかれさまです」

広瀬はあいさつをせず、いきなり頭を下げた。

「安史くん、申し訳ない」

「ど、どうしたんですか」

「僕、ずっとのびのびにしてました。ほんとうに申し訳ない」

「のびのびって、何の話です？」

「さっき、ピーターさんと事前打ち合わせをしていて言われた。トランペットの彼はどうなってる？　入学の手続きが終わってしまうぞ、って」

「え」

「ピーター先生は安史くんの推薦枠も空けて待ってるんです」

「え!?」

安史は諸手をあげてしまった。

「うそでしょ」

「うそじゃない」

広瀬は情況を簡単に説明した。

「アメリカって、いきなりそんなことを言われても」

「いきなりやなくて、僕が忘れてたんです。それは謝りますが、どうです？　アメリカへ行く気ありますか？　南カリフォルニア大学なら栞が書類一式を持っています。バークレイやジュリアードならすぐに取り寄せます。どちらでもピーター先生が推薦してくれます」

店内がざわつきはじめた。

「マジですか」

栞が涙を忘れ、はしゃいだ声を出した。

「安史さん、いっしょに行きましょう。まだまだいっぱい話したい。ベイクド・ポテトにも出ましょう」

ベイクド・ポテトはロサンゼルスのスタジオ・シティにあるライブハウスである。西海岸ジャズの名店、世界中からミュージシャンが集まる場所だ。

千鶴は笑顔を取り戻していた。

「捨てる神あれば拾う神ありね。真面目にやっていれば、空から神様が見ているって事よ。安史くん、あなたの道はできた。上手くなって凱旋公演に来てちょうだい。わたしも聴くまでは死なないから」

「死ぬなんて」

店のスタッフ全員が輪になり、そうだそうだ、とうなずきあった。

安史は広瀬に訊ねた。

「でも、金がいるでしょう。そんな金、すぐにないですよ」

千鶴は即座に言った。

「バードランドに出資してるお金を返すわ。元々、安史くんが稼いだお金なんだから」

忖度仕事で稼いだ四千万をつぎ込んだ経緯があった。欽二が辞めるにあたって、欽二の分は返した。自分の投資分もいつかは返るのかもしれないが、店のキャッシュフローをつかんでいるのは安史である。当座預金に残高はあるが、引きだせば日々の現金に困ってしまう。経営が多少上向いたとはいえ、銀行が運転資金を貸してくれるかどうかは、なかなかに不明である。

すると、そこへ、元気な声がした。

「心配しなさんな。私が用立てます」

一同、声の主を見た。

書太郎であった。書太郎は前に出て言ったのである。

「私はね、お金を使いたいのです。それも生きたお金をね。こんなにいい話はありません。安史くん、あなたは身を粉《こ》にしてがんばっている。がんばっている若者には正しい未来がなくてはいけない」

「そんな」

「ほんとうに、お金を使いたいのですよ。実を言うと、またお金が入る事になりまして、どうしようかと思っていたところだったのですよ、ハハハ」

書太郎は笑った。安史も千鶴も広瀬も、二階堂も景以子も栞も、あっけにとられた。

「これは、笑うところではないですな。いや、笑うところか……ま、そんなことはどうでもいい。人生はおもしろい。おもしろくやっていると、まわりを巻き込み、まわりもおもしろくなる」

書太郎は言った。

「安史くん、あなたは巻き込まれました。だから、もう逃げられません」

壁の時計が十二時を指した。

広瀬が言った。

「ピーター先生が待っている」

栞とパソコンの前に座り、スカイプをつないだ。

ピーターはすぐに、画面の向こうに現れた。ピーターはあいさつしながら言った。

「どなたもお元気ですか？　スタッフ全員おそろいですね」

「全員？」

広瀬は振り向いた。スタッフが整列していた。

広瀬はそれを見て栞を促した。席を立ち、後ろに回って列に入った。そして号令を発し、全員いっせいに日本式のおじぎであいさつをした。ピーターも画面の向こうで立ち上がり、日本式で返してきた。

広瀬と栞が着席すると、ピーターは言ったのであった。

「何かいいことありましたか？　みなさん、とても楽しそうじゃないですか」

千鶴は笑った。二階堂も安史も笑った。

六

欽二の後日談である。

欽二は結局、就活をほとんどしなかった。

まるであきらめていた二千万円が戻ってきたからである。

安史は欽二が就活をやめ、怪しげな連中と会いはじめたことを人づてに聞いた。アパートも解約して行方知れずになっていた。ほうぼう当たったがわからなかった。まさかと、元川本組の数名に訊ねてもみたが誰も知らなかった。

欽二が見つかったのは偶然だった。日曜日夕方の阪急電車三宮駅前広場。通称パイ山。欽二はギターを抱え、仲間三人で歌を歌っていたのである。

絢香の《ジュエリー・デイ》であった。

歌い終えておじぎをすると拍手がパラパラと湧いた。欽二は空き缶を持って回った。

何人かの観客が小銭を入れた。缶にはマジックインキで書いた「被災地支援」の文字があった。バンドの三人は金額を数え、顔を見合わせてニヤニヤしていた。

安史は怒りがこみ上げた。被災にかこつけた詐欺行為だ。

二千万円もの金が入ったので、まともに働く事を止めたのだ。

欽二のバカたれが。

観客が散った場所に安史は立ちすくんだ。欽二が気配を察し、顔を上げた。

「安史やないか！」

安史は答えず、欽二に近寄るといきなり襟首をつかんだ。

「な、なにすんねん」

「お前、なんちゅうことをしよる。就活はどうした。はあ？　世の中の役に立つ仕事をするとかぬかしよって。あぶく銭で遊ぶだけかい！」

安史は手に力を込めた。

「ずっと、連絡もしてこんで。家ももぬけのからじゃ」

「ま、待て。何を勘違いしとる」

いっしょに歌っていた二人は呆然としている。何事かと通行人も立ち止まった。

安史は手を離した。息は荒い。欽二は言った。

「チャリティーやないか」

欽二は地面に置いた空き缶を拾い上げた。「カミングコウベ」のステッカーが貼ってあった。ってあった。見れば、あとの二人もカミングコウベのシャツを着ている。
ギターケースの脇には案内のチラシが積まれている。本当に、被災地の支援活動だったのである。

欽二は戻ってきた二千万円があぶく銭である事を安史以上に感じていた。当分は遊んで暮らせるなど、露ほどにも思わなかった。就活を中断したのは、全国の被災地を回ったからである。欽二は世間からはみ出し続けた半生の反省を込め、五ヶ所に寄付をした。各地区に百万円ずつ。そんな中、神戸で支援活動を続ける人たちと関係ができたのである。「カミングコウベ」は阪神淡路大震災で世話になった日本中の人たちへの返礼としてはじまったチャリティーコンサートだ。欽二は神戸を愛する神戸の人間である。欽二は音楽で支援するNPO法人を立ち上げ、カミングコウベの運営を手伝っていたのである。

「まあ、誤解されてもしゃあないわ。そんな風に生きてきたしな」

欽二は安史が留学することを知っていた。知っていたが、友を気遣う以前に、自分の立ち位置をしっかりさせたかった。それで連絡をしなかったのである。引っ越したのは条件のいい部屋が見つかっただけの話であった。

欽二はあらためて、安史のアメリカ行きを喜んだ。

「栞ちゃんといっしょとは、うらやましい限りや」

欽二は言った。

「しかし何やな、お前の音楽好きが俺の人生に食い込んだわ。音楽のNPO作るなんぞ、思いもせんかった。まさかのまさかやで」

安史は欽二のギターを見つめた。

ギブソンのハミング・バードだ。和訳するなら「ハチドリ」または「歌う鳥」。

「どこでがめたんや」

「何を言うとう。ちゃんと買うたわい。ヤマハのギター教室で練習もしたで」

別れ際、欽二は安史に訊ねた。

「どうや。俺の歌、ちょっとは上手なったやろ」

「ああ、小銭を取れるくらいにはな」

ふたりは笑った。

第十七章　忘れ形見

一

八月に入った。九月の新学期を控えて、安史と栞はロサンゼルスへ旅立った。

南カリフォルニア大学ソーントン音楽学校は、一八八四年に設立したロサンゼルス地域で最も古い音楽芸術学校である。ＬＡフィル、ＬＡオペラ、ＬＡ室内管弦楽団、ナショナル・アカデミー・オブ・レコーディングアーツ＆サイエンスなど、多くの著名な音楽機関と提携している。学生たちはプロの現場に触れながら、最新の音楽技術を学ぶことができる。

ふたりは寮に入らず、ダウンタウン・アート地区のアパートを借りた。ピーター・アースキンのオススメ。数年前までは犯罪の多いヤバイ地区だったが、アートで活性化して人気の地区となった。学校も近くて自転車でも通学できる。ふたりは違うアパートだが、三ブロックしか離れていない。間のブロックには人気のブルーボトル・コーヒーなどもある。

二人はここで二年間、本場のジャズを勉強する。

夢のような暮らしだが、夢を買うのにも金がかかる。公立とはいえ、学費関連で年間五百万円程度かかる。成績優秀なら奨学金で実質学費免除となるが、生活費も年間五百万円は要る。ライブハウスへ通ってジャムセッションの機会を窺うが、演奏する活動費も必要だ。しかし安史と栞は、自分の小遣いしか用意しなくてよかった。書太郎が援助したからである。奨学金獲得を目指すようはっぱはかかったが、ひとりあたり一千万の計二千万円、それを書太郎はポンと出した。

妻の保険金を全額バードランドに投資したあと、退職金の残りは一千五百万ほどになった。二千万円には足りなかった。では、どうしたか。

書太郎は、自宅を売却したのである。

幼稚園が隣接地の松下家を買う話は暗礁に乗り上げたままだった。松下家は売却にいったん同意したが、幼稚園増設に関する行政手順が進まないうち、海沿いに建ち続ける新築マンションの価格がどれも、大阪駅前レベルの価格で売れるほどの人気エリアになった事を知ったのだ。垂水の海側は都市型のリゾート。JR垂水駅から大阪駅まで、快速電車なら五十分だ。自宅を壊してマンションにした方がいいのではないか。不動産価格が上昇機運にある。所有者は色気を出し、売却交渉が振り出しに戻った。それを知った書太郎が園長に助け船を出した。自宅を幼稚園に売却したのである。

鳥谷家の一階は幼稚園の事務室となった。二階は園長室になった。園長室からは幼稚園の運動場が見渡せる。旧園長室と事務室は、新たに受け入れる二歳児用の保育室に改装された。隣接地の売買交渉は一筋縄ではいかないだろうが、とりあえずこれで、幼稚園も一歩前に進める。待機児童解消に多少なりとも役立てるというものだ。書太郎が園長を引っぱたいた云々などは、遠い昔の笑い話になった。

そして書太郎は、兵庫町に引っ越したのである。アメリカへ旅立った安史の部屋だ。

「ジャズの隠れ家に住めるなんて、まさかだよ」

整理仕事で「がめた」という最高レベルのオーディオ機器、選りすぐりのアナログレコード。書太郎は満悦至極だった。

「二年間、博物館の管理人をさせてもらいますよ」

安史を見送るときに言ったが、この街こそ、自分が青春を捧げた場所、潜水艦のある、第四ドックがある街なのだ。近所の商店街には、若かりし頃に馴染んだ店がまだあった。お好み焼き屋、パン屋、立ち呑み屋……書太郎は毎日出かけた。純喫茶で濃いコーヒーを飲み、散髪屋でひげをあたった。早い時間に銭湯へ行き、風呂上がりには中畑商店でホルモン串をシーシー言いながら、昼からビールで流し込んだ。夜は夜で、かつて美しかったママがいるスナックで、古い歌を歌ったりした。

「楽しいぞ」

書太郎は街で会う人みんなに、あいさつをするようになったのである。

そして夏には佃島に帰った。都市化が劇的に進み、住吉神社の鳥居から本殿を望む上空にさえ高層ビルがそびえ立っていた。しかし、懐かしい匂いは残っていた。書太郎はその匂いを胸いっぱいに嗅いだ。

書太郎はお盆の迎え火を、住民たちといっしょに堀の近くで焚いた。佃のご先祖さまは舟を漕いでやって来る。雛子もきっと舟に乗せてもらっている。そんな思いを抱きながら、夏のひと月間、息子夫婦の世話になった。

住吉神社の本祭りでは、父をよく知る人が祭りの世話人をやっていた。さらになんと、祖父のことを覚えている人までいた。書太郎はそんな人たちにまじって神輿《みこし》をかついだ。獅子頭の宮出しでは雛子の遺影を頭の上に掲げた。そして、

「おりゃおりゃおりゃ」

とひときわ高い声を上げ、通りを練り歩いたのである。

二

秋が過ぎ冬が来て、師走になった。

メリケンパークに日本で一番背が高いというクリスマスツリーが立った。対岸の高浜岸壁からも見えると聞き、書太郎は出かけた。朝の気温がゼロ度という寒い朝であったが、

「もっと散歩してください。まだまだ長生きできますから」

医者に忠告されていることもある。

書太郎はふた月に一度、精密検査を続けていた。腎臓は小康状態であったが、血糖値が上がっていた。食事制限をまったくしていなかったからである。バードランドはわが家のような場所だ。景以子の料理はうまい。うまいものは食う。うまい酒は飲む。調子に乗って飲み過ぎると呼吸が荒くなりがちだったが、書太郎は気にしなかった。自分の人生なのだ。

朝の神戸港。遠く水平線まで波は静かだった。透明な冬空の光を受け、ポートタワーが水面に映り込んでいる。

神戸信号所史跡の脇に立つと、入江を挟み、涙滴型をしたオリエンタルホテルの奥に、のっぽのツリーが見えた。

「あんなの作ったんだ」

右手の北浜岸壁には、メンテナンスのために潜水艦が接岸していた。

「ツリーもいいが、これにはかなわないな」

書太郎の吐く息が白い。剝き出しの頭と首筋は寒気に冷え切っていたが、潜水艦を目にしたとたん、わずかながら頰がほてった。青春の血はいまもって熱い。涙滴型の艦体。オリエンタルホテルの建築意匠は潜水艦を意識したのかもしれない。おい、建築家、パクったんじゃないか？

岸壁に工員が数名見えた。その立ち働く姿は、遠い舞台の人のように眺められた。声をかけても届かないが、書太郎は語りかけるように言ったのである。

「C－3POが操艦する未来は近い。後輩たち、覚悟しておけよ」

それから海辺を歩いた。雪化粧をした六甲山系が間近に見えた。

今夜から天気が崩れるらしい。港にも雪が舞うかもしれないが、今は雲ひとつない空である。

ショッピングモールから聞こえてくるクリスマスソングに、家族づれや、若者たちの明るい声が混じっている。

書太郎は遠く水平線を見ながら、万感の思いを抱いた。

いい人生だ。

ああ、いい人生だ。

たったひとつをのぞいては。

ムラサキツユクサが好きだった雛子。雑草など刈ってしまえ……俺は言った。なんと愚かだったことか。

雛子、新しい家にはどんどん植えてくれ。家をまるごと可憐な花で包んでくれ。香りに誘われ、蜂も小鳥もやって来るだろう。生きとし生けるもの、わが家の客だ。

帆船がやって来た。帆先をからかうように、つがいの水鳥が舞っている。

書太郎は声を上げた。

「わたしも鳥になろう」

もう一度言った。

「わたしも鳥になろう！」

つがいの鳥はからだを寄せ合ったあと、キー、とひと声鳴き、空高く白い翼を羽ばたかせたのである。

書太郎の視界が涙でにじんだ。紫色いっぱいの景色が涙で見えにくくなった。書太郎は景色をつなぎ止めようとしたが、あふれる涙は色を流し去った。

そのとき寒風が吹きすさんだ。

そして次の瞬間、景色は書太郎の視界からふっと消えたのである。

書太郎はよろよろと海辺に座り込んだ。


そのまま、一時間が経った。

「もしもし、大丈夫ですか？」

書太郎の顔はまっ白だった。

警備員はあわてて救急車を呼んだが、その時、すでに息はなかったのである。

死因は不整脈。

雛子と同じであった。

エピローグ　ワルツ・フォー・デビー

一

三年後のクリスマス。バードランドでメモリアルコンサートが開かれた。

栞と安史の凱旋公演でもある。

ふたりは揃って優秀な成績で卒業した。学業と並行してベイクドポテトのステージにも上がり、ピーター・アースキンとも再演を果たした。安史はニューヨークにもたびたび乗り込み、世界のプロとも競い合った。そしてある夜、ロバート・グラスパーと出会った。難解で古いと言われているジャズを変えたミュージシャンだ。そんなグラスパーと、深夜のクラブで共演したのである。安史のジャズはこの経験で新たに進化した。

安史がジャズにのめり込んだのは、クリフォード・ブラウンだった。ブラウニーが奏でるホーンは心の友だ。しかし、グラスパーを知り、ジャズは革新である事をあらためて知ったのだ。

ジャズとは過ぎ去った過去を懐かしむ音楽ではない。四ビートのベース・ラインに、シンバルのレガート、二拍目と四拍目に刻まれるハイハット、スイングする八分音符、オルタードしたスケール、パッシング・ノートやアプローチ・ノートで装飾されたビバップのフレーズ……それは美しい。しかしそこから抜け出せ、旅立て、とグラスパーは安史に語った。

凱旋公演で安史は、自ら作曲したバラードを披露した。曲名は《リメンバー・バード》。バードとはチャーリー・パーカーの事であり、もちろん神戸のバードランド、千鶴ママ、そして鳥谷夫妻である。郷愁いっぱいのバラードだったが、しかし新しい曲想であった。古典的なジャズの奏法のうえに印象的なコード進行を使ってメロディーを拡大させる、大胆な手法は個性を打ち出しながらも、音が心地よい。スローテンポのブラシとベースラインに乗せ、安史は主旋律を哀しく吹いた。元々持っていた伸びやかな音に正確性が増し、メロディが引き立った。

安史は知った。いいジャズを演りたかったら、ジャズが主題でありながら、ジャズを主題にしないことだ。演るべきは自分の心である。安史はルックスも洗練された。苦しい人生の表層でもあったうさんくささが、きれいさっぱりなくなった。細身の黒いスーツは美しいメロディと調和していた。ここに至って安史はプロのミュージシャンになったのだ。

栞も明らかに変化していた。かわいさと幼さに人気があったが、この夜の栞は大人の女だった。紫色のノースリーブドレス、茶色に染めた長い髪、長いまつげ、きれいに手入れされた細い眉。からだには少し丸みが増していた。そしてなにより、サウンドに創造性があふれていた。栞の三年間も劇的だったことが、この夜の演奏に表れた。栞は安史のメロディを受け、美しくも激しい旋律を奏でたのである。

ふたりは客をじゅうぶん酔わせ、ステージを終えた。

拍手喝采である。

安史は胸を張って拍手に応えた。

栞はていねいに腰を折った。客席に応えながら、安史に流し目をした。よかったわよ、あなたも、って感じで。

千鶴はふたりの身のこなしに、ため息をついてしまった。

「安史くん、かっこよすぎるわ。それに栞ちゃん」

シェフの景以子が千鶴と並んで拍手を送っている。千鶴は言った。

「色気の勉強もしたのかしらね。そう思わない？」

景以子は大きくうなずいた。

「ほんとです。どこから見てもいい女。アメリカでいいことあったのかもしれないですね、彼と……」

「そうね、あってもおかしくないわね。でも、どうなのかしら。ふたりとも本当に音楽ひと筋でがんばってきたみたいだし」

「じゃあ、これからですよ。恋の予感ってとこかしら。ふたりはそれを演奏したんじゃないですか」

景以子は言った。

「でも、直球で訊ねてみますよ。どうなのって……」

「あらまあ。景以子ちゃんおせっかいね。自分のことはどうするのよ」

景以子も仕事一色で時間がない。ただ、料理は生きがいだった。精気にあふれ、いまや追っかけもいる有名美人シェフである。

景以子は拍手を続けながら言った。

「はーい、わたしもがんばりますー」

景以子は厨房に戻った。

二

この夜のトリは「神戸バードランド全世代ビッグバンド」だった。下は小学生から、上は八十三歳のトロンボーン奏者宗清洋、関西では最高のピアニスト竹下清志、ニューヨークからも黒田卓也が帰ってきた。そこに艶やかな女性ヴォーカリストたなかりかと若手ピアニストの小林沙桜里。神戸ジャズを育てた先輩、受け継いでいく若いミュージシャンたち、全員参加のバンドだ。

駆けつけた家族、ミュージシャン、グラス片手の一般客、みんなで盛り上がった。アンコールに応えた《ドナ・リー》は頭上を走る列車の振動さえ巻き込んで、お店全体が揺れた。

満場の拍手の中、広瀬がマイクを取った。

「ジャズ界の大御所をあらためて紹介させていただきます。トロンボーン宗清洋、ピアノ竹下清志」

拍手喝采。

宗清と竹下はさらなる拍手を浴び、手をあげて応えた。

いいコンサートだった。ミュージシャンたちはステージを降りはじめた。観客の何人かは出口へ向かおうとしたが、暗転したステージでは、次に出演するバンドのセッティングがはじまった。

広瀬は言った。

「さて、お年寄りがいれば若者もいます」

会場の一部がくすりと笑ったが、広瀬は振り返り、準備を確認した。

「バードランドを愛するすべての人に、素敵なジャズをお届けしたいと思います。ラストを飾るのは奇跡のピアノトリオです」

まだ誰か演奏するのか？　奇跡だって？　観客が期待の視線を寄せたとき、ステージに照明が当たった。

グランドピアノのそばに立つのは、ピアノの高さと同じくらいの背の、小さな女の子だったのである。おさげ髪に赤いリボン、ピンクのワンピース。ドラムとベースはブレザーにネクタイを締めた男子生徒だ。

「小学四年生のトリオです。準備はいいかな。では、お願いします」

女の子が座った。息を整え、男の子ふたりに目配せした。

ピアノソロで前奏がはじまった。

ビル・エバンスの《ワルツ・フォー・デビー》である。

ゆっくりとしたワルツの調べだったが、その音は驚きとともに、いきなり観客のため息を誘ったのである。十歳の女の子の、なんと大人びた気品であることか。

ピアノにベースが絡んだ。低音を刻むだけの伴奏ではなかった。バイオリン弾きのような旋律でピアノを鼓舞している。女の子は目をつぶり、ベースと競合するように曲の世界を紡ぎはじめた。インテンポでブラシが入り、ワルツは軽快な四ビートとなった。そこへ至って、プロのミュージシャンたちこそ驚いたのである。独創的なアイデアを絡ませながら進めるインタープレイだ。高難度の演奏法。ビル・エバンストリオがジャズの歴史に刻んだスタイルだ。

演奏は軽やかに、エレガントに進んだ。ウイスキーのグラスさえ似合いそうな気分。

小学生のピアノトリオだったが、三人は聴衆を、日曜日の午後の、ニューヨークのジャズクラブへ誘っていったのである。

四ビートで観客を乗せたあと、ドラムが鎮まり、ピアノとベースはワルツに戻った。

「驚いたね」

竹下は鍵盤を叩く小さな手に魅入ってしまった。

「宗さん、天国のビル・エバンスが嘆いてますよ」

「何だって？」

宗清は答えた。

「嘆くもんか。喜んでるよ。こんなふうに受け継いでもらえて」

「いやいや、そうじゃないんです」

竹下は言った。

「こんなのが聴けるなら早死にするんじゃなかったって、そういう嘆きです。ベースも、スコット・ラファロの再来ですよ。僕のバックについてもらいたい」

宗清はにやりとして答えた。

「そういうことか。じゃあ、せめて俺たちは長生きするかね」

大御所ふたりの戯《ざ》れ言を、千鶴がほほえみで聞いていた。竹下は千鶴に言った。

「長生きもほどほどにしないと。ねえ、ママ」

「わたしにお訊ねですか？」

千鶴は大御所ふたりに笑顔を向けた。

「ほどほどじゃなくて、ずっと長生きしてくださいね」

芳樹と明美も演奏を楽しんだ。アンコールからは席を立ち、カウンターの端に立ってステージを見ていた。

千鶴が芳樹のそばへ来て、ていねいに腰を曲げた。

バードランドはようやく経営が安定してきた。銀行にも信用ができ、千鶴は書太郎の出資金五千万円の返済を、息子の芳樹に持ちかけていた。

しかしこの夜、芳樹は新しい提案を持っていたのである。芳樹はピアノトリオの演奏をバックにして、千鶴に言ったのだ。

「返済は辞退いたします。というより、私に同額を足させていただけませんでしょうか。そしてお願いです。第二、第三の栞さん、安史さんのため、バードランド奨学基金を創設していただきたいのです。両親の願いであり、あとを継ぐ者の願いでもあります」

小学生たちの奏でる美しいジャズが感動を誘っている。

聴衆のすべての目が、子どもたちの未来を信じている。

千鶴は芳樹の目を真正面に捉えながら手を握った。

「なんて素敵なご提案でしょう」

千鶴は言った。

「きっとやりましょう。あの子たちも、アメリカへ行かせてあげたいですからね」

店内の壁には、ジャズの歴史を作り上げた名プレイヤーたちの写真が並んでいる。デューク・エリントン、ルイ・アームストロング、ビリー・ホリデイ、チャーリー・パーカー、ディジーにモンクにマイルスにコルトレーン。

そのなかにたったひとつ、日本人の写真があった。サイズも小さい。

しかし、遠慮気味に飾られたその写真こそ、バードランドに関わる者みんなの誇りだった。

書太郎と雛子のツーショットである。

書太郎はペンシルストライプのスーツにソフト帽、立派なひげを生やしている。雛子は肩を出した花柄のワンピース、唇に赤い紅を引いている。

雛子は恥ずかしそうな顔をしていた。

「笑え、デビー。記念写真だぞ」

いまにも書太郎が、そんなふうに言いそうだった。

参考文献

チャーリー・パーカーの伝説　ロバート・ジョージ・ライズナー　片岡義男訳　晶文社

マイルス・デイヴィス自伝　マイルス・デイヴィス／クインシー・トゥループ　中山康樹訳　シンコーミュージック・エンタテインメント

マイルス・デイヴィスが語ったすべてのこと――マイルス・スピークス　小川隆夫　河出書房新社

ジャズメン死亡診断書　小川隆夫　シンコーミュージック・エンタテインメント

マイルス・デイヴィス「カインド・オブ・ブルー」創作術　アシュリー・カーン　川嶋文丸訳　DU BOOKS

ジャズ・イズ　ナット・ヘントフ　志村正雄訳　白水社

セロニアス・モンクのいた風景　村上春樹編　新潮社

さよならバードランド　あるジャズ・ミュージシャンの回想　ビル・クロウ　村上春樹訳　新潮文庫

モダン・ジャズのたのしみ　植草甚一　晶文社

バードとかれの仲間たち　植草甚一　晶文社
「ジャズ・マガジン」を読みながら　植草甚一　晶文社
東京大学のアルバート・アイラー　東大ジャズ講義録・歴史編　菊地成孔／大谷能生　メディア総合研究所
盛り場はヤミ市から生まれた　橋本健二／初田香成（編著）　青弓社
30周年史神戸市商店街連合会　付記〝幻の商店街〟　神戸市商店街連合会、神戸市経済局
神戸青春街図　プレイガイド・ジャーナル（編著）　有文社
高架下商店街と人びと　片岡喜彦　こたろう写真倶楽部
元高モトコー　元町高架下（モトコー）にぎわいづくり実行委員会広報部
がーど　元町高架通商店街振興組合機関誌
潜水艦完全ファイル　中村秀樹　笹倉出版社
火輪の海―松方幸次郎とその時代―　神戸新聞社編集　神戸新聞総合出版センター

あとがき　謝辞に代えて

松宮　宏

この物語はフィクションとドキュメンタリーを脚色したものの合体、という色合いでできあがりました。

実在の人物も多く登場していますが、彼らの行動、発言は作者による想像の産物です。

よく取材されていますね、と訊ねられることも多いのですが、まずは妄想がありま す。そして人物が登場し、人物の性格があり、性格のせいで事件が巻き起こります。そんなとき人はどうするか。次の行動は？　登場人物と一体になって考えると、次に起こるであろう出来事に突き当たります。考えて考えて突き当たった、妄想の結果としての出来事こそ、現実世界における真実に近づいてくる、そんなことをいつも考えながら執筆を進めています。

ひるがえって、事後取材はていねいにします。今回はとくにそうです。

ジャパン・ステューデント・ジャズフェスティバルで中高生の演奏に感動したこと、潜水艦のある風景が日常にあること、日本一長い鉄道高架下商店街が寂しくなっていること。これを三題噺として組み合わせたのは奇想ですが、場所と出来事は現実に根ざします。正しく描写するために、実際に存在する場所で、生活されている方を間違って描写しないために、仕上げの段階では何名もの関係者を訪ねました。

元町高架通商店街、川崎重工業、ジャズクラブ運営者の方々のお話には臨場感があることはもちろん、ちょっとしたエピソードにある珠玉の輝きは、物語に素敵な色気をそえてくれました。

現役で活躍されているミュージシャンにも登場を快諾いただきました。

演奏シーンとセリフがある方々は、トランペットの広瀬未来さん、サックスの高橋知道さんと中島朱葉さん、トロンボーンの向井滋春さんと宗清洋さん、ピアノの竹下清志さん、アメリカからはピーター・アースキン&Dr.umバンド。

実名企業と仮名企業もごじゃまぜ。実際ある場所で実際に起こっていない出来事も描いています。「こんなこと知らない」「私はこんなセリフ吐かない」お叱りを受けるかもしれませんが、小説です。「妄想の先の真実。なるほど」。寛容の心で楽しんでいただければ幸いです。

解説

大森　望

神戸にはジャズがよく似合う。
本書冒頭にも記されているとおり、いまから百年近く前の一九二三年、日本で最初のプロのジャズバンド「ラフィングスターズ」が結成されたのは神戸の街だった。当時の外国人居留地にあった旧オリエンタルホテルで演奏していたという。その意味では、神戸こそ、日本のジャズが生まれた街なのである。それだけではなく、神戸ジャズストリートをはじめとするジャズイベントや、ジャズ喫茶、ジャズレストランなどのジャズスポットも多数。本書からちょっと引用すると……

神戸は昭和七年に「ジャズ」という名の喫茶店が開業した。昭和二十八年開業の「ＪＡＶＡ」は、米軍キャンプで唄っていた江利チエミも訪れた店だが、創業六十五年の今でも営業を続けている。北野坂には、たかだか百メートルの間に九軒のジャズクラブがある。ニューヨークのセブンスアベニューサウスでも、ここまで密集していない。ターミナルの三ノ宮駅前広場で演奏し、観光客をジャズで迎えるような景色もある。南京町や水族館、植物園、寺の境内やワイン畑でもライブが開催される。神戸はさまざまな場所でジャズが奏でられ、聴く人がいる。

松宮宏の書き下ろし長編『アンフォゲッタブル』は、そんなジャズの街・神戸を舞台に、ジャズ小説とご近所小説を融合させた、ユーモアとペーソスあふれる大人の人情物語である。徳間文庫から出る著者の小説としては、『まぼろしのパン屋』『さすらいのマイナンバー』『まぼろしのお好み焼きソース』につづく、四冊めの文庫書き下ろし作品。これまでの三冊が〝関西のおいしいもの〟をテーマにしていたのに対し、今回はジャズがテーマになる。

舶来のジャズと日本的な人情噺は、なんだか水と油のようにも見えるが、神戸を舞台にすることで、ふたつの文化がみごとに溶け合い、すばらしいスイングを実現している。ウソだと思う人は、どこでもいいから本書をぱっとを開いて十ページも読み進めば、その独特の魅力に心を奪われるはず。

したがって、そもそも無粋な解説など必要ない小説なのだが、「でも、ジャズとか興味ないし……」と思っている懐疑的な読者のために、もう少し細かく中身を紹介する。

主人公のひとり、鳥谷書太郎は、十年前に定年退職した元潜水艦エンジニア。東京都中央区佃の漁師の家に生まれ、船好きが昂じて都立高専の機械科に入るが、授業の一環で訪れた横須賀港で、海上自衛隊の潜水艦『みちしお』と衝撃の出会いを果たす。どうしても潜水艦を作りたいと猛勉強して大阪大学工学部に編入し、卒業後は川崎造船に入社。人生を潜水艦設計に捧げることとなる。在職中は二十艦の設計に関わり、若いエンジニアからも敬愛される存在だったが、時代の変化には勝てない。コンピュータ設計の波とともに部長職を後身に譲って「マイスター」なる名誉職をあてがわれ、暇を持てあます日々。

五歳年下の妻・雛子とは社内結婚。すでに四十数年連れ添っているが、いまどき珍しいほど典型的な亭主関白で、ご近所さん相手にもつねに滔々と大声で正論をまくし立てるから、妻の雛子としては気苦労がたえない。定年退職後の書太郎は、〝プライドという郷愁を抱きしめるだけの、扱いにくい男になってしまった〟のである。

まるで昭和のホームドラマに出てくる頑固親父のようなキャラクターだが、そんな書太郎の唯一の趣味がジャズ。といっても、これまでは、自慢のレコード・コレクシヨンから、マイルス・デイヴィスやオーネット・コールマンの名盤を大音量で鳴らすくらいだったが、そのジャズが取り持つ縁で、さまざまな人々と交流の輪が広がっていくことになる。

中でも印象的な相手が、ともに二十六歳のフリーター、海音寺安史と池波欽二。かつてはヤクザの組事務所にも出入りしていた不良上がりの〝半グレ〟コンビだが、最近、異常に儲かっているアルバイトというのが、SNSを活用したネガティヴ・キャンペーン。要するに、悪い噂をたてる仕事である。たとえば、二人の今日の仕事はデモつぶし。相手は、元町高架下通商店街（モトコー）の店舗立ち退き反対デモなのだが、といってもデモ参加者に暴力をふるったり、いやがらせしたりするわけではなく、超インパクトのある（いわば〝逆インスタ映え〟する）ヤクザファッションでデモ隊に混じり、道行く人にスマホで写真を撮ってもらってSNSで拡散させる。つまり、あそこのデモにはヤクザが関わっているらしいという〝風評〟を流布させることでデモのイメージを傷つけるのが目的。こういう商売が現実に存在するのかどうかは寡聞にして知りませんが、いかにもありそう。最近流行している〝バイトテロ〟も、じつはライバル会社が営業妨害のために雇った人間が混じってたりして……と妄想が膨らむくらいで、この現代的な発想が面白い。やがてふたりは、ネット上で〝忖度ブラザーズ〟の異名をとり、思いがけない人気を集めることになる。

ちなみに安史のほうは東京生まれ。神戸に来たのは十一歳のときなので、関西弁が若干怪しい。相棒の欽二に言わせると、「関東の人間が中途半端に関西弁に馴染むと岡山弁に似る。漫才の千鳥みたいな話し方や」ということになる。それを聞きつけたヤクザの舎弟に「千鳥の漫才やってみいや」と言われて仕方なくやってみたところ大ウケだった……とか、笑えるエピソード多数。

この安史も、実は大のジャズマニア。マイルス・デイヴィスも愛用していた希少なヴィンテージもののトランペット、マーチン社のコミッティー・モデルをひょんなことから格安で手に入れ、ひまさえあれば埠頭で吹いている。なにしろものすごく分厚い唇の持ち主なので素人離れした音が鳴る……という設定はともかく、デモつぶしのバイトで知り合った女子高生たちが入っているユース・ジャズ・オーケストラの練習を見学に行ったのが縁で思いがけずジャムセッションに加わることになる第四章の山場はじつにすばらしい。

このオーケストラの指導役として登場するのが、実在するプロの若手ジャズ・ミュージシャン、トランペットの広瀬未来とテナーサックスの高橋知道。両者とも、学生時代から渡辺貞夫とセッションしたキャリアを持ち、神戸のジャズシーンには欠かせない存在。そのふたりが小説の中にとつぜん実名で登場し、架空の主人公たちと（文字どおり）セッションをくりひろげる。この虚実入り乱れた趣向が本書の特徴のひとつ。著者いわく〝妄想＋ドキュメンタリー脚色の合体〟だそうです。

登場する実在ミュージシャンはこのふたりだけではない。一番の大物は、かつてウェザー・リポートで（ベースのジャコ・パストリアスとともに）リズムセクションを担当した名ドラマー、ピーター・アースキンだろう。来日公演のシーンが挿入されるとかいうレベルではなく、がっちりストーリーにもからんでくるからおそろしい（著者が直接ご本人と交渉して〝出演〟許可をとったそうです）。

このアースキン・バンドが登場する第七章の演奏シーンは、さっき絶賛した第四章のジャムセッションが前座に見えてくるほどの豪華絢爛ぶり。ジャズの楽しさを（まるきり門外漢のぼくにも心から堪能できるくらい）こんなに瑞々しく鮮やかに描いた小説も珍しい。

さらに小説の後半では、モトコーの店舗立ち退き問題や、老舗ジャズ・バー「JAMZ」の復活プロジェクトがからみ、ストーリーは『下町ロケット』的な盛り上がりを見せてゆく。ちょっと出来すぎじゃないかと思うところが人情噺《ばなし》のツボ。愛あり涙あり笑いあり。思わずほろりとさせる名場面が唐突に出てくるから油断できない。

なお、ジャズに不案内な読者のために書いておくと、タイトルのUnforgettable（〝忘れえぬ人〟くらいの意味）は、アーヴィング・ゴードンが作曲し、ナット・キング・コールが一九五二年にリリースした八曲入りの名盤『Unforgettable』の表題曲（ネルソン・リドル編曲のオーケストラ演奏）として知られる。一九九一年には、娘のナタリー・コールが亡き父の音源とデュエットし、翌年のグラミー賞の最優秀楽曲賞を受賞した。もっとも、いまの若い人には、ディズニーの劇場アニメ『ファインディング・ドリー』の主題歌（シーア）と言ったほうがわかりやすいかもしれない。日本語版のエンディングソングには、八代亜紀が歌う「アンフォゲッタブル」が採用されている。

その「アンフォゲッタブル」にかぎらず、作中に出てくるほとんどの曲は、ネット上の音楽配信サイトや動画配信サイトで実際に聴くことができるので、（安史のように、行きつけのジャズ喫茶でリクエストできない人は）スマホやパソコンでぜひそれを流しながら、このすばらしいジャズ人情小説を楽しんでほしい。

二〇一九年三月

この作品は徳間文庫のために書下されました。
なお本作品はフィクションであり実在の個人・団体などとは一切関係がありません。

徳間文庫

アンフォゲッタブル
はじまりの街・神戸で生まれる絆

2019年4月15日 初刷

著者 松《まつ》宮《みや》宏《ひろし》

発行者 平野健一

発行所 東京都品川区上大崎三－一－一 目黒セントラルスクエア 〒141－8202 株式会社徳間書店

電話 編集〇三（五四〇三）四三四九 販売〇四九（二九三）五五二一

振替 〇〇一四〇－〇－四四三九二

印刷 製本 大日本印刷株式会社

ISBN978-4-19-894460-5 （乱丁、落丁本はお取りかえいたします）